Alberto Vázquez-Figueroa

Ikarus

Roman

Aus dem Spanischen
von Jean-Paul Ziller

Ullstein

Besuchen Sie uns im Internet:
www.ullstein-taschenbuch.de

Umwelthinweis:
Dieses Buch wurde auf chlor- und säurefreiem Papier gedruckt.

Ullstein Verlag
Ullstein ist ein Verlag der Ullstein Buchverlage GmbH, Berlin.
Deutsche Erstausgabe
1. Auflage Oktober 2004

Published by Arrangement with Alberto Vázquez-Figueroa
Dieses Werk wurde vermittelt durch die
Literarische Agentur Thomas Schlück GmbH, Garbsen
Titel der spanischen Originalausgabe: *Ícaro*
(Editorial Planeta, S.A., Barcelona, Spanien)
Übersetzung: Jean-Paul Ziller
Redaktion: Elena Heitsch
Umschlaggestaltung: Thomas Jarzina, Köln
Titelabbildung: Hauke Dressler/LOOK
Gesetzt aus der Sabon
Satz: Pinkuin Satz und Datentechnik, Berlin
Druck und Bindearbeiten: Ebner & Spiegel, Ulm
Printed in Germany
ISBN 3-548-25899-9

*All Williams, John McCracken, Jimmie, Virginia
und Mary Angel, Dick Curry, Félix Cardona,
Gustavo »Cabullas«, Henry und Miguel Delgado
haben tatsächlich existiert.
Dieser Roman will Teil ihrer schier
unglaublichen Geschichte sein.*

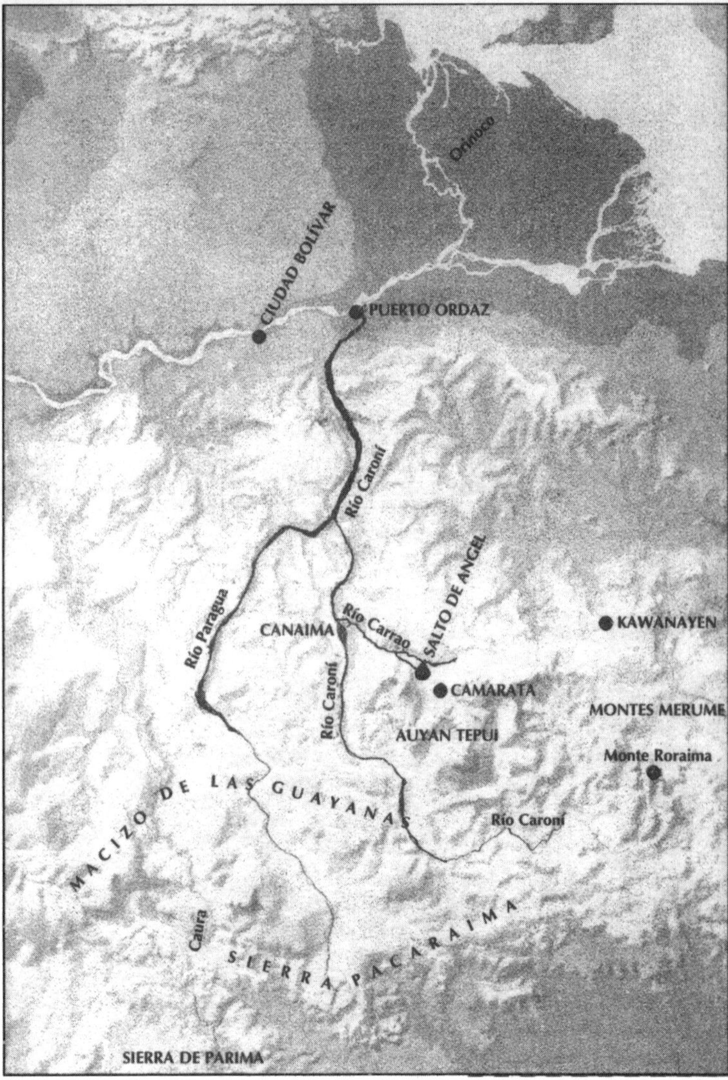
Orinoco
CIUDAD BOLÍVAR
PUERTO ORDAZ
Río Caroní
Río Paragua
SALTO DE ANGEL
Río Carrao
CANAIMA
KAWANAYEN
CAMARATA
Río Caroní
AUYAN TEPUI
MONTES MERUME
Monte Roraima
MACIZO DE LAS GUAYANAS
Río Caroní
Caura
SIERRA PACARAIMA
SIERRA DE PARIMA

ERSTER TEIL

Ein Schwarm von roten Ibissen erhob sich in die Luft, wie lodernde Flammen, die über den grünen Mantel des Dschungels leckten.

Sie zogen nach Norden.

Im gleichen Augenblick kam ihnen von Osten eine Reihe träger weißer Fischreiher entgegen.

Die Ibisse flogen über die Reiher hinweg, deren lange Beine beinahe die Wipfel der Bäume streiften.

Ein strahlendes Mosaik von Grün, Rot, Weiß, Gelb und dem Purpurrot blühender Orchideen breitete sich unter dem indigoblauen Himmel aus, an dem nicht die Spur einer Wolke zu sehen war.

Nicht der Schatten eines Falken oder Adlers.

Nicht einmal ein schwarzer Geier.

Friede.

Friede am Himmel, über dem Dschungel und auf dem spiegelglatten Wasser des breiten, träge sich dahinschlängelnden Flusses, der offenbar nichts anderes im Sinn hatte, als den vorbeiziehenden Reihern und Ibissen silbrig funkelnd zuzublinzeln.

Licht, Stille und ein Meer von Farben in hundert Metern Höhe.

Doch da, wo sich das undurchdringliche Laub der Bäume den gleißenden Sonnenstrahlen entgegenstellte und diese mühsam darum kämpften, sich einen Weg bis zum Boden zu bahnen, offenbarte sich die Kehrseite der Medaille. Mit jedem Meter verlor das Licht an Kraft und die Farben erstickten in einer trüben, undurchlässigen Dämmerung. Hier unten am Boden war die vermeintliche Ruhe nur eine trügerische Maskerade, hinter der sich Tod und Gewalt verbargen.

Auf dem schmutzig dunklen Braun des Dschungelbodens, wo verwesende Blätter und herabgefallene Früchte mit Hilfe der Zeit und des ewigen Regens eine morastige Schicht gebildet hatten, leuchtete einen kurzen Augenblick lang etwas auf. Eine giftige rot-schwarz geringelte Korallenschlange glitt lautlos über den Boden und verschwand eine Sekunde später in einer feuchten Höhle unter einem verfaulten Baumstamm, der vermutlich schon vor langer Zeit umgestürzt war.

Ein Tukan beobachtete sie aufmerksam, ohne den Kopf zu bewegen.

Ein rotbärtiger Brüllaffe turnte ruhelos auf einem Baum auf und ab.

Ein Faultier bewegte die kräftigen Krallen, mit denen es einen Ast umklammerte, geduldig einige Millimeter weiter auf dem Weg zum fernen Wipfel seines Araguaney.

Jetzt tauchten am Horizont die ersten Wolken auf.

Mit ihnen kam der Regen.

Und der ewige Gesang des Dschungels, ein unaufhörliches Trommeln von Abermillionen dicker Regentropfen, die auf ein Blatt prasseln, an ihm herabfließen, ins Leere stürzen, auf ein neues Blatt fallen, wieder herabfließen, tiefer fallen und so weiter, fünfzig oder sechzig Meter hinab und auf ihrem Weg zum morastigen Boden unzählige Male unterbrochen.

Für sich genommen wäre jeder einzelne Tropfen so gut wie lautlos; gemeinsam aber bildeten sie eine ohrenbetäubende Symphonie, die Mensch und Tier im Dschungel gleichermaßen zur Verzweiflung trieb.

In der Ferne donnerte es.

Helle Blitze rissen den Himmel auf.

Plötzlich knickte einer der unzähligen Urwaldriesen wie ein Streichholz um. Ein ganzes Jahrhundert hatte er gebraucht, um in den Himmel zu wachsen, und nun wurde er im Bruchteil von Sekunden gefällt.

Wasser.

Wasser.

Und noch mehr Wasser.

Im Fluss.

Auf dem schlammigen Boden.

In der Luft.

Wasser auf der Haut, auf dem Fleisch und in den Knochen.

Plötzlich das Geräusch von nackten Füßen, die durch die trüben Pfützen patschten, und von abgebrochenen Zweigen. Vögel flatterten aufgeschreckt in die Lüfte. Schließlich tauchte hinter einem dicken Mimosenbaum ein Mann auf, keuchend und völlig durchnässt. Er fluchte leise und holte so tief Luft, dass seine Lungen schmerzten.

Bis auf die Knochen war er ausgemergelt, hatte schwarze Ringe unter den Augen und eitrige Wunden an den Waden. Er sah aus wie eine in zerfetzten Lumpen wandelnde Leiche. Man hätte meinen können, dass er sich bis ans Ende des Dschungels vorgekämpft hatte, nur um hier zusammenzubrechen und zu sterben.

Doch so weit war es noch nicht.

Er lehnte sich an den Mimosenbaum, ruhte sich einen Augenblick aus und warf einen Blick nach oben, als suchte er nach einem Orientierungspunkt in einer Gegend, in der es keine Orientierung geben konnte, weil man sie sofort wieder verlor.

Ein Baum, ein Zweig glich dem anderen.

Ein Blatt war wie Abermillionen anderer.

Jeder Lichtstrahl, der vom Himmel fiel, glich dem vorigen und dieser dem nächsten.

Die Eintönigkeit des Dschungels übertraf noch die der Wüste und gelegentlich sogar die des Meeres.

Sie verwirrte die Menschen und raubte ihnen den Verstand.

Sie forderte mehr Opfer als Schlangen, Spinnen und Jaguare zusammen.

Dieser Mann aber, der nur noch ein jämmerlicher Schatten seines früheren Ich war, musterte seine Umgebung mit der ruhigen Gelassenheit eines Menschen, der auf jahrelange Erfahrung zurückblicken kann. Schließlich hob er den Arm und schlug knapp über seinem Kopf mit einer Machete, deren Klinge vom vielen Schleifen fast schon abgewetzt war, eine Kerbe in den Baum.

Dann setzte er seinen Marsch fort.

Furchtlos und ohne Eile kämpfte er sich mit dem bedächtigen Schritt eines Menschen voran, der in seinem Leben bereits unzählige ähnliche Wege gegangen ist, bis er schließlich für seine unermüdliche Ausdauer belohnt wurde. Eine halbe Stunde später öffnete sich die undurchdringliche Dschungelwand vor ihm wie der luxuriöse Vorhang eines riesigen Theaters und gab den Blick auf ein Spektakel frei, das kein weißer Mann je zuvor gesehen hatte.

Mit offenem Mund setzte er sich auf einen kräftigen Ast, fuhr sich mehrmals mit der Hand über die Glatze, blinzelte ungläubig und murmelte leise vor sich hin. Fast eine geschlagene Stunde lang saß er da wie hypnotisiert und wollte nicht glauben, dass dies kein Traum war.

Denn das, was er sah, übertraf selbst den verrücktesten Traum.

»Es ist wahr«, murmelte er. »Es ist wirklich wahr! Der Vater aller Flüsse entspringt tatsächlich im Himmel!«

Schließlich stand er auf und ging denselben Weg zurück, den er gekommen war.

Jetzt aber schien er es eilig zu haben, denn die Schatten des Dschungels wurden dichter und kündigten die herannahende Nacht an.

Auf den letzten Metern stolperte er immer häufiger, fiel unzählige Male hin und rappelte sich doch immer wieder auf. Keuchend und fluchend gelangte er schließlich noch vor Anbruch der Dunkelheit zum Ufer eines schmalen Flusses. Dort ließ er sich neben ein morsches Holzkanu fallen. Am Bug lag ein gleichermaßen ausgemergelter Mann. Seine Stimme klang so brüchig, als käme sie aus einem Sarg.

»Was ist los mit dir? Man könnte meinen, du wärst dem Leibhaftigen persönlich über den Weg gelaufen.«

Der Kahlköpfige war so erschöpft, dass er eine Weile brauchte, um seine letzten Kräfte zu sammeln, bevor er mit heiserer Stimme antworten konnte:

»Dem Leibhaftigen nicht, aber dem Vater aller Flüsse.«

Sein entkräfteter Kamerad warf ihm einen forschenden Blick zu, um sich davon zu überzeugen, dass er es ernst meinte.

»Dann stimmt die Legende also.«

Der andere nickte unmerklich.

»Er entspringt direkt im Himmel und ist das Schönste, was ich je gesehen habe.«

Dann schloss er die Augen und fiel in tiefen Schlaf.

John McCracken rührte sich nicht von der Stelle.

Er wusste genau, dass er viel zu geschwächt war, um auch nur den Versuch zu machen, aus dem Kanu zu steigen. So gab er sich damit zufrieden, den kraftlosen Körper seines Freundes zu beobachten, denn er wusste aus Erfahrung, dass nichts und niemand auf der Welt seinen Kameraden aus dem Tiefschlaf holen konnte, wenn die Erschöpfung ihn erst einmal überwältigt hatte.

Lange waren sie nun schon zusammen, zu lange.

Wie viele Jahre, zehn, zwölf, fünfzehn ...?

Es waren so viele, dass er aufgehört hatte, sie zu zählen, und wenn er ehrlich war, musste er zugeben, dass er sein Zeitgefühl längst verloren hatte.

Er hatte nicht die leiseste Ahnung, welchen Tag, Monat oder welches Jahr man gerade schrieb.

Das Einzige, woran er sich genau erinnerte, war, wie er zusammen mit All Williams im Herbst des Jahres 1902 im schlammigen Hafen von Guayaquil in tropischer Hitze von Bord gegangen war, fest entschlossen, den sagenumwobenen Schatz von Rumiñahui zu finden, der sich alten Überlieferungen zufolge immer noch in einer riesigen Höhle in der Region von Llanganates mitten im ecuadorianischen Amazonasgebiet befand.

Ende des 17. Jahrhunderts waren zwei Seeleute – Schotten wie er selbst – beladen mit Diamanten und Smaragden nach London zurückgekehrt und hatten versichert, dass sie so viel zurückgelassen hatten, wie hundert Männer tragen konnten.

Monat um Monat, Jahr um Jahr hatte der verfluchte Urwald in den Bergen von Ecuador die beiden einst kräftigen und von Abenteuerlust getriebenen Männer langsam, aber sicher zermürbt. Misserfolg folgte auf

Misserfolg. Es war die unwirtlichste und menschenfeindlichste Gegend auf Erden. Nur Affen, Jaguare und Fledermäuse schienen hier überleben zu können. Alle anderen, die verwegen oder verrückt genug waren, sich hineinzuwagen, wurden als gebrochene Menschen wieder ausgespuckt.

Sie hatten sich damit abfinden müssen, in den Wassern des Río Napo nach Goldstaub zu schürfen. Sie hatten bis zum Umfallen geschuftet und sich mit der Zeit den Rücken ruiniert, nur um genug Geld für eine neue Ausrüstung und Waffen zusammenzukratzen und ihre verzweifelte Reise flussabwärts fortzusetzen, dorthin, wo der Napo in den gewaltigen Amazonas mündet.

Sie waren dem Amazonas bis Manaus gefolgt, jener Stadt, die dank des Kautschukfiebers einst bedeutend und wohlhabend gewesen war. Sechs Monate waren sie den Río Negro aufwärts zu den fernen, stets nebelverhangenen Bergen im berühmt-berüchtigten Escudo Guayanés gepaddelt. In dieses abgelegene Land, wo es, so erzählte man, nur den tollkühnsten Männern gelang, mit Gold und Diamanten reich zu werden.

Wie viele Jahre waren seitdem vergangen?

Wie viele Strapazen, wie viele Krankheiten, schlaflose und verzweifelte Nächte hatten sie überstanden, bevor ihnen bewusst wurde, dass sie ihre besten Jahre geopfert hatten, um einer Schimäre nachzujagen?

Wie viele Tausende von Kilometern hatten sie zurückgelegt?

Wie viel Hitze und Hunger ertragen?

Wie viele Insektenstiche und wie viele Infektionen?

Aber welche Freundschaft und welches Vertrauen war während der langen Odyssee auch zwischen diesen Männern entstanden!

Keiner von beiden hatte eine verächtliche Geste oder ein Wort des Vorwurfs gehabt, keiner mit dem Gedanken an Rebellion gespielt, obwohl sie wussten, dass Tag für Tag der Starrsinn des einen die Sturheit des anderen nährte und insgeheim beide darauf hofften, dass der andere irgendwann sagen würde:

»Ich kann nicht mehr!«

Doch wie konnte man das aussprechen?

Wie einen Traum jäh beenden, dem sie so lange Zeit hinterhergejagt waren?

Wie sich eingestehen, dass sie versagt hatten, und wie in eine Zivilisation zurückkehren, mit der sie nichts mehr verband?

Sie waren Männer des Dschungels und der Berge, Männer, die an Einsamkeit und lange Nachtwachen gewöhnt waren, in denen einer mit der Waffe in der Hand dasaß, während sein Kamerad sich ausruhte. Sie waren zusammengeschweißt durch eine aufrichtige, tiefe Freundschaft, die an keinem anderen Ort des Planeten eine solche Intensität hätte erreichen können wie hier in diesem wilden Land, das Gott offensichtlich vergessen hatte.

Der Waliser All Williams und sein schottischer Freund McCracken gehörten jener seltenen Spezies von Pionieren an, die hin- und hergerissen waren zwischen der besessenen Suche nach Reichtum und der Leidenschaft für romantische Abenteuer. Männer, auf die ein Goldklumpen oder ein funkelnder Diamant genauso anziehend wirkte wie ein unerforschtes Gebirge oder ein unbekannter Stamm von Menschenfressern.

Ihre Ambitionen reichten weit über den bloßen Traum von materiellem Wohlstand hinaus. Sie waren Ausdruck einer unersättlichen Lust auf neue Horizonte, fremde Länder und Wissen, das für andere nicht erreichbar war.

Jetzt aber waren sie müde.

Schrecklich müde.

Und sehr krank.

Der Dschungel forderte einen hohen Tribut. Egal, wie kräftig, wie ausgeglichen und gefestigt man sein mochte, unausweichlich kam irgendwann der Augenblick, in dem Hitze, Feuchtigkeit, Fieber und Moskitos ihre Rechnung präsentierten und den Widerstand von Körper und Geist brachen.

Und sie waren weit weg von zu Hause.

Aber von welchem Zuhause, wenn sie doch niemals eins gehabt hatten?

In Wirklichkeit hatten sie sich allem und jedem entfremdet.

Während McCracken nun über den Schlaf seines Freundes wachte, versuchte er wieder einmal herauszubekommen, welcher Fluss es sein könnte, an dessen Ufer sie ihr Lager errichtet hatten, und wohin sein Strom sie wohl führen mochte.

Er floss gemächlich in Richtung Osten, also ins Innere des Kontinents, und das wiederum bedeutete, dass er einen größeren Fluss suchte, in den er münden konnte. Vielleicht den gewaltigen Orinoco oder den sagenhaften Río Negro, den sie schon vor vielen Monaten hinter sich gelassen zu haben glaubten.

Im gottverfluchten Escudo Guayanés verkam jede Schätzung zu bloßer Spekulation, denn es gab weder Landkarten noch irgendwelche Markierungen. Anscheinend gab es nicht einmal wilde Stämme, die einem hätten sagen können, woher das schwarze Wasser des Flusses kam oder wohin es floss.

»Ich habe den Fluss aller Flüsse gesehen«, hatte sein

Freund Williams behauptet, ehe er vor Erschöpfung zusammengebrochen war. Zwar hatten sie jahrelang Geschichten über einen geheimnisvollen Fluss gehört, der angeblich im Himmel entsprang, doch bisher hatte niemand ihnen sagen können, wo sich dieser Fluss befand oder wo er mündete.

Er konnte ebenso gut in Brasilien wie in Venezuela, Kolumbien oder sogar Guayana liegen. Sie irrten seit Jahren umher und hatten niemanden getroffen, der ihnen halbwegs verlässliche Informationen hätte geben können, und sie hatten zwar nicht ihren Orientierungssinn, dafür aber das Gefühl für Entfernungen verloren.

Millionen von Bäumen.

Milliarden von Lianen.

Myriaden von Bächen, kleinen Flüssen, Stromschnellen und Wasserfällen.

Endlose Sümpfe.

Einsamkeit.

Das war der Dschungel, der sich von den Küsten der Karibik bis zu den Ufern des Río de la Plata, von den langen Wellen des Atlantik bis zu den verschneiten Berggipfeln der Anden erstreckte.

Dschungel und Einsamkeit.

Zwei Worte, die hier im Regenwald Synonyme hätten sein können, denn in keiner Gegend auf der Welt kamen dermaßen viele verschiedene Spezies vor – hauptsächlich Insekten, von denen die meisten unbekannt waren –, und es gab keinen Landstrich auf der Welt, der zwei Männern aus dem fernen Großbritannien so einsam und trostlos hätte erscheinen können.

Dschungel und Einsamkeit. Einsamkeit und Dschungel.

Siebentausend Kilometer lang und fünftausend Kilometer breit, viermal so groß wie Europa. Vielleicht dreißigmal so groß wie Schottland.

Wer könnte das ausrechnen, ohne dass ihm der Kopf schwirrte?

Und um ehrlich zu sein, wozu sollten sie es ausrechnen, wenn sie nicht einmal wussten, was nach der nächsten Biegung des Flusses auf sie wartete?

Wenn sich Menschen mit der ungeheuren Weite einer so großartigen Natur konfrontiert sehen, reagieren sie sehr unterschiedlich. Entweder geben sie sich schließlich angesichts ihrer absurden Nichtigkeit geschlagen, oder aber sie wachsen buchstäblich über sich selbst hinaus und verwandeln sich in unbezwingbare Geschöpfe, für die ein fünfzig Meter hoher Kapokbaum kein bedeutenderes Hindernis darstellt als ein kleiner Busch.

All Williams und John McCracken hatten unzählige Male beide Extreme erlebt. Es war ein Wechselbad der Gefühle; allerdings überwogen bei ihnen die Male, in denen der Mut die Erschöpfung besiegt hatte. Nur deshalb hatten sie es bis hierher geschafft, zu diesem abgelegenen Bergmassiv, nachdem sie sechstausend Kilometer im dichtesten und gefährlichsten aller Dschungel zurückgelegt hatten.

Doch jetzt schwanden ihnen allmählich die Kräfte.

Fieber und Durchfall hatten sie bis auf die Knochen ausgezehrt.

Die Amöben hatten sich endgültig in ihrem Magen eingenistet.

Die offenen Wunden an den Waden waren vereitert.

Aber in diesem Augenblick spielte all das keine Rolle mehr.

Sie hatten gewonnen, und das entgegen allen Vorhersagen.

Es war ein großer Sieg.

Überraschend, schwierig und fast unglaublich nach einer Million von deprimierenden Niederlagen.

Als der Morgen graute, schlug All Williams die Augen auf und bleckte die gelben Zähne zwischen dem Monate alten grauen Bart.

»Geht es los?«, fragte er.

»Ja, es geht los«, antwortete sein Freund.

Williams schob das Kanu ins Wasser und sprang hinein. Rasch paddelte er in die Mitte des Flusses auf den Stamm einer dunklen Palme zu, der mitten im Strom trieb, um vor heimtückischen Pfeilen oder scharfen Speeren gefeit zu sein, die sie aus dem dichten Blattwerk heraus überraschen könnten.

Erst als sie die Flussmitte erreicht hatten, drehte sich sein Freund zu ihm um.

»Erzähl mir von diesem Vater aller Flüsse.«

»Er entspringt tatsächlich im Himmel, so wie die Leute sagen«, antwortete Williams. »Ein gewaltiger Wasserfall über dunklen Wolken. Ein ungeheurer Schwall, dessen weiche Gischt das Land benetzt, und der sich am Fuß des Berges in einen See ergießt …«

John McCracken dachte über das nach, was er gerade gehört hatte, und da sein Freund keine Anstalten machte fortzufahren, hakte er nach:

»Und weiter?«

»Nichts weiter«, entgegnete Williams und zuckte ratlos die Achseln. »Es wurde dunkel und ich musste so schnell wie möglich zurück. Es ist ein unglaublicher Anblick, mehr kann ich nicht sagen. Aber eins versichere ich dir: Er entspringt in mehr als achthundert Meter Höhe.«

»Das glaubt dir kein Mensch«, wandte sein Freund ein.

»Und du?«

»Na klar.«

»Das reicht mir.«

Williams lebte in der Gewissheit, dass seine Welt sich ausschließlich um McCracken drehte, mit dem er so viele Jahre endloser Strapazen durchlebt hatte. Nur dessen Meinung war ihm wichtig.

Er hatte ein überwältigendes Spektakel gesehen, das bis zu diesem Tag möglicherweise keinem Sterblichen vergönnt gewesen war. Trotzdem beschränkte er sich darauf, das Ereignis mit den nüchternen Worten auszudrücken, die er sonst auch benutzte, und das Erlebnis so weit wie möglich herunterzuspielen.

McCracken würde keinen Augenblick daran zweifeln, dass er die Wahrheit sagte, und was andere Menschen dachten oder auch nicht dachten, ließ ihn völlig unberührt.

Die Legende war also wahr.

Es gab den Vater aller Flüsse wirklich.

Er hatte ihn gesehen.

Nur an den zweiten Teil der alten Legende wollte er jetzt nicht denken. Er besagte, dass derjenige, der das Privileg erhielt, den Vater aller Flüsse zu erblicken, noch vor dem nächsten Vollmond sterben musste.

Seiner Meinung nach war diese Prophezeiung nicht mehr als ein dummer Aberglaube, bar jeder Vernunft.

Es gab aber noch eine dritte Legende. Danach würde Aucayma – der Heilige Berg, auf dem Gold und Diamanten einst ihre heimliche Hochzeit gefeiert hatten – sich niemals von einem weißen Mann vergewaltigen lassen.

Er aber hatte genau das getan.

John McCracken und er hatten diesen Berg gesehen und ihn geschändet, als sie sein Gold und seine Diamanten mit bloßen Händen aufsammelten.

Aucayma!

Dank sei dem Herrn!

Aucayma!

Er schloss die Augen und erinnerte sich zum tausendsten Mal an den magischen Augenblick, als die ersten Strahlen der Morgensonne durch einen Felsenspalt gedrungen waren und eine versteckte Biegung in dem kleinen Fluss offenbart hatten, die sich stumm vor ihnen auftat wie ein aus feurigen Funken gebautes Schloss.

Hätten sich die Strahlen nicht auf der Wasseroberfläche gespiegelt, wären sie daran vorbeigepaddelt und hätten niemals gesehen, dass die Natur dort aus einer Laune heraus in Millionen von Jahren einen Schatz aus dem goldenen Metall und den funkelnden Steinen angehäuft hatte, die sich der Mensch zum Sinnbild für Reichtum und Schönheit auserwählt hatte.

Durch eine schmale, fast dreieckige Öffnung waren sie in eine labyrinthartige Höhle vorgedrungen. Ihre Tiefe hatten sie nicht zu schätzen vermocht, doch konnte man sich gut vorstellen, dass ein geiziger Gott des Olymp dort nur aus einem einzigen Grund so viel Gold und Diamanten versteckt hatte: damit sonst niemand sie entdeckte.

Ein schmaler Schacht im harten Gestein des Berges, entstanden durch irgendeine prähistorische Katastrophe, barg so viel Gold und Edelsteine, dass der Anblick einem die Sinne benebelte. Und er, All Williams, hatte diese Höhle entdeckt.

Zufall?

Wenn man Jahrzehnte daran arbeitet, einen Traum Wirklichkeit werden zu lassen und er sich dann tatsächlich erfüllt, wenn auch nur mit Hilfe eines kleinen Sonnenstrahls, kann man das wohl kaum als Zufall bezeichnen.

Es war ihr Lohn für die endlosen Strapazen gewesen. Die Entschädigung für all die schlaflosen Nächte, in denen er Wache gehalten hatte, die langen Märsche, die unerträgliche Hitze und die unzähligen Krankheiten, die seinem Köper nun zu schaffen machten.

Für den jahrelangen Kampf.

»Wie fühlt man sich als reicher Mann?«, fragte All Williams.

Er bekam keine Antwort.

Sein Freund schlief tief und fest, und nur weil er sicher war, dass der andere ihn nicht hören würde, hatte Williams die Frage überhaupt gestellt.

Denn in Wirklichkeit hatte er die Antwort gar nicht wissen wollen.

Er konnte nicht einmal daran denken, dass sein Freund, mit dem er untrennbar verbunden war, nun vielleicht mit dem Gedanken spielte, in den kalten Norden zurückzukehren, aus dem Hunger und Armut ihn vor langer Zeit vertrieben hatten.

Er zumindest würde niemals nach Wales zurückkehren, so viel stand fest.

Weder reich noch arm.

Weder lebendig noch tot.

Er liebte die Hitze, den undurchdringlichen Dschungel und die endlose Weite, die sich am Horizont ausbreitete, wenn der Urwald sich ausnahmsweise lichtete.

Er liebte die Ibisse und die Reiher.

Die ruhigen Flüsse ebenso wie die gewaltigen Stromschnellen.

Er liebte die Gefahr und verabscheute die fürchterliche Vorstellung, sein Freund könne beschließen, dieses paradiesische Land ein für alle Mal zu verlassen.

Ohne ihn durch den Dschungel zu streifen wäre nicht dasselbe.

Unerträglich der Gedanke, sich durch das Halbdunkel des Urwalds zu bewegen ohne die Gewissheit, dass sein Freund ihm den Rücken freihielt.

Unvorstellbar, ein Auge zuzutun, ohne zu wissen, dass der andere Wache hielt.

Die Liebe hält die trügerischsten Fallgruben bereit, besonders, wenn es eigentlich eher eine Freundschaft in ihrer reinsten Form ist.

All Williams war niemals verheiratet gewesen, hatte keine feste Geliebte gehabt, ja er hatte nicht einmal seine Eltern gekannt.

Dennoch hatte ihm das Leben das Wertvollste und Schönste geschenkt, was es einem Menschen zu bieten hat: die Freundschaft eines Gleichgesinnten, mit dem er Freud und Leid teilen konnte. Weder Gold noch Diamanten wogen die Gefahr auf, eine solche Freundschaft zu verlieren.

Er war immer davon ausgegangen, dass sie ihr ganzes Leben dieser Schimäre nachjagen würden.

Ihr Traum vom El Dorado waren der mythische Schatz von Rumiñahui, das Gold des Río Napo oder die Diamanten von Guayana; sie verfolgte er, auch wenn sie beide wussten, dass dieser Traum unerreichbar bleiben würde.

Das Entscheidende war der Weg, den sie gemeinsam zurücklegten, nicht das Ziel.

Jetzt aber hatten sie das Ziel erreicht.

Es gab keinen Weg mehr.

Vielleicht führte dieser tiefe Fluss zum Meer, an dessen anderem Ende die englische Küste lag.

Das Ende des Flusses.

Das Ende des Dschungels.

Das Ende der Kunst, das Leben auf eine bestimmte Art zu verstehen, die niemand mehr beherrschte.

John McCracken schlug die Augen auf und beobachtete eine schwarze Wildente, die von einem Ast plumpste und wie ein Pfeil ins Wasser tauchte. Dann drehte er sich halb um und lächelte seinem Freund zu.

»Wie fühlt man sich als reicher Mann?«, fragte er schließlich.

Anscheinend hatte er seine Gedanken gelesen.

Wie so oft während all dieser Jahre.

Wie immer.

Stets wusste der eine, was der andere dachte und fühlte, ohne dass es dazu der Worte bedurft hätte, und das hatte ihnen bei mehr als einer Gelegenheit das Leben gerettet.

Worte waren zwischen ihnen nicht nötig.

Nicht einmal eine Geste oder ein Blick.

Sie kannten jede Frage und jede Antwort, aber das bedeutete nicht, dass sie sich bereits alles gesagt hätten.

Man sagt sich nicht einmal selbst alles, sogar wenn man neunzig Jahre in demselben Körper und mit derselben Seele verbringt.

Ihre Körper und Seelen unterschieden sich. Sie kannten ihre Fragen und Antworten und dennoch wurde der eine des anderen niemals überdrüssig, so wie auch ein intelligenter Mensch seiner selbst nicht überdrüssig werden kann.

»Traurig«, antwortete sein Freund schließlich. »Wahrscheinlich ist das immer so, wenn man ein Ziel erreicht, damit aber nie gerechnet hat.«

»Und was machen wir jetzt?«

»Wir suchen uns ein neues Ziel.«

»Wo?«

»Wer weiß ...«

Die Raubtiere dösten.

Die Vögel.

Die Fische.

John McCracken döste.

Und Williams auch.

Während der schwülen, tropischen Nächte war es fast unmöglich, tief und fest zu schlafen. Dafür nickte man in der sengenden Mittagshitze, wenn die Sonne im Zenit stand und sich bleischwer auf das Bewusstsein legte, unweigerlich ein.

Um diese Zeit gerann das Blut wie eine zähe Masse in den Adern, die Nerven drückten sich davor, Befehle ans Gehirn weiterzuleiten, und das Gehirn reagierte so träge, als wäre man betrunken.

»Grüner Rausch« wird dieser Zustand genannt, der mit einer beinahe vollständigen körperlichen Lähmung einhergeht. Grund dafür ist eine starke Benommenheit, die den Geist überwältigt, wenn sich die Feuchtigkeit der Hundertprozentmarke nähert und das Thermometer die Fünfunddreißig-Grad-Grenze übersteigt. Der überwältigende Geruch nach schwerer feuchter Erde und üppiger Vegetation dringt in die Lungen ein wie eine sanfte Droge. Sie besteht aus unendlich kleinen Partikeln verschiedenster Pflanzen, deren Pollen durch die Luft fliegen oder sich im Wasser auflösen.

Es ist keine Trägheit.

Es ist Ohnmacht.

Der Körper ist unfähig, auf eine Gefahr zu reagieren. Glücklicherweise hat die Natur jedoch dafür gesorgt, dass während dieser grauenvollen Stunden selbst die hungrigsten Jaguare und giftigsten Schlangen in den gleichen lethargischen Zustand verfallen.

Es ist wie eine Auszeit im alltäglichen Leben des Dschungels.

Eine Art »Feuerpause« in seinem unerbittlich harten Überlebenskampf.

Als fiele die Welt in einen Zustand des Stupors, bis sich der Abend ankündigt und alles wieder zu seinem üblichen Rhythmus zurückfindet.

Es gab keine Gefahr.

Aber sie existierte.

Sie war immer da, lauernd, kaum wahrnehmbar, unsichtbar und furchteinflößender als der Jäger der Dunkelheit. Dieses Raubtier schlief niemals, weder bei Nacht noch am Tag, nicht einmal in der lähmenden Mittagshitze.

All Williams, der mit gesenktem Kopf am Heck des Kanus saß, merkte nichts.

John McCracken jedoch, der in der Mitte des Bootes unter einem kleinen Strohdach lag, um sich vor den gleißenden Sonnenstrahlen zu schützen, schlug die Augen auf, obwohl er viel tiefer geschlafen hatte.

Er hatte Erfahrung.

Die Erfahrung eines Mannes, der Tausende von Kilometern auf den Flüssen des Dschungels zurückgelegt und sich angewöhnt hatte, mit einem Tropenhelm dicht neben dem Ohr zu schlafen. Dieser diente ihm als eine Art Resonanzkasten, mit dem er die entferntesten Geräusche der Strömung hörte.

Zu Anfang war es nicht mehr als ein leises Summen, das Seufzen oder die Klage des gepeinigten Wassers, das sich jedoch in kürzester Zeit zu einem ohrenbetäubenden Trommelwirbel jenseits des Horizonts steigerte. Der Schotte sprang auf und rief seinem Freund zu:

»Wach auf! Wach auf, All …! Wach auf!«

Sein Gefährte fuhr erschrocken hoch.

»Was ist?«, sagte er und griff instinktiv nach seinem Gewehr.

»Stromschnellen.«

»Um Himmels willen!«

Er warf die Waffe beiseite und griff nach dem Paddel. Doch kaum hatte er es ins Wasser getaucht, als ihm das Ausmaß der Bedrohung bewusst wurde.

In weniger als hundert Metern hatte sich der schläfrige Fluss in einen reißenden Strom verwandelt.

Es war ein brutales Erwachen, grausam und scheinbar ungerechtfertigt, denn auf den ersten Blick konnte man keinerlei Unterschied erkennen zwischen der Landschaft, die sie gerade hinter sich gelassen hatten und der, die sich vor ihnen auftat.

Bäume und nochmals Bäume, die bis an den Rand des Wassers reichten, ohne die kleinste Spur eines Ufers, an dem man die Grenze zwischen Strom und Land hätte erkennen können. Doch als sie um die nächste Biegung schossen, erkannten sie, dass sie wie in einer riesigen Rutschbahn gefangen waren, die unaufhaltsam in eine ferne, von dichter Gischt umschäumte Landschaft führte.

Wie kam es, dass das Land hier so steil abfiel?

Wo zum Teufel waren sie?

In all den Jahren, seit dem Tag, als sie im fernen Ecuador das mittlere Flussbett des Río Napo verlassen hatten, waren sie noch nie auf eine so plötzliche Veränderung des Flusslaufs gestoßen. Der gewaltige

Amazonas wies entlang seiner ganzen Strecke höchstens ein Gefälle von wenigen Metern auf. Hier aber schien die Landschaft, die sich vor dem Bug des Kanus auftat, so plötzlich in die Tiefe zu stürzen wie vom höchsten Punkt einer Achterbahn.

Alle Versuche, zurück ans Ufer zu paddeln, erwiesen sich als zwecklos.

Es gab kein Ufer.

Es gab nur dicke Baumstämme, an denen sie zu kentern drohten. Vor ihnen ragten scharfkantige Felsen und gewaltige spiegelglatte Steinplatten aus dem Wasser, die das Kanu vom Bug bis zum Heck aufschlitzen konnten.

Also kämpften sie.

Sie kämpften dagegen an, so wie sie seit unzähligen Jahren gegen eine nicht enden wollende Reihe von Widrigkeiten ankämpften, doch diesmal war es eine allzu ungleiche Schlacht. Die Natur zeigte sich gnadenlos. Sie kamen sich vor wie ein Blatt, das im Auge eines Hurrikans tanzte.

Sie versuchten zu paddeln, der eine am Bug, der andere am Heck, und mobilisierten die letzten Kraftreserven in ihren seit langem erschöpften Körpern. Doch allein der Anblick des gewaltigen Wasserfalls reichte, um ihnen das Blut in den Adern gefrieren zu lassen.

»Paddeln, paddeln, paddeln!«

Das war leicht gesagt, ja sogar getan, zeitigte allerdings nicht den geringsten Erfolg. Das Wasser gewann von Sekunde zu Sekunde an Schnelligkeit und verwandelte sich in einen einzigen riesigen Wirbel, in dem die Ideen bereits verflogen waren, noch ehe das Gehirn die Möglichkeit hatte, sie zu fassen.

Es blieb keine Zeit zum Reagieren.

Alle Reflexe waren ausgeschaltet.

Sie konnten nicht einmal ein Gebet sprechen oder einen Fluch ausstoßen.

Die Leere, die in Wirklichkeit keine war, denn sie war angefüllt mit weißer Gischt, sog sie unerbittlich in sich hinein. Mit weit aufgerissenen Augen stürzten sie geradewegs in den Tod, dem sie so lange entgangen waren.

In letzter Minute, als beide gleichzeitig zu dem Schluss gelangten, dass alle Mühen vergeblich waren, warfen sie die Paddel weg und fassten einander bei der Hand. Es war eine Geste der Freundschaft in einem Augenblick, in dem Worte ungehört geblieben wären.

Dann ertönte ein ohrenbetäubendes Ächzen, als das Boot wie eine Nussschale zerbarst und die beiden Männer ins Wasser geschleudert wurden.

Für den Bruchteil einer Sekunde klammerten sie sich noch aneinander, bis die Wucht der Strömung sie auseinander riss und sie sich augenblicklich aus den Augen verloren.

Sie wurden umhergetrieben, prallten gegen Felsen, versanken im Wasser, tauchten wieder auf ...

Sie schrien, schlugen mit den Armen um sich, riefen einander zu ...

Sie bluteten, husteten, spuckten ...

Bis mit einem Mal Stille einkehrte.

Eine tiefe schwarze Stille, die dem Mantel des Todes vorausgeht, der selbst hier im stickigen Dschungel und auf den dunklen Flüssen mit ihrem warmen Wasser eisig ist.

Am Ende aller Wege wartet der Tod, auch wenn ihr eigener Weg tatsächlich allzu lang gewesen war und der Tod sich nun einen Spaß daraus machte, sie kurz vor Erreichen ihres Ziels zu ereilen.

Williams wusste, dass seine letzte Stunde geschlagen hatte, als er vorübergehend das Bewusstsein wiedererlangte.

Er stöhnte leise und versuchte, den Kopf zu heben, um seinen Freund zu suchen, musste jedoch erkennen, dass kein einziger Muskel in seinem Körper reagierte. Er bestand nur noch aus einem Gehirn, das in seinem Schädel gefangen war.

Die Strömung hatte ihn mit solcher Wucht gegen einen Felsen geworfen, dass seine Wirbelsäule zerschmettert war.

Er war ein lebender Toter und das war tausendmal schlimmer, als wirklich tot zu sein.

Die tief hängende Nachmittagssonne blendete seine Augen. Erst als eine hohe Wolke Mitleid mit ihm hatte und die sengende Sonne für einen kurzen Augenblick verbarg, konnte er einen Kolibri erkennen, der bewegungslos wie ein roter Fleck in der Luft verharrte und so schnell mit den Flügeln schlug, dass man sie nicht einmal erkennen konnte.

Es kam ihm vor wie ein schlechter Scherz.

Eine Ironie des Schicksals. In dem Augenblick, als ihm bewusst wurde, dass kein Muskel seines Körpers mehr auf seine Befehle hörte und er nicht mehr als ein Stein im Sand war, fiel sein Blick auf den flinken Kolibri, der jetzt wie ein roter Pfeil im Nichts verschwand.

Dunkelgrünes Laub und eine strahlend gelbe Blüte waren nun das Einzige, was seine Augen wahrnahmen, und nach wenigen Minuten war ihm klar, dass es das Letzte gewesen sein dürfte, was er von dieser Welt sehen würde.

Die erste Verwirrung war verflogen, er hatte das volle Bewusstsein wiedererlangt und versuchte gar nicht erst, sich an eine fromme Lüge zu klammern. Er war an Schicksalsschläge gewöhnt und wusste, dass seine Wirbelsäule gebrochen war, so wie früher das Röhricht, wenn er unbekümmert mit seinen dicken Stiefeln darüber hinweggetrampelt war.

Im Bruchteil einer Sekunde hatte er sich in eine Pflanze verwandelt, die denken, ein Gewächs, das sich erinnern konnte. Jetzt musste er nur noch warten, bis die ersten Raubtiere des Dschungels auftauchten, um ihn zu verschlingen.

Kaimane waren nicht in der Nähe, das stand fest.

Kaimane mögen die raschen schwarzen Flüsse nicht.

Sie bevorzugen träge, schlammige Gewässer.

Aber Jaguare und Anakondas gab es, und unzählige Rotten von Wildschweinen mit scharfen Hauern, die nicht davor zurückschrecken würden, ihn bei lebendigem Leib zu zerfleischen.

Der Gedanke, von Wildschweinen gefressen zu werden, entsetzte ihn.

»John!«, murmelte er leise. »Wo bist du, John?«

Doch der alte Freund, der ihn noch nie im Stich gelassen hatte und ihn nun als Einziger auf der Welt davor bewahren konnte, von wilden Tieren zerfleischt zu werden, antwortete nicht. Das konnte nur bedeuten, dass er bereits auf dem Grund des Flusses lag.

Schade!

Wirklich jammerschade, jetzt, wo sie reich waren!

Arm leben, um reich zu sterben. Es kam ihm geradezu absurd vor.

Aber vernünftig waren sie noch nie gewesen.

Die Nacht senkte sich über den Dschungel.

Bald würden die Raubtiere ihre Verstecke verlassen,

sein Blut wittern und anfangen, seine Beine anzufressen, die er nicht einmal mehr spürte.

»O Gott! Womit habe ich dieses schreckliche Ende verdient?

War es dir nicht genug, dass ich mich all diese Jahre so quälen musste?

O Gott, bitte, lass es nicht Nacht werden.«

Doch nicht einmal Gott vermochte die Nacht aufzuhalten. Und in dem Moment, als er das Gelb der Blüte nicht mehr von ihrer Umgebung unterscheiden konnte, wurde ihm schlagartig bewusst, dass in dieser Nacht Vollmond war. Unwillkürlich fiel ihm die alte Legende ein. Wer den Vater aller Flüsse erblickt, wird den nächsten Vollmond nicht mehr erleben.

Im Dschungel wird eine Legende zum Gesetz, denn hier gibt es sonst keine Gesetze.

»John? Wo bist du, John? Warum hilfst du mir nicht?«

So viele Jahre, in denen er sich an seiner Seite sicher gefühlt hatte, und jetzt, in seinem schlimmsten Augenblick, war er allein.

Das war nicht gerecht!

Es war nicht gerecht, dass sich sein alter Kumpel von der Strömung hatte fortreißen lassen, ihn im Stich gelassen hatte wie unnützen Schlachtabfall, an dem sich die Geier und Schweine gütlich tun würden.

Er fühlte sich verraten.

John McCracken hatte kein Recht, einfach zu sterben und ihn in dieser verzweifelten Situation zu verlassen.

McCracken hatte die moralische Pflicht, wenigstens so lange am Leben zu bleiben, bis er seinem Freund zu Hilfe gekommen war und ihm eine Kugel durch den Kopf gejagt hatte, um ihn von seinen Qualen und seiner Angst zu erlösen.

Danach konnte er sich ertränken oder an einem Baum aufhängen, wenn er Lust hatte.

Oder sich von der Strömung bis ans Meer treiben lassen.

Aber vor allem anderen musste er sein Versprechen einlösen und bei seinem Freund Totenwache halten – um jeden Preis.

»John! Wo bist du?«

»Hier!«

Es war bereits tiefe Nacht. Im Dunkeln konnte er das hagere, bärtige Gesicht seines geliebten Freundes nicht erkennen.

Sein ganzer Körper war taub, sodass er nicht spürte, wie McCracken ihm die Hand drückte.

Er hörte nur seine heisere, unverwechselbare Stimme, seit Jahren die einzige, die er hörte und die nun seinem Geist den Frieden brachte.

Jetzt würden ihn die Wildschweine nicht mehr bei lebendigem Leib in Stücke reißen.

Die Geier würden ihm nicht die Augen aushacken.

Die Jaguare würden ihn nicht mehr aus der Dunkelheit anspringen.

»John! Ich sterbe!«

Nach all den Jahren der Freundschaft gab es keinen Raum für Lügen zwischen ihnen.

Nicht einmal barmherzige Lügen.

Sie hatten Tausende von Kilometern zurückgelegt, immer im Bewusstsein, dass der Sensenmann ihnen dicht auf den Fersen war. Es kam nicht infrage, zu leugnen, dass er sie jetzt eingeholt hatte.

John saß am Ufer im Sand des kleinen Strandes, beobachtete den riesigen Mond, der langsam auf der anderen Seite der ruhigen Lagune aufging, und wartete geduldig, dass der Waliser All Williams den Zoll bezahlte, den jeder Sterbliche zu entrichten hat.

Das Abscheulichste am Sensenmann ist nicht, dass er einem seine scheußliche Rechnung präsentiert, denn das ist unvermeidlich, sondern dass er es immer im unpassendsten Augenblick tut.

Dem einzigen Menschen, der je das Privileg gehabt hatte, den Heiligen Berg zu erklettern und den Fluss aller Flüsse zu sehen, war es einer lächerlichen Legende wegen verwehrt, diese unvergleichliche Entdeckung auszukosten.

Der Schotte sah offenbar ein, dass es keinen Zweck hatte, die Hand seines Freundes zu halten, und strich ihm sanft über die Stirn. Als der Sterbende die Berührung spürte, versuchte er zu lächeln.

»Wir sind weit gekommen, nicht wahr?«, fragte er kaum hörbar.

»Sehr weit.«

»Und wir sind reich.«

»Sehr reich.«

»Und die Kokosnüsse?«

»Irgendwo da drüben. Die Strömung hat sie ans Ufer gespült.«

»Wo sind wir eigentlich?«

»In einer Lagune. Sie ist breit und tief. Südlich von uns sind die Stromschnellen und der Wasserfall, den wir hinuntergestürzt sind, aber hier steht der Fluss fast still und bewegt sich träge Richtung Nordosten.«

»Und das Kanu?«

»Ist zerborsten.«

»Wie wirst du hier wegkommen?«

»Das ist doch egal.«

»Mir nicht!«, widersprach sein Freund. »Ich will sicher sein, dass wenigstens einer von uns es schafft.«

McCracken hätte ihm gerne geantwortet, dass ihm der Tod gleichgültig war, doch er zog es vor zu schweigen. So reich zu sein – und jetzt, da er seinen Schatz mit niemandem mehr teilen musste, war er sogar noch reicher –, war in seinen Augen tausendmal schlimmer, als bis ans Ende seiner Tage der Ausgestoßene zu bleiben, der er immer gewesen war.

Lange Zeit hatten sie gemeinsam einen Traum gehegt, doch an dem Morgen, an dem er allein aufwachte, würde er sich in einen Albtraum verwandeln.

Über dem Wasser lächelte der Mond.

All Williams schlief.

John McCracken weinte.

Zum ersten Mal seit John McCracken denken konnte, weinte er.

Der Sensenmann dagegen saß am Ufer und genoss das Schauspiel, denn nichts stillt den Durst seiner Seele mehr als die Tränen derjenigen, die um einen geliebten Menschen trauern, den er ihnen genommen hat.

Tränen, vor allem wenn sie von einem starken und entschlossenen Mann stammten, wie McCracken es einmal gewesen war, gelten als Lieblingstrank des Todes, der sich vom Schmerz ernährt wie der Blutegel von Blut.

Der Kopf seines Freundes ruhte auf seinen Beinen. Er streichelte ihm über das Gesicht, auf dem er jedes Muttermal und jede Runzel kannte, und biss sich auf die Lippen, um ein Schluchzen zu unterdrücken und sein Leid besser ertragen zu können.

Als der Morgen graute, hatte der Sensenmann seine Schulden eingetrieben und sich aus dem Staub gemacht.

All Williams hatte nicht einmal mehr die Augen geöffnet, um ein letztes Mal den Mond zu betrachten.

Die herrliche Lagune mit dem schwarzen Wasser, dem weißen Sandstrand und den hohen Palmen, deren Wedel in der leichten Morgenbrise schwankten, bildete eine idyllische Kulisse für die Tragödie des Mannes, der reglos die Leiche seines Freundes im Schoß hielt.

Aras und Tukane waren die einzigen Zuschauer.

Die Sonne gewann an Höhe.

Über dem Wasser erhob sich dichter Dunst, der langsam gen Süden trieb.

Ein schwarzer Fliegenschwarm ließ sich auf der Leiche nieder, obwohl McCracken mit mechanischen Handbewegungen versuchte, sie zu verscheuchen.

Plötzlich hörte er Stimmen.

An der Mündung des Flusses tauchte ein langes Kanu auf, in dem drei halb nackte Indianer paddelten.

Langsam näherten sie sich und legten fünf Meter neben ihnen an.

Sie sprangen aus dem Kanu an Land, blieben respektvoll vor dem Toten stehen und beobachteten ihn schweigend.

Anschließend gab ein untersetzter Mann mit stämmigem Körper, offensichtlich der Anführer, dem Schotten mit Gesten zu verstehen, dass es flussabwärts viele Menschen wie ihn gab.

Schließlich deutete er auf das Kanu, drückte ihm die Paddel in die Hand und verschwand, von seinen Leuten gefolgt, im dichten Dschungel.

Erst da begriff John McCracken, dass der Augenblick gekommen war, die Vergangenheit für immer zu begraben.

Jimmie Angel – auch König der Lüfte genannt – war mittelgroß, hatte kastanienbraunes Haar, helle Augen, mächtige Pranken und einen kräftigen Körper. Am auffälligsten an ihm aber war sein spöttisches Grinsen, das er nur selten ablegte und das fälschlicherweise den Eindruck erweckte, er nähme nichts auf der Welt ernst.

Seine unzähligen Freunde versicherten, dass dieses Grinsen ihm etliche Scherereien im Leben eingebracht, ihm bei mehr als einer Gelegenheit aber auch geholfen hatte, den Kopf aus der Schlinge zu ziehen. Menschen, die ihn eben erst kennen lernten, reagierten sehr unterschiedlich: Entweder sie schlossen ihn sofort ins Herz oder sie hätten ihm am liebsten die Fresse poliert.

Das aber wäre alles andere als ein leichtes Unterfangen. Nicht nur wegen seiner unübersehbaren Muskelkraft, sondern weil er sämtliche miesen Tricks kannte, die in den finsteren Spelunken und Bordellen auf der ganzen Welt gang und gäbe sind. Bei mehr als einer Gelegenheit hatte er sie am eigenen Leib erfahren müssen.

Jimmie war ein fröhlicher, lebenslustiger Mensch, phantasievoll, leidenschaftlich und verwegen, oft aber auch übertrieben besserwisserisch.

Eines Abends, als er mit seinen Freunden und einem halben Dutzend hübschen Mulattinnen ein Saufgelage feierte, pflanzte sich ein Herr in einem tadellosen weißen Anzug vor ihm auf und sagte mit heiserer Stimme:

»Man hat mir versichert, dass Sie der beste Pilot weit und breit sind. Angeblich könnten Sie sogar auf einem solchen Tisch hier landen ...«

Jimmie warf ihm einen Blick zu und antwortete: »Wir müssten allerdings die Gläser wegräumen.«

Er hatte sich bereits damals auf drei Kontinenten einen Namen gemacht, aber erst dieser eine überhebliche Satz soll ihn weltberühmt gemacht haben.

»Könnten wir uns einen Augenblick unter vier Augen unterhalten?«, beharrte der elegante Herr im weißen Anzug, der eine dicke Goldkette mit einer schweren Uhr um den Hals trug.

»Sofort?«, antwortete der Pilot überrascht.

»Wann sonst? Wie ich hörte, fliegen Sie morgen früh nach Bogotá.«

»Ganz richtig«, erklärte Jimmie und sprang auf. »Ich bin gleich wieder da!«, rief er den Anwesenden zu. »Und wer mir Floralba anfasst, dem breche ich sämtliche Knochen.«

Er trat auf die große Balustrade hinaus, sog die schwere Luft der panamesischen Nacht tief in seine Lungen und beobachtete einen Augenblick lang die ausgedehnte Bucht, in der Dutzende von Schiffen darauf warteten, auf dem Panamakanal das Karibische Meer zu erreichen. Nachdem er mehrmals den Kopf geschüttelt hatte, wie um wieder nüchtern zu werden, wandte er sich dem Mann mit der prächtigen Goldkette zu.

»Ich höre.«

»Hätten Sie Interesse, fünfzehntausend Dollar zu verdienen?«

»Ehrlich gesagt ist das eine ziemlich dumme Frage«, entgegnete der Amerikaner, ohne sein Grinsen aufzugeben. »Sie werden verstehen, dass ich meine Freunde nicht allein gelassen habe, um mir einen solchen Schwachsinn anzuhören. Wer würde so eine Summe nicht gern verdienen? Also, was genau wollen Sie?«

Sein Gesprächspartner hatte sich an die Brüstung gelehnt und ebenfalls tief Luft geholt, ohne den Blick von der Bucht zu nehmen.

»Wenn Sie mich – ohne irgendwelche Fragen zu stellen – dorthin fliegen, wo ich hin will, an der Stelle landen, die ich Ihnen zeigen werde, und mich obendrein heil wieder in die Zivilisation zurückbringen, biete ich Ihnen fünfzehntausend Dollar«, sagte er schließlich. »Obendrein werde ich Sie am Profit der Operation beteiligen.« Er steckte die Hand in die Innentasche seines tadellosen Jacketts und zog ein Bündel Geldscheine heraus. »Hier sind fünftausend als Vorschuss.«

»Donnerwetter!« Mehr bekam der König der Lüfte in diesem Augenblick nicht heraus. »Sie gehen ja ganz schön ran!« Für den Bruchteil einer Sekunde verschwand das ewige Grinsen aus seinem Gesicht. »Aber eins will ich von vorneherein klarstellen. Ich transportiere weder Waffen noch Drogen.«

»Es handelt sich um keins von beiden.«

»Smaragde? Soll ich etwa Smaragde aus Kolumbien schmuggeln?«

»Auch das nicht. Das Ganze ist völlig legal.«

»Legal?«, fragte Jimmie überrascht. »Womit kann man denn legal so viel Geld verdienen?«

»Mit Gold und Diamanten.«

Jimmie Angel schwang sich, ungeachtet der Gefahr hinabzustürzen, rittlings auf die Brüstung und lehnte sich mit dem Rücken an den Pfeiler. Dann warf er dem Mann mit dem rötlich blonden Bart einen misstrauischen Blick zu.

»So so, Gold und Diamanten?«, wiederholte er. »Dann sagen Sie mir, worin der Unterschied zwischen dem Schmuggeln von Smaragden und dem Schmuggeln von Gold und Diamanten besteht.«

»Darin, dass es hier gar nicht um Schmuggel geht«, erwiderte sein Gegenüber und sah ihm in die Augen. »Vor Jahren haben ein Freund und ich eine Ader mit Gold und Diamanten entdeckt, die einzigartig auf der Welt ist. Leider kam mein Freund dabei um und hatte nichts von seinem Glück, ich aber bin reich geworden.« Der Mann hielt inne, denn die Erinnerung an All Williams war immer noch schmerzhaft. Dann nahm er sich rasch wieder zusammen und setzte hinzu: »Leider habe ich all das Geld auf dumme Weise verspielt. Jetzt will ich die Ader erneut finden. Das Gesetz gibt mir das Recht dazu.«

»Warum mit dem Flugzeug?«

»Weil ich nicht mehr der Jüngste bin. Der Dschungel ist hart, sehr hart. Ich müsste mindestens zwei Monate durch dichten Urwald marschieren. Ich würde die Strapazen nicht mehr durchstehen. Aber ich bin sicher, dass ein guter Pilot an der Stelle landen kann. Und wie ich gehört habe, werden Sie überall König der Lüfte genannt.«

Jimmie brauchte eine Weile, um darüber nachzudenken. Er nahm eine abgegriffene schwarze Pfeife aus der Brusttasche seines Hemdes, stopfte sie in aller Ruhe und zündete sie an.

»Interessant! Wirklich interessant«, erklärte er schließlich. »Fünfzehntausend Dollar und einen Anteil an dem, was Sie da rausholen. Und wie hoch ist der Anteil, wenn ich fragen darf?«

»Fünf Prozent.«

»Warum nicht zehn?«

»Warum nicht? Man müsste nur ein bisschen mehr mitnehmen.«

»Gibt es denn so viel?«

»Sie können sich nicht vorstellen, wie viel ...! Kiloweise Gold und Diamanten.«

»Sie nehmen mich doch nicht etwa auf den Arm, oder?«

John McCracken legte das Bündel Scheine auf die Brüstung und schob es Jimmie zu.

»Nennen Sie das auf den Arm nehmen? Wie lange müssten Sie arbeiten, um in Ihrem Job so viel Geld zu verdienen?«

»Monate ... vielleicht Jahre. Wohin müssten wir fliegen?«

»Ins Bergland von Guayana.«

»In den Dschungel?«

»Halb Dschungel, halb Savanne.«

»Gibt es einen Flugplatz in der Nähe?«

»Nicht dass ich wüsste.«

»Irgendeine Möglichkeit aufzutanken?«

»Wohl kaum.«

»Sie machen es mir nicht gerade leicht.«

»Wenn es leicht wäre, hätte ich nicht bis nach Panama kommen müssen. In New York gibt es auch gute Piloten. Aber ich brauche mehr als nur einen guten Piloten.« Er lächelte spöttisch. »Ich brauche jemanden, der in der Lage ist, auf einem Tisch zu landen, auch wenn man zuerst die Gläser wegräumen muss.«

»Sie suchen einen Verrückten, hab ich Recht? Und in New York hat man Ihnen garantiert gesagt, dass keiner verrückter ist als ich.«

»Genau.«

»Wie nett von den Jungs!«

»Meine Recherchen jedenfalls haben ergeben, dass

sie nicht so Unrecht haben. Wer sonst würde es wagen, in einer klapprigen Bristol Piper über die Anden zu fliegen?«

»Niemand, da haben Sie Recht. Jedes Mal, wenn ich einen dieser Anfänger nach Bogotá lotse, macht er sich in die Hose und schwört bei seiner Mutter, dass er nicht mal besoffen je wieder die Kordilleren überqueren würde. Ich aber finde sie jedes Mal aufs Neue faszinierend.«

»Nun, ich kann Ihnen garantieren, dass Sie diese Reise noch faszinierender finden werden.«

»Was Sie nicht sagen!« Der Amerikaner zog genüsslich an seiner Pfeife, als suchte er im Rauch des Tabaks nach Inspiration. Schließlich schob er die Scheine zurück, als wären sie eine unwiderstehliche Versuchung. »Stecken Sie das wieder ein«, sagte er. »Ich fliege morgen früh. Es wäre schade drum, wenn es über einem verschneiten Gipfel verstreut würde. Wir unterhalten uns weiter, wenn ich wieder zurück bin.«

»Wann wird das sein?«

»Das kann ich Ihnen nicht sagen, mein Freund! Es hängt von den Flugbedingungen ab, von möglichen Schäden, vom Spritnachschub ...« Er zuckte gleichmütig die Achseln. »Vielleicht in einer Woche, es kann aber auch einen Monat oder ein Jahr dauern. Man darf nicht vergessen, dass es auf der ganzen Strecke keinen einzigen Flugplatz gibt, der den Namen verdient hätte.«

»So lange kann ich nicht warten«, erklärte John McCracken und stützte sich auf die Brüstung. Dann drehte er sich zu Jimmie um. »Und wenn ich mit Ihnen nach Bogotá käme?«, fragte er plötzlich. »Wir könnten von da aus direkt weiterfliegen. Die Hälfte der Strecke hätten wir bereits hinter uns.«

»Sie wollen mit mir nach Bogotá fliegen?«, wiederholte Jimmie ungläubig. »Ist Ihnen klar, was es bedeutet, in einem Doppeldecker über die Anden zu fliegen, obendrein mit zwei Maschinen im Schlepptau, die von blutigen Anfängern gesteuert werden?«

»Nein!«

»Allerdings, sonst hätten Sie es bestimmt nicht vorgeschlagen.«

»Dann frage ich mal umgekehrt: Wissen Sie, was es heißt, sechstausend Kilometer zu Fuß durch den Dschungel zu marschieren, in dem es von Schlangen, Jaguaren, Wildschweinen, Menschenfressern und Banditen wimmelt?«

»Nein! Ich gehe zu Fuß höchstens mal über die Straße.«

»Nun, es kommt also beides ungefähr aufs Gleiche raus.«

Nachdenklich ließ der König der Lüfte den Blick über den eleganten Herrn mit den gepflegten Schnürstiefeln und dem gestärkten Kragen schweifen, bis er an der mit einem prächtigen Brillanten geschmückten Krawattennadel hängen blieb. Es sah fast so aus, als versuchte er das spezifische Gewicht des Edelsteins zu schätzen.

»Sie scheinen tatsächlich zu halten, was Sie versprechen«, erklärte er schließlich. »Und ich zweifle nicht im Geringsten daran, dass Sie es früher mit der ganzen Welt aufgenommen haben …« Er zeigte bedeutungsvoll zum Himmel. »Aber da oben über den Anden sieht die Sache anders aus. Da kommt der Höhenkoller ins Spiel und was weiß ich. In einer derart alten Maschine, die sich kaum noch in der Luft hält, kann ein Passagier, der die Nerven verliert, eine Katastrophe auslösen. Verstehen Sie das?«

»Natürlich«, erklärte der Schotte, der sich unter keinen Umständen geschlagen geben wollte. »Ich verstehe Ihre Befürchtungen, aber sollten sie tatsächlich eintreffen, gäbe es eine ganz einfache Lösung.«

»Welche?«

»Ich werde darauf verzichten, mich anzuschnallen«, antwortete McCracken gelassen. »Sollten Sie das Gefühl haben, dass ich eine Gefahr darstelle, drehen Sie einen Looping und lassen mich aus der Maschine fallen.«

»Sie sind wohl nicht ganz dicht!«

»Dann haben Sie mich wohl angesteckt.«

Jimmie klopfte die Pfeife an seiner Schuhsohle aus und beobachtete, wie die Glut vom Wind in die Nacht geweht wurde. Dann kratzte er sich nachdenklich am Kopf und schließlich nickte er fast unmerklich.

»Lassen Sie mich darüber nachdenken!«, antwortete er. »Die Jungs werden nicht sauer sein, wenn sich alles um einen Tag verschiebt. Ich erwarte Sie morgen Abend um die gleiche Zeit hier an dieser Stelle, aber eines sollten Sie sich merken. Wenn ich erst einmal eine Entscheidung getroffen habe, ist sie unumstößlich.«

»Abgemacht.«

Nach dem Liebemachen, als die Mulattin Floralba eingeschlafen war, lag Jimmie wach im Bett und starrte aus dem großen Fenster, durch das jetzt das erste Licht des Morgens kroch. Er würde heiß und stickig werden, wie die meisten Tage im tropischen Panama. Jimmie dachte darüber nach, was ihm der elegante Mann ein paar Stunden zuvor gesagt hatte.

Der Kerl war ehrlich, daran bestand kein Zweifel.

Jemand, der ein kleines Vermögen auf den Tisch legte, nur damit man ihn an einen gottverlassenen Ort im Dschungel flog, wusste genau, was er wollte.

Gold und Diamanten!

Jimmie dagegen wusste, dass der überwiegende Teil der Maschinen, die er von Panama nach Bogotá lotste, den kolumbianischen Smaragdschmugglern gehörte. Sie benutzten sie, um ihre Schmuggelware über die Grenze nach Brasilien zu schaffen, ohne dafür Steuern oder Zoll bezahlen zu müssen. Es war seit Jahrhunderten bekannt, dass die kolumbianischen Smaragdvorkommen die größten in ganz Südamerika waren. Kein anderes Land konnte sich in dieser Hinsicht mit Kolumbien messen. Doch von bedeutenden Gold- und Diamantenminen im Bergland von Guayana hatte er noch nie gehört.

Er wusste vom Goldstaub in den Nebenflüssen des Amazonas und von den einst berühmten Silberminen in Peru, aber dass es Diamanten, echte Diamanten in Südamerika geben sollte, war etwas ganz Neues.

Instinktiv hatte er Diamanten immer mit dem Kongo, Südafrika oder Namibia in Verbindung gebracht.

Und jetzt tauchte plötzlich dieser beunruhigende Kerl auf, der scheinbar geradewegs aus einer Boutique auf der Fifth Avenue kam, erzählte allen Ernstes von einem geheimnisvollen Fundort und untermauerte obendrein sein Angebot mit fünfzehntausend Dollar und dem Versprechen auf zehn Prozent Beteiligung an den Erlösen.

Verdammt!

Fünfzehntausend Dollar entsprachen mindestens sechs Reisen nach Bogotá und zurück; zwölf Flüge über scharfzackige, verschneite Berggipfel, durch Täler mit gefährlichen Luftströmungen und Tausende von Meilen über eine grüne Hölle hinweg, die so dicht bewachsen war, dass man ihn niemals finden würde, falls sein Motor aussetzen und er abstürzen sollte.

Fünfzehntausend Dollar bedeuteten eine nagelneue Maschine und eine wohlverdiente Ruhepause in Gesellschaft einer hübschen Mulattin.

Und obendrein eine Hand voll Gold und Diamanten.

Mist, verdammter!

Diese Versuchung war wirklich sehr verlockend und er hasste Versuchungen, weil er aus Erfahrung wusste, dass er einfach nicht gelernt hatte, ihnen zu widerstehen.

Aber was wusste er oder sonst wer schon von diesem weiten, unerforschten Land, das man Escudo Guayanés nannte?

Auf welche Winde, Strömungen und Berge würde er stoßen, in einem Gebiet, das bis zum heutigen Tag kein Pilot überflogen hatte?

Jedenfalls war noch nie einer zurückgekehrt, um davon zu berichten.

Am späten Vormittag des folgenden Tages hatte er bereits die wenigen, unvollständigen Karten studiert, die er in Panama über diese Region auftreiben konnte. Sierra Parima, Sierra Pacaraima, Monte Roraima, Río Orinoco, Río Caroní ... zufällig über die Karte verstreute Namen ohne die geringste Gewähr, und kein einziger Eintrag konnte verlässlich über die Höhe eines Gebirges Aufschluss geben. Eine einzige Stadt, in der er auftanken konnte: Ciudad Bolívar, die zudem so weit entfernt lag, dass er riskieren musste, mitten im Urwald wie ein Bleiklumpen vom Himmel zu fallen.

Mist, verdammter.

Es war Wahnsinn.

Eine von vielen verrückten Ideen in seinem kurzen, verrückten Leben.

Aber auch faszinierend. So kam es, dass er am Abend dem eleganten Caballero mit der imponierenden Goldkette ohne Umschweife erklärte:

»Sie werden sich einen Fliegeranzug besorgen müssen.«

»Den habe ich bereits.«

»Und Sie müssen auf Ihr Gepäck verzichten.«

»Ich habe ohnehin nie welches.«

»Und was machen Sie mit Ihren teuren Klamotten?«

John McCracken zog sein Jackett aus, leerte die Taschen und warf es dann gleichmütig über die Brüstung auf die Straße von Panama.

»Was bedeutet schon ein Anzug?«, fragte er.

Jimmie sah ihn verblüfft an und seufzte laut auf.

»Also einverstanden!«, erklärte er. »Bei Tagesanbruch starten wir.«

Eine halbe Stunde bevor die Sonne über der Landenge aufging, die zwischen den beiden größten Ozeanen der Welt liegt, ließen die Männer die Motoren ihrer drei Maschinen warmlaufen. Als die ersten Sonnenstrahlen die Startbahn erreichten, setzte die klapprige weiße Bristol Piper des Königs der Lüfte zum Start an und erhob sich knapp vor den blühenden Wipfeln der Flamboyantbäume am Ende der Piste in den Himmel.

Sie flogen in weitem Bogen über einen verrosteten Frachter hinweg, der gerade durch die Schleusen des Kanals geschleppt wurde, und warteten auf die beiden Curtissmaschinen. Die umgebauten ehemaligen Bomber waren zwar langsamer und schwerer, aber auch erheblich sicherer als der leichte Doppeldecker, der sie über die Anden lotsen würde.

Jimmie drehte eine letzte Runde, als wollte er sich von der zivilisierten Welt verabschieden, und nahm dann Kurs nach Osten, während die ewig laute, geschäftige Stadt allmählich hinter ihnen verschwand.

John McCracken saß hinter ihm und beobachtete alles so erstaunt, als säße er zum ersten Mal in seinem Leben in einem Flugzeug.

Er erstickte fast in seinem unbequemen, mit Schafswolle gefütterten Fliegeranzug aus Leder. Der Schweiß lief ihm in Strömen herab. Doch was die Kleidung betraf, hatte der Pilot nicht mit sich reden lassen.

»Da oben können Sie nichts überziehen, ohne Gefahr zu laufen, dass es vom Wind weggeweht wird. Ich garantiere Ihnen, dass Sie vor Kälte wie Espenlaub zittern werden, sobald wir in der Luft sind, auch wenn Sie sich im Augenblick noch zu Tode schwitzen.«

Es war schwer zu glauben, dass man in den Tropen frieren konnte, aber dieser Amerikaner hatte zweifellos eine Menge Erfahrung, was das Fliegen anging. Außerdem erschien es McCracken unklug, sich schon am Anfang der Reise mit ihm anzulegen.

Abgesehen von der Hitze war es ein faszinierendes Spektakel, denn Jimmie hatte die Flugroute entlang des Panamakanals gewählt, um auf direktem Weg in die Karibik zu gelangen, damit sein Passagier und die beiden Anfänger, die die anderen Maschinen flogen, das größte je von Menschenhand geschaffene technische Bauwerk der Welt bewundern konnten, das sich unter ihnen erstreckte.

Die Corte de Culebra, eine Hunderte von Metern

lange Schleuse, führte geradewegs durch ein hohes Gebirge, das über zehn Jahre hinweg von unzähligen Arbeitern aus aller Herren Länder abgetragen worden war. Sie imponierte jedem, der den Kanal mit dem Schiff passierte. Doch sie aus fünfhundert Metern Höhe zu sehen wie jetzt der Schotte, das verschlug einem förmlich die Sprache.

Nachdem sie den enormen Gatúnsee, der die Schleusen mit Wasser versorgte, und wenig später auch die quirlige Stadt Colón, die eigens für die Arbeiter des Kanals gebaut worden war, hinter sich gelassen hatten, tauchte vor ihnen ein aufgewühltes Meer mit weißen Schaumkronen auf, über dem ein scharfer Nordostwind wehte, so stark, dass er die Bristol auseinander zu reißen drohte.

Von Zeit zu Zeit flog Jimmie einen weiten Bogen und heftete sich ans Heck der beiden Curtissmaschinen, um sie dann zu überholen, wobei er den Piloten kurz zuwinkte. McCracken hatte einen Kloß im Hals, seit sie gestartet waren. Er musste jedoch zugeben, dass er sich schon ein wenig ruhiger fühlte, als er sah, mit welcher Sicherheit der Mann, von dem in diesem Augenblick sein Leben abhing, die Maschine steuerte.

Endlich kam die Kälte.

Fast war sie ihnen willkommen.

Später ließen sie den Archipel von San Blas mit seinen unzähligen kleinen Booten, die in den windgeschützten Buchten ankerten, hinter sich und flogen über das offene Meer, ohne jedoch die Küste aus den Augen zu verlieren, an der sich die dunklen Gipfel des Dariéngebirges abzeichneten.

Zwei Stunden später begannen sie den Anflug auf den schmalen Golf von Urabá und setzten auf einer staubigen Piste auf, die man dem Dschungel abgetrotzt hatte. Sie lag nicht einmal einen Kilometer von den ersten Häusern von Turbo entfernt.

Nachdem er aus der Maschine gesprungen war und zugesehen hatte, wie die schweren Bomber über die Staubpiste holperten und einige Meter von ihnen entfernt zum Stehen gekommen waren, drehte sich Jimmie zu seinem Passagier um und fragte mit seinem üblichen Grinsen:

»Na? Wie fanden Sie es?«

»Faszinierend!«

»Und das ist erst der Anfang.« Der Pilot deutete mit dem Kopf auf die Bergkette, die sich in der Ferne vor ihnen erhob. »Da drüben beginnen die Probleme.«

»Wie hoch müssen wir steigen?«

»Bogotá liegt etwas höher als zweitausendsechshundert Meter über dem Meeresspiegel«, lautete die beunruhigende Antwort. »Was haben Sie gedacht?« Der Pilot zwinkerte ihm zu. »Haben Sie irgendwelche Herzprobleme?«

»Nicht dass ich wüsste.«

»Es wäre aber besser, wenn Sie es wüssten. Schon so mancher hat in großer Höhe das Zeitliche gesegnet und ich habe keine Lust, mit einer Leiche zu landen. Das bringt nur Unglück.« Plötzlich wechselte er den Ton. »Noch können Sie es sich überlegen und das Ganze vergessen.«

»Niemals! Nicht für alles Gold der Welt!«

»Soweit ich weiß, geht es ja nicht um alles Gold der Welt, sondern nur um einen Teil davon. Und Diamanten. Wie wär's mit einem Frühstück?«

»Was?«, entgegnete John McCracken entsetzt. »Mit diesem Kloß im Hals kriege ich keinen Bissen runter.«

In Wahrheit ging es aber nicht darum, sich zu stärken, sondern darum, die Zeit totzuschlagen, während sich die Motoren abkühlten, die Maschinen aufgetankt wurden und sie sehen konnten, wie Wind und Wolken sich entwickelten; sie verhüllten bereits die höchsten Gipfel der bedrohlichen Bergkette.

Ein dickbäuchiger, schweißgebadeter Mulatte, dem nach eigener Aussage der Flugplatz unterstand, wenn man die in den Urwald gehauene Schneise und die palmengedeckte Hütte als solchen bezeichnen konnte, studierte mit einem funkelnden Fernglas den fernen Horizont und zuckte gleichmütig die Achseln.

»Weder Fisch noch Fleisch«, brummte er leise. »Könnte besser werden oder auch schlechter. Das hängt ganz vom Wetter ab.«

»Du bist mir vielleicht eine Hilfe«, antwortete der Amerikaner.

»Die Entscheidung liegt bei dir«, entgegnete der Dicke. »Das Einzige, was ich dir sagen kann, ist, dass sich die Lage in den kommenden Tagen nicht großartig ändern wird. Weder heute, morgen noch in einer Woche.«

»Wenn es so ist, sollten wir machen, dass wir weiterkommen«, sagte Jimmie entschlossen.

»Es ist dein Leben, nicht meins«, lautete die wenig aufmunternde Antwort.

»Ginge es um deins, hätte ich keinen Gedanken daran verschwendet«, entgegnete der König der Lüfte lachend. »Also!«, rief er dann. »Es geht los!«

Kurz darauf befanden sich die drei Maschinen wieder in der Luft, doch jetzt wurde es tatsächlich brenzlig, denn je mehr sie an Höhe gewannen, desto schwächer wurden die Motoren. Sie begannen, zu stöhnen und zu ächzen, als wollten sie jeden Augenblick den Geist aufgeben. Ihre Angst nahm ein derartiges Ausmaß an, dass man hätte meinen können, es wären Menschen aus Fleisch und Blut, die unbedingt einen Berg besteigen wollten, obwohl er eine Nummer zu groß für sie war.

Als das Meer eine Viertelstunde später als silberner Streifen am Horizont hinter ihnen verblasste, erkannten sie unter sich nur noch den dunklen Dschungel mit seinen hohen Berggipfeln und tiefen Schluchten. Es dauerte nicht lange, bis unvorhersehbare Turbulenzen die Maschinen erfassten und rücksichtslos durchrüttelten.

Gleichzeitig wurde es kälter.

Als kurz darauf die ersten verschneiten Berggipfel vor ihren Augen auftauchten, war McCracken plötzlich ganz sicher, dass der verrostete alte Flieger es niemals über die gewaltigen Kordilleren der Anden schaffen würde.

Auch die Curtissmaschinen schleppten sich nur mit Mühe über die Berghänge.

Von Osten jagten dunkle Wolken heran.

Der Wind heulte.

Plötzlich stöhnte die alte Bristol so laut auf, dass man hätte meinen können, der Sensenmann habe sich auf ihrem Heck niedergelassen.

Man verlangte zu viel von ihr.

Zu viel für ihr Alter und den erbärmlichen Zustand, in dem sie war.

Zu viel, selbst wenn sie fünf Jahre jünger gewesen wäre.

Sie begann, an Höhe zu verlieren.

Vielleicht aber auch nicht, vielleicht blieb die Höhe gleich und nur die Erde unter ihr kam immer näher.

Eine steile, zerklüftete Landschaft, auf der es anscheinend kein Zeichen von Leben gab. Sie wirkte derart abweisend, dass McCracken das Blut in den Adern geronnen wäre, wenn seine Muskeln nicht vor Kälte längst erstarrt gewesen wären.

»Wir stürzen ab!«

Jimmie drehte sich um, als er spürte, dass der andere ihm auf die Schulter klopfte.

»Was ist?«, fragte er.

»Wir stürzen ab!«, schrie sein Passagier von hinten.

»Machen Sie sich keine Sorgen!«, beruhigte ihn der Pilot grinsend. »Bis unten ist es nicht tief.«

»Nicht tief! Verdammter Hundesohn!«, murmelte der Schotte. »Ich sehe bloß Felsen und Schluchten ...!«

Der Motor fing an zu stottern.

Der Rumpf ächzte.

Die rechte Tragfläche quietschte.

Dann senkte die Maschine einen Augenblick den Bug, doch im gleichen Moment zog der Amerikaner mit beiden Händen am Steuerknüppel und fing an, die alte Maschine anzufeuern:

»Na los, Schätzchen! Komm schon. Komm schon ...! Gib dir einen Ruck!«

Jetzt rasten sie auf eine Wolkenwand zu.

Es waren die weißesten und bedrohlichsten Wolken, die McCracken jemals gesehen hatte. Sie erinnerten an unermessliche Massen von Eis und Schnee, durch die sich die altersschwache Maschine einen Weg bahnen musste. Der Propeller drehte und drehte sich bei seinem scheinbar vergeblichen Versuch, sich durch die dünne Luft zu schrauben.

»Komm schon, verdammt noch mal! Oder willst du mich etwa blamieren? Du kannst es! Ich weiß, dass du es kannst!«

Während Jimmie auf seine klapprige Kiste einredete, als hätte er einen lebendigen Menschen vor sich, kam sein Passagier zu dem Schluss, dass die Jungs in New York Recht gehabt hatten. Sie hatten ihm versichert, dass der hoch dekorierte Held des Ersten Weltkriegs, der bereits vor seinem zwanzigsten Geburtstag vier deutsche Maschinen abgeschossen hatte, von allen Piloten, die sie kannten, der verantwortungsloseste und der größte Draufgänger war.

Wie sonst konnte jemand, der bei Verstand war, mit einer solchen Kiste über die Kordilleren fliegen, selbst wenn er als König der Lüfte galt?

Und mitten in höchster Gefahr ein Lied über eine gewisse Adelita trällern?

Wie konnte ein Pilot, der auch nur halbwegs wusste, was er tat, seine Maschine fragen, ob sie ihn blamieren wolle, während sie geradewegs auf einen riesigen vereisten Vulkan zuflogen?

»Gott steh uns bei!«

»Komm schon, Schätzchen, na los, meine Hübsche! Hoch mit der Schnauze, und noch ein bisschen ...!«

Um ein Haar wären dem Schotten die Augen aus dem Kopf gefallen. Entsetzt schlug er dem Piloten wieder auf die Schulter, dieses Mal heftiger, und schrie ihm ins Ohr:

»Die Tragflächen sind vereist!«

»Was haben Sie gesagt?«

»Die Tragflächen. Sie sind völlig vereist!«

»Schade, dass wir keinen Whisky dabeihaben!«

»Sie sind ja verrückt!«

Jimmie war verrückt, keine Frage, doch diesmal schien er die Sache trotz seines merkwürdigen Sinns für Humor nicht auf die leichte Schulter zu nehmen, denn plötzlich sagte er:

»Halten Sie sich gut fest!«

Und riss im gleichen Moment die Maschine fast rechtwinklig nach links, um dann zu einem kurzen Sturzflug anzusetzen, der seinem Passagier jedoch wie eine Ewigkeit vorkam.

Sekunden später begann das Eis, das sich auf den Tragflächen gebildet hatte, zu bersten und abzufallen. McCracken hatte das Gefühl, als habe sich die Maschine von einer schweren Last befreit.

»Das hätten wir.«

Jetzt zog der Pilot die Maschine in einem fast senkrechten Steilflug wieder hoch, sodass sie nur noch die Wolkenwand vor Augen hatten, die sich über dem westlichen Hang des Vulkans auftürmte.

Jimmie drehte nach links ab, brachte die Maschine in eine stabile Lage und flog dann immer der Nase nach, während sie rechts, keine zweihundert Meter entfernt, das kalte weiße Leichentuch eines Schneegipfels hinter sich ließen, der weit über dreitausendfünfhundert Meter hoch war.

Dem Himmel sei Dank!

In Bogotá betranken sie sich.

Was hätten sie auch sonst tun sollen, um zu feiern, dass sie eine derart gefährliche Reise mit heiler Haut überstanden hatten?

Drei Tage und drei Nächte ließen sie sich voll laufen, bis sie nicht mehr konnten. Und eins wurde McCracken bei dieser Gelegenheit klar: Der König der Lüfte hatte eine Menge Freunde – und vor allem Verehrerinnen – in jeder Stadt und jedem Dorf, wo ein Flugzeug landen konnte.

Er besaß nicht nur einen unwiderstehlichen Charme, sondern warf obendrein mit Geld nur so um sich.

»Wenn wir schon so gut wie reich sind, wollen wir auch wie reiche Leute leben …«, tönte er bei jeder neuen Runde, die er ausgab. So dauerte es nicht allzu lange, bis er den größten Teil der fünftausend Dollar, die ihm McCracken als Vorschuss gegeben hatte, durchgebracht hatte.

Aber auch der Schotte ließ sich nicht lumpen.

Obwohl er eher ein Einzelgänger war und in den langen entbehrungsreichen Jahren, in denen er durch den Dschungel marschiert war, gelernt hatte, sich zu bescheiden, liebte auch er das Risiko und das Abenteuer und hätte nie auf einen guten Rum oder eine hübsche Frau verzichtet, wenn sich die Gelegenheit ergab. In Kolumbien aber gibt es bekanntlich den besten Rum und die schönsten Frauen im Übermaß.

Wenn er ehrlich war, musste er zugeben, dass er

damals, als er aus dem Dschungel in die Zivilisation zurückgekehrt war, mit der Idee geliebäugelt hatte, eine Frau zu finden, die ihm Gattin, Geliebte und eine ebenso gute Verbündete sein konnte wie All Williams ihm ein Freund gewesen war. Aber trotz all seines Reichtums hatte er eine solche Frau nicht gefunden.

Jetzt saß er neben einem Menschen, der das Risiko mindestens ebenso liebte wie er, wenn nicht sogar mehr, zugleich aber das Leben in vollen Zügen genoss, gerade so, als sei jede Minute seine letzte.

Mit seiner gewaltigen Muskelkraft, seiner umwerfenden Liebenswürdigkeit und leidenschaftlichen Art war Jimmie eine echte Naturgewalt, die alles und jeden mit sich riss und der niemand etwas abschlagen konnte, weder Frauen noch Männer, weder Freunde noch Feinde.

Ob es zum Guten oder zum Schlechten war, der Pilot setzte stets seinen Willen durch, und dieses Mal hatte er sich offensichtlich vorgenommen, »ganz Bogotá leer zu saufen«. Sein neuer Kumpel McCracken half ihm dabei, so gut er konnte.

Am Morgen des vierten Tages jedoch entschied Jimmie, dass sie genug gefeiert hatten und es Zeit war, dass der Trubel ein Ende fand. Frisch gebadet und glatt rasiert, so frisch wie eine Rose, die man soeben im Garten gepflückt hatte, tauchte er im Restaurant des Hotels auf, wo sein Passagier und Saufkumpan saß und aussah, als sei eine Horde wilder Elefanten über ihn hinweggetrampelt.

»Auf geht's!«, waren die ersten Worte, die der König der Lüfte mit seinem wohl bekannten Grinsen von sich gab.

»Wann?«, stöhnte der geschundene McCracken.

»Jetzt gleich! Ich habe die Maschine schon durchchecken lassen und genug Proviant, Waffen und Sprit besorgt. Na los! Geben Sie sich einen Ruck. Ein Vermögen wartet auf uns.«

»Mir platzt der Schädel!«

»Das vergeht, sobald Sie in der Luft sind.«

»Und die Karten?«

»Was für Karten?«, fragte der andere verwundert. »Hören Sie, ich habe die ganze Stadt auf den Kopf gestellt. Ich habe ein Vermögen geboten für irgendein Stück Papier, auf dem das Bergland von Guayana verzeichnet wäre, und das Einzige, was ich auftreiben konnte, ist dieser Lappen hier, der so schmierig und abgewetzt ist, als hätte Kolumbus ihn mit eigener Hand gezeichnet. Man könnte meinen, dass die Welt südlich des Orinoco endet.«

»Wie finden wir dann dahin?«

»Indem wir uns umhören.«

Doch die Antworten, die sie von einem der Smaragdpiloten auf ihre Fragen erhielten, waren knapp und wenig erhellend.

»Ihr fliegt siebenhundert Kilometer immer geradeaus, Richtung Osten, bis ihr auf den Orinoco trefft. Wenn ihr seinem Lauf nach Norden folgt, müsstet ihr mit etwas Glück Puerto Ayacucho erreichen, dort könnt ihr unter Umständen auftanken. Aber was ab da wird, Kumpel, kann ich dir nicht sagen.«

»Siebenhundert Kilometer geradeaus!«

»Können wir siebenhundert Kilometer weit fliegen, ohne aufzutanken?«

»Das wird schwierig. Wir werden zwar die Kordilleren hinunterfliegen, bräuchten aber trotzdem einen verdammt kräftigen Rückenwind, der uns trägt. Diese alte Kiste ist für lange Gleitflüge nicht gerade geeignet.«

»Mit anderen Worten?«

»Ich habe die Reservekanister voll tanken lassen. Unser Problem wird weniger die Landung sein. Wir fliegen über die Savanne, da ist Platz genug. Doch zuerst müssen wir rauskriegen, ob wir überhaupt vom Fleck kommen mit so viel Gewicht und so hoch über dem Meeresspiegel. Das ist das Problem!«

»Wie können wir das rauskriegen?«

»Na, das werden wir sehen, wenn wir entweder in der Luft sind oder die Kühe umwalzen, die dahinten auf der Weide grasen.«

Den Tieren passierte nichts, aber nur, weil sie gerade noch rechtzeitig unter lautem Muhen das Weite suchten, als sie sahen, wie das teuflisch dröhnende Ungeheuer auf sie zuraste, als wollte es Hackfleisch aus ihnen machen, ohne sie vorher zu schlachten, aus purer Faulheit. Allein dem Umstand, dass die Tiere so rasch das Weite suchten, war es zu verdanken, dass der kleine Doppeldecker genügend Platz hatte, um seine schlammverkrusteten Räder endlich, wenn auch widerwillig, vom Boden der sumpfigen Hochebene zu lösen.

Vom Himmel über der kolumbianischen Hauptstadt, der wie immer zu dieser Jahreszeit bleischwer war, fiel ein leichter Nieselregen. Er war so dicht, dass man nicht einmal die Silhouette des Klosters von Montserrat oben auf dem Berg sehen konnte. Jimmie drehte sofort ab und steuerte die Maschine auf einen klaren Kurs Richtung Osten.

Die völlig überladene Bristol hatte diesmal große Mühe, auf eine Höhe von mehr als zweihundert Metern zu steigen. Das bedeutete, dass sie sich nun fast dreitausend Meter über dem Meeresspiegel befanden. Eine durchaus respektable Leistung für ihr schwaches metallenes Herz, das sich anhörte, als würde es jeden Augenblick aufhören zu schlagen.

McCracken saß starr auf seinem Sitz, klammerte sich mit beiden Händen an die Armlehnen und versuchte, sie instinktiv nach oben zu zerren, als könnte er auf diese Weise die altersschwache Maschine zum Steigen bewegen.

Der Pilot dagegen freute sich anscheinend wie ein Kind über die grüne Landschaft. Er winkte den Menschen unten zu, die ihre Arme schwenkten, um sie zu verabschieden. Dann streiften sie noch ein paar Baumwipfel und plötzlich löste sich die Wolkenwand auf, der Boden unter ihnen fiel steil in die Tiefe und gab den Blick auf eine schier endlose Weite frei, die sich unter ihnen erstreckte.

Ein schwarzer Kondor schoss über ihre Köpfe hinweg.

Aus den dunklen Klippen, die sie mittlerweile hinter sich gelassen hatten, ergossen sich ungeheure Wassermassen. Unter ihnen begann jetzt der dichte Dschungel, der bis auf eine Höhe von tausend Metern die Berghänge bedeckte und sich wie ein riesiger Teppich nach allen Seiten ausbreitete.

Sie kreuzten viele kleine Nebenflüsse mit wilden Stromschnellen, die sich allmählich zu mächtigen Strömen zusammenschlossen und in einem gewaltigen Wasserfall endeten. Dieser ergoss sich in eine flache Ebene, wo das Wasser seine Suche nach dem mächtigen Orinoco fortsetzte.

Die alte Bristol Piper glitt durch die Luft wie ein Adler, der seine Beute verfolgt, ganz gemächlich und ruhig, ohne das leiseste Rumpeln oder Zittern. Man hätte meinen können, dass die Luft, die mit jedem Meter, den sie an Höhe verloren, wärmer wurde, der alten Maschine jene Selbstsicherheit wiederschenkte, die ihr gefehlt hatte, seit sie von Turbo gestartet waren.

Der nervenaufreibende Flug über die Anden in einer für den Einsatz im Ersten Weltkrieg überstürzt zusammengestoppelten Maschine schien nur noch ein schrecklicher ferner Albtraum zu sein, den er längst vergessen hatte.

Jimmie sang aus vollem Hals in einem malerischen, katastrophal schlechten Spanisch, das er anscheinend in den heruntergekommensten Kneipen und Bordellen von Panama gelernt hatte:

Si Adelita se fuera con otro
La seguiría por aire y por mar
Si por mar en un buque de guerra
Si por aire en un avión militar …

Si Adelita quisiera ser mi esposa
Si Adelita fuese mi mujer …
Le compraría unas bragas de seda
Y se las quitaría a la hora de joder …

Der Schotte hingegen konnte sich ein Lächeln nicht verkneifen, als er sich fragte, wohin sie die Reise in einer derart lächerlichen Kiste wohl führen würde. Obendrein war der Pilot völlig übergeschnappt. Er schien es sogar zu genießen, dass sein Leben an einem seidenen Faden hing, der noch dünner war als das Höschen seiner Adelita.

All hätte seinen Spaß gehabt, dachte McCracken. Er hätte sich köstlich amüsiert mit diesem Wahnsinnigen, der sich nur allzu offensichtlich über das Leben lustig machte.

Noch immer vermisste er seinen walisischen Freund.

Sieben Jahre waren vergangen, seit er ihn in einer gottverlassenen Lagune in Venezuela bestattet hatte, und kein einziger Tag, an dem er ihn nicht verflucht hatte, weil er dumm genug gewesen war, mit dem Rücken gegen einen Felsen zu prallen und sich die Wirbelsäule zu brechen.

Noch heute hatte er das Gefühl, als fehlte ihm ein Arm oder ein Bein.

Als wäre er von einem Tag auf den anderen zu einem Waisenkind geworden.

Verurteilt, für den Rest seines Lebens Selbstgespräche zu führen, weil er seitdem weder Männern noch Frauen begegnet war, die seine Worte oder gar sein Schweigen hätten verstehen können.

All hätte seine Freude daran gehabt. Wahrscheinlich hätte er mich zuerst verflucht, weil ich ihn genötigt habe, in diese Kiste zu steigen, aber hier oben hätte ihn der Blick auf die Landschaft versöhnt.

»Der Meta!«

»Was?«

»Das da unten«, schrie Jimmie und drehte sich zu ihm um, »ist der Río Meta ... Wir folgen ihm jetzt, bis er in den Orinoco fließt. Wenn diese Karte nicht völlig daneben ist, müssten wir dann Puerto Carreño erreichen.«

»Ich dachte, wir wollen nach Puerto Ayacucho«, gab der Schotte verwundert zurück.

»Ich habe es mir anders überlegt«, rief der König der Lüfte. »Puerto Ayacucho liegt am anderen Flussufer, auf venezolanischer Seite. Ich halte es für keine gute Idee, wenn wir auf venezolanischem Gebiet landen, ohne zu wissen, was an der Grenze los ist. Ich habe gehört, dass der verdammte General Gómez ein Hundesohn sein soll.«

Jetzt in fast tausend Meter Höhe war nicht der rechte Augenblick für große Diskussionen; im Übrigen wusste McCracken aus eigener Erfahrung, wie unberechenbar, ja gefährlich der alte Tyrann Gómez sein konnte.

Sollte ein Flugzeug, noch dazu gesteuert von zwei Ausländern, ohne Vorankündigung auf venezolanischem Territorium landen, das der Kerl ohnehin als sein Privatgrundstück betrachtete, gab es nur zwei Möglichkeiten: Entweder wurden sie mit offenen Armen empfangen oder aber auf der Stelle erschossen.

Wozu ein zusätzliches Risiko eingehen?

Also folgten sie dem Lauf des Río Meta, der eine natürliche Grenze zwischen dem dichten Urwald an den steilen Berghängen der Anden und der offenen Savanne bildete, jener mythischen Region in nordöstlicher Richtung, Los Llanos genannt.

McCracken hatte das Gefühl, an einer Erdkundestunde teilzunehmen, die für ihn, der sich nicht hätte träumen lassen, dass er eines Tages in einer ächzenden, schrottreifen Kiste sitzen würde, nur umso spektakulärer und beeindruckender war.

Als John McCracken und All Williams zum ersten Mal in den ecuadorianischen Dschungel eindrangen, waren die Gebrüder Wright noch nicht einmal zu ihrem legendären Flug gestartet, der sie gerade mal vierzig Meter weit durch die Luft transportieren sollte.

An dem Tag, als McCracken den venezolanischen Urwald verlassen hatte und in Ciudad Bolívar eingetroffen war, hatte er verblüfft festgestellt, dass ein gewisser Louis Blériot es mittlerweile gewagt hatte, über den vierzig Kilometer breiten Ärmelkanal zwischen Frankreich und England zu fliegen.

Und jetzt war er selbst an Bord eines Doppeldeckers, der zum ersten Mal Los Llanos überquerte.

All hätte seinen Spaß gehabt, dachte er einmal mehr. Wie hätte er sich gefreut.

Den unpassendsten Augenblick hatte er sich zum Sterben ausgesucht; so hatte er nie erfahren, dass der Mensch es geschafft hatte zu fliegen.

Mit seinem Mut wäre Williams bestimmt genauso ein draufgängerischer Pilot geworden wie Jimmie, der König der Lüfte.

Wie gern wäre Williams in diesen privilegierten Ausguck gestiegen und hätte beobachtet, wie sich die Vögel zu Tausenden in die Lüfte erhoben, wie ganze Herden von Rindern in Panik ausbrachen und in alle Himmelsrichtungen davonstoben, wie ein Reiter sein Pferd zügelte und verdutzt emporspähte, zu dem stählernen Vogel, der über seinen Kopf hinwegflog.

Si Adelita se fuera con otro
La seguiría por aire y por mar
Si por mar en un buque de guerra
Si por aire en un avión militar …

Zwei Stunden später begann der Amerikaner den Landeflug. Ausgiebig studierte er das Terrain, ehe er auf einer Lichtung am linken Flussufer aufsetzte und die Maschine ausrollen ließ, bis sie vor einem schattigen Wäldchen aus Mauritiuspalmen zum Stehen kam.

Sie sprangen aus der Maschine, streckten die Beine und pinkelten an den Stamm der nächstbesten Palme. Danach zog der Pilot eine alte Schrotflinte unter dem Sitz hervor und reichte sie seinem Passagier.

»Hier, versuchen Sie etwas zum Essen zu schießen«, erklärte er. »Ich sehe zu, dass ich in der Zwischenzeit die Maschine auftanke. Wir sollten auf der Hut sein, falls wir Hals über Kopf Fersengeld geben müssen ...« Als der Schotte bereits unterwegs war, rief er ihm noch hinterher: »Aber entfernen Sie sich nicht allzu weit von der Maschine! Diese Gegend ist fest in der Hand von Banditen, wie man mir versichert hat.«

»Welche Gegend ist das nicht?«, gab McCracken ironisch zurück.

Es dauerte nicht lang, da kehrte er mit etwas zurück, das aussah wie ein überdimensionales Nagetier mit rotem Fell. Mit Hilfe seines scharfen Hirschfängers begann er, dem Tier das Fell über die Ohren zu ziehen.

Der Pilot beobachtete es und verzog das Gesicht.

»Was für ein abscheuliches Tier! Sieht aus wie eine riesige Ratte.«

»Ein Chigüire«, klärte ihn der Schotte auf. »Ganz richtig, es gehört der Gattung der Nager an. Aber es ernährt sich ausschließlich von Gras. Über dem Feuer geröstet mit ein bisschen Salz ist es eine wahre Delikatesse.«

Tatsächlich wurde ein köstliches Mahl daraus, obwohl das Bier inzwischen warm geworden war. Als sie fertig waren, zündete sich Jimmie seine alte Pfeife an, lehnte sich an eine Palme und sah auf den endlosen Horizont, der über der weiten Ebene in der Hitze flimmerte.

»Das ist Leben!«, rief er und rülpste laut. »Von hier nach da zu fliegen, zu landen, wo man gerade Lust hat, und zu wissen, dass einem die ganze Welt gehört, solange man Geld hat, um den Sprit zu bezahlen.«

»Das ist wohl das Einzige, was Sie interessiert, was? Dass Sie genug Geld haben, um Sprit zu kaufen.«

»Na klar!«, entgegnete der Pilot. »Mit fünfzehn habe ich die erste Maschine bestiegen, um zu fliegen, und von dem Tag an wusste ich, dass ich nicht wieder davon lassen würde, bis wir zusammen abstürzen. Die Fliegerei ist mein Leben und ich weiß, dass sie auch mein Tod sein wird. Aber ich glaube nicht, dass es einen schöneren Tod geben kann.«

»Wo kommen Sie eigentlich her?«

»Aus einem winzigen Dorf in Missouri. So klein, dass es nicht einmal auf der Karte verzeichnet ist. Trotzdem kam dort eines Tages ein Wanderzirkus vorbei und ich habe mich ihm angeschlossen.«

»Sind Sie nie zurückgekehrt?«

»Wozu? Meine Mutter starb, als ich in Europa war. Sonst gibt es dort nichts, das eine Rückkehr lohnen würde.«

»In New York erzählt man sich, dass Sie während des Krieges eine Menge deutscher Flugzeuge abgeschossen haben. Stimmt das?«

Jimmie nickte und machte eine verächtliche Handbewegung, als wollte er dieser Tatsache keine allzu große Bedeutung beimessen.

»Die Leute übertreiben gern. Aber ja, es stimmt, einige habe ich tatsächlich vom Himmel geholt«, gab er schließlich zu.

»Was ist es für ein Gefühl, wenn man sieht, wie die andere Maschine Feuer fängt und abstürzt?«

»Erleichterung ...«, antwortete der König der Lüfte mit einem fast unmerklichen Lächeln. »Erleichterung darüber, dass es den anderen erwischt hat und nicht dich.«

»Sind Sie niemals abgeschossen worden?«

»Einmal, aber ich hatte verdammtes Glück und konnte notlanden. Die Maschine ging völlig zu Bruch. Eine brandneue Saulnier, die Roland Garros mit einem genial ausgetüftelten Ablenksystem für den Propeller ausgestattet hatte.« Er stieß eine dicke Rauchwolke aus. »Ein Mordskerl, dieser Garros! Schlau, tapfer und intelligent.«

Der Schotte nickte. »Ja, ich habe eine Menge über ihn gelesen.«

»Er war ein Ass, wenn es darum ging, mit seinen Erfindungen deutsche Maschinen abzuschießen. Und er konnte fliegen wie ein Engel. Als ich mitansehen musste, wie seine Maschine getroffen wurde und in der Luft explodierte, ist mir das Herz stehen geblieben. Wir konnten nicht einmal landen, um seine Leiche zu bergen.«

»Warum nicht?«

»Weil am Boden eine schreckliche Schlacht tobte und die Fokker an diesem Tag weit in der Überzahl waren. Die Hundesöhne haben uns damals ganz schön die Hölle heiß gemacht.«

»Hört sich fast so an, als würden Sie diese Zeit vermissen.«

»Ganz und gar nicht! Ich hasse den Krieg. Ich will nur eins: fliegen.«

»Warum haben Sie sich dann gemeldet?«

Der Amerikaner zuckte die Achseln.

»Ich hatte keine andere Wahl. Ich hatte keinen Cent mehr in der Tasche, aber ich wollte unbedingt fliegen.« Sein Lächeln verflog plötzlich. »Fliegen kann wie eine Droge sein, und der Krieg ein prima Lieferant. Wissen Sie überhaupt, was es heißt, so viel fliegen zu können, wie man will, ohne darauf zu achten, was es kostet?«

McCracken antwortete nicht, denn seine Aufmerksamkeit war von zwei Reitern in Anspruch genommen, die am Horizont auftauchten und rasch auf sie zu trabten.

Der Pilot folgte seinem Blick, und als auch er das Paar entdeckte, stand er auf und lief zur Maschine. Kurz darauf kam er mit einem Revolver zurück und deutete mit dem Kinn auf die Flinte.

»Nehmen Sie das Gewehr. Für alle Fälle. Man kann nie wissen.«

Sie warteten, bis die beiden Männer auf ihren kleinen, nervösen Ponys hundert Meter vor ihnen stehen blieben und verwirrt den seltsamen Vogel im Schatten der Palmen betrachteten.

»Guten Morgen!«, rief schließlich einer der beiden. »Was macht ihr mit dem Ding da?«

»Fliegen!«, antwortete der Amerikaner in seinem gebrochenem Spanisch.

»Fliegen ...!«, staunte der Mann. »Sie wollen mich wohl verscheißern, was? Typisch Gringo! Ihr meint immer, ihr könntet uns für dumm verkaufen. Hier fliegen nur die Moskitos, und manchmal auch die Kugeln.«

»Wie auch immer, guter Mann. Dieses Ding hier kann tatsächlich fliegen!«, mischte sich McCracken ein, dessen Spanisch erheblich besser war als das des Amerikaners. »Und wenn Sie Ihre Waffen ablegen, können Sie herkommen und sich das Ding aus der Nähe ansehen. Es ist auch noch ein Rest Chigüire da und Bier.«

»Hab ich richtig gehört? Bier?«, rief der zweite Reiter, der etwas jünger war. »Sie meinen, richtiges Bier?«

»Ein bisschen warm, aber unverkennbar Bier.«

Die beiden Reiter sprangen hastig von ihren Pferden und befestigten ihre Waffen an den Sätteln, ohne dass sich die Tiere auch nur einen Schritt von der Stelle bewegten. Während sie das versprochene Bier direkt aus der Flasche hinunterstürzten, musterten sie neugierig den komischen Vogel.

»Tatsächlich, das ist richtiges Bier«, rief schließlich der Jüngere von beiden. »Und diese Kiste soll fliegen! Wenn ich es nich mit eigenen Augen sehen täte, würd ich's nich glauben! Richtiges Bier! Mein letztes Bier hab ich vor zwei Jahren getrunken.«

»Haben Sie denn noch nie ein Flugzeug gesehen?«, wollte der Pilot wissen.

»Ein Flugzeug gesehen?«, fragte einer der Reiter zurück. »In diese Gegend verirrn sich höchstens Banditen oder Menschenfresser. Mein Cousin Ustaquio, der war mal in San Fernando de Apure und behauptet, er hätte einen Karren auf Rädern gesehen, der Qualm spuckte und sich von allein bewegte, ohne Pferde. Aber von einer Kiste, die fliegen soll, hat er nichts erzählt, so wahr ich hier stehe!«

»Man hat uns gesagt, dass wir in Puerto Ayacucho Sprit bekommen könnten. Wissen Sie, ob das stimmt?«, fragte Jimmie.

»Bis Puerto Ayacucho ist es weit«, lautete die knappe Antwort. »Verdammt weit! Es liegt in Venezuela. Da herrscht dieses Stinktier von Gómez. Die Leute erzählen sich, dass er Kolumbianer, die sich in sein Land verirrn, auf grausame Weise ermorden lässt. Bis dahin haben wir uns noch nie getraut.«

In Wahrheit waren die beiden einfachen Reiter mit der sonnengegerbten Haut niemals über die Grenzen ihrer weiten Landebene hinausgekommen – aus Angst, von Banditen oder Menschenfressern überfallen zu werden und das Einzige zu verlieren, was sie besaßen: ihre paar Rinder.

Es fiel schwer zu begreifen, dass es im Jahre 1921 noch so genannte zivilisierte Menschen gab, die nicht wussten, dass man sich in einem Flugzeug oder einem Karren, der nicht von Pferden gezogen werden musste, fortbewegen konnte. Doch schien dies der entlegenste Winkel in der weiten Ebene der Llanos zu sein, die sich von den Anden bis zum steilen und felsigen Bergland von Guayana erstreckte: eine Welt, in der die Zeit stehen geblieben war.

Es sah beinahe so aus, als verkörperten die Bewohner dieser Gegend eine eigene Spezies von mythischen Zentauren, die im Sattel ihrer kleinen Ponys lebten, aßen, ihre Notdurft verrichteten und sogar schliefen. Pferde, die niemals ein Derby gewonnen hätten, gewiss, die sich aber im geschmeidigen *paso llanero*, dem für die Llanos typischen Trab, stundenlang mühelos fortbewegen und jedem Reiter, der nicht in diesen leichten Sätteln groß geworden worden war, das Rückgrat brechen konnten.

Für die einst gefürchteten selbstmörderischen *lanceros*, die während des großen Unabhängigkeitskrieges auf der Seite von Páez und Simón Bolívar gekämpft hatten, war die Zeit tatsächlich stehen geblieben. Damals waren sie nach Hause zurückgekehrt und hatten sich völlig zurückgezogen vor einer Welt, die ihnen fremd war und mit der sie nichts mehr zu tun haben wollten.

Ob Venezolaner oder Kolumbianer, es spielte keine Rolle. Sie hassten einander, aber es war nichts weiter als Hass unter Brüdern. Mehr noch als Bürger des einen oder des anderen Landes fühlten sie sich als echte Llaneros.

Sie hatten vage von dem großen Krieg gehört, der im fernen Europa angeblich tobte, waren aber überrascht, als sie hörten, dass er schon seit drei Jahren vorbei war.

»Und Sie warn dabei?«, fragte einer neugierig.

»Leider Gottes.«

»Mit dieser Kiste?«

»So ist es. Hinten am Heck kann man noch die Einschusslöcher sehen.«

»Donnerwetter! Da muss man sich ja vorkommen wie eine Ente mit einer Ladung Schrot im Hintern.« Der Jüngere lachte und fügte dann nach einigen Sekunden des Zögerns zaghaft hinzu: »Wär es wohl möglich, eine Runde zu fliegen? Ich würde drei Pesos zahlen.«

»Warum nicht?«, antwortete der Pilot und setzte sein unnachahmliches Grinsen auf. »Aber ... sind Sie verheiratet?« Als der andere bejahte, nickte der Pilot und musterte ihn skeptisch. »Ich weiß nicht, ob ich das verantworten kann ...«, erklärte er, als wollte er den anderen verunsichern.

»Was soll das heißen?«, fragte der Reiter pikiert.

»Sehen Sie ...«, begann der Pilot ernst. »Wenn man sich das erste Mal in ein Flugzeug setzt und fliegt, steigen einem aufgrund der hydrostatischen Dekompression, die mit dem plötzlichen Wechsel von Druck und Höhe zu tun hat, die Eier bis in die Kehle. Anschließend dauert es fast einen Monat, bis sie wieder zurückrutschen und einsatzbereit sind.« Er pfiff bedauernd durch die Zähne. »Ich weiß nicht, was Ihre Frau dazu sagen würde, wenn Sie einen Monat lang außer Gefecht sind.«

Der arme Kerl riss entgeistert die Augen auf.

»Sie behaupten allen Ernstes, dass ich einen ganzen Monat danach nich vögeln kann?«

»Vielleicht nicht ganz einen Monat, aber …«

»Wenn das so ist, vergiss es, Gringo.«

»Tut mir Leid, aber das sind Probleme, die die moderne Technik mit sich bringt«, erklärte Jimmie. »Bei uns dauert es höchstens ein oder zwei Tage, weil sich unsere Körper mittlerweile daran gewöhnt haben. Aber bei denen, die zum ersten Mal fliegen …«

McCracken hatte die ganze Zeit woanders hingeschaut, um nicht laut loszuprusten angesichts des horrenden Blödsinns, den sein Begleiter da verzapfte. Jetzt gelang es ihm, das Gespräch auf ein anderes Thema zu lenken. Eine Weile unterhielten sie sich mit den ungeschliffenen Llaneros über das Ende eines Krieges und die Niederlage der Deutschen, die den beiden so gut wie nichts bedeutete.

Plötzlich wieherte eines der Pferde und stampfte mit dem rechten Vorderhuf nervös auf, während es in Richtung Fluss blickte und die Nüstern blähte.

Sein Besitzer sprang mit einem Satz auf und griff automatisch nach seiner Waffe, doch das Halfter war leer.

»Mist, verdammter!«, rief er und beobachtete aufmerksam das dicht bewaldete dunkle Flussufer auf der anderen Seite.

»*Waicas*«, sagte er schließlich.

»Was heißt das?«

»Wilde! *Waica* heißt so viel wie ›diejenigen, die töten‹, mein Freund. Menschenfresser.«

»Ich sehe niemanden«, wandte Jimmie ein.

»*Waicas* sieht man nich. Man riecht sie. Und wenn Caratriste so durchdringend wiehert und mit dem Huf aufstampft, heißt es, dass sie *waicas* wittert. Darauf können Sie Gift nehmen, Señor. Wenn sie einen Jaguar wittert, schlägt sie mit den Hinterbeinen aus«, erklärte der Reiter und schwang sich auf sein Pferd. »Wenn Sie klug sind, dann machen Sie, dass Sie hier wegkommen, bevor Sie einen ihrer spitzen Pfeile im Arsch haben.«

Als wenige Augenblicke später nur noch eine Staubwolke, die sich allmählich am östlichen Horizont verlor, an die beiden Reiter erinnerte, wandte sich der Pilot verdutzt an seinen Passagier.

»Was meinen Sie?«

»Dass sich hinter den Büschen dort jemand versteckt hält, steht außer Zweifel. Die Frage ist, ob sie uns tatsächlich angreifen.«

»Mist, verdammter!«, imitierte der Amerikaner den Llanero und grinste. »Dass es hier Menschenfresser gibt, haben Sie mir nicht gesagt. Ich werde meinen Preis erhöhen müssen ...!« Dann wies er mit einer Handbewegung auf den Bug der Maschine. »Drehen Sie den Propeller!«

Ein halbes Dutzend Mal mussten sie es versuchen, bis der Motor laut knatternd und qualmend endlich ansprang.

Minuten später erhoben sie sich wie ein majestätischer Adler über die Ebene in die Luft und drehten in geringer Höhe einen weiten Bogen. Als sie den Fluss überflogen, konnten sie sich vergewissern, dass am Ufer tatsächlich ein halbes Dutzend nackter Wilder aufgetaucht war, die das stählerne Ungetüm entsetzt beobachteten.

Sie nahmen wieder Kurs auf Nordosten. Bald flogen sie über die beiden Reiter hinweg, die ihnen zuwinkten. Jimmie stimmte erneut sein nervenzermürbendes Liedchen an:

Si Adelita se fuera con otro
La seguiría por aire y por mar
Si por mar en un buque de guerra
Si por aire en un avión militar …

McCracken hingegen überkam ein Gefühl tiefen Glücks und völliger Entspannung, als er daran dachte, dass sie bald den breiten Fluss erreichen würden, an dessen Ufern die geheimnisvolle Welt der Großen Savanne begann, wo es hoch aufragende Tepuis, dichten Dschungel und auch den kleinen Nebenfluss mit dem Gold und Diamanten gab, den er einst mit seinem alten Freund All Williams entdeckt hatte.

Dort erwartete ihn das Beste seiner Vergangenheit: Jahre des Hungers, der Angst und Verzweiflung, aber auch unvergessliche Abenteuer und Träume, die er mit dem einzigen Menschen geteilt hatte, der ihm jemals wirklich nah gewesen war.

Dort lag seine Jugend begraben, neben der Leiche seines besten Freundes. Allein die Tatsache, mit einem Flugzeug in diese Jugend zurückzukehren, auch wenn dieses Gefährt langsam auseinander fiel und sich nur wie durch ein Wunder in der Luft zu halten vermochte, verschaffte ihm ein unsägliches Wohlgefühl. Ein Gefühl, das er seit langem nicht mehr verspürt hatte.

Nicht das Gold oder die Diamanten zogen ihn wie ein Magnet ins Herz des guayanesischen Dschungels, nicht die Notwendigkeit, seine leere Kasse aufzufüllen – nein, es war das Gefühl, nach Hause zu kommen, denn für einen Mann wie ihn würde der Dschungel immer sein wahres Zuhause bleiben.

Er schloss die Augen und rief sich die Bilder von damals ins Gedächtnis zurück. Dann nickte er neben seinem Freund All Williams ein, bis die heisere Stimme des Amerikaners ihn aus seinen Träumen riss.

»Da ist er!«, hörte er ihn schreien. »Da ist er, der Orinoco!«

»Der Orinoco!«

Ein klangvoller Name für einen klangvollen Fluss.

Ein Fluss mit geheimnisvollen Ursprüngen, von dem es hieß, dass er zu bestimmten Jahreszeiten die Ufer überflutet und sich durch einen gemeinsamen Nebenfluss namens Casiquiare mit den Wassermassen des Amazonas vereint. Ihre gewaltigen Überschwemmungen verwandelten den Nordwesten des Kontinents über Monate hinweg in eine merkwürdige Insel. Um zu ihr zu gelangen, musste man durch hüfthohes Wasser waten.

Dort in weiter Ferne mussten die ersten Gebirgsausläufer des Berglandes von Guayana liegen. Sie ahnten es mehr, als dass sie es sahen, hatten jedoch kaum Zeit, darauf zu achten, da Jimmie im gleichen Augenblick den Landeanflug begann und neben ein paar Lehmhütten mit Strohdächern aufsetzte, genau an der Stelle, wo der Orinoco und der Meta ineinander flossen.

Puerto Carreño war so menschenleer, dass es einer Geisterstadt glich. Keine Spur von einem Hafen, geschweige denn Bewohnern.

Die kleinen Boote, die gelegentlich auf dem riesigen Strom oder seinem schlammigen Nebenfluss auftauchten, lagen am breiten Schlammufer, unmittelbar neben den Grundmauern einiger schmutziger Häuser, die eine Art Kreis bildeten. In seiner Mitte stand ein Gebäude aus rötlichem Stein, über dem eine ausgebleichte kolumbianische Fahne wehte.

Auf der anderen Seite dieser natürlichen Grenze, in Puerto Páez, erblickte man ähnliche Behausungen, über denen die ebenfalls verblichene venezolanische Flagge flatterte.

Die paar Dutzend Bewohner von Puerto Carreño waren panikartig in ihre Häuser gelaufen, als sie sahen, wie die alte Maschine am Horizont auftauchte, ein paarmal über dem Dorf kreiste und schließlich auf dem weitläufigen Platz hinter ihren Häusern landete. Ihre Verstörung war so groß, dass sie mehr als zehn Minuten brauchten, um sich von ihrem Schrecken zu erholen. Nur zögernd kamen sie aus ihren Behausungen und näherten sich dem bedrohlichen Doppeldecker, aus dem zwei Männer gestiegen waren, die bis zum Hals in pelzgefütterten Lederanzügen steckten, sodass der Schweiß ihnen in Strömen hinunterlief.

Wie durch Zauberhand war mit einem Schlag das ganze Dorf ins zwanzigste Jahrhundert katapultiert worden.

Der Kommandant des Grenzpostens, ein dünner Blonder mit winziger Nickelbrille, der sich später als Evilasio Morales vorstellen sollte, hatte sich als Erster aus dem Haus getraut und sich der Maschine bis auf zwanzig Meter genähert. Dort war er stehen geblieben und hatte mit einstudierter Autorität gerufen:

»Wer sind Sie und woher kommen Sie?«

»Wir sind friedliche Bürger und kommen aus Bogotá«, antwortete Jimmie und ging langsam auf ihn zu. Dabei wedelte er mit einem Stück Papier, das er zuvor aus der Innentasche seines ledernen Fliegeranzugs gezogen hatte. »Hier ist die Fluggenehmigung des Innenministeriums, die uns erlaubt, den kolumbianischen Luftraum zu benutzen, um nach Niederländisch-Guayana zu gelangen.«

»Den was zu benutzen?«, fragte der andere und

nahm die Urkunde vorsichtig entgegen, als könnte er sich die Hand daran verbrennen.

»Ihren Luftraum«, wiederholte der Amerikaner und betonte jede Silbe.

»Was bedeutet das?«

»Die Luft da oben. Es bedeutet, dass wir Ihre Luft benutzen dürfen.«

»Liebe Güte! Heißt das, dass man heutzutage eine Genehmigung braucht, um die Luft zu benutzen …?«, fragte Morales und deutete dann auf die Maschine. »Ist das eine Fairey III?«

Der Pilot schüttelte grinsend den Kopf.

»Eine Bristol Piper, aber sie hat gewisse Ähnlichkeit mit einer Fairey. Verstehen Sie etwas von Flugzeugen?«

»Nur das, was ich aus den Zeitungen weiß. Darf ich sie mir mal aus der Nähe ansehen?«

»Aber klar doch!«

Evilasio Morales, genannt El Catire, war der einzige Bewohner in dem kleinen Dorf, der einigermaßen fließend schreiben und lesen konnte und stolzer Besitzer einer Bibliothek war, die an die zwanzig Bücher und Berge von alten Zeitungen und kuriosen Publikationen aller Art umfasste. Daher dauerte es nicht lange, bis er die beiden Ankömmlinge unter seine Fittiche genommen hatte, wusste er doch, dass dieses bedeutsame Ereignis in die Annalen des ehrenwerten Dorfes Puerto Carreño eingehen würde.

»Mein Vater hat mir oft erzählt, wie er zum ersten Mal ein Auto sah«, erzählte er ihnen. »Jetzt werde ich meinen Kindern erzählen können, wie ich zum ersten Mal ein Flugzeug gesehen habe. Womit kann ich Ihnen behilflich sein, meine Herren?«

»Als Erstes bräuchten wir dringend Sprit. Können

Sie welchen besorgen?«, kam es wie aus der Pistole geschossen. »Und dann bräuchten wir die Genehmigung der venezolanischen Behörden, Ihr Land zu überfliegen.«

»Das Erste geht klar«, erklärte der Kolumbianer selbstsicher. »Mein Kumpel in Puerto Ayacucho wird sich darum kümmern. Aber was das Zweite angeht, das hängt nicht von mir ab, sondern von Ciro Cifuentes. Und bei dem weiß man nie, woran man ist. Er ist verrückter als eine Schildkröte, die der Panzer juckt.«

»Wer ist dieser Cifuentes?«

»Der Kommandant in Puerto Páez. Ein bekloppter Schwarzer. Wenn er zweimal hintereinander beim Domino verliert, bringt er es fertig, einen Grenzzwischenfall zu inszenieren!«

»Dann lassen Sie ihn doch hin und wieder gewinnen«, erklärte McCracken auf seine naive Art.

Sein Gegenüber nahm schroff die zerkratzte Brille ab und putzte sie so ingrimmig, als versuchte er mit aller Macht, einen Wutausbruch zu unterdrücken. Schließlich fragte er zähneknirschend: »Sie spielen kein Domino, stimmt's?«

Als der Schotte wortlos den Kopf schüttelte, fuhr er im gleichen Tonfall fort: »Wenn Sie es täten, dann wüssten Sie, dass man eher einen Grenzzwischenfall oder sogar einen richtigen Krieg riskiert, als ein Dominospiel zu verlieren, vor allem gegen einen widerlichen und eingebildeten Hundesohn wie Cifuentes.«

Das war Ciro Cifuentes in der Tat: ein abstoßender, arroganter Fatzke, der den Mund nicht mehr zukriegte, als sein alter Rivale ihm die imponierende Maschine vorführte, so stolz, als wäre sie seine eigene.

»Verdammt noch mal, Compadre!«, rief er voller Bewunderung. »Mit der Kiste könnten wir den Banditen und Wilden ganz schön einheizen!«

Trotzdem konnte er sich partout nicht mit der Idee anfreunden, ihnen die Überflugrechte für »sein« Territorium zu erteilen. So hartnäckig weigerte er sich, dass der Schotte ihn irgendwann freundlich beiseite nahm und zum Flussufer führte. Dort stopfte er ihm ein Bündel Geldscheine in die Brusttasche und erklärte ihm, dass sie nur über venezolanisches Gebiet nach Niederländisch-Guayana gelangen konnten.

»Drei Tage!«, ließ er sich schließlich erweichen. »Ich erteile Ihnen die Genehmigung, aber nur für drei Tage. Danach muss ich meine Vorgesetzten informieren.«

»Das genügt vollkommen«, antwortete McCracken gelassen.

Jimmie machte sich unverzüglich an die Arbeit. Er verbrachte Stunden damit, den Motor der alten Maschine auseinander zu nehmen, die einzelnen Teile zu reinigen und zu überprüfen und sie dann wieder zusammenzusetzen. Als er schließlich mit seiner Arbeit zufrieden war, stopfte er sich seine Pfeife und zeigte bedeutsam auf die dunklen Gebirgsausläufer in der Ferne, die sich undeutlich am westlichen Himmel abzeichneten.

»Haben Sie eigentlich schon mal darüber nachgedacht, dass wir diese Berge dort drüben so gut wie gar nicht kennen und nicht einmal wissen, wo wir eventuell landen könnten?«

»Natürlich.«

»Macht Ihnen das keine Sorgen?«

»Mit Ihnen als Pilot nicht.«

»Ihre Zuversicht möchte ich haben«, erklärte Jimmie mit ehrlicher Bewunderung. »Mag sein, dass ich ein guter Pilot bin, aber ich kann mich trotzdem nicht ewig in der Luft halten.« Er strich sich mit dem Zeigefinger bedeutungsvoll über den Hals. »Und wenn der Sprit zu Ende ist, dann war's das!«

»Wir werden schon eine Lichtung finden.«

»Ihr Wort in Gottes Ohr ...«

Als sie sich in die Luft erhoben, war es noch tiefe Nacht. In absoluter Dunkelheit überflogen sie den breiten Orinoco. Erst als sie an Höhe gewonnen hatten, wurde es allmählich heller. In der Ferne erkannten sie einen dünnen Silberstreif, vor dem sich die bedrohlichen Gebirgsausläufer von Parima abzeichneten.

Kurz darauf kam die Sonne zögernd zwischen den hohen verschneiten Gipfeln zum Vorschein. Der morgendliche Dunst, der noch über dem Land hing, löste sich langsam auf und gab den Blick auf eine endlose grüne Fläche frei: die Wipfel von Millionen und Abermillionen Baumriesen, ein undurchdringlicher Teppich, unter dem kein einziger Zentimeter Boden zu erkennen war.

Die alte Bristol ächzte, bockte und rumpelte, als müsste sie unablässig Luftlöcher von unterschiedlicher Temperatur und Dichte überwinden. Es fühlte sich an, als rasten sie in einem Wagen mit kaputten Stoßdämpfern über eine holprige Straße voller Schlaglöcher.

Jetzt war dem König der Lüfte nicht mehr nach Singen zumute.

Mit beiden Händen umklammerte er den Steuerknüppel. Seine Arme sahen aus wie Eisenstangen, mit dunklen aufgequollenen Adern und Sehnen, so straff wie Klavierseiten. Von der Kraft dieser Arme hing nicht nur sein Leben ab, sondern auch das seines Passagiers. Und der hatte den Eindruck, dass der Pilot so heftig die Zähne zusammenbiss, dass sie knirschten.

Mit einem im Krieg zusammengestoppelten Doppeldecker durch die Turbulenzen zu fliegen, die über dieser wilden, vom Dschungel bewachsenen Gebirgskette mit ihren gegensätzlichen Windströmungen herrschten, war kein Pappenstiel.

Wirklich nicht.

Die kleinste Unaufmerksamkeit oder Schwäche, ein einfacher Muskelkrampf würden die zerbrechliche Maschine aus dem Gleichgewicht bringen, und dass sie sich überhaupt in der Luft hielt, grenzte an ein Wunder.

Jetzt war es nicht mehr der Motor, der drohte, seinen Geist aufzugeben.

Nein.

Der Motor funktionierte.

Der Propeller drehte sich.

Das Flugzeug kämpfte sich voran.

Nur ächzte und knarrte der Rumpf mit jedem Meter, den sie vorwärts kamen.

Der Wind heulte und pfiff ihnen um die Ohren.

Die Sitze schwankten.

Die beiden Männer hatten das Gefühl, in einem überdimensionalen Cocktailshaker zu hocken, der von einem schadenfrohen Riesen kräftig geschüttelt wurde.

McCracken musste an den unheilvollen Nachmittag denken, als die heimtückischen Stromschnellen des Caroní ihr Kanu in die Tiefe rissen und seinem alten Freund die Wirbelsäule brachen.

Es war genau dasselbe Gefühl von Ohnmacht und Verzweiflung.

Das Gefühl, dass alles in der Hand des Schicksals liegt und man angesichts der Naturgewalten ein Nichts ist.

Damals war es das Wasser gewesen.

Jetzt würde es der Wind sein.

Aber am Ende des Weges wartete derselbe Felsen.

»Was ist los?«

»Nichts!«, erwiderte der andere knapp.

»Wie meinen Sie das? Meine Knochen fallen auseinander!«

»Das geht gleich vorbei!«

Gleich hieß eine geschlagene Stunde. Erst als sie die Bergkette passiert hatten, legte sich der Wind und im Dickicht unter ihnen tauchten vereinzelte Lichtungen auf, erste Vorboten der majestätischen, imposanten Gran Sabana.

Jimmie beeilte sich, eine geeignete Stelle zu finden, wo er landen konnte. Meterhohes strohfarbenes Süßgras bedeckte die Erde, sodass er nicht feststellen konnte, wie uneben der Boden war oder was sich darunter verbarg. Als er schließlich die Maschine aufsetzte und den Motor ausschaltete, blieb er wie versteinert sitzen, unfähig, einen Muskel zu bewegen.

McCracken sprang von der Maschine und ging nach vorn zu ihm. Als er das kreidebleiche Gesicht seines Piloten sah, fuhr ihm der Schreck in die Glieder.

»Ist alles in Ordnung mit Ihnen?«, fragte er.

»Ja, ja. Ich bin bloß völlig erledigt«, gab der andere nach einer Weile zurück. »Das war wie eine Luftschlacht, aber länger als alle, die ich je durchgemacht habe. Meine Arme sind so taub, als wären sie abgestorben.«

»Warum sind wir so durchgerüttelt worden?«

»Sie werden es nicht glauben«, antwortete der Pilot und versuchte, sein Grinsen wiederzufinden. »Nicht einmal über den Anden habe ich solche Turbulenzen erlebt. Es muss wohl daran gelegen haben, dass der

Wind sich einfach nicht entscheiden konnte, in welche Richtung er bläst.« Er seufzte übellaunig. »Helfen Sie mir mal runter!«

Seine Hände waren derart verkrampft, dass er eine halbe Stunde brauchte, um sie mit Übungen halbwegs wieder bewegen zu können. McCracken machte sich derweil daran, etwas zu essen vorzubereiten und die Maschine aufzutanken, so wie er es bei seinem Gefährten mehrmals beobachtet hatte.

Wenig später setzte sich Jimmie in den Schatten eines Busches und deutete auf einen merkwürdigen Berg mit flachem Gipfel, dessen Hänge wie mit einem Messer gezogen wirkten. Etwa dreißig Kilometer von ihnen entfernt türmte er sich auf.

»Was ist das da drüben?«

»Ein Tepui«, erklärte sein Passagier. »Ein Tafelberg. In dieser Gegend wimmelt es davon. Es heißt, dass sie die ältesten geologischen Formationen des Planeten sind. Sie entstanden ganz plötzlich, offenbar wurden sie von irgendwelchen seltsamen geologischen Verschiebungen nach oben gepresst. Auf diesen Bergen haben sich jahrtausendealte Spezies erhalten. Übrigens, *Die verlorene Welt* von Conan Doyle spielt auf einem dieser Tafelberge.«

»Sie wollen mir doch nicht weismachen, dass es auf diesen Bergen Dinosaurier gibt?«, fragte der Pilot beunruhigt.

»Nein, nein, keine Bange«, beruhigte McCracken ihn hastig. »Aber mit Sicherheit Gattungen, die an keinem anderen Ort der Welt überlebt haben.«

»Sachen gibt es ...!« Der Pilot staunte. »Na ja, was mich angeht, so habe ich nicht vor, diese Gattungen, wie immer sie auch heißen mögen, zu stören. Von mir aus sollen sie in aller Ruhe da oben bleiben.«

Er erhielt keine Antwort, denn sein Reisebegleiter hatte sich mit offensichtlichem Appetit über die saftige Pekarikeule hergemacht, die ihnen Evilasio Morales, genannt El Catire, zum Abschied mitgegeben hatte.

Während sie aßen, lagen die Waffen schussbereit in Reichweite und gleichzeitig behielten sie das Dickicht, das etwa dreihundert Meter vor ihnen begann, im Blick.

In dieser Gegend, so hieß es, stieß man häufiger als in den Llanos auf die gefürchteten Menschenfresser. Es handelte sich um ein vollkommen wildes Gebiet, das nicht erforscht, geschweige denn erschlossen war und die eigentliche Heimat der Kannibalen, der *waica*-Indianer, bildete.

Kein »zivilisierter« Mensch war bislang ins Innere dieser wilden Bergkette vorgestoßen und lebend wieder zurückgekehrt und es sollten noch Jahrzehnte vergehen, ehe die venezolanische Regierung sich für das Wohl oder auch nur das Überleben der *indígenas* in diesem abgelegenen Territorium eines Landes interessierte, das viel zu groß für seine spärliche Bevölkerung war.

»Südlich des Orinoco schießen die Moskitos mit Speeren und die Vögel mit Pfeilen«, lautete ein weit verbreiteter Spruch, hinter dem sich die Venezolaner verschanzten, wenn es um diese unerforschte Gegend ging, von der man sich ihrer Meinung nach besser fern hielt.

Jimmie und McCracken blieb nichts anderes übrig, als Augen und Ohren offen zu halten und auf das kleinste verdächtige Geräusch zu achten, das aus dem Busch kam. Es war keineswegs abwegig, dass die *waicas* den lauten Metallvogel entdeckt hatten und sich nun neugierig fragten, ob die Crew möglicherweise essbar war.

Nicht einmal eine halbe Stunde war vergangen, als am Horizont bedrohliche schwarze Wolken auftauchten und den Gipfel des Tafelberges in dichten Dunst hüllten. Dann begann ein anhaltender, warmer Regen. Jimmies Gesichtsausdruck veränderte sich. Nach einer Weile bückte er sich, nahm eine Hand voll Erde und prüfte sie eingehend.

»Gefällt mir nicht!«, murmelte er. »Wenn diese Wolken das gesamte Wasser, das sie mit sich führen, über uns ablassen, wird sich diese Lichtung im Nu in einen See verwandeln und dann kriege ich die Kiste nicht mehr hoch.«

»Verdammt kompliziert, diese Fliegerei!«, antwortete sein Passagier ungehalten. »Was schlagen Sie dann vor? Sollen wir in das Unwetter hineinfliegen?«

Der Pilot schüttelte den Kopf.

»Nein. Wir müssen es umgehen.« Er deutete zum Himmel. »Am besten weichen wir nach Norden aus und hoffen, dass wir später eine Stelle zum Landen finden, ehe es ganz dunkel wird.«

»Und wenn nicht?«

Jimmie zwinkerte ihm zu und grinste. Dann stand er auf, ging zur Maschine und sagte:

»Einen Ausweg gibt es immer. Können Sie schwimmen?«

»Ziemlich gut.«

»Dann machen wir eben einen Kopfsprung in einen Fluss.«

Sie hoben hastig ab und versuchten, mit Vollgas der dunklen Wolkenwand zu entkommen, die sich wie ein vorrückendes Heer langsam, aber unaufhaltsam des Himmels bemächtigte. Dicke Tropfen prallten gegen ihre Gesichter und schmerzten wie feine Nadeln. Fast zwei Stunden lang flogen sie in niedriger Höhe, bis das geübte Auge des Piloten einen dunklen Fluss entdeckte, in dessen Mitte sich eine anscheinend trockene Sandbank befand. Eine richtige kleine Insel.

Sie lag knapp über der Wasseroberfläche und war nur hundertfünfzig Meter lang und fünfzehn Meter breit. Jetzt konnte Jimmie unter Beweis stellen, warum man ihn den König der Lüfte nannte. Er lenkte die Maschine knapp über die Baumwipfel, setzte dann sanft wie ein Albatros am Anfang der Sandbank auf und ließ das Flugzeug bis zehn Meter vor dem Ende der improvisierten Landepiste ausrollen.

Nachdem sie ausgestiegen waren, sah sich McCracken besorgt um und fragte: »Und wie wollen wir hier wieder wegkommen?«

»Weiß ich noch nicht.« Die Antwort war nicht gerade geeignet, um seinen Begleiter zu beruhigen. »Wenn es am Oberlauf genauso stark geregnet hat, dann wird der Fluss bald anschwellen. Die Wassermengen könnten die Maschine mitreißen. In dem Fall müssten wir uns keine Gedanken mehr darum machen, wie wir hier wegkommen.« Er grinste und zwinkerte ihm zu. »Wenn sie aber morgen noch da ist, können wir es uns immer noch überlegen.«

»Machen Sie das immer so?«

Jimmie, der sich in den Sand gesetzt und seine alte Pfeife herausgeholt hatte, warf ihm einen durchdringenden Blick zu.

»Wie sollte ich es Ihrer Meinung nach sonst machen?«, fragte er zurück. »Kann sein, dass eines Tages jede Stadt und jedes Dorf eine Landepiste hat, wo man landen und auftanken kann, und Fliegen so leicht ist wie Autofahren.« Er schwieg einen Augenblick, als wollte er sagen, dass er selbst nicht daran glaubte. »Aber wer heute in ein Flugzeug steigt, der sollte sich darüber im Klaren sein, dass er vielleicht nicht mehr landen kann oder nicht mehr hochkommt, nachdem er gelandet ist. Das sind die Regeln. Entweder stellt man sich darauf ein oder man bleibt lieber zu Hause.«

»Und Sie richten sich danach?«

»Bei klarem Verstand und mit geschlossenen Augen! Im Frieden und im Krieg, bei gutem Wetter oder während eines Sturms, in den Bergen, im Dschungel und in der Wüste ...« Er grinste. »Ich kann mich noch gut daran erinnern, wie uns Colonel Lawrence kurz vor einem Sandsturm befahl, auszuschwärmen und die türkischen Stellungen anzugreifen. Mein Gott! Nie im Leben habe ich so viel Staub geschluckt. Noch eine Woche danach schmeckte alles nach Sand.«

»Kannten Sie Lawrence etwa persönlich?«, fragte McCracken neugierig.

»Ich habe fünf Monate unter seinem Kommando gestanden.«

»Wie war er?«

»Rätselhaft«, lautete die verwirrende Antwort. »Er war mutig und kompromisslos, aber es halten sich seltsame Gerüchte über ihn. Zum Beispiel, dass er eine Vorliebe für arabische Knaben hatte.«

»Sie meinen eine widernatürliche Veranlagung?«

»So kann man es auch nennen.« Der Pilot lachte. »Wider die Natur, wider den guten Geschmack, wider alles, was sich ihm in den Weg stellte.«

»Aber in England wird er doch wie ein Held verehrt«, empörte sich McCracken. »Lawrence von Arabien! Der Herrscher der Wüste.«

»Dass er das war, bezweifelt ja auch niemand. Ein Held ohnegleichen, aber eben andersrum.«

»Was für eine Enttäuschung!«

»Warum denn?«, entgegnete der Amerikaner überrascht und fuhr dann grinsend fort: »Sie haben ihn in die Wüste geschickt, damit er den Türken richtig einheizt, und das hat er getan, oder etwa nicht?«

»Sie nehmen wohl gar nichts ernst, was?«

»Nein, Gott sei Dank nicht! Stellen Sie sich vor, ich würde es ernst nehmen, dass wir uns auf einer Sandbank in einem Fluss befinden, der jeden Augenblick zu einem reißenden Strom werden kann, womöglich von einer Horde von Menschenfressern belauert werden, die nur darauf warten, uns zum Frühstück zu verspeisen. Und das alles bloß, weil ich mich mit einem verrückten Schotten eingelassen habe, der behauptet, er weiß, wo es einen verborgenen Schatz von Gold und Diamanten gibt. Hier, im gottverlassensten Winkel des Dschungels.« Er lachte laut. »Wenn ich das ernst nehmen würde, wäre ich doch längst meschugge! Finden Sie nicht?«

»Vielleicht haben Sie Recht.«

»Na also. Tut mir Leid, wenn ich Ihnen die Augen geöffnet habe, was Ihren Helden angeht, aber es ist nun einmal eine Tatsache. Es sollte trotzdem niemanden daran hindern, ihn zu bewundern. Er war ein großer Stratege, der einzige Mann, den ich kenne, der nicht wie ein Angsthase in Deckung ging, wenn uns die Granaten um die Ohren flogen. Am Ende hatte ich allerdings gelegentlich den Eindruck, dass er um jeden Preis sterben wollte, ja dass er den Tod nachgerade suchte.«

»Wie kommen Sie darauf?«, fragte McCracken neugierig.

»Es war sein ganzes Verhalten. Er schien jegliches Interesse am Leben verloren zu haben, als wüsste er, dass er nach dem Krieg nicht mehr der legendenumwobene Lawrence von Arabien sein würde, der mit Königen und Fürsten verkehrte, sondern bloß ein Colonel im Ruhestand, der sich in Soho seine Knaben von der Straße aufsammeln muss. Schon damals sprach fast niemand mehr von ihm. Als stimmte die alte Redensart: Der Krieg verschlingt die Feiglinge und der Frieden die Helden.«

»Wenn ich mich nicht irre, waren Sie doch auch ein Kriegsheld und trotzdem hat der Frieden Sie nicht verschlungen«, antwortete McCracken. »Sie sind immer noch Jimmie, der König der Lüfte.«

»Ich war weder der Held, noch bin ich der König, für den man mich hält. Ich bin nur ein Einzelgänger, der sich nicht anpassen will und die Welt lieber von oben betrachtet, weil sie mir zu kompliziert ist.« Er deutete mit der Pfeife auf das Wasser. »Und da wir gerade bei Problemen sind, ich fürchte, das Wasser fängt an zu steigen.«

»Machen Sie keine Witze!«

»Ich werde mich hüten. Sehen Sie selbst. Noch vor wenigen Augenblicken reichte es nur bis zu dem Zweig dort. Mittlerweile ist er völlig bedeckt.«

»Was sollen wir machen?«

»Nichts.«

»Wie meinen Sie das?«, fuhr sein Passagier ihn an.

»Genau so, wie ich es sage. Nichts!«, gab der Pilot ebenso schroff zurück. »Das ist eine der Situationen, in denen der Pilot nichts machen kann und sich damit abfinden muss. Als Flieger weiß man, dass die Elemente stets das letzte Wort haben.« Er breitete die Arme aus, als wollte er seine Ohnmacht unterstreichen. »Wenn der Fluss das Flugzeug haben will, dann wird er es bekommen! Das Einzige, worauf es jetzt ankommt, ist, die eigene Haut zu retten, um sich später eine neue Maschine kaufen zu können.«

»Komische Philosophie für einen Mann der Tat!«

»Jetzt hören Sie mal zu, mein Freund«, versetzte der Pilot ungehalten. »Eines Tages tauchten über Verdun sechs Fokker auf, die von Anfängern geflogen wurden, wie ich schnell feststellen konnte. Mir war sofort klar, dass ich zwei oder drei von ihnen leicht abschießen konnte, aber dass mich der Vierte oder Fünfte schließlich treffen würde. Also bin ich Hals über Kopf gelandet und habe mich schnellstens in einen Wald verdrückt. Die verdammten Schweine haben Asche aus meiner Maschine gemacht, aber nach ein paar Monaten hatten Bob Morrison und ich alle sechs abgeschossen. Was hätten Sie an meiner Stelle getan?«

»Ich hätte mich auch verdrückt.«

»Sehen Sie! Und jetzt lassen Sie uns in aller Ruhe abwarten und hoffen, dass das Wasser nur um ein paar Meter steigt.«

Der herannahende Abend brachte neue Gewitterwolken von Osten. Am Horizont zuckten helle Blitze über den Himmel, denen laute Donnerschläge wie ergebene Diener folgten. Die beeindruckende Farbenpracht des Dschungels, der die Flussufer säumte, verwandelte sich in eine graue Masse, die sich kaum von dem noch dunkleren, verhangenen Himmel unterschied.

Die Gran Sabana zeigte sich von ihrer traurigsten und trostlosesten Seite.

Die Tepuis am Horizont waren von den riesigen Wattewolken ausradiert worden.

Die weißen Reiher und roten Ibisse schliefen zwischen Jasmin und Seerosen.

Einzig die schwarzen Enten flogen so knapp über der Wasseroberfläche entlang, dass ihre Flügel sie streiften, und tauchten sogar hin und wieder mit vollendeter Eleganz ganz hinein.

Plötzlich senkte sich die Nacht herab, eilig, als müsse sie die letzten trägen Strahlen der Sonne verscheuchen und könne es nicht erwarten, die Kontrolle zu übernehmen.

In der Ferne brüllte der erste Jaguar.

Die Wellen leckten bereits am Fahrwerk des alten Doppeldeckers.

Dann hüllte die Dunkelheit sie ein.

Es gab keinen Dschungel mehr, keinen Fluss, kein Flugzeug, nicht einmal Menschen, die ihr Schicksal erwarteten.

Es gab nur noch Dunkelheit und einen leichten Regen, der sein immer gleiches Lied sang.

Die Männer saßen schweigend und nachdenklich da.

Schließlich meinte der eine: »Ich habe das Gefühl, der Fluss schwillt immer mehr an.«

»Ja, Sie haben Recht. Das Wasser steigt. Ich glaube, wir sollten uns lieber in die Maschine setzen.«

Gesagt, getan, doch schon nach kurzer Zeit mussten sie einsehen, dass sie auch im Flugzeug angesichts der Gefahr, jeden Augenblick von den Fluten fortgerissen zu werden, kein Auge zutun konnten.

Kein einziger Stern am Himmel.

Kein Mondschein.

Nur tief hängende Wolken.

Es verging eine Stunde, dann fragte McCracken, als hätte er sich die ganze Zeit darüber den Kopf zerbrochen:

»Was werden Sie eigentlich machen, wenn Sie eines Tages heiraten? Meinen Sie, eine Frau würde ein solches Leben ertragen?«

»Wohl kaum«, kam es aus der Dunkelheit. »Aber ich glaube nicht, dass ich jemals heiraten werde.«

»Warum nicht?«

»Weil ich seit Jahren in eine Frau verliebt bin, von der ich so gut wie nichts weiß.«

»Wie meinen Sie das?«

»So, wie ich es sage. Dass ich nichts von ihr weiß.« Der König der Lüfte schwieg eine Weile und setzte dann in einem seltsamen Ton hinzu: »Ich habe nie erfahren, wie sie heißt, wo sie lebt, welche Staatsangehörigkeit sie hat, nicht einmal, ob sie hübsch, hässlich, blond oder schwarzhaarig ist.«

»Sie nehmen mich auf den Arm!«, wandte der Schotte ein.

»Aber nein!«, erwiderte sein unsichtbarer Gesprächspartner. »Jede Nacht träume ich von dieser Frau. Jeden Tag sehne ich mich nach ihr. Wirklich, ich würde mein Leben geben, um eine Stunde mit ihr verbringen zu dürfen. Und trotzdem habe ich nicht die leiseste Ahnung, wie sie aussieht oder wer sie ist.«

»Das müssen Sie mir näher erklären, wenn ich bitten darf.«

Es folgte ein langes Schweigen. Jimmie wog sorgfältig ab, ob er McCracken seine Lebensgeschichte erzählen sollte oder nicht, bis er sich endlich einen Ruck gab.

»Was soll's!«, rief er. »Schließlich ist es eine ganz besondere Nacht, nicht wahr?« Er schien tief Luft zu holen und begann zu erzählen. »Es geschah vor vier Jahren. Die Deutschen hatten eine gewaltige Offensive gestartet und das Oberkommando beschloss, lieber die Maschinen zu opfern und die Piloten in Sicherheit zu bringen. Wir wurden in einen Sanitätslaster gestopft, der uns hinter die Frontlinie fahren sollte. Er war so voll gepackt mit Verwundeten und Krankenschwestern, dass sich eine von ihnen auf meinen Schoß setzen musste. Es war tiefe Nacht und ich konnte weder ihr Gesicht sehen noch ihre Stimme hören. Ich weiß nur, dass sie einen wunderschönen Körper hatte …«

Der König der Lüfte verstummte und eine Zeit lang schien es, als wollte er die Vergangenheit nur für sich wieder aufleben lassen. Am Ende fuhr er fort:

»Die Straße war nicht asphaltiert und voller Schlaglöcher. Rechts und links fielen die Granaten. Im stickigen Innern des Lasters herrschte die nackte Angst. Es roch nach Schweiß und Tod. Trotzdem spürte ich nach einer Weile, wie mich der straffe Hintern der Frau, der durch die Holperei auf meinem Schoß auf- und absprang, erregte. Ich merkte, dass auch sie erregt war. Ich berührte zaghaft ihre Brust. Sie schob den Rock hoch und dann drang ich in sie ein. Es war himmlisch! Sie wurde immer wilder. Ihr unterdrücktes Stöhnen vermischte sich mit den Klagen der Verwundeten und den Angstschreien ringsumher. Ich spürte eine warme Flüssigkeit auf meinem Schenkel. Der Laster hörte nicht auf zu holpern. Ich versuchte, mich zurückzuhalten, weil die Lust, die ich ihr schenkte, mir selbst so viel Befriedigung verschaffte, dass ich mich völlig vergaß.«

Wieder Schweigen. Der Pilot atmete schwer. Sein Passagier schloss die Augen, um sich die Situation besser vorstellen zu können.

»Fast eine Stunde dauerte es …«, schloss der Amerikaner endlich. »Wissen Sie, was das heißt? Eine himmlische endlose Stunde, in der ich mich im Paradies glaubte, während um uns herum die Bomben einschlugen und die Verwundeten schrien. Am Ende waren wir wie gelähmt und blieben einfach so sitzen. Sie stöhnte noch leise, als plötzlich die Tür aufging und wir Piloten aussteigen mussten.«

»Verdammt!«

»Genau das habe ich mir auch gesagt. Verdammt! Der Sanitätslaster verlor sich in der Nacht und ich stand neben einem Baum und sah zu, wie die Frau meines Lebens in der Dunkelheit verschwand.«

»Und Sie haben niemals erfahren, wer sie war?«

»Nein, nie. Nach Kriegsende habe ich sie gesucht, aber an der Schlacht hatten englische, französische, amerikanische und sogar australische Einheiten teilgenommen. Gott weiß, wo sie sich jetzt aufhält.«

Der Schotte nickte. »Eine wunderschöne Geschichte. Schön und traurig zugleich.«

»Der Krieg ist voll von solchen Geschichten.« Jimmie seufzte tief. »Manchmal setze ich mich nachts im Bett auf und schlafe im Sitzen wieder ein. Und dann lieben wir uns wie damals im Lastwagen. Egal, wo ich bin, immer habe ich das Gefühl, sie sucht mich auch.«

»Eines Tages werden Sie sie wieder treffen.«

»Nein!«, entgegnete der Pilot scharf. »Ich will es gar nicht mehr. Die Erinnerung ist wahrscheinlich viel schöner, als die Wirklichkeit je sein könnte.«

Beide Männer verfielen in tiefes Schweigen und horchten aufmerksam auf das Rauschen des Wassers, das immer lauter zu werden schien.

Im Morgengrauen war die Sandbank gänzlich im Wasser verschwunden.

Der Fluss war um mehr als einen halben Meter gestiegen und reichte der Bristol jetzt fast bis zum Rumpf. Es war in der Tat ein ungewöhnlicher Anblick, fast surrealistisch: ein alter Doppeldecker, der mitten in der venezolanischen Savanne auf einem vergessenen Fluss schaukelte.

Etwas Ähnliches muss wohl auch der Mann gedacht haben, der am späten Vormittag mit seinem Kanu um die Biegung gepaddelt kam. Als er die seltsame Erscheinung entdeckte, hielt er mitten in der Bewegung inne und starrte mit offenem Mund auf die Maschine. Er bekam kein Wort heraus. Schließlich winkte der König der Lüfte ihm mit beiden Armen zu.

»Hallo!«, schrie er in seinem holprigen Spanisch. »Könnten Sie uns vielleicht unter die Arme greifen, guter Mann?«

Der Unbekannte paddelte etwas stromaufwärts in die Mitte des Flusses und sprang dann einige Meter von der Maschine entfernt ins hüfthohe Wasser.

Nachdem er sich das Flugzeug eine Zeit lang angesehen hatte, fragte er mit heiserer, volltönender Stimme:

»Ist das ein Wasserflugzeug?«

»Ganz und gar nicht«, antwortete der Amerikaner belustigt. »Nur ein Flugzeug im Wasser, was nicht dasselbe ist.«

»Aha! Und wie sind Sie hierher gekommen?«

»Das ist eine lange Geschichte. Sie haben nicht zufällig ein paar Taue dabei, was?«

»Doch. Wollen Sie das Flugzeug etwa abschleppen?«

»O nein, das nicht. Ich will nur das Heck der Maschine an den Bäumen dort drüben vertäuen, solange das Wasser ansteigt, damit der Strom sie nicht mitnimmt. Nur so lange, bis der Wasserstand wieder fällt.«

Der Fremde studierte ausgiebig den westlichen Himmel über einem fernen Tepui und erklärte dann ziemlich selbstsicher:

»Heute wird es nicht mehr regnen. Und wenn kein Regen fällt, wird der Fluss am Nachmittag wieder seinen üblichen Stand erreichen.«

»Sind Sie aus der Gegend?«

»Nein. Ich suche einen geeigneten Ort, um eine Mission zu gründen.« Er grinste von Ohr zu Ohr. »Übrigens, ich heiße Orozco. Benjamín Orozco. Ich bin Dominikaner.«

»Sind Sie Venezolaner?«

»Spanier. Besser gesagt, Baske.«

»Jimmie Angel.«

»John McCracken.«

Sie schüttelten sich die Hand, und als der Missionar den Namen des Schotten hörte, sah er ihn erstaunt und bewundernd an.

»McCracken?«, wiederholte er. »Der berühmte John McCracken, der mit den Kokosnüssen?«

»Genau.« Der Schotte nickte. »Berühmt, das haben Sie gesagt.«

»Nicht nur ich. Das sagen alle! Der Schotte McCracken ist südlich des Orinoco eine Legende geworden. Wissen Sie überhaupt, wie viele Abenteurer den

Dschungel erforscht haben, seit Sie damals mit Ihren Kokosnüssen in Ciudad Bolívar aufgetaucht sind?«

»Was für Kokosnüsse?«, wollte der König der Lüfte wissen, der sich keinen Reim darauf machen konnte. »Wir werden doch nicht hergekommen sein, um Kokosnüsse zu sammeln, oder?«, fragte er verunsichert. »Was ist das für eine Geschichte?«

»Eine mit Kokosnüssen«, erwiderte der Missionar und grinste wieder von Ohr zu Ohr. »Ganz gewöhnlichen grünen Kokosnüssen.«

»Was ist denn Besonderes an diesen Kokosnüssen, dass sie so einen Aufruhr verursacht haben?«

»Wenn man sie geöffnet hat, kamen Goldklumpen und Diamanten zum Vorschein, so dick wie Kichererbsen.« Der Missionar schüttelte den Kopf, als fiele es ihm immer noch schwer, das zu glauben. »Viele meinen, es sei das größte Spektakel gewesen, das Venezuela je erlebt hat.«

Jimmie drehte sich pikiert zu dem Schotten um. »Von den Kokosnüssen haben Sie mir nichts erzählt. Warum nicht?«

»Weil es nicht wichtig ist«, sagte der andere schlicht. »All Williams hatte die Angewohnheit, das Gold und die Diamanten in Kokosnüssen zu verstecken und sie mit Harz zuzukleben. Wenn das Boot kenterte, fielen die Kokosnüsse ins Wasser und wir brauchten sie dann bloß wieder einzusammeln. Ein alter Minenarbeitertrick.«

»Schlau!«, stimmte der Pilot zu. »Sehr schlau. Wie viele hatten Sie denn dabei?«

»So an die hundert.«

»Was bedeutet das an Gewicht?«

»Etwa fünfundsechzig Kilo Gold und fünfzehn Kilo Diamanten.«

»Donnerwetter!« Der Baske pfiff voller Bewunderung durch die Zähne. »Was haben Sie dafür bekommen?«

»Etwas mehr als eine halbe Million Dollar«, antwortete McCracken und zuckte gleichgültig die Achseln. »Nicht gerade viel, wenn man bedenkt, dass wir dafür jahrzehntelang ein entbehrungsreiches Leben im gefährlichsten Dschungel der Welt führen mussten.« Er machte eine Pause. »Und dass es den tapfersten Mann, den ich je kannte, das Leben kostete.«

Jimmie staunte. »Eine halbe Million Dollar! Und da, wo wir hinwollen, gibt es noch mehr davon?«

»Viel mehr«, antwortete der Schotte. »Und wenn der Fluss nicht unser Flugzeug entführt, werden Sie Ihren Anteil schon kriegen.«

»Verdammter Fluss!«, fluchte Jimmie und wandte sich an den Missionar. »Haben Sie eine Ahnung, wie er heißt?«

»Ich bin mir nicht ganz sicher, aber wahrscheinlich ist es der Caroní«, erklärte der Baske. »Leider gibt es immer noch keine Karten von diesem Gebiet. Die Leute erzählen, dass die Armee die gesamte Gegend hier vermessen will, um den tatsächlichen Verlauf der Grenzen festzustellen, aber bislang ist noch nichts passiert.«

»Worauf warten sie denn eigentlich?«, fragte sich der Amerikaner. »Und wie kann es sein, dass ein zivilisiertes Land im zwanzigsten Jahrhundert nicht mal weiß, wo seine Flüsse, Berge und Grenzen liegen?«

»Sie sagen es! Ein zivilisiertes Land. Dieses Land hier ist zwar wunderbar, aber noch längst nicht zivilisiert«, erklärte der Missionar. »Wäre es das, gäbe es für Leute wie mich hier nichts zu tun. Aber das ganze Gebiet südlich des Orinoco ist zur Freibeuterzone erklärt worden, zu einer Art Niemandsland. Deshalb finden sich jetzt Verbrecher aus aller Herren Länder hier ein, die ganz genau wissen, dass die Justiz sie nicht verfolgt, wenn sie erst den Fluss überquert haben.« Er schnalzte mit der Zunge und warf dem Schotten einen warnenden Blick zu. »An Ihrer Stelle würde ich vorsichtiger sein. Wenn das Gesindel, das sich hier herumtreibt, erfährt, dass Sie John McCracken sind, wird man Ihnen das Fell über die Ohren ziehen, bis Sie verraten, wo diese legendäre Goldader liegt.«

»Ich werde Ihren Rat beherzigen. Natürlich war es schon immer das größte Problem, meine Identität zu verschleiern. Aucayma war eine allzu große Versuchung.«

»Sie glauben also auch an Aucayma?«, fragte der Missionar lächelnd.

»Das hat mit Glauben nichts zu tun«, entgegnete der Schotte. »Ich habe den Berg mit eigenen Augen gesehen. Deshalb bin ich wiedergekommen.«

Wenig später setzte der Dominikaner die beiden Abenteurer in seinem wackligen Kanu ans linke Flussufer über, wo sie ein Feuer anzündeten und sich eine herzhafte Reissuppe mit Piranha kochten.

Der Baske hatte sie beruhigt, was die gefürchteten Menschenfresser anging, und ihnen erzählt, dass dieses Gebiet nicht von Kannibalen, sondern vom friedlichen Stamm der *piaroas*, der noch nie jemandem etwas zuleide getan hatte, oder den extrem scheuen *guaharibos* bevölkert war, die höchstens einmal im Jahr von ihren Bergen herunterkamen, um Jaguarfelle gegen Töpfe und Macheten einzutauschen.

»Nicht mal die *waicas* im Süden sind wirklich so schrecklich, wie sie immer beschrieben werden. In der

Zeit des Kautschukfiebers wurden sie regelrecht massakriert und mussten sich wehren. Die Kautschuksammler haben ihre Kinder gefangen genommen und aufs Grausamste verstümmelt oder getötet, wenn ihre Eltern nicht genug Kautschuksaft aus dem Dschungel lieferten.«

»Elende Hundesöhne!«, fuhr Jimmie auf. »Haben sie die Kinder wirklich getötet?«

»Die Frauen auch«, beteuerte der Missionar und seufzte laut. »Gott sei Dank ist der Kautschuk auf dem Weltmarkt fast nichts mehr wert, aber was in der Vergangenheit geschah, lässt sich nicht einfach rückgängig machen. Wir haben uns vorgenommen, alle Stämme der Gegend aufzusuchen und ihnen klar zu machen, dass auch sie Venezolaner sind und dieselben Rechte haben wie die Weißen.«

»Welche Rechte haben venezolanische Bürger denn, solange dieser Unmensch von Juan Vicente Gómez an der Macht ist?«, gab McCracken zu bedenken. »Soweit ich weiß, wirft er jeden, der ihm widerspricht, ins Gefängnis oder lässt ihn töten. Ohne seine Einwilligung darf hier keiner einen Finger rühren.«

»Nun ...«, räumte Pater Orozco ein, und ein seltsames Lächeln spielte um seinen Mund. »Ich gehe davon aus, dass sich dieses Problem mit dem Tod des alten Tyrannen von allein lösen wird. Schließlich ist niemand unsterblich. Wir betrachten unsere Mission als eher langfristig. Die Menschen sterben, aber Gottes Wort bleibt. Und was mich angeht, ich muss erst einmal einen geeigneten Ort finden, um die Mission aufzubauen, bevor ich mit der seelsorgerischen Arbeit beginnen kann. Man muss nur Geduld haben. Eine gute Ernte braucht eben ihre Zeit.«

»Das Wasser scheint zu sinken.«

»Wie?«

»Das Wasser geht allmählich zurück«, wiederholte der Amerikaner und zeigte auf das Flugzeug. »Man kann bereits das Fahrwerk sehen.«

Zwei Stunden später tauchte die alte Sandbank freundlicherweise wieder aus dem Wasser auf. Jimmie fand, dass sie sofort starten sollten, um der kniffligen Lage mitten im Fluss zu entkommen.

»Glauben Sie, dass die Sandbank lang genug ist, um abzuheben?«, fragte Pater Orozco.

»Wenn Sie uns helfen, könnten wir es schaffen.«

»Ihnen helfen?«, erwiderte der andere verwundert. »Was könnte ich denn tun?«

»Wir vertäuen das Heck der Maschine an zwei Bäumen am Ufer. Wenn ich den Motor auf volle Touren gebracht habe, gebe ich Ihnen ein Zeichen. Sie kappen das Seil und wir starten.«

»Das scheint mir ziemlich riskant zu sein«, wandte der Missionar schüchtern ein.

»Entweder heben wir ab in die Luft oder wir gehen wortwörtlich baden«, antwortete der Pilot lachend.

»Und die Piranhas?«

»Was soll ich Ihnen sagen? Wenn wir sie zum Mittagessen verspeisen, ist es doch nur gerecht, dass sie uns zum Abendessen fressen.«

»Ich weiß nicht. Ich habe das Gefühl, dass Sie nicht ganz richtig im Kopf sind«, erwiderte der Missionar. »Aber das gilt vermutlich für jedermann, der sich in dieser Gegend herumtreibt. Wir sollten uns an die Arbeit machen, bevor der Fluss es sich doch noch anders überlegt.«

Sie paddelten wieder hinüber zur Sandbank und befestigten ein langes Seil am Heck der Maschine, das sie an zwei kräftigen Bäumen zu beiden Seiten des Flusses vertäuten. Dann warf der Pilot den Motor an, damit er sich gemächlich warmlaufen konnte.

Tausende von aufgeschreckten Vögeln erhoben sich kreischend in die Luft und eine ganze Kolonie von Wasserschweinen tauchte am rechten Flussufer auf, um neugierig die seltsamen Ereignisse zu beobachten, die sich in diesem entlegenen Winkel der Erde abspielten.

Sie verabschiedeten sich mit einer kräftigen Umarmung von dem Dominikaner, nachdem dieser die Maschine feierlich mit Weihwasser gesegnet hatte. Jimmie gab Vollgas und brachte den Propeller auf Touren, bis der Motor zu explodieren drohte. Erst dann senkte er den Arm.

Mit einem kräftigen Hieb seiner Machete durchtrennte Pater Benjamín Orozco das dicke Tau am Heck und die Maschine schoss wie ein Pfeil vorwärts. Man hatte fast den Eindruck, dass irgendetwas sie gebissen hatte, denn sie machte erst einen großen Satz nach vorn und raste dann, so schnell es der feuchte Sand auf der schmalen Insel erlaubte, los.

In Sekundenschnelle erreichte sie das Ende der improvisierten Piste und konnte gerade so viel Höhe gewinnen, dass ihre Räder das Wasser, das unter ihnen aufspritzte, nur streiften.

Es folgte eine Minute, die ihnen wie eine Ewigkeit vorkam und in der kein Berufsspieler auch nur einen Cent auf die alte Bristol gesetzt hätte.

Die Wahrscheinlichkeit, dass sie mit erhobenem Heck kopfüber wie ein Stück Blei ins Wasser plumpsten, war ebenso groß wie dass sie es schafften, zu fliegen. Und wieder einmal machte der Pilot seinem Namen alle Ehre. Er unternahm gar nicht erst den

Versuch, am Steuerknüppel zu ziehen, um zu steigen. Er wusste nur allzu gut, dass das Hinterrad möglicherweise das Wasser berühren würde und die Maschine dann nicht mehr lenkbar wäre.

Fast dreihundert Meter weit flog er waagerecht in der Mitte des Flusses, hielt Distanz zu den Ufern und wartete, bis sich die Maschine von selbst aus der Gefahrenzone entfernt hatte.

Erst dann zog er das Flugzeug hoch, drehte einen weiten Bogen und flog über den Kopf des Missionars hinweg, wobei er ihm eine Kusshand zuwarf.

»So, und jetzt?«, rief er seinem Passagier zu.

»Nach Süden!«, antwortete dieser entschieden. »Einfach immer geradeaus, Richtung Süden.«

»Solange Sie zahlen, geben Sie den Ton an.«

Sie nahmen Kurs auf die hohen Tepuis, die sich am Horizont abzeichneten, und flogen mal über dichten Dschungel, dann wieder über sumpfiges Schwemmland oder die Savanne.

Am späten Nachmittag, ehe es dunkel wurde, landeten sie erneut, diesmal auf einem nach allen Richtungen offenen Plateau, auf dem es nicht die geringste Spur von menschlichem oder tierischem Leben gab.

Was Fremden sofort auffiel, wenn sie sich in diese abgelegene Gegend verirrten, war ihre bedrückende Leere, trotz des fruchtbaren Bodens, des milden Klimas und der saftigen Weiden. Es schien der ideale Ort für eine Vielzahl von Spezies zu sein, war aber aus unerklärlichen Gründen so gut wie unberührt geblieben.

Das Einzige, was es hier anscheinend im Überfluss gab, waren große Termitenhügel aus rotem Lehm. Hin und wieder streifte in der Ferne einer der ungenießbaren Tamanduas mit gesenktem Kopf vorbei, doch abgesehen von diesen seltsamen, fast komischen Ameisenbären und gelegentlich einer Schlange oder einem Gürteltier bekam man in der Weite der Savanne so gut wie nichts zu sehen.

»Wir werden uns heute Abend wohl mit ein paar Bohnen begnügen müssen.«

»Sieht ganz danach aus. Hier fände nicht mal die Göttin Diana einen Hasen, verdammt.«

Sie aßen ihre Bohnen, während die Sonne allmählich am Horizont versank und den Himmel rot färbte. Nachdem Jimmie eine ganze Weile den weiten Horizont beobachtet hatte, an dem nur ein paar verschwommene schwarze Flecken zu sehen waren, fragte er plötzlich:

»Haben Sie überhaupt eine Ahnung, wo wir uns befinden?«

»In Venezuela.«

»Sehr witzig!«, entgegnete der Pilot. »Das ist mir klar. Ich meinte in Bezug auf die verfluchten Diamanten.«

»Nicht die geringste.«

Jimmie warf seinem Passagier einen langen forschenden Blick zu, als wollte er herausfinden, ob er tatsächlich die Wahrheit sagte oder ihn bloß anschwindelte.

»Verflixt und zugenäht!«, rief er, als er sich vergewissert hatte, dass der Schotte es ernst meinte. »Wenn ich unsere Lage optimistisch einschätze, haben wir bestenfalls noch für acht Stunden Sprit. Wie geht es dann weiter?«

»Wenn es nur noch für drei Stunden reicht, müssen wir umkehren und wieder nach Norden fliegen, bis wir auf den Orinoco treffen. Von da aus kann es nicht mehr sehr weit bis Ciudad Bolívar sein.«

»In westlicher oder östlicher Richtung?«

Der andere zuckte die Achseln und antwortete:

»Was spielt das für eine Rolle? Irgendwann müssen wir ja wohl drauf stoßen.«

»Liebe Güte!«, antwortete der König der Lüfte. »Wir wissen weder, wohin die Reise geht, noch wie wir zurückkommen. Na prima!« Wie üblich zündete er sich in aller Ruhe seine alte Pfeife an, blies eine Rauchwolke aus und fügte hinzu: »Wissen Sie zufällig, ob es in Ciudad Bolívar eine Landepiste gibt?«

»Nein. Aber wenn ich mich recht erinnere, ist das andere Flussufer von Flachland gesäumt.«

»Wie tröstlich!«

»Bereuen Sie, dass Sie sich auf dieses Abenteuer eingelassen haben?«

»Ob ich es bereue? Nein, ganz und gar nicht. Wie gesagt, solange ich fliegen kann, ist mir alles andere egal. Ich kann mich noch gut daran erinnern, wie ich mich mal im Sinai verirrt habe. Das war wirklich schlimm! Noch heute wundere ich mich, wie ich auf dem steinigen Boden überhaupt landen konnte. Und als ich unten war, wurde mir schnell klar, dass ich niemals wieder starten könnte. Drei Tage habe ich damit verbracht, den sandigen Boden von Steinen zu säubern, während am Horizont die türkischen Militärkonvois vorbeizogen. Wie durch ein Wunder haben sie mich nicht entdeckt.«

Er warf seinem Reisegefährten einen Blick zu. »Na ja, hier gibt es wenigstens keine Türken.«

»Weder Türken noch sonst eine Seele.«

Sie befestigten eine große Plane an einer der Tragflächen und bauten ein improvisiertes Zelt, das ihnen sehr nützlich war, denn mitten in der Nacht setzte ein leichter, aber hartnäckiger Nieselregen ein, der zum

Glück nicht stark genug war, um den Boden aufzuweichen.

Als der Morgen graute, lag schon wieder eine schwarze Wolkendecke über der endlosen Weite der Gran Sabana. Kurz darauf zeigte sich am Horizont ein riesiger Regenbogen, doch er war kein Vorbote für gutes Wetter, denn es dauerte nicht lange, bis auch er vom Grau des Himmels verschluckt worden war.

»Verfluchter Regen!«

Sie hockten unter ihrem improvisierten Dach und betrachteten stumpf die Leere und den Regen ringsum, bis der Amerikaner erneut den Boden abtastete und ungewöhnlich übellaunig erklärte: »Entweder starten wir jetzt gleich oder wir bleiben hier. Aber wenn wir bleiben, kann es gut sein, dass wir nicht mehr wegkommen. Der Boden wird allmählich sumpfig.«

Sie entschieden sich für die erste der beiden Möglichkeiten, durchbrachen die dichte Wolkenwand und nahmen Kurs nach Süden. Nach einer Weile tauchten in der Ferne hohe Tepuis wie gespenstische Inseln aus dem endlosen Meer aus Watte auf.

McCracken verfolgte das mit größter Aufmerksamkeit. Hin und wieder bedeutete er seinem Piloten eine leichte Kursänderung.

Trotz seines hervorragenden Orientierungssinns wusste Jimmie bald überhaupt nicht mehr, wo sie waren. Teufel auch! Über ihnen ein wolkenverhangener Himmel und unter ihnen die undurchdringliche, immer gleiche grüne Hölle.

Allmählich keimte der Verdacht in ihm, dass sein Passagier ihn absichtlich in die Irre führte und ihn deshalb eine Runde nach der anderen drehen ließ.

Fast zwei Stunden lang zogen sie ihre Kreise am Himmel, bis der Schotte plötzlich auf einen halb vom Nebel verhüllten flachen Tafelberg zeigte, der vor ihrer Nase aufgetaucht war. Gebieterisch rief er: »Da. Das ist er!«

Für Jimmie war es nur einer von zahllosen Tepuis, die sie seit Stunden überflogen und die alle gleich aussahen.

Zweimal umkreisten sie das Ungetüm, das aus der Nähe mehr Ähnlichkeit mit einer Festung als mit einem Berg hatte. Als McCracken alle Details genau studiert hatte, warf er triumphierend die Arme hoch.

»Das ist er. Wir haben es geschafft!«

Jimmie blieb vor Staunen die Sprache weg. Schließlich fragte er besorgt: »Sie wollen doch nicht, dass ich auf diesem Berg da lande?«

»O doch, genau das will ich!«

»Da oben?«

»Ja, natürlich.«

»Sind Sie verrückt geworden? Der Berg ist mindestens fünfzehnhundert Meter hoch.«

»Und wenn schon!«

»Wir wissen nicht einmal, wie der Boden beschaffen ist. Was sollen wir machen, wenn wir da oben im Morast stecken bleiben?«

»Nein, es ist steinig. Ich war schon einmal da oben. Der Boden ist überall fest.«

»Selbst wenn«, entgegnete der Amerikaner, »erstens ist der Berg fünfzehnhundert Meter hoch und zweitens bestimmt voller Spalten und Unebenheiten.«

»Dann müssen wir eben die Gläser wegräumen!«

Verwirrt schüttelte Jimmie den Kopf.

»Was meinen Sie damit?«

»Na, die Gläser vom Tisch«, erinnerte ihn sein Passagier. »Das waren doch Ihre großspurigen Worte, als ich Sie fragte, ob Sie auf dem Tisch des Lokals landen können, wissen Sie das nicht mehr?«

»Was sind Sie für ein gerissenes Schlitzohr!«, rief der Pilot lachend. »Sie halten sich für besonders schlau, was? Und Sie wollen also tatsächlich, dass ich da unten lande!«

»Dazu sind wir hergekommen.«

»Ein Selbstmordkommando.«

»Aber, aber!«, entgegnete der Schotte und stimmte in das Lachen ein. »Sind Sie nun der beste Pilot der Welt oder nicht?«

»Nun ja, das wird sich zeigen, wenn wir aus diesem Schlamassel heil herauskommen.«

Von diesem Augenblick an schien Jimmie die Anwesenheit seines Passagiers völlig zu vergessen. Seine Konzentration galt ausschließlich der schwierigen Landung, die vor ihnen lag.

Die Oberfläche des Tafelberges bestand aus schwarzem Gestein und wies eine kaum merkliche Steigung von Ost nach West auf. Obwohl sie aus großer Höhe betrachtet ziemlich flach und eben war, erkannten sie, sobald sie tiefer flogen, drei nicht unbedeutende Erhebungen und einen klaffenden Spalt im felsigen Boden, sodass der Raum, der ihnen für eine mögliche Landung blieb, stark begrenzt war.

Wolkenfetzen zogen darüber hinweg und bildeten einen gespenstischen Nebel, der es ihnen unmöglich machte, die Entfernungen einzuschätzen. Allein die Vorstellung, an diesem Ort mit einem Flugzeug landen zu wollen, schien vollkommen verrückt.

Ständig kam der Wind aus einer anderen Richtung, mal kräftig, mal weniger stark. Die spärliche Vegetation bestand größtenteils aus Moos und Flechten und war viel zu niedrig, um die Windrichtung erkennen zu lassen.

Es würde eine Blindlandung am helllichten Tag werden. Als Jimmie zum dritten Mal über den Tafelberg flog und dabei auch noch einen kleinen Bach entdeckte, der sich durch die Felsen schlängelte und etwa zehn Meter von einer steil abfallenden Felswand entfernt verschwand, deren Tiefe er wegen der dichten Wolken nicht erkennen konnte, sagte er außer sich vor Wut: »Unmöglich! Hier können wir nicht landen. Das ist Wahnsinn, wir riskieren Kopf und Kragen!«

Wieder drehte er ab, flog einen neuen Kreis um den Berg und entdeckte ein weiteres Hindernis. Die Ebene im Süden des Tafelberges, die auf den ersten Blick aus festem felsigen Boden bestand, konnte genauso gut schwarzer Lehmboden sein, in dem die Räder stecken bleiben würden. Falls sie dort landen würden, könnte sich die Maschine mit dem Bug in den Boden bohren und in tausend Stücke zerschellen.

»Mist!«

»Was sagen Sie?«

»Mist, verdammter! Sind Sie wirklich sicher, dass es hier ist?«

»Ja! Hundertprozentig!«

»Das ist das Letzte! Konnten Sie die verdammten Diamanten nicht woanders finden?«

»Das haben wir ja versucht, aber immer nur Kuhscheiße gefunden.«

Der König der Lüfte biss die Zähne zusammen, gab seine Seele in Gottes Hand und zog einen weiten Bogen Richtung Süden. Als sie sich etwa einen Kilometer von dem Tepui entfernt hatten, drehte er um und flog knapp über der Wolkendecke auf die Felseninsel zu, die sich wie ein vom Nebel umhülltes Märchenschloss mitten in einem endlosen weißen Meer erhob. Dabei ließ er den Berg nicht für den Bruchteil einer Sekunde aus den Augen.

»Beten Sie zu Gott!«, rief er McCracken zu.

»Bin schon dabei«, lautete die Antwort.

»Dann legen Sie auch für mich ein gutes Wort ein. Ich hab jetzt keine Zeit dazu.«

Plötzlich stieß er einen heiseren Schrei aus, als wollte er die zermürbende Spannung vertreiben, und als sie nur noch hundert Meter von der Steilwand entfernt waren, streckte er den Arm aus und schaltete den Motor aus.

Schlagartig brach das Dröhnen der Maschine ab, der Propeller verlor an Schwung, bis er zum Stillstand kam, und eine unheimliche Stille breitete sich aus. Totenstille, der Vorbote des Todes zwischen den Wolken, die sich wie ein weißes Leichentuch über die beiden Männer legte.

Es war ein magischer, einmaliger Augenblick.

Die alte Bristol Piper glitt sanft durch die Luft und verlor auf der Suche nach dem Rand des Felsens Meter um Meter an Höhe, als könne sie sich nicht entscheiden, ob sie gegen die Felswand prallen und in die Tiefe stürzen oder tatsächlich auf dem Berg landen wollte. Plötzlich schien die ganze Welt stillzustehen und Zeuge einer Katastrophe zu werden, die sich hier in diesem abgeschiedenen Winkel am Ende der Welt anbahnte.

Der Wind sang.

Er pfiff.

Er heulte.

Die Maschine zitterte vom Bug bis zum Heck.

Vor Kälte oder Angst.

Rapide verloren sie an Geschwindigkeit und wurden immer schwerer.

Unaufhaltsam kam die Felswand näher.

O Gott! O Gott!

Der Schatten des Todes eilte mit der Sense in der Hand zum steilen Abgrund des Tafelberges und wartete auf seine Beute.

Sie konnten ihn im dichten Nebel erkennen, mit seinem schwarzen Umhang und dem Totenschädel.

O Herr! O Herr!

Sie rasten auf die Felswand zu.

Im letzten Augenblick zog Jimmie den Steuerknüppel sachte an und richtete den Bug der Maschine so weit auf, dass sie sich ein paar Meter in die Luft erhob und das Fahrwerk nur wenige Zentimeter über den Rand des Abgrunds hinwegglitt.

Nach weiteren zehn Metern setzte die schwere Maschine auf dem festen, steinigen Boden auf wie ein riesiger tollpatschiger Albatros.

Dann rollte sie ziellos im Nebel weiter, bis sie endlich zum Stehen kam.

Eine lange Zeit, die ihnen wie eine Ewigkeit erschien, regte sich nichts.

Wie versteinert saßen beide Männer in der Maschine, unfähig, den kleinsten Muskel zu rühren. Vielleicht konnten sie es immer noch nicht fassen, dass sie mit dem Leben davongekommen waren.

Schließlich hörte man eine heisere Stimme murmeln:

»Endstation!«

»Wie fühlen Sie sich?«

»Ich hätte nie gedacht, dass man so viel Angst und so viel Freude zugleich empfinden kann.«

»Verstehen Sie langsam, was Fliegen bedeutet?«, fragte Jimmie. »Wenn man ein Flugzeug steuert, spürt man, wie klein und nichtig man angesichts der großen weiten Welt ist. Aber gleichzeitig hat man das Gefühl, man hält das eigene Schicksal in der Hand.«

Er sprang aus dem Cockpit, trat einige Schritte vor und blieb dann vor dem Abgrund stehen, um auf die Wolken hinabzusehen.

»Eines Tages werde ich meinen Enkeln erzählen, wie ich auf dem Dach der Welt gelandet bin.« Er drehte sich um und sah zu dem Schotten auf, der unendlich langsam aus der Maschine kletterte. »Und Sie wollen mir weismachen, dass Sie schon einmal hier waren?«

Sein Passagier schüttelte unbehaglich die Beine und kam auf ihn zu.

»Ja, vor vielen Jahren«, antwortete er. »All Williams und ich brauchten eine ganze Woche, um die Steilwand raufzuklettern.«

»Man muss schon ziemlich verrückt sein, um sowas zu wagen! Aber was haben Sie denn? Warum schütteln Sie denn so entsetzlich die Beine?«

»Weil ich mir vor lauter Angst in die Hose gepisst habe«, erklärte der Schotte fröhlich. »Na ja, es hätte noch schlimmer kommen können. Ich war sicher, dass wir gegen den Berg prallen.«

»Ich auch.«

»Was man über Sie erzählt, ist ja noch untertrieben. Ihre Nerven möchte ich haben, alle Achtung!«

»Sie sind aber auch nicht ohne. Eine solche Wand zu erklimmen! Wie sind Sie denn darauf gekommen?«

»Wir hatten Goldspuren am Fuß der Felswand gefunden und waren zu dem Schluss gekommen, dass es hier oben noch mehr geben musste.«

»Was für Spuren waren das?«

»Kleine Goldnuggets, wie man sie sonst in Flüssen findet. Oft liegen sie schon seit Jahrhunderten auf dem Grund eines Flusses, aber meistens stammen sie von einer Goldader im Oberlauf. Wir sind auf den Berg geklettert und haben die Goldquelle gefunden. Und nicht nur Gold, sondern auch Diamanten.«

Der König der Lüfte ließ seinen Blick über das Plateau des Tafelbergs schweifen. Schließlich pfiff er durch die Zähne und schüttelte ungläubig den Kopf.

»Und diese geheimnisvolle Ader soll wirklich hier liegen?«

»So ist es.«

»Das glaube ich nicht!«

»Morgen werden Sie es mit eigenen Augen sehen.«

»Na schön. Aber wenn wir bis morgen warten müssen, dann sollten wir die Maschine vertäuen, falls der Wind zunimmt. Sonst wird sie uns noch über den Abgrund geweht.«

Sie machten sich unverzüglich an die Arbeit, verkeilten die Räder und befestigten die Tragflächen mit Seilen an scharfzackigen Felsen. Dann spannten sie die Plane auf, die ihnen als Dach diente, und machten es sich darunter gemütlich, um auf die raue Nacht zu warten.

Doch so rau war sie gar nicht.

Sobald sich die Dunkelheit über sie herabgesenkt hatte, legte sich der Wind, die Wolken lösten sich auf und am sternenübersäten Himmel erschien eine schmale Mondsichel. Plötzlich hatten sie das Gefühl, tatsächlich vor den Toren des Himmels zu stehen.

Die Stille schmerzte beinahe.

Nicht das leiseste Säuseln einer Brise war zu hören, kein Vogelzwitschern, kein Raubtier, das auf der Suche nach Beute brüllte.

Nichts.

Hier oben auf dem Gipfel eines gottverlassenen Tepui inmitten des Escudo Guayanés herrschte einzig die Stille. Und wenn es zwischen den Felsen einen Spalt mit genügend Erde gegeben hätte, um auch nur einen einzigen Grashalm sprießen zu lassen, hätte man ihn wachsen hören können.

Da sie kein Auge zutun konnten, setzten sie sich an den Rand des Abgrunds und beobachteten schweigend den Dschungel, der sich unter ihnen wie ein dunkler Schatten in alle Himmelsrichtungen ausbreitete.

Der große Fluss, der sich durch den Urwald schlängelte, funkelte im Schein des aufgehenden Mondes und zum ersten Mal seit langer Zeit überkam die Männer ein seltenes, wohliges Gefühl grenzenlosen Friedens.

»Wissen Sie was? Ich habe über die Geschichte nachgedacht, die Sie neulich erzählt haben«, sagte McCracken nach einer Weile.

»Über welche denn? Ich habe Ihnen jede Menge Geschichten erzählt.«

»Die von dem Sanitätslaster und der Krankenschwester«, erklärte der Schotte. »Wie kann man sich in eine Frau verlieben, mit der man kein einziges Wort gesprochen hat? So sehr ich mir den Kopf darüber zerbreche, ich kann es einfach nicht verstehen.«

»Ich habe es auch nie verstanden«, gestand der Amerikaner offen. »Ich weiß, dass es ziemlich absurd klingt, aber nachdem ich lange darüber nachgedacht hatte, bin ich zu folgendem Schluss gekommen: Es spielt überhaupt keine Rolle, ob eine Frau hübsch oder hässlich, dumm oder intelligent, sympathisch oder abstoßend ist. In der Stunde der Wahrheit ist das alles nebensächlich. Das Einzige, worauf es ankommt, ist die Haut. Wie sie sich anfühlt, wie sie riecht und vor allem, wie sie auf die Berührung reagiert. Das ist es, was zählt.«

»Das steht aber im völligen Widerspruch zu allen romantischen Theorien in der Literatur«, wandte McCracken lächelnd ein. »Wenn es nach Ihnen ginge, wäre die platonische Liebe nichts als Humbug, den jemand erfunden hat, der noch nie zum Zug gekommen ist.«

»Unsinn!«, protestierte der Pilot. »Natürlich gibt es die platonische Liebe. Und auch jede Menge andere Arten von Liebe. Nur war mir von Anfang an klar, dass sie alle für mich keine Bedeutung haben. Für mich zählt nur die körperliche Liebe, eine beinahe krankhafte Leidenschaft, wenn Sie so wollen. Die Sehnsucht nach etwas sehr Konkretem, das ich erlebt habe, aber nie wieder erleben werde, außer in meinen Träumen.« Er zögerte und fragte dann: »Waren Sie noch nie verliebt?«

McCracken brauchte eine Weile, bevor er antworten konnte.

»Nein, niemals!«, gab er schließlich zu. »Meine ganze Jugend habe ich damit verbracht, durch den Dschungel und die Berge zu marschieren, und als ich schließlich in die Zivilisation zurückkehrte, war ich dermaßen deprimiert und entmutigt, dass ich nur noch ans Trinken dachte, um nicht über all das nachdenken zu müssen, was ich hinter mir gelassen hatte.«

»Das tut mir Leid für Sie.«

»Ich habe ein Vermögen mit den schönsten und teuersten Frauen der Welt ausgegeben«, fuhr der Schotte fort, ohne auf die Unterbrechung zu achten. »Aber niemals haben sie mir auch nur eine Nacht beschert, die so herrlich gewesen wäre wie diejenigen, die ich mit meinem Freund All Williams am Lagerfeuer verbracht habe. Für mich gab es wahre Liebe nur als Freundschaft, auch wenn Sie mir da sicher widersprechen werden. Als bedingungslose, saubere Freundschaft zwischen zwei Männern.«

»Ich fand es schon immer besser, keine Freunde zu haben«, erklärte der Pilot offen. »In meinem Beruf, vor allem in Kriegszeiten, tut man gut daran, Distanz zu wahren, um vor allzu schmerzlichen Erfahrungen gefeit zu sein. Aus meinem Geschwader haben nur zwei Jungs überlebt.«

»Trotzdem fliegen Sie weiter.«

»Mir ist klar, dass ich am Steuerknüppel einer Maschine sterben werde, aber diesen Tod habe ich mir selbst ausgesucht. Ich will nicht mitansehen müssen, wie ein Mensch, der mir nahe ist, stirbt.«

»Bestimmt wird das Fliegen eines Tages bequemer und sicherer sein, aber im Augenblick sind Piloten offenbar so etwas wie Versuchskaninchen. Die Verluste sind jedenfalls hoch.« Er suchte trotz des spärlichen Lichts Jimmies Blick. »Was haben Sie davon, wenn Sie ständig Ihr Leben riskieren?«

Jimmie musste grinsen, als machte er sich über sich selbst lustig, und deutete mit dem Kinn auf die alte Maschine.

»Diese Kiste da und eine Hand voll Dollar! Aber

wenn es stimmt, was Sie ständig sagen, werde ich bald ein reicher Mann sein, oder etwa nicht?«

»Morgen schon, das können Sie mir glauben.«

»Wenn das so ist, sollten wir versuchen, ein bisschen zu schlafen. Ich kann es kaum erwarten, dass es Morgen wird.«

Doch der Morgen ließ auf sich warten.

Zwar war am Horizont die Sonne längst aufgegangen, doch versuchte sie vergeblich, die dichte graue Wolkenwand zu durchdringen, die sich erneut über den Tafelberg gelegt hatte. Der Nebel war so dicht, dass man die Hand vor Augen nicht sah.

Als Jimmie aufwachte und merkte, dass er allein war, schreckte er hoch.

Er trat unter der improvisierten Zeltplane hervor, kniff die Augen zusammen, um im Dunst etwas zu erkennen, und schrie dann aus vollem Hals: »McCracken! Wo zum Teufel stecken Sie?«

Nach einer Weile antwortete eine ferne Stimme, von der man nicht sagen konnte, aus welcher Richtung sie kam.

»Ich bin hier! Machen Sie sich keine Sorgen!«

»Was tun Sie da?«

»Ich mache uns reich!«, lautete die fröhliche Antwort.

»Ihr Wort in Gottes Ohr«, murmelte der Amerikaner und zündete den kleinen Spirituskocher an, um Kaffee zu machen.

Er hatte bereits zu Ende gefrühstückt und war gerade dabei, sich die Pfeife zu stopfen, als er die Stimme des Schotten hörte.

»Wo zum Teufel stecken Sie?«

»Na hier. Direkt vor Ihrer Nase.«

»Das ist mir klar, aber was zum Teufel heißt hier!

Ich kann nicht mal die Hand vor Augen sehen, und wenn ich nicht aufpasse und einen falschen Schritt mache, stürze ich womöglich noch in die Tiefe.«

»Ich glaube, dass Sie direkt vor mir stehen. Nur noch etwas mehr nach rechts.«

»Hören Sie nicht auf zu sprechen, damit ich mich an Ihrer Stimme orientieren kann.«

»Was soll ich sagen? Haben Sie die Mine gefunden?«

»Jawohl!«

»Heißt das, dass wir jetzt tatsächlich reich sind?«

»Ich schon!«, gab der andere zurück und lachte. »Sie nicht ganz so sehr.«

Kurz darauf tauchte er wie ein Gespenst aus dem Nebel auf, in jeder Hand einen Bastkorb, die er dem Amerikaner vor die Füße stellte.

»Da!«, sagte er mit einem breiten Grinsen.

Der König der Lüfte merkte nicht einmal, dass ihm die Pfeife aus dem Mund fiel und die Augen aus den Höhlen traten, als er den Inhalt der beiden Körbe inspizierte, der nur wegen des kärglichen Lichts nicht funkelte.

»Liebe Güte!«, rief er fassungslos. »Das ist doch nicht möglich!«

»O doch«, versicherte sein Reisegefährte, setzte sich neben ihn und schenkte sich Kaffee ein. »Ich sagte Ihnen doch, dass es eine sehr ungewöhnliche Ader ist. Gold und Diamanten, alles auf einmal. Nicht mal wir selbst wollten es glauben, als wir sie damals entdeckten, und wir kennen uns in unserem Beruf aus. So etwas kommt in der Natur so gut wie nie vor.«

»Wie viel wird das sein?«

»Schätzungsweise fünfunddreißig Kilo Gold und sechs Kilo Diamanten.«

»Sie haben in knapp über einer Stunde sechs Kilo Diamanten gesammelt?«, rief der Pilot ungläubig. »Das kommt mir vor wie ein Traum.«

McCracken nickte. »Es ist tatsächlich einer. Obwohl es in Wahrheit eher eine Legende ist. Die *guaharibos* glauben, dass die Erde zu Anbeginn der Zeiten ein unfruchtbarer Ort war. Eines Tages jedoch beschlossen das Gold, das die Sonne darstellte, und die Diamanten, ein Symbol für Eis, sich auf dem Gipfel des Heiligen Berges zu vermählen. Die Sonne brachte mit der Wärme ihrer Liebe das kalte Herz der Diamanten zum Schmelzen. So entstand das Wasser, das in Gestalt des Vaters aller Flüsse den Boden fruchtbar machte, damit er Pflanzen hervorbrachte, von denen sich später die Tiere und Menschen ernähren sollten.«

»Eine schöne Legende.«

»Und wie in jeder Legende steckt auch in ihr ein Körnchen Wahrheit«, deutete der Schotte an. »Manche Leute behaupten, die Ureinwohner Amerikas seien über Alaska aus Asien gekommen. In Alaska sind die Berge von Eis bedeckt, bis es in der Frühlingssonne schmilzt und sein Wasser die Felder überschwemmt. Ich glaube, hier liegt der Ursprung der Legende von Aucayma.«

Jimmie nickte. »Könnte sein.«

»Ja. Und genauso ist es mit dem Fluch, der besagt, dass derjenige, der den Vater aller Flüsse zu sehen bekommt, den nächsten Vollmond nicht erleben wird.« Er schwieg eine Weile, in Gedanken an längst vergangene Zeiten versunken. »All Williams ist bei Vollmond gestorben, wenige Tage nachdem er mir erzählt hatte, dass er den Vater aller Flüsse gesehen hat.«

»Fallen Sie wirklich auf einen so dummen Aberglauben herein?«

»Wer wenn nicht ich hätte einen Grund, daran zu glauben?«, gab McCracken traurig zurück. »Ich habe meinen besten Freund verloren, das ist die härteste Probe, auf die man einen Menschen stellen kann.« Er deutete mit dem Kinn auf die Bastkörbe, die vor ihnen auf dem Boden standen. »Deshalb werde ich nur das mitnehmen, was ich brauche, um ein sorgloses Leben zu führen. Ich will nicht mit einem Fluch leben müssen.«

»So ein Unfug!«, wandte der Amerikaner ein. »Wir könnten noch viel mehr transportieren.«

McCracken zögerte mit seiner Antwort. Er fuhr sich mit der Hand über den ungepflegten Bart und blinzelte; ob aus Erschöpfung oder Nervosität, war nicht ganz klar. Schließlich schüttelte er energisch den Kopf.

»Nein! Das genügt. Habgier führt nur ins Verderben und ich war noch nie habgierig.«

»Aber wenn wir Gold und Diamanten hier lassen, hat niemand etwas davon!«

»Das ist mir klar. Doch wenn Gott sie hier haben wollte, dann sollten sie auch hier bleiben. Vielleicht werden sie eines Tages jemanden, der wie All und ich durch die Hölle gegangen ist, für seine Mühen entschädigen.«

»Ich begreife das nicht«, antwortete Jimmie verwirrt. »Das will mir einfach nicht in den Kopf! In nur einer Stunde könnten wir doppelt so viel da rausholen und Sie wollen es hier lassen, an einem Ort, an den sich vielleicht kein Sterblicher je wieder verirren wird?«

»So ist es. In einer Stunde könnten wir doppelt so viel herausholen, in zwei Stunden dreimal so viel. Und so weiter und so weiter, nur weil die Habgier keine

Grenzen kennt.« Der Schotte sah Jimmie in die Augen. »Dabei habe ich Habgier schon immer verachtet.«

»Nun, ich halte mich nicht gerade für habgierig«, protestierte der Pilot gekränkt. »Aber irgendwie ist es nicht fair, wenn man bedenkt, dass ich nur zehn Prozent abkriege. Dabei liegt anscheinend nur einen Steinwurf von hier entfernt jede Menge davon.«

Wieder herrschte Schweigen. McCracken dachte nach und sagte schließlich: »Mir stehen neunzig Prozent zu, weil ich den größten Teil meines Lebens damit verbracht habe, diesen Ort zu suchen. Aber ich will Ihnen einen Vorschlag machen. Ihre zehn Prozent gegen sechs Stunden. Gehen Sie und suchen Sie die Stelle. Alles, was Sie finden, gehört Ihnen, aber wenn Sie nichts finden, werden Sie alles verloren haben.«

Der König der Lüfte warf ihm einen langen, bohrenden Blick zu. Was er sah, missfiel ihm scheinbar, denn er grinste breit und erwiderte: »Sie Schlitzohr! Sie wollen mir eine Lektion erteilen, was? Von wegen Habgier führt ins Verderben.« Er stopfte seine Pfeife und zündete sie achselzuckend an. Nach geraumem Schweigen gab er endlich nach. »Na schön, Sie sitzen am längeren Hebel. Ich gebe mich geschlagen. Ich nehme die zehn Prozent. Es ist mehr als das, womit ich gerechnet habe, und wenn ich vorsichtig bin und nicht alles auf einmal verprasse, könnte auch ich ein sorgenfreies Leben führen. Was schlagen Sie jetzt vor?«

»Dass wir versuchen, so schnell wie möglich in die Zivilisation zurückzukehren.«

Der Pilot sah sich um und dachte eine Weile nach. Dann stand er auf und streckte die Arme aus.

»Der Nebel kann sich ebenso gut drei Stunden wie

drei Tage halten. Und eigentlich ist es völlig egal, ob wir beim Start etwas sehen können oder nicht. Also brechen wir auf.«

Sie fingen an, die Plane abzubauen und die Maschine loszumachen. Während sie schweißgebadet das Flugzeug wendeten, um in Richtung des Abgrundes starten zu können, fragte der Amerikaner plötzlich:

»Jetzt sagen Sie mal ganz ehrlich: Wie lange hätte ich gebraucht, um diese Ader zu finden?«

Der andere lächelte belustigt.

»Mit Sonne und viel Glück einen Monat. Ohne das niemals.«

»Sie sind mir ja ein Schlawiner! Mit anderen Worten, ich hätte keine Chance gehabt. Ich wäre völlig leer ausgegangen.«

»Mehr oder weniger.«

»Gut zu wissen.«

Jimmie kletterte in die Maschine und setzte sich auf den Pilotensitz, wo er seinem Fluggast mit einer Geste bedeutete, den Propeller anzuwerfen. Anschließend ließ er den Motor in aller Ruhe warmlaufen. Während sie das Lager abbauten, erklärte er beiläufig, als sei die Tatsache ganz unbedeutend: »Die Strecke ist nicht lang genug, um abzuheben. Sobald wir über den Rand des Abgrunds schießen, wird die Maschine an die fünfhundert Meter in die Tiefe fallen. Versuchen Sie, sich möglichst wenig zu bewegen. Das Wichtigste ist, dass wir die Flugrichtung beibehalten, damit wir nicht vom Kurs abweichen und gegen eine Felswand prallen, wenn der Motor anfängt, uns abzufangen. Beim kleinsten Seitenwind sind wir geliefert!«

»Wenn ich Sie richtig verstanden habe, werden wir also gar nicht richtig fliegen?«

»Damit ein Doppeldecker fliegen kann, muss er

eine bestimmte Trägheit erreicht haben. Und wir haben hier einfach nicht genug Platz, um die nötige Geschwindigkeit zu erreichen.«

»Sie wollen sich doch nicht etwa rächen und mir Angst einjagen?«

»Was hätte ich wohl davon?«, antwortete der Amerikaner. »Ich will Ihnen nur klar machen, dass es sein kann, dass wir auf einem Baumwipfel landen.«

»Dann werden wir die reichsten Affen sein, die der Urwald je gesehen hat«, scherzte McCracken mit offensichtlichem Galgenhumor, während er den Inhalt der beiden Bastkörbe, sorgfältig nach Gold und Diamanten getrennt, in braune und schwarze Wildledersäcke umfüllte.

Plötzlich erweckte ein ungewöhnlich großer Goldklumpen seine Aufmerksamkeit. Er hatte die Form eines leuchtend gelben Reihers, der zum Flug ansetzt.

»Der hier ist für Sie!«, sagte er und zeigte Jimmie den Klumpen. »Er sieht aus wie ein Abzeichen für das Geschwader des Goldenen Reihers.«

»Klingt nicht übel!«, räumte der Pilot ein. »Aber wenn die Kiste hier den Arsch nicht hochkriegt, wird es das Abzeichen für das Geschwader mit der kürzesten Lebensdauer in der Geschichte der Luftfahrt werden, fürchte ich.« Er nahm den goldenen Reiher und nickte. »Ich verspreche Ihnen, dass ich ihn stets bei mir tragen werde, solange ich fliege!«

Als McCracken ihm wenig später drei braune und ein schwarzes Säckchen überreichte, prüfte der Pilot das Gewicht und sagte wie aus der Pistole geschossen: »Wenn mich nicht alles täuscht, sind das hier mehr als nur zehn Prozent.«

»Schon möglich. Ich habe leider keine zuverlässige Waage dabei«, antwortete der andere achselzuckend.

»Ich jedenfalls bin mit meinem Anteil zufrieden. Mehr brauche ich nicht. Aber was meinen Sie, sollten wir uns langsam auf den Weg machen?«

»Dasselbe wollte ich Ihnen auch vorschlagen. Ich sehe hier weit und breit keine Kneipe, wo wir feiern könnten«, erwiderte der Pilot.

Der Nebel hatte sich kaum gelichtet, sodass sie keine drei Meter weit sehen konnten, doch angesichts der Tatsache, dass sie auf allen Seiten von einem tiefen Abgrund umgeben waren, war es relativ gleichgültig, ob sie das, was vor ihrem Bug lag, sehen konnten oder nicht.

Kurz bevor sie auf ihren Sitzen Platz nahmen, drehte sich der König der Lüfte zu seinem Passagier um und streckte ihm die Hand entgegen. Der andere drückte sie fest.

»Egal, wie das Ganze ausgeht«, erklärte Jimmie bewegt. »Sie sollen wissen, dass ich sehr froh bin, Sie kennen gelernt zu haben, und es keinen Augenblick bereut habe, mich mit Ihnen auf dieses Abenteuer eingelassen zu haben.«

»Was immer passiert«, antwortete der Schotte, »auch ich freue mich über unsere Bekanntschaft und bin überzeugt, dass ich keinen mutigeren und besseren Piloten hätte finden können ... Viel Glück!«

»Gleichfalls! Schnallen Sie sich an und halten Sie sich fest. Denken Sie daran, so wenig wie möglich bewegen!« So lauteten die letzten Anweisungen des Piloten. »Sie können so laut schreien, wie Sie wollen, Hauptsache, Sie rühren sich nicht vom Fleck!«

Mehr als fünf Minuten blieben sie schweigend auf ihren Plätzen angeschnallt sitzen, umhüllt von einem feuchtwarmen Dunst, der ihre ledernen Fliegeranzüge durchnässte, bis sie anfingen zu stinken. So lange brauchte der Pilot, um jeden einzelnen Handgriff im Kopf durchzugehen, den er ausführen würde, sobald sie gestartet waren.

Man hätte ihn für einen Kunstspringer halten können, der sich auf der Kante des Sprungbretts auf jede Drehung und Pirouette konzentriert, die ihm ermöglichen würden, anschließend so gerade und widerstandslos wie ein Nagel ins Wasser einzudringen.

Schließlich stieß er einen tiefen Seufzer aus.

»Sind Sie bereit?«, fragte er.

»Jawohl!«, antwortete McCracken ernst.

»Na schön. Auf geht's!«, rief Jimmie.

Langsam holperte die helle Bristol Piper durch den dichten Nebel, der um den Gipfel des Tepui waberte, über die Felsspalten und Höcker in dem felsigen Boden mit seiner kargen moosigen Vegetation. Der Propeller fing an zu kreischen, als drehte er sich plötzlich in die falsche Richtung. Die Maschine gewann immer mehr an Tempo, bis sie plötzlich einen zaghaften Satz machte und sich blind in den leeren Raum fallen ließ.

Der Tod faltete seinen schwarzen Umhang auf und sprang hinterher, um sie einzufangen.

ZWEITER TEIL

Man konnte nichts erkennen.

Absolut nichts.

Über den Wolken brannte die Sonne unbarmherzig, aber hier unten am Boden war das Licht nur ein trübes und staubiges Halbdunkel, wo alles wie in einem nicht enden wollenden Albtraum ebenso schnell auftauchte wie es verschwand.

Versunken beobachtete McCracken die unwirkliche Landschaft.

Mehr als eine Stunde verging, ehe die alte Dame, die ihm im Zugabteil gegenüber saß, ihre runde Brille abnahm und sie behutsam zu putzen begann. Ohne ihn anzusehen, erklärte sie plötzlich: »Als ich klein war, gab es für mich nichts Schöneres, als mit dem Zug durch diese Gegend zu fahren. Alles war grün. Endloses, von winzigen Blumen übersätes saftiges Weideland. Ein dunkelblauer Himmel, an dem weiße Wolken seltsame Figuren bildeten. Meine Brüder und ich gaben ihnen während der Zugfahrt Namen. Und manchmal tauchten am Horizont sogar Büffelherden auf.«

Sie seufzte und hielt in ihrer Beschäftigung inne. Dann setzte sie die Brille wieder auf und hob den Kopf, um dem Schotten einen Blick zuzuwerfen. McCracken schwieg und lächelte höflich.

»Damals hätte ich mir nie träumen lassen, dass die Menschen eins der schönsten Werke, das der Schöpfer ihnen hinterlassen hat, so rücksichtslos vernichten könnten.«

»Die Menschen?«, fragte McCracken überrascht. »Warum sind denn die armen Menschen daran schuld? Sie leiden doch am meisten unter diesen launischen Naturgewalten. Wind und Staub zum Beispiel.«

»Trotzdem tragen sie allein die Schuld daran!«

»Sie allein?«, wiederholte McCracken halb spöttisch, halb ungläubig.

»Ja!«

»Was haben sie denn verbrochen? Sind sie etwa schuld am Wind?«

»Stellen Sie sich doch nicht so dumm an, junger Mann«, unterbrach ihn die alte Frau, ohne jedoch unfreundlich zu werden. »Ich könnte Ihre Mutter sein, und das will einiges heißen. Sie selbst sind auch nicht gerade ein junger Spund. Glauben Sie mir, ich weiß, wovon ich rede. Als ich diese Reise zum ersten Mal machte, sind wir noch von Indianern angegriffen worden.«

»Ist das wahr?«

»So wahr ich hier sitze! Mein Vater musste einem von diesen Rothäuten in den Allerwertesten schießen, um sie zu vertreiben.«

»Merkwürdig! Ich glaubte, die letzten wilden Indianer wären verschwunden, als ...«

»Als ich schon meinen zweiten Sohn zur Welt gebracht hatte, junger Mann«, unterbrach ihn die Alte erneut. »Sie wollen mir doch keine Lektion in der Geschichte meines Landes erteilen, oder? Aus Ihrem Akzent schließe ich, dass Sie Engländer sind?«

»Schotte.«

»Na ja, das kommt aufs Gleiche raus. Nehmen Sie es nicht persönlich«, setzte sie schnell hinzu und griff nach einer fein ziselierten Dose, die neben ihr lag. Sie klappte die Bonbonniere auf und bot ihrem Gegenüber zur Versöhnung eine Praline an. »Mögen Sie Schokolade?«

McCracken nahm an, mehr aus Höflichkeit. Während er die Praline aus dem Papier wickelte, beobachtete er die Frau, die unbewusst langsam den Kopf schüttelte.

»Nichts lag mir ferner, als Ihnen eine Lektion in der Geschichte Ihres Landes zu erteilen«, beteuerte er. »Das könnte ich gar nicht. Aber ich bin sehr viel in der Welt herumgekommen und eins glaube ich gelernt zu haben: Angesichts von Naturgewalten ist der Mensch ein Nichts.« Er deutete auf das wenige, was man durch das offene Fenster erkennen konnte, und setzte hinzu: »Wenn sich die Natur in den Kopf setzt, so viel Staub aufzuwirbeln, dass die Sonne verschwindet, kann der Mensch nicht das Geringste dagegen tun.«

»Der Mensch ist schuld am Staub!«, erklärte die alte Dame selbstsicher.

»Glauben Sie das wirklich?«, erwiderte McCracken lachend. »Wie soll er das denn angestellt haben? Mit irgendwelchen Zaubertänzen?«

Die vornehme Dame mit dem kurzen schneeweißen Haar und dem eleganten grauen Seidenkleid, dessen Ausschnitt und Ärmel mit feinen Spitzen versehen waren, warf dem eleganten Herrn im dunklen Anzug mit geblümter Weste, der eine dicke Goldkette mit einer wertvollen Uhr um den Hals trug, einen strengen Blick zu. Erst als sie sich davon überzeugt hatte, dass sie mit ihm nicht ihre Zeit vergeuden würde, fragte sie ruhig: »Wollen Sie es wirklich wissen? Oder hören Sie nur aus Höflichkeit einer armen alten Frau zu, die allem Anschein nach nicht mehr ganz richtig im Kopf ist?«

»Wir haben eine lange Reise vor uns«, antwortete McCracken, als stünde das für beide fest. »Es wäre töricht von mir, wenn ich mir die Gelegenheit durch die Lappen gehen ließe, etwas Neues zu erfahren, nicht wahr? Vor allem, wenn man vor lauter Staub nicht einmal die Landschaft genießen kann.«

»Sie sagen es. Das wäre töricht.« Plötzlich verblüffte ihn die Dame damit, dass sie ein Zigarrenetui aus ihrer Handtasche nahm. »Rauchen Sie?«, fragte sie und griff nach einer dicken Havanna.

»Danke nein.«

»Stört es Sie, wenn ich rauche?«

McCracken warf einen unbehaglichen Blick auf die dicke Zigarre mit der auffallenden Bauchbinde und schüttelte mit gespielter Gleichgültigkeit den Kopf.

»Keineswegs.«

Die alte Dame, die weit über achtzig sein musste, nahm ein Streichholz, biss das Mundstück der Zigarre ab und zündete sie an, so bedächtig und natürlich wie jemand, der sein ganzes Leben nichts anderes getan hat.

»Das ist eins der letzten Laster, die ich mir gönne«, erklärte sie und blies genüsslich die erste Rauchwolke aus. »Meine Enkel sagen immer, dass der Tabak mich eines Tages noch umbringen wird, aber offensichtlich hat er es nicht eilig.« Sie machte eine Pause, beobachtete mit einem zufriedenen Lächeln, wie sich der Rauch zur Decke emporkräuselte, und wandte sich wieder dem Fremden zu. »Wo waren wir stehen geblieben?« Sie deutete mit der Zigarre auf die unsichtbare Landschaft hinter dem Fenster. »Ach ja! Ich wollte Ihnen erklären, dass die schreckliche Katastrophe da draußen, die diese Gegend wie den Rest des Landes allmählich in den Ruin treibt, von Menschenhand gemacht ist.« Sie seufzte erneut, tief und laut, und setzte dann stolz hinzu: »Das hat mein Mann, Gott hab ihn selig, schon vor dreißig Jahren prophezeit!«

»Ist der Wind etwa auch an dem wirtschaftlichen Untergang des Landes und der Depression schuld?«, entgegnete McCracken spöttisch. Er hätte um ein Haar laut losgelacht. »Das müssen Sie mir näher erklären. Hat er während des Börsenkrachs im Jahr neunundzwanzig die New Yorker Aktien aus dem Fenster geweht?«

»Nicht wortwörtlich, versteht sich. An jenem Tag haben die Menschen die Fenster höchstens geöffnet, um sich hinauszustürzen. Aber im übertragenen Sinne schon, das könnte man mit Fug und Recht behaupten.«

»Wie kommen Sie auf diese haarsträubende Theorie?«

»Wollen Sie das wirklich wissen? Möchten Sie nicht lieber etwas lesen oder sich im Speisewagen ein Gläschen genehmigen?«

»Aber nein, glauben Sie mir. Ich brenne förmlich darauf, dass Sie mir Ihre Theorien erläutern. Ich würde nur allzu gern wissen, wie das reichste Land der Welt über Nacht sein gesamtes Vermögen verlieren konnte. Dass ein Börsenkrach kollektiven Wahn auslöst, so etwas wäre in Großbritannien nie denkbar.«

»Weil man dort den Rasen pflegt.«

»Wie bitte?«

»Weil man in Ihrem Land den Rasen pflegt. Oder die Wiesen, um genauer zu sein. Wir hier in den Vereinigten Staaten haben das nie gelernt.«

»Ich verstehe nicht ganz, was Sie meinen.«

»Ich meine den Rasen. Das Grün, das früher die Prärie bedeckte, durch die wir seit Stunden fahren. Das Land hier war wie gesagt ein Paradies.« Sie zog an der Zigarre und lehnte sich ins Polster zurück, als wollte sie sich ihre Kindheit ins Gedächtnis zurückrufen. »Gott hatte es als Paradies für die Büffel geschaffen«, erklärte sie nachdenklich. »Abermillionen von Büffeln haben hier gegrast. Und die haben eine Eigenart: Sie fressen nämlich nur die Triebe, ohne dabei auch die Wurzeln auszurupfen. Und sie ziehen immer weiter, sodass sich der Boden schnell erholen und das Gras nachwachsen kann.« Sie machte eine breite Gebärde, als wollte sie das gesamte unsichtbare Land vor den Fenstern einschließen. »Überall hier gab es breite Flüsse, tiefe Seen, die das überschüssige Wasser auffingen und langsam über das ganze Land verteilten. So war es seit Anbeginn der Zeit, solange ich mich erinnern kann.«

»Und was ist dann passiert?«

»Dann kam Buffalo Bill.«

»Buffalo Bill? Der berühmte Buffalo Bill aus dem Wanderzirkus?«

»Von wegen! Er war nur ein Clown, eine groteske Karikatur der eigentlichen Tragödie. Eine Hyäne, die sich von Aas ernährte. Ein Hochstapler, der sich selbst ein Denkmal setzte, indem er auf Berge von toten Büffeln kletterte, die andere vor ihm geschossen hatten. Millionen von Tieren wurden einfach niedergemetzelt!«

»Millionen?«, wiederholte ihr Reisegefährte überrascht. »Sie wollen mir weismachen, dass man hier Millionen von Büffeln geschossen hat?«

»Mehr oder weniger. Es waren Millionen Tonnen von erstklassigem Fleisch; es hätte den Hunger all dieser Familien stillen können, die jetzt durchs Land ziehen und um ein Stück Brot betteln müssen. Während meiner Jugend hat man auf diesen Prärien so viel Fleisch verfaulen lassen, dass man eine ganze Generation damit hätte ernähren können.«

»Aber warum?«

»Weil ein sturer General auf die Idee kam, dass man die Indianer am leichtesten ausrotten kann, wenn man ihnen ihre Hauptnahrungsquelle nimmt. Natürlich war es viel leichter, die armen Tiere abzuschlachten, als sich mit den Indianern auf einen langen und verlustreichen Kampf einzulassen. Also hat er befohlen, die Tiere auszurotten.«

»Das ist ja entsetzlich!«

»Ja, das ist es und der Preis, den die Menschen für diesen Wahnsinn bezahlen, ist verdammt hoch.«

Die elegante Dame schien eine kleine Stärkung zu brauchen. Vorsichtig legte sie die Zigarre auf dem Rand des Aschenbechers ab und nahm aus ihrer Handtasche einen Flachmann mit zwei kleinen silbernen Bechern.

»Wie wäre es mit einem Cognac?«, fragte sie und schenkte ein.

»Danke.«

Sie beugten sich vor und stießen wortlos an. Dann füllte die alte Dame die kleinen Becher erneut und beide lehnten sich in die weichen Polstersitze zurück.

»Büffelleder!«, erklärte sie und strich über die Armlehne ihres Sitzes. »Echtes Büffelleder, so gut wie unverwüstlich. Das Einzige, was von diesen stolzen Tieren übrig geblieben ist. Soll ich fortfahren?«

»Ich bitte darum!«

»Na schön. Wie gesagt, sie haben die Büffel und die Indianer ausgerottet, um Platz für die Siedler zu schaffen, die das Land unter sich aufteilten und bebauten, zum Wohl der Allgemeinheit und des Staates. So zumindest lautete die offizielle Version und diese Richtlinien wurden bis ins kleinste Detail ausgeführt. Sie teilten das Land unter sich auf und machten sich an die Arbeit.«

»Und dann?«

»Zu Anfang lief alles wie geplant. Die fleißigen Siedler bearbeiteten den Boden, säten und bewässerten die Felder. In den Flüssen gab es ja reichlich Wasser. Aber Mais, Weizen, Korn oder Baumwolle brauchten viel mehr Wasser als das Gras, das früher auf der Prärie wuchs, und so wurde das Wasser schon bald knapp. Bis eines Tages plötzlich die Dürre über uns hereinbrach. Ich kann mich noch sehr gut daran erinnern, es war in dem Jahr, als meine Rosalyn geheiratet hat. Die Dürre war katastrophal. Angeblich weil sich das Wasser des Pazifiks allzu stark aufgewärmt hatte. Erst da haben wir erkannt, dass sich der Boden unter unseren Füßen praktisch auflöst, wenn er austrocknet und nicht von den Graswurzeln zusammengehalten wird.«

»Was meinen Sie mit auflösen?«

»Die Erde zerfiel zu Staub. Zu feinem Staub. Tausende von Jahren hatte das Gras sie vor Sonne und Wind geschützt. Die Büffel wiederum hatten die Prärie gepflegt. Ohne Schutz und Pflege wurde die Erde zu Staub.«

»Ich hätte nicht gedacht, das so etwas möglich ist«, erklärte McCracken verwirrt.

»Tja, hier jedenfalls ist es genau so passiert. Wie Sie bestimmt wissen, bevorzugt der Wind weite flache Ebenen wie diese.«

»Klar.«

»Ja, das leuchtet ein. Aber früher hat der Wind höchstens das Gras, die Mähne der Pferde oder den Federschmuck der Indianer durcheinander gebracht. Jetzt wirbelt er die schutzlose Erde bis zum Himmel auf.« Die alte Frau stöhnte. »Es ist wie eine der biblischen Plagen. Der Wind nimmt von Tag zu Tag zu und hüllt die Sonne, Felder, Dörfer, Städte, ja ganze Bundesstaaten in Staub. Er hat sich in die größte Naturkatastrophe verwandelt, die dieser Kontinent jemals erlebt hat.« Sie deutete mit dem Kinn nach draußen. »Da ist er, unser größter Feind, der Staub, verantwortlich für den Verlust von Abermillionen Hektar fruchtbaren Weidelands.«

»Merkwürdig«, gab McCracken zu, der von den Ausführungen der alten Frau tief beeindruckt schien. »Merkwürdig und furchterregend zugleich. Ich wäre nie auf die Idee gekommen, etwas, das ich immer als ein schlichtes Wetterphänomen betrachtet habe, direkt auf die Handlungsweise des Menschen zurückzuführen.«

»Nun, so ist es aber«, beharrte seine Gesprächspartnerin und nahm einen tiefen Zug, der ihre Lungen bis zum Rand füllte. »Zum Glück erkannte mein Mann, übrigens der klügste Mensch, den ich je kennen gelernt habe, an dem Morgen, als er einen kleinen Tornado beobachtete, der am Horizont vorbeizog, die bevorstehende Gefahr. Es war nicht der Erste, den er sah, trotzdem fiel ihm der Unterschied sofort auf. Das war kein gewöhnlicher Wirbelsturm, der kurz Laub und Insekten aufwirbelt und dann verschwindet. Nein, er war wie ein riesiger Staubsauger, der drei oder vier Tage hintereinander wütete, die gesamte Erde verschluckte und sogar die Sonne verdunkelte.«

Die Alte schien diesen Augenblick, der ihr ganzes

Leben auf den Kopf gestellt hatte, noch einmal zu durchleben.

»Noch am gleichen Abend hat mein Mann gesagt: ›Wir ziehen hier weg!‹« Sie ahmte die Stimme ihres verstorbenen Mannes nach. »›Gleich morgen früh verkaufe ich alles und wir verlassen diesen verwünschten Ort.‹ Ich versuchte, es ihm auszureden. Ich wandte ein, dass es unser Land sei, unser Zuhause, wo unsere Kinder und Kindeskinder geboren wurden, aber es half nichts. Zum Glück hörte er nicht auf mich. Er behauptete, die Tornados seien ein Zeichen dafür, dass Gott mit den Menschen haderte, weil sie sein Werk zerstört hatten. Er war fest davon überzeugt, dass Gott ihm ein Zeichen gesandt hatte. Also verkauften wir alles und zogen nach Philadelphia.«

»Es muss sehr schwer für Sie gewesen sein«, bemerkte McCracken.

»Aber nicht so schwer wie für diejenigen, die geblieben sind. Irgendwann waren ihr Land, ihre Farmen und Häuser nichts mehr wert. Als die Ernte ausblieb, mussten sie Kredite aufnehmen, doch da der Wind nicht aufhörte, bekamen am Ende alles die Banken.«

»Typisch! Am Ende profitieren immer die Banken vom Unglück der anderen.«

»Nicht in diesem Fall«, widersprach die alte Dame leichthin. »Die Banken haben zwar alles bekommen, aber was sollten sie mit dem Staub anfangen? Was sollten sie mit dem Land tun, auf dem nichts mehr wuchs? Die großen Landwirtschaftsbanken im Mittleren Westen verfügten über riesige Ländereien, aber es war totes Kapital, weil sie nichts mehr wert waren. Und da die Banken nicht mehr flüssig waren, gingen sie eine nach der anderen Bankrott. Mein Mann, der wie gesagt überaus klug war, hat sofort erkannt, dass die Pleitewelle bald auch die Industriebanken erfassen würde, da sie irgendwie alle miteinander zusammenhingen.«

»Klingt logisch.«

»Ist es auch. Gleichzeitig hat Thomas beobachtet, dass die Werte an den Börsen viel zu hoch gehandelt wurden. So kam er wenig später zu dem Schluss, dass der große Crash nur noch eine Frage der Zeit war. Er verkaufte unsere Aktien und legte das Kapital in Gold an. Ein Jahr später kam der Crash tatsächlich. Aber er hat ihn leider nicht mehr erlebt. Drei Monate vorher ist er gestorben.«

»Ein beeindruckender Mann, ohne Zweifel.«

»Der beeindruckendste, dem ich je begegnet bin. Der beste und vorsichtigste, aber gleichzeitig auch der mutigste. Dass ich heute nicht zu den vielen gehöre, die in diesem trostlosen Land ziellos umherziehen und betteln müssen, habe ich nur ihm zu verdanken.«

Beide schwiegen und starrten aus dem Fenster auf die schattenhafte Ruine eines Gebäudes, das plötzlich neben den Gleisen aufgetaucht war. Während sie daran vorbeifuhren, wurde es von einer riesigen Staubwolke wie von einem apokalyptischen Ungeheuer verschluckt.

Als der verlassene Bahnhof nur noch eine staubige Erinnerung war, nickte McCracken, als wollte er seine Niederlage eingestehen.

»Tut mir Leid, wenn ich am Anfang so skeptisch war«, entschuldigte er sich. »Ich habe das Ganze zunächst für eine absurde Theorie gehalten, aber jetzt sehe ich, dass Sie ganz Recht haben. Der Mensch geht mit Gottes Werk in der Tat zu sorglos um. Er ist eine Gefahr für die Schöpfung.«

»Das steht fest. Der Mensch respektiert Gottes

Werk nicht und am Ende wird er verdammt teuer dafür bezahlen müssen.«

»Aber wie wird das Ganze enden?«, fragte der Schotte besorgt.

»Ehrlich gesagt, ich weiß es nicht. Thomas hat immer gemeint, dass eine neue Regenzeit kommen wird, die den Staub wieder zu Erde macht, wenn sich die Wassermassen des Pazifischen Ozeans eines Tages abkühlen. Wenn das tatsächlich eintrifft und wir intelligent genug sind, um die früheren Fehler nicht zu wiederholen, dann könnte es sein, dass der Mensch all das, was er zuvor verloren hat, zurückbekommt.«

»Ich kann nur hoffen, dass Ihr Mann Recht behält.« McCracken klang nicht sonderlich optimistisch.

»Das hoffe ich auch«, erklärte die alte Frau. Sie drückte den Zigarrenstummel im Aschenbecher aus und warf einen kurzen Blick auf den Flachmann und die beiden Becher. »Und jetzt will ich versuchen, etwas zu schlafen, wenn es Ihnen nichts ausmacht. Das viele Reden hat mich ermüdet.«

Sie schloss die Augen und begann, augenblicklich durchdringend zu schnarchen, was den ohnehin verdutzten McCracken noch mehr erstaunte.

Einige Minuten lang beobachtete er diese ungewöhnliche Frau. Dann stand er auf und verließ auf Zehenspitzen das Abteil. Die Tür ließ er leise hinter sich ins Schloss schnappen.

Im Gang blickte er durchs Fenster auf die Landschaft, die hier genauso trübe und deprimierend war wie auf der anderen Seite. Er schüttelte mehrmals den Kopf, als hätte er das, was er gerade gehört hatte, immer noch nicht verdaut, und ging dann langsam zum Speisewagen.

Er hatte sein Mittagessen bereits bestellt und wollte

gerade einen Schluck von dem kalten Bier nehmen, als er lautes Geschrei hörte. Vor Schreck fuhr er zusammen und hätte sich um ein Haar das Bier über sein feines Jackett geschüttet.

»McCracken! John McCracken! Nicht zu fassen!«

Als er aufsah und den kräftigen, sonnengebräunten Mann mit dem breiten Grinsen erkannte, der vor ihm stand, stieg ein tiefes Glücksgefühl in ihm auf.

»Jimmie!«, rief er. »Jimmie Angel! Bin ich froh, Sie zu sehen.«

Bewegt schüttelten sie sich die Hand. Der Pilot hielt sie noch fest, als er sich seinem alten Freund gegenüber setzte.

»Mein Gott!«, wiederholte er immer wieder. »Der große John McCracken! Herr über Gold und Diamanten! In all diesen Jahren hat es keinen einzigen Tag gegeben, an dem ich nicht an Sie gedacht habe.«

»Auch ich denke oft an Sie«, antwortete McCracken. »Aber erzählen Sie ... Was macht der König der Lüfte in diesem Zug, der wie eine Schnecke durchs Land kriecht? Hier sind Sie doch nicht in Ihrem Element.«

»Dann verraten Sie mir mal, wie ich bei diesem verdammten Staub fliegen soll? Ich wurde angeheuert, um eine Maschine zu transportieren, und jetzt muss ich sie in einem Zug befördern lassen. In dieser Gegend kann man seit Jahren nicht mehr fliegen.«

»Ja, ich weiß. Und schuld daran sind die Büffel.«

»Wie bitte?«, fragte der König der Lüfte verwundert.

»Ach nichts. Ich habe nur laut gedacht.« Er rief den Kellner, damit er seinen Gast bediente. »Erzählen Sie ... Wie ist es Ihnen ergangen? Was haben Sie in all der Zeit gemacht?«

»Oh, einen Haufen verschiedenster Dinge!«, antwortete der Pilot fröhlich. Er trug immer noch sein ewiges Grinsen zur Schau. »Aber das Wichtigste ist, dass ich zwei Jahre in China war.«

»In China?«, staunte McCracken. »Was zum Teufel hat Sie denn dahin verschlagen?«

»Man hatte mich engagiert, um die Luftwaffenpiloten Chiang Kai-sheks auszubilden. Leider musste ich bald feststellen, dass es keine Antikommunisten waren, sondern eingefleischte Faschisten. Also habe ich den Job an den Nagel gehängt und bin zurückgekehrt. Danach habe ich im Filmgeschäft mitgemischt.«

»Im Filmgeschäft?« Der Schotte kam aus dem Staunen gar nicht mehr heraus. »Wollen Sie damit sagen, dass Sie jetzt ein Filmstar sind?«

»Von wegen Filmstar! Ich habe bei den Flugszenen als Stunt gearbeitet und mir dabei das Bein und vier Rippen gebrochen, aber die Bezahlung war gut.«

»Sie werden sich wohl nie ändern, was? Da, wo die Gefahr lauert, ist Jimmie Angel zu Hause!«

»Was soll ich machen? Es ist das Einzige, was ich kann.«

»Und wie ist es sonst im Filmgeschäft?«

»Wie in einem Tollhaus. Aber ich hatte die Möglichkeit, Howard Hughes kennen zu lernen. Er ist der wahre König der Lüfte«, erklärte der Pilot und lachte. »Aber auch der Filmsternchen. Er ist Produzent und vernascht eine nach der anderen, Jean Harlow zum Beispiel. Von ihm habe ich eine Menge gelernt!«

»Über das Fliegen oder über die Sternchen?«

Der Amerikaner schwieg, während der Kellner servierte. Doch sobald der Kellner außer Hörweite war, antwortete er grinsend: »Leider nur über das Fliegen.« Er schüttelte den Kopf. »Was die Geschäfte angeht, so ist er ein Genie, aber beim Fliegen ist er ein Gott. Ein Draufgänger, wie ich es nie sein könnte, nicht einmal, wenn ich auch nur ein Zehntel von seiner Kohle hätte.«

»Man erzählt sich doch schreckliche Dinge über ihn«, wandte sein Gesprächspartner ein.

»Und alle sind wahr«, antwortete der Pilot wie aus der Pistole geschossen. »Alle bösen Gerüchte über H. H. müssen wahr sein. Ich war nämlich bei den Dreharbeiten zu *Die Engel der Hölle* dabei und da hat er sein wahres Gesicht gezeigt. Er ist der ausgekochteste Hundesohn, den ich je gesehen habe, er weiß, was er will und wie er es bekommt. Eines Tages hat er mich derart auf die Palme gebracht, dass ich um ein Haar absichtlich den Turm gerammt hätte, von wo er eine Schlachtenszene drehte.«

»Wie ich Sie kenne, würden Sie das tatsächlich fertig bringen.«

»Und ob! Ich raste in einer Entfernung von drei Metern an der Kamera vorbei ... Und wissen Sie, was er mir gesagt hat, als ich gelandet war?«

»Keine Ahnung.«

»Dass ich ruhig noch etwas näher hätte heranfliegen können, damit die Szene erstklassig wird. Am liebsten hätte ich ihm den Hals umgedreht, das können Sie mir glauben. Dann hat er sich umgedreht und ist mit seiner vollbusigen Blondine verschwunden.«

»Nicht zu fassen! Ach übrigens, da wir gerade beim Thema sind: Haben Sie eigentlich Ihre Krankenschwester von damals wieder gefunden?«

Der König der Lüfte hielt beim Essen inne, als versuchte er, sich einen Augenblick die unvergessliche Nacht von damals ins Gedächtnis zu rufen, und lächelte traurig.

»Nein. Schon als wir beide uns kennen lernten, hatte ich aufgehört, nach ihr zu suchen. Es ist zwar sehr traurig, denn offenbar habe ich einen Sohn, aber es besteht kaum Aussicht herauszufinden, wo er sein könnte.«

»Sie haben einen Sohn?«, fragte der Schotte überrascht. »Woher wissen Sie das?«

»Ich habe es geträumt«, antwortete Jimmie. »Eines Nachts ist sie mir im Traum erschienen. Ich konnte ihr Gesicht nicht erkennen, aber das des Jungen an ihrer Hand. Er war etwa fünf Jahre alt. Sie sagte: ›Das ist dein Sohn. Leider wird er nie wissen, wie sehr er seinem Vater ähnelt. Jedenfalls ist er verrückt nach Flugzeugen und ich bin sicher, dass er eines Tages ein berühmter Pilot werden wird.‹«

»Lieber Freund!«, sagte McCracken tief gerührt. »Sie werden nie aufhören, mich in Staunen zu versetzen. Heute noch dreht sich mir der Magen um, wenn ich daran denke, wie wir von dem Tafelberg gestartet sind. Ich weiß nicht, wie ich das so kaltblütig überstehen konnte. Ich glaube, dass ich das Bewusstsein verlor, und als ich wieder aufwachte, streiften wir gerade die Baumkronen, die uns um ein Haar aufgeschlitzt hätten.«

»Es war großartig, nicht wahr?«

»Großartig? Es war Wahnsinn!«

»Was sonst hätten wir machen sollen? Sie waren es doch, der da oben landen wollte. Irgendwie mussten wir dann ja auch wieder wegkommen.«

»Das ist allerdings richtig. Und ich habe es niemals bereut. Wäre ich nicht so alt und müde, würde ich Sie glatt bitten, es noch einmal zu versuchen.«

»Wer sagt, dass Sie alt und müde sind? Sie sehen blendend aus«, widersprach der König der Lüfte.

»Lieber Freund, der Schein trügt«, erklärte McCracken traurig. »Ich komme gerade aus Houston, wo es die besten Krebsspezialisten der Welt gibt, wie Sie vielleicht wissen.« Er lächelte bitter und schüttelte den Kopf. »Zumindest waren sie ehrlich. Man gibt mir noch ein Jahr.«

Jimmies gute Laune verflog augenblicklich, als er diese grausame Neuigkeit vernahm. Sichtlich erschüttert starrte er seinen einstigen Abenteuergefährten an.

Eine Weile brachte er kein einziges Wort heraus und schließlich stotterte er: »D-das tut mir Leid! Sehr Leid! Auch wenn unsere Freundschaft kurz war, sind Sie mir ans Herz gewachsen.«

»Ich weiß, mein Lieber, ich weiß. Wenn Gefühle erwidert werden, dann weiß man, dass sie echt sind. Auch ich mag Sie sehr und deshalb bitte ich Sie, nicht traurig zu sein.«

»Es fällt mir schwer, mich damit abzufinden, dass Ihnen nur noch ein Jahr bleiben soll.«

»Sie selbst setzen Ihr Leben täglich aufs Spiel und ich habe mich mit meinem Schicksal bereits versöhnt. Irgendwie finde ich die Vorstellung gar nicht mal schlecht, All Williams wiederzutreffen. Hier unten gibt es nichts mehr, was mich interessiert.«

»Sie haben sich nicht verändert.«

»Wir waren ein gutes Gespann, nicht wahr? Können Sie sich noch erinnern, wie wir durch den Fluss gewatet sind, in dem es von Piranhas wimmelte, und uns in die Hosen gemacht haben vor Angst, die Menschenfresser am anderen Ufer würden uns überfallen? Das waren noch Zeiten!«

»Ja, es war wunderbar. Ich träume oft davon.«

»Sie sind immer noch der alte Träumer. Wenn es

Ihnen so gefallen hat, warum kehren Sie nicht allein zurück?«

»In die Gran Sabana? Wozu?«

»Um nach der Goldader auf dem Tepui zu suchen, die Sie reich machen würde.«

Es folgte ein langes Schweigen, in dem sich die beiden nur ansahen. Offenbar fragte Jimmie sich, ob er sich verhört hatte.

»Was meinen Sie damit?«, hakte er schließlich mit brüchiger Stimme nach.

»Genau das, was ich gesagt habe«, gab McCracken lässig zurück.

»Es würde Ihnen nichts ausmachen, wenn ich Ihre Goldader suche?«

»Aber nein! Für das bisschen Leben, das mir noch bleibt, habe ich mehr als genug Diamanten. Es wäre nicht fair von mir, dieses Geheimnis mit ins Grab zu nehmen. Ich habe nie geheiratet und daher auch keine direkten Erben.«

»Warum gerade ich?«

»Weil Sie schon einmal dort waren und ich Sie schätze. Und weil es ein Wink des Schicksals sein muss, dass ich Ihnen hier über den Weg laufe, nachdem man mir gerade mitgeteilt hat, dass es mit mir zu Ende geht. Und weil mir eine alte Dame gerade erst klar gemacht hat, dass man dem Wink des Schicksals folgen muss.« Er streckte die Hand aus und drückte den Arm des Piloten. »Ich schenke Ihnen die Ader.«

Minutenlang saß Jimmie reglos da, während er darüber nachdachte, wie grundlegend dieses Angebot sein Leben verändern konnte.

»Sie meinen es ernst, nicht wahr?«, fragte er schließlich.

»Glauben Sie, dass ich Witze mache, jetzt, da ich mit einem Bein schon im Grab stehe?«, gab McCracken lächelnd zurück. »Was hätte ich von der Gewissheit, theoretisch als reicher Mann zu sterben? Lieber verabschiede ich mich im Wissen, dass ich einen anderen Menschen glücklich gemacht habe. Ich schenke Ihnen die Goldmine unter zwei Bedingungen.«

»Die da wären?«

»Erstens, dass Sie die Ader nicht ausbeuten. Nehmen Sie sich, was Sie brauchen, um ein angenehmes Leben zu führen, aber seien Sie nicht habgierig. Sie wissen ja, wie sehr ich Habgier verabscheue.«

»Das verspreche ich. Und die zweite?«

»Dass Sie zehn Prozent von dem, was Sie dort herausholen, benutzen, um das Elend in diesem Landstrich zu lindern. Zum Gedenken an All Williams.«

»Ich schwöre es.«

»Sie brauchen nicht zu schwören«, erwiderte der Schotte. »Ich weiß, dass Sie es tun werden.«

»Heiliger Strohsack! Jetzt bin ich Besitzer einer Gold- und Diamantenader!«, rief Jimmie im Überschwang des Gefühls.

»Wenn Sie verantwortungsbewusst damit umgehen, werden noch Ihre Kindeskinder etwas davon haben.«

Jimmie stieß einen tiefen Seufzer aus.

»Aber wie soll ich sie finden?«, fragte er. »Sie haben mich damals so viele Runden drehen lassen, dass ich nicht mal mehr wusste, wo oben und unten ist. Ich hatte die Orientierung völlig verloren.«

»Sie liegt auf dem Gipfel eines Tafelberges, etwa dreihundert Kilometer südlich des Orinoco und fünfzig östlich des Río Caroní.«

»Dreihundert Kilometer südlich des Orinoco und

fünfzig östlich des Río Caroní«, wiederholte der Pilot, als müsste er sich die Daten ins Gedächtnis einbrennen. »Sind Sie sicher?«

»Ganz sicher. Ich verliere niemals die Orientierung. Das kommt daher, dass ich so viele Jahre im Dschungel verbracht habe. Es sind genau die Koordinaten, an denen der Tafelberg liegt. Und oben auf dem Tepui liegt auch der Schatz, wie Sie wissen.«

»Und wo muss ich suchen, wenn ich heil da oben gelandet bin?«

»Sie folgen dem Lauf des Baches, bis er nach links abbiegt und einen kleinen Tümpel bildet. Man sieht ihn kaum, weil er von schroffen schwarzen Felsen umringt ist, die sich in seinem Wasser spiegeln. Genau dort in einer tiefen Höhle sind das Gold und die Diamanten versteckt.«

»Ist es viel?«

»Sehr viel. Erheblich mehr als das, was wir bereits geborgen haben.« McCracken sah Jimmie an und fragte: »Wollen Sie den Berg ernsthaft suchen?«

Jimmie schlug das Revers seiner Lederjacke um und zeigte ihm die kleine Figur, die sich darunter verbarg.

»Erinnern Sie sich?«, fragte er. »Das Abzeichen für das Geschwader des Goldenen Reihers, das Sie damals selbst gegründet haben. Ich weiß nicht warum, aber ich hatte immer das Gefühl, dass diese Geschichte noch nicht abgeschlossen war, obwohl seitdem elf Jahre vergangen sind. Ich trage es stets bei mir. Mein Schicksal liegt in diesem Dschungel, das ist mir klar.«

McCracken warf einen Blick auf den goldenen Ehering an seinem Finger.

»Und Ihre Frau? Was wird sie dazu sagen?«

»Das frage ich mich allerdings auch. Virginia wird

alles andere als begeistert sein. Sie sucht das Glück innerhalb der Grenzen ihres häuslichen Gartens. Sie wird ihr Schicksal in einem kleinen weißen Haus am Stadtrand von Springfield, Colorado, beenden.«

Das Haus war eher weitläufig, sehr hübsch und lag vor neugierigen Blicken und Lärm geschützt auf einem kleinen Hügel abseits der Hauptstraße.

Vor allem sein gepflegter Garten fiel ins Auge. Die üppigen, farbenfrohen Blumenbeete waren stumme Zeugen für die Aufmerksamkeit, die man ihnen angedeihen ließ. Das traf auch für den schmucken weißen Pavillon zu, der die Landschaft beherrschte. Dort saß der König der Lüfte in einem riesigen bequemen Korbsessel, den Kopf in die halbrunde Rückenlehne gebettet, und betrachtete gedankenverloren die am Horizont untergehende Sonne.

Es war fast schon dunkel, als eine hübsche, schlanke Frau mit knochigem Gesicht, kaum älter als dreißig, aus dem Haus kam und sich neben ihn setzte.

»Seit mehr als drei Stunden starrst du schon so vor dich hin!«, sagte sie. »Was hast du?«

»Ich denke nach.«

»Darf man erfahren, worüber?«

»Über so allerlei«, antwortete Jimmie. »Heute Morgen lag einer der Pick-ups, mit denen die Wanderarbeiter umherziehen, mit gebrochener Achse im Straßengraben. Ein paar Kilometer weiter habe ich die Leute dann überholt. Sie waren wie Maulesel bepackt und wollten in den Westen.« Er wandte den Kopf und sah seiner Frau in die Augen. »Sie meinten tatsächlich, sie könnten zu Fuß bis nach Kalifornien marschieren.«

»Verzweiflung kann ungeahnte Kräfte mobilisieren«, erklärte sie. »Was bleibt ihnen sonst übrig? Wenn sie in Kansas oder Oklahoma bleiben, verhungern sie.«

»Meinst du, dass es ihnen in Kalifornien besser gehen wird? Das letzte Mal, als ich in Los Angeles war, hat man mir erzählt, dass der Lohn eines Feldarbeiters heute nicht mal mehr ausreicht, um sich einen Hot Dog zu kaufen!«

»Das ist nichts Neues. Es gibt immer welche, die von einer Wirtschaftskrise profitieren.« Virginia klang ärgerlich. »Und diese Krise ist eine der schlimmsten, die es je gab. Viele werden daran sterben, aber viele werden auch ein Vermögen machen.«

»Kann man denn nichts dagegen tun?«

»Was denn? Willst du den Wind mit deinen Armen aufhalten? Oder den Wolken befehlen, gegen den Wind anzukämpfen?«

»Aber dieser Exodus ist so sinnlos. Ich habe Angst, dass die ganze Sache auch uns mit in den Untergang ziehen könnte.«

»Worauf willst du eigentlich hinaus?«, fragte sie mit einem Mal aggressiv.

»Was meinst du?«

»Dass wir uns jedes Mal, wenn du mir so kommst, wenig später am Ende der Welt wiederfinden.« Sie zeigte vorwurfsvoll mit dem Finger auf ihn. »Ich kenne dich. Ich kenne dich viel zu gut! Immer wenn du deine soziale Ader wieder entdeckst, heißt das, dass du Pfeffer unterm Arsch hast.«

»Was für ein Unsinn! Was soll das?«

Virginia Angel blies sich nervös eine Haarsträhne aus der Stirn und sah ihn an.

»Ich hab die Nase voll«, murmelte sie. »Du hast

mir versprochen, dass wir hier bleiben und in diesem schönen Haus zusammen alt werden.«

»Habe ich denn das Gegenteil behauptet?«, fuhr der Pilot auf und breitete empört die Arme aus. »Habe ich so was auch nur angedeutet?«

»Mir kannst du nichts vormachen. Ich weiß genau, was dir durch den Kopf geht.« Virginia Angel beugte sich vor und sah ihrem Mann in die von vielen Fältchen umgebenen Augen. Schließlich fragte sie mit zusammengebissenen Zähnen: »Was ist es diesmal? Irgendein Stunt, ein Zirkusauftritt oder die verdammten Nitroglyzerintransporte? Eines Tages wirst du noch in die Luft gehen und dann findet man nicht mal mehr einen Fingernagel von dir.«

Jimmie starrte schweigend auf die Scheinwerfer der Wagen, die über die Hauptstraße flimmerten. Einen Augenblick lang schien er der Frage ausweichen zu wollen, doch dann ließ er die Katze aus dem Sack.

»Es ist nichts von alledem«, gestand er leise. »Letzte Woche bin ich im Zug John McCracken wiederbegegnet.«

»Ach, du liebe Güte! John McCracken? Dem Schotten?«

»Ja.«

»Du kannst mir nichts vormachen, Jimmie. Nach elf Jahren läuft man einem Mann wie John McCracken nicht so einfach über den Weg, noch dazu in einem Zug. Gib es zu. Du hast ihn aufgesucht.«

»Nein, glaub mir!«, widersprach Jimmie erbost. »Dass ich ihn im Zug getroffen habe, war reiner Zufall. Er kam gerade aus Houston. So etwas passiert.«

»Eigenartigerweise passiert so etwas immer nur dir.« Virginia Angel sah ihm in die Augen. »Und?«, bohrte sie nach. »Nehmen wir an, dass du unter den vielen Millionen Menschen, die es in diesem Land gibt, aus purem Zufall ausgerechnet McCracken über den Weg laufen musstest. Irgendetwas verschweigst du mir trotzdem. Hat er dir vielleicht vorgeschlagen, ihn noch einmal zu diesem verfluchten Berg zu fliegen? Du hast mir selbst erzählt, was für ein Wahnsinn das war.«

»Nein, hat er nicht«, erwiderte ihr Mann. »Er hat Krebs und wird bald sterben.«

»Das tut mir Leid für ihn, wirklich«, antwortete seine Frau scheinbar beruhigt. »Du weißt ja, mein Vater ist eines grausamen Todes gestorben, auch an Krebs, und du hast immer nur Gutes von diesem Schotten erzählt. Ist es das, was dich quält?«

»Nicht nur das. Er hat mir seine Goldmine vermacht!«, gestand der Pilot wie ein verängstigter kleiner Junge.

»Was sagst du da?«, rief Virginia erschrocken, als hätte er ihr soeben eine Ohrfeige verpasst.

»Er hat mir seine Goldmine geschenkt.«

»Und warum ausgerechnet dir?«

»Weil er keine Familie hat und ich sein einziger Freund bin.«

»Quatsch!«

»Das waren seine Worte.«

»Das glaube ich nicht. Andererseits passieren dir immer die unglaublichsten Dinge der Welt. Aber warum eigentlich? Was zum Teufel stellst du bloß immer an, dass alles auf dich fällt?«

»Ich habe gar nichts angestellt.« Der König der Lüfte hob die Hand. »Mein Ehrenwort!«

Seine Frau sprang auf und warf die Arme in die Luft, versuchte sich jedoch verzweifelt zusammenzureißen. Sie ballte die Fäuste und stapfte zwischen ihren prächtigen Blumenbeeten auf und ab, als hätte sie in eine Chilischote gebissen und wartete nun, dass ihr Mund aufhörte zu brennen.

Schließlich ließ sie sich auf den Treppenstufen vor dem Pavillon nieder und verbarg das Gesicht in den Händen.

»Warum nur?« Sie seufzte laut. »Womit habe ich das verdient? Warum habe ich einen Verrückten geheiratet, der tagtäglich sein Leben aufs Spiel setzen muss? Und ausgerechnet jetzt, wo ich ihn endlich so weit hatte, dass er ein normales Leben führt, muss er diesem anderen Verrückten über den Weg laufen. Warum bloß? Was habe ich falsch gemacht?«

»McCracken ist nicht verrückt.«

»Ach nein? Jemand, der sein ganzes Leben im südamerikanischen Dschungel irgendwelchen verborgenen Schätzen hinterherjagt, ist nicht verrückt? Jemand, der andere dazu nötigt, auf einem tausend Meter hohen wolkenverhangenen Tafelberg zu landen, ist nicht verrückt? Wenn nicht er, wer denn dann? Jemand, der einer geregelten Arbeit nachgeht und ein ruhiges Leben führt?«

Es war offensichtlich, dass Jimmie auf diese Fragen keine Antwort wusste. Schweigend zündete er sich seine Pfeife an und stand auf. Dann verließ er den Pavillon, stieg über den niedrigen Gartenzaun und verlor sich ohne Eile im Dunkel der Nacht.

»Wo zum Teufel willst du hin?«, rief ihm seine Frau wütend hinterher.

»Mich betrinken«, gab er mit seiner sprichwörtlichen Gelassenheit zurück.

Im Dunkeln schlenderte er den schmalen Pfad entlang, den er tausendmal gegangen war und der zu einer Kneipe neben der Tankstelle an der Hauptstraße führte. Er rauchte seine Pfeife und rief sich das Gespräch, das er eben mit seiner Frau geführt hatte, Wort für Wort ins Gedächtnis zurück, fand jedoch nichts, was Hoffnung auf eine einvernehmliche Lösung hätte wecken können.

So sehr er sich auch den Kopf zerbrach, eines war klar: Die Frau, die er geheiratet hatte und mit der er Kinder haben wollte, war alles andere als begeistert von der Idee, auf einem gottverlassenen Tepui eine alte Gold- und Diamantenader zu suchen, die sie reich machen konnte.

Und wenn Virginia erst einmal nein gesagt hatte, dann war es unumstößlich. Er kannte seine Frau gut genug, um das zu wissen.

In der stockdunklen Nacht blieb er mit der Pfeife im Mund stehen. Er dachte an den unglaublichen und wunderbaren Augenblick, als die alte weiße Bristol Piper mitten auf dem Tepui gelandet war. Und als er sich an die Szene erinnerte, wie McCracken mit den Bastkörben aus dem Nebel aufgetaucht war, musste er grinsen.

Er würde diesen Tag niemals vergessen.

Mehr noch als alle Luftschlachten, Filme, Nitroglyzerintransporte oder riskanten Kunstflüge, an denen er in den letzten fünfzehn Jahren teilgenommen hatte, war die lebensgefährliche Landung auf dem von Nebel verhüllten Tafelberg der eigentliche Höhepunkt seiner Karriere gewesen.

Wie sehr er seine alte Bristol vermisste!

Während der Dreharbeiten zu *Legion der Verdammten* hatte er eine Bruchlandung hingelegt und war wie durch ein Wunder unversehrt aus dem brennenden Wrack gestiegen.

Wenn Jimmie ehrlich war, musste er sich eingestehen, dass es tatsächlich an ein Wunder grenzte, dass er noch lebte. Vielleicht lag es an seinem Namen, jedenfalls musste er einen Schutzengel haben, der Tag und Nacht über ihn wachte. Anders war es nicht zu erklären, dass er bislang alle gefährlichen Abenteuer so gut wie unbeschadet überstanden hatte.

Ein paar Narben, mehrere gebrochene Rippen und ein gebrochenes Bein, das nun etwas kürzer war als das andere – das war der Preis, den er für Millionen von Adrenalinstößen hatte bezahlen müssen.

Kaum der Rede wert.

Vor allem, wenn er an das Schicksal seiner unzähligen ehemaligen Kollegen dachte, die weniger Glück gehabt hatten als er.

Dutzende, vielleicht auch Hunderte von Piloten waren bei Bruchlandungen umgekommen oder, was ihm noch schlimmer vorkam, bei lebendigem Leib in ihren Maschinen verbrannt. Er aber war immer noch da, auch wenn er jetzt unmerklich hinkte und über allerlei Zipperlein klagte, sobald das Wetter umschlug.

Er hatte Glück gehabt, vielleicht allzu viel Glück. Wahrscheinlich hatte Virginia Recht und es war höchste Zeit, dass er aufhörte, damit zu kokettieren.

Er setzte seinen Weg fort, betrat Currys Kneipe und setzte sich an die Theke. Noch ehe er ein Wort herausgebracht hatte, schenkte ihm der Wirt einen großzügigen Whisky ein und erklärte: »Du brauchst kein Wort zu sagen. Virginia ist in die Luft gegangen, stimmt's?«

»Woher weißt du das?«

»Weil ich Virginia von klein auf kenne.«

»Es ist ungerecht«, beschwerte sich Jimmie.

»Nicht aus ihrer Sicht. Virginia will nur nicht frühzeitig Witwe werden. Und sie hat das Gefühl, dass sie es bald sein wird, wenn du so weitermachst.«

»Als wir uns kennen gelernt haben, war ich Pilot in einem Zirkus«, protestierte Jimmie wütend. »Wenn ich meine Runden da oben drehte, hatte ich zwei Kerle auf den Tragflächen sitzen. Das hat sie nicht daran gehindert, mich zu heiraten. Warum stellt sie sich jetzt so an?«

»Weil alle Frauen sich einbilden, sie könnten den Mann, den sie lieben, derart umkrempeln, bis er ihnen nicht mehr gefällt.« Der Wirt schenkte ihm nach. »Glaub mir!«, fuhr er fort. »Virginia wird dich so lange lieben, bis sie einen Mechaniker oder Postpiloten aus dir gemacht hat.« Er zapfte sich ein Bier. »Dann wird sie sich über ihren Sieg freuen, aber auch aufhören, dich zu bewundern, und nach einem Jahr wird sie mit dem Erstbesten, der ihr über den Weg läuft, durchbrennen.« Er nahm einen langen Zug und stellte den Bierkrug auf die Theke, wobei er vernehmlich rülpste – ob aus Ekel oder Verachtung, war unklar. »Ich kann ein Liedchen davon singen!«

»Du kannst doch Virginia nicht mit Ketty vergleichen.«

»Ich bin kein Freund von Vergleichen«, entgegnete der Wirt, »aber damals hatte ich mir einen Namen als Rennfahrer gemacht und man sagte mir eine große Karriere in der Branche voraus.« Er seufzte frustriert. »Aber wer hält schon das ewige Gejammer einer ängstlichen Frau aus? Sie hat so lange auf mich eingeredet, bis ich die Rennfahrerei an den Nagel gehängt habe und wir uns hier niedergelassen haben.« Er machte eine verächtliche Gebärde, die alles einschloss, was ihn in seinem Lokal umgab. »Den Rest der Geschichte kennst du ja. Zwei Jahre lang hat sie es hier an der Zapfsäule ausgehalten, bevor sie dann mit einem vermeintlichen Schauspieleragenten durchgebrannt ist. Und weißt du, wie weit sie es gebracht hat? Nicht weiter als zu einem Zwanzigsekundenauftritt in einem Musical.«

»Du kannst ihr doch nicht dein Leben lang nachtrauern!«

»Nein, natürlich nicht. Tatsache ist aber, dass ich immer noch hier bin und meine Gläser spüle, während sie in Hollywood lebt und zu jedem ins Bett steigt, der ihr eine kleine Rolle verspricht.« Er stützte die Ellbogen auf die Theke und musterte seinen Freund eindringlich. »Lass dir die Gelegenheit nicht durch die Lappen gehen, hörst du? Wenn du sicher bist, dass du diesen Schatz da unten finden kannst, dann lass dich nicht von Virginia davon abbringen.«

»Sie ist meine Frau«, erinnerte ihn Jimmie.

»Frauen gibt es wie Sand am Meer«, rief ihm sein Freund ins Gedächtnis. »Sie kommen und gehen, aber dein Schicksal gehört nur dir. Es wird mit dir geboren und verlässt dich nie. Der Mann, der wegen einer Frau auf sein Schicksal verzichtet, verdammt sich selbst.«

»Ich wusste gar nicht, dass du so ein Philosoph bist.« Jimmie grinste. »Ich dachte immer, dass du dich nur für Baseball, Autorennen und Bier interessierst.«

»Wahrscheinlich weil mir noch nie jemand wie du über den Weg gelaufen ist. Wo hat man das gehört, da erbt einer eine Goldmine und seine Frau verbietet ihm, die Erbschaft anzunehmen?«

»Darum geht es gar nicht«, entgegnete Jimmie. »Die Sache ist nicht so einfach, wie du denkst.«

»Warum nicht?«

»Weil der verdammte Tafelberg am Arsch der Welt liegt. Und wahrscheinlich würde ich nicht noch einmal darauf landen können, auch wenn ich ihn tatsächlich finden sollte, was ich bezweifle.«

»Aha, jetzt kommen wir der Sache näher. Du hast also Angst.« Der Wirt schenkte sich ein weiteres Bier ein. »Gib es zu, du hast Angst. Du fühlst dich alt und traust es dir nicht mehr zu. Dann mach aber nicht Virginia dafür verantwortlich, sonst könnte sich deine Frustration schnell in Hass verwandeln. Sie hat ganz klar gesagt, was sie will. Jetzt bist du an der Reihe. Was willst du?«

»Ich? Ich will hinfliegen!«

»Dann tu es, verdammt noch mal!«

»Würdest du es an meiner Stelle tun?«

»Ohne mit der Wimper zu zucken!«

»Ist das dein Ernst?«

»So wahr ich hier stehe!«

»Würdest du mitkommen?«

»Sofort.«

Der König der Lüfte lehnte sich auf seinem Barhocker zurück, als bräuchte er mehr Platz, um den großen hageren Mann mit dem blassen Gesicht und dem festen Blick auf der anderen Seite der Theke besser ansehen zu können.

»Bist du sicher?«, fragte er schließlich. »Würdest du hier alles stehen und liegen lassen, um mit mir nach Venezuela zu fliegen?«

»Auf der Stelle!«, antwortete sein Freund in einem Tonfall, der jeden Zweifel ausräumte. »Seit du mir erzählt hast, dass du diesen Schotten getroffen hattest, zerbreche ich mir den Kopf darüber, wie ich dich bitten könnte, mich mitzunehmen.« Er deutete auf das halb leere, in aufdringlich fröhlichen Farben gestrichene Lokal. »Was lasse ich hier schon zurück. Was ist das für eine Zukunft?«

»Eine ruhige.«

»Eine voller Ekel und Hunger«, korrigierte sein Freund. »Jedes Mal, wenn die armen Teufel hier anhalten, um zu tanken, gebe ich ihnen das Benzin zum halben Preis, weil ich mich schon genau wie sie durch dieses gottverfluchte Land irren sehe.« Er stützte die Arme auf die Theke und wurde so laut, dass er fast aggressiv klang. »Dieses Land geht unter, Jimmie! Politiker und Spekulanten richten es zugrunde, ehrliche und arbeitsame Menschen werden verarscht. Wir haben nur zwei Möglichkeiten. Entweder wir zetteln eine Revolution an, bei der viel Blut fließen wird, oder wir wandern aus.«

»Bist du etwa Kommunist geworden?«

»Komm schon, Jimmie, du bist doch nicht blöd! Was hat der Kommunismus mit der Wahrheit zu tun? Das sind doch Gegensätze. Tatsache ist, dass ich nur noch ein Viertel von dem verkaufe, was ich vor drei Jahren umgesetzt habe. Und manchmal habe ich ein so schlechtes Gewissen, dass ich das Benzin verschenke, verdammt! Das hat mit Kommunismus oder Faschismus rein gar nichts zu tun. Das ist die verdammte Realität, und sonst gar nichts!«

»Und was mache ich mit Virginia?«

»Nichts. Du tust, was du tun musst, und wenn sie noch da ist, wenn du zurückkommst, gut, wenn nicht, hat sie eben Pech gehabt.«

»Aber ich liebe sie doch.«

»Sicher. Aber die Frage ist doch, ob sie dich liebt, nicht ob du sie liebst. Wenn ja, wird sie auf dich warten.«

»Glaubst du?«

Curry zuckte die Achseln und zog eine Grimasse, die deutlich machte, dass er an gar nichts glaubte. Als der König der Lüfte die Kneipe verließ, war er genauso verwirrt wie eine Stunde zuvor, als er sie betreten hatte – wenn nicht noch mehr.

Ein wenig torkelnd nahm er denselben Weg nach Hause zurück und blieb auf halber Strecke stehen, um zu pinkeln. Er sah zum dunklen Himmel auf, von dem sämtliche Sterne wie weggewischt schienen, und fragte sich, welches Schicksal ihn tatsächlich erwarten mochte, wenn er diesem Wink des Schicksals nicht folgte.

Er war kein Pessimist wie Curry und hoffte insgeheim, dass die Krise bald überwunden war und die Vereinigten Staaten wieder zu jenem mächtigen Land wurden, in dem alles möglich war und auf das sie immer so stolz gewesen waren.

Tatsächlich waren verheerende Fehler gemacht worden. Die Menschen hatten sich in ihrer scheinbar grenzenlosen Euphorie schwer versündigt. Er selbst war diesem Tanz um das Goldene Kalb erlegen und hatte den größten Teil seines Vermögens in Aktien investiert. Die Börsenwerte waren mit jedem Tag höher in den Himmel gewachsen, als gäbe es überhaupt keine Grenzen mehr. Aber er hätte wissen müssen, mehr als jeder andere, dass alles, was so schnell steigt, früher oder später auch wieder fallen muss.

Als Testpilot hatte er unzählige Prototypen von Flugzeugen erlebt, die auf dem Reißbrett einen perfekten Eindruck machten, sich in der Praxis jedoch als untauglich erwiesen. Aber dass manche in der Luft explodiert oder wie ein Stein vom Himmel gefallen waren, hieß noch lange nicht, dass die Luftfahrt an sich zum Scheitern verurteilt war.

Man brauchte einen langen Atem, um aus den Fehlern der Vergangenheit lernen zu können. Tief in seinem Innern wusste Jimmie Angel, dass das Land die

Fehler, die zur augenblicklichen Wirtschaftskrise geführt hatten, schon bald korrigieren würde.

Als ganze Nation Kräfte zu sammeln und die richtigen Männer zu finden, die das Land aus der Krise führen konnten, war eine Sache. Es auch als Einzelner zu schaffen war etwas anderes, das wurde Jimmie in diesem Augenblick sehr klar.

Er war jetzt zweiunddreißig. Bald würden seine Arme nicht mehr die Kraft für komplizierte Pirouetten in der Luft aufbringen. Seine Reflexe würden nachlassen und er würde nicht mehr schnell genug auf unvorhergesehene Gefahren reagieren können. Gelegentlich flatterten ihm schon die Nerven, wenn er in klapprigen Maschinen hochexplosives Nitroglyzerin transportieren musste.

Er wusste auch, dass Virginia nicht locker lassen und ihm so lange zusetzen würde, bis ihm nichts anderes mehr übrig blieb, als einen Job in einem Büro anzunehmen oder sich damit abzufinden, als Postflieger einen Ort nach dem anderen abzuklappern wie ein Busfahrer.

Und zur gleichen Zeit lag ein Haufen Gold und Diamanten in einer Höhle auf McCrackens Berg, der jetzt sein Berg war, irgendwo in der gottverlassenen Gran Sabana. Bis jemand den Mut aufbrachte, die steilen wie mit einem Messer gezogenen Felswände des Tafelberges zu erklettern und sein Geheimnis zu lüften.

Müde setzte er sich auf die Stufen vor seinem Hauseingang und blickte still in die Nacht.

Es dauerte nicht lange, bis Virginia ihn da draußen bemerkte und in der Haustür erschien. Böse und besorgt zugleich fragte sie: »Was ist nun?«

»Ich fliege«, antwortete er heiser. »Ich fliege nach Venezuela!«

Dick Curry brauchte etwas länger als einen Monat, um seine Kneipe für einen Spottpreis zu verkaufen. Er musste die Hauptkosten der Unternehmung tragen, da Jimmie dazu nicht imstande war. Immerhin hatte er die moralische Verpflichtung, Virginia genug Geld dazulassen, damit sie über die Runden kam, bis er zurück war.

Die beiden Männer hofften zwar auf eine baldige Rückkehr, wussten aber auch, dass sie nur den Anfang der abenteuerlichen Expedition planen konnten. Alles Weitere hing davon ab, wie dicht die Wolkenwand war, die den Heiligen Berg verhüllte.

Ihre Nachforschungen hatten ergeben, dass sich südlich des Orinoco nicht viel geändert hatte, seit Jimmie das letzte Mal dort gewesen war. Allerdings konnten sie jetzt auf die unschätzbare Hilfe verlässlicher Karten bauen. Die venezolanische Armee hatte die Vermessung des Landes endlich abgeschlossen.

Ansonsten aber schien alles beim Alten geblieben zu sein: Dschungel, Wind, Stürme, sintflutartiger Regen, Banditen und »Menschenfresser«. Und noch immer war es in einem Umkreis von tausend Meilen so gut wie unmöglich, die Maschine aufzutanken.

Sie mussten sich zum größten Teil auf ihr Glück, ihre Intuition und Jimmies viel gerühmtes Orientierungsvermögen verlassen.

Ein mehr als tausend Meter hoher Tafelberg, der sich dreihundert Kilometer südlich des Orinoco und fünfzig Kilometer östlich des Río Caroní in den Himmel erhob: Das war alles, was sie wussten.

Es folgte eine zermürbende Suche nach einer geeigneten Gebrauchtmaschine. Nachdem sie die Vor- und Nachteile der Angebote angesichts der schwierigen Bedingungen, unter denen sie fliegen würden, sorgfältig abgewogen hatten, entschied sich Jimmie nach langem Hin und Her für einen einmotorigen Doppeldecker. Die Gipsy Moth war vor vier Jahren von De Havilland hergestellt worden und hatte einer Ölgesellschaft gehört, die die Maschine zum Transport von Nitroglyzerin eingesetzt hatte.

Später sollten sie den Entschluss bereuen angesichts der vielen Probleme, die sie ihnen nach ihrer ersten Bruchlandung bereitete. Doch als sie jetzt am Flughafen von Springfield über die Landebahn rollte, machte sie noch einen tadellosen und unversehrten Eindruck.

Tatsächlich war die Gipsy Moth eine extrem gut gebaute und robuste Maschine. Sie besaß einen hundertzwanzig PS starken Motor und erreichte eine Spitzengeschwindigkeit von hundertfünfzig Kilometern in der Stunde. Ihr außergewöhnlich großer Tankraum hatte es Lady Mary Bailey vor einigen Jahren ermöglicht, einen neuen Rekord aufzustellen und eine Flughöhe von fünftausend Metern zu erreichen.

Die aerodynamischen Tragflächen aus sorgfältig poliertem Holz, der spitze Bug, das grazil anmutende, aber durchaus zuverlässige Hauptfahrwerk und die breiten, gemütlichen Sitze ließen sie in Jimmies Augen für die heikle Mission, die ihnen bevorstand, ideal erscheinen. Zudem benötigte sie sehr wenig Raum zum Landen und Starten.

Doch das wichtigste Argument, das letztlich den

Ausschlag gab, war der Preis: Er lag gerade noch im Rahmen dessen, was sie sich leisten konnten.

Bevor sie endgültig in den Süden aufbrachen, nahmen sie den Motor der Maschine komplett auseinander und bauten ihn wieder zusammen. Diese Prozedur wiederholten sie mehrere Male, bis sie sich mit allen Einzelheiten vertraut gemacht hatten und den Motor so gut kannten wie ihre eigene Westentasche.

Curry hatte noch nie einen Fuß in ein Flugzeug gesetzt, aber als Rennfahrer kannte er sich mit Motoren aus und war ein hervorragender Mechaniker. Beiden war bewusst, dass ihre Rückkehr von diesem schwierigen Unterfangen einzig und allein von einem einwandfrei funktionierenden Motor abhing.

Sie hatten eine Reise von dreizehntausend Kilometern vor sich, sechseinhalbtausend hin und sechseinhalbtausend zurück. Verdammt viele Flugstunden für eine Maschine, die bereits vier Jahre harten Einsatz auf dem Buckel und seit ihrer Konstruktion drüben im fernen England mehrmals den Besitzer gewechselt hatte.

Dreizehntausend Kilometer in der Luft, und darin waren nicht mal eventuelle Kursänderungen oder die eigentliche Suche nach dem Berg berücksichtigt. Zu viele Kilometer, wenn man recht darüber nachdachte, und zu viele vor allem, wenn man den Zustand der fragilen Maschine näher unter die Lupe nahm.

Zu diesem Schluss war anscheinend auch Virginia Angel gekommen, als sie eines Tages unangemeldet im Hangar auftauchte und das in lauter Einzelteile zerlegte Flugzeug studierte, das nur aus Holz- und Metallstücken bestand. Es sah nicht so aus, als könnte es auch nur einen Meter zurücklegen, ohne von vier Männern angeschoben zu werden.

»Glaubst du im Ernst, dass sich diese alte Kiste mehr als hundert Stunden in der Luft halten kann?«, fragte sie skeptisch. »Glaubst du, dass sie dem Wind in den Bergen und den Regenfällen im Dschungel trotzen wird? Meinst du, ich hätte Lust, die ganze Zeit hier auf dich zu warten und zu zittern, dass die Kiste durchhält?«

»Dazu ist sie schließlich konstruiert worden.«

»Nein!«, widersprach sie erregt. »Diese Maschine war für den ruhigen Himmel über Europa gedacht. Sie braucht regelmäßige Inspektionen in eigens dafür vorgesehenen Werkstätten, in denen man über Originalersatzteile verfügt. Oder etwa nicht?«

Da sie keine Antwort auf ihre Frage erhielt, trat sie näher und legte die Hand auf das Gitter des Kühlers, der auf einer Holzbank lag.

»Was willst du machen, wenn der Motor über der Gran Sabana seinen Geist aufgibt? Wirst du warten, bis man dir einen neuen aus London schickt? Oder noch schnell versuchen, auf diesem verdammten Tafelberg zu landen, obwohl du weißt, dass ihr da nie wieder heil herunterkommt?«

»Bisher bin ich mit solchen Problemen immer noch selbst fertig geworden«, erwiderte Jimmie nur. »Schließlich ist das mein Beruf.«

Virginia hatte in den letzten beiden Wochen mindestens sechs Kilo verloren, und das hieß einiges, denn sie war entsetzlich dünn. Nun setzte sie sich auf die Bank neben den Kühler und schüttelte resigniert den Kopf.

»Du täuschst dich! Dein Beruf besteht darin, so viele Bruchlandungen hinzulegen, bis du dir endlich das Genick gebrochen hast. Du bist ein Selbstmörder. In Wirklichkeit suchst du den Tod und verachtest das

Leben.« Sie zeigte vorwurfsvoll auf Curry, der mit gesenktem Kopf dabei war, eine Radachse einzuschmieren. »Und jetzt willst du auch noch diesen Idioten mit in den Tod ziehen, statt dass er sich endlich aufrafft, sich eine vernünftige Frau sucht und eine richtige Familie gründet!«

Auch diesmal erhielt sie keine Antwort von den beiden Männern, die genau wussten, dass sie Recht hatte, aber trotzdem nicht im Traum daran dachten, sich von ihrem Vorhaben abhalten zu lassen.

Virginia Angel dachte einen Augenblick nach. Dann schien sie einzusehen, dass sie auf Granit biss und ihren Willen niemals durchsetzen konnte. Schließlich stand sie wortlos auf und ging müde wie eine Verliererin, die ihre Niederlage mit zehn Jahren ihres Lebens bezahlt hat, Richtung Ausgang.

»Mach, was du willst!«, rief sie, als sie auf der Schwelle des riesigen Tors stand. »Ich ziehe zu meiner Schwester. Wenn du innerhalb von zwei Monaten wieder da bist, egal, ob reich oder arm, denn darauf kommt es nicht an, werde ich es als deine letzte große Dummheit betrachten und es gut sein lassen. Ansonsten schwöre ich dir bei den Kindern, die ich eines Tages haben werde und die du mir nicht schenken wolltest, dass ich mich von dir scheiden lasse!«

Als sie weg war, verstrichen etliche Minuten, bis Curry aufsah und schlicht sagte: »Ich glaube, sie meint es ernst.«

»Darauf kannst du Gift nehmen.«

»Was jetzt?«

»Wir müssen einen Zahn zulegen.«

»Glaubst du denn, dass es in zwei Monaten überhaupt zu schaffen ist?«

»Frag mich was Leichteres.«

»Wie viele von diesen verfluchten Tepuis gibt es eigentlich südlich des Orinoco und östlich des Río Caroní?«

»Keine Ahnung.«

»Wirst du den, den wir suchen, aus der Luft erkennen können? Oder müssen wir auf jedem einzelnen von diesen Ungetümen landen?«

»Bin ich ein Hellseher?«, fuhr ihn der König der Lüfte barsch an. »Damals war alles von dichtem Nebel verhüllt, wir konnten höchstens die Umrisse erkennen. Und der Dschungel da unten ist wie ein riesiger grüner Teppich.« Er zuckte die Achseln. »McCracken hat versucht, mich in die Irre zu führen, indem er mich Hunderte von Runden drehen ließ. Und wenn ich ehrlich bin, ist ihm das auch verdammt gut gelungen.« Er seufzte laut angesichts seiner Ohnmacht. »Kann sein, dass ich den Berg wiedererkenne, aber genauso gut ist es möglich, dass ich ihn nicht finde.«

»Na wunderbar! Das heißt, dass wir Blindekuh spielen werden.«

»Du kannst jederzeit aussteigen. Noch ist Zeit dazu«, erklärte Jimmie ohne jede Spur eines Vorwurfs. »Mit weniger Gewicht habe ich bessere Chancen und du würdest deinen Anteil trotzdem bekommen. Ich werde auf jeden Fall mit dir teilen.« Er zeigte auf die Gipsy Moth. »Ohne deine tatkräftige finanzielle Unterstützung hätte ich Jahre gebraucht, um mir eine solche Maschine kaufen zu können.«

Curry sah aus, als wollte er Jimmie mit seinen Blicken töten.

»Ich soll den Augenblick verpassen, wenn wir das Gold und die Diamanten eigenhändig aus der Höhle holen?«, erwiderte er. »Kommt überhaupt nicht infrage. Vergiss es! Glaub bloß nicht, ich wäre nur wegen des Geldes dabei. Ich mache mit, weil mir jedes Mal die Haare zu Berge standen und ich vor Neid fast gestorben bin, wenn du erzählt hast, wie ihr auf dem Tepui gelandet seid und wie der Schotte später mit seinen Körben voller Gold und Diamanten aus dem Nebel aufgetaucht ist.«

»Virginia hatte Recht. Du bist wirklich verrückt.«

»Ist das nicht wunderbar?«

»Genau.«

Sie machten sich wieder an die Arbeit. Drei Tage später erklärte Jimmie den Moment für gekommen, eine Reise anzutreten, die ihm, ohne dass er es ahnte, das enge Tor zur Unsterblichkeit weit aufstoßen würde.

Keine Seele kam, um sich von ihnen zu verabschieden. Niemand winkte mit einem weißen Taschentuch, um ihnen gute Reise und viel Glück zu wünschen, als ihre Maschine den Boden von Colorado verließ.

Außer Virginia Angel, die nun weit weg war, wusste niemand, welche Gründe sie zu ihrer Reise bewegten oder in welchen entlegenen Teil der Erde sie führen sollte.

In Wahrheit war das Ziel nicht das venezolanische Guayana, sondern jenes phantastische Reich der Träume, das jeder Mensch eines Tages zu erreichen hofft, und wenn es an Bord einer klapprigen alten Gipsy Moth ist, die 1927 von De Havilland gebaut worden war.

Kaum waren sie gestartet, machte sich ein unerwartetes und beunruhigendes Problem bemerkbar. Dick Curry vertrug das Fliegen nicht.

Wie immer man es nennen mochte, Schwindel, Höhenangst oder gar Höhenkoller – als Curry den ersten Blick nach unten warf und die Menschen sah, die so klein wie Ameisen erschienen, schloss er die Augen, ballte die Fäuste und legte sein Schicksal in Gottes Hand, der ihm nur den guten Rat geben konnte, sich wenigstens nicht gegen den Wind zu übergeben.

Die erste Etappe der Reise verlief verhältnismäßig ruhig. Nach Zwischenlandungen in Amarillo und Abilene kamen sie in San Antonio, Texas, an. Curry, der legendäre Rennfahrer, war am Ende seiner Kräfte.

»Vielleicht solltest du mit dem Zug zurückfahren«, riet Jimmie seinem Freund besorgt, als er sah, dass der nicht mal eine Tasse Tee hinunterbekam. »So einen ruhigen Tag wie heute habe ich selten erlebt. Mir wird ganz mulmig, wenn ich daran denke, was sein wird, wenn wir erst einmal die Berge erreichen.«

»Auf keinen Fall!«

»Überleg es dir noch mal«, beharrte der Pilot. »Wenn einem beim Fliegen übel wird, kann man nichts machen. Die Ärzte sagen, dagegen ist kein Kraut gewachsen. Das hat nichts mit Feigheit zu tun. Es ist ein medizinisches Problem. Nicht mal der mutigste Mann kann was dafür, wenn ihm da oben schwindelig wird.«

»Ich werd's schon schaffen.«

»Und die Schwindelanfälle? Die Übelkeit? Dir wird sich der Magen umdrehen und es gibt nichts, was dagegen hilft.«

»Ich habe mal gelesen, dass Lord Nelson seekrank wurde, aber das hat ihn nicht davon abgehalten, der berühmteste Admiral in der Geschichte seines Landes zu werden. Wenn er es geschafft hat, kann ich es auch.«

»Wie du meinst ...« Jimmie widersprach seinem Freund nicht. Er schnitt ein großes Stück Fleisch von seinem Steak ab und tunkte es in eine scharfe, dunkle Sauce. »Wenn ich etwas für dich tun kann, sag Bescheid.«

»O ja, das kannst du«, antwortete sein Reisegefährte hastig. »Warte mit dem Essen, bis ich draußen an der frischen Luft bin.«

Dann stürzte er aus dem Lokal, als sei der Leibhaftige hinter ihm her. Jimmie blieb nachdenklich sitzen. Es war nicht zu übersehen, dass er sich ernste Sorgen um seinen Freund machte. Niemand wusste besser als er, wie viele Strapazen und Hindernisse noch vor ihnen lagen. Wenn sie es schaffen wollten, musste er sich darauf verlassen können, dass sein Reisegefährte körperlich und geistig vollkommen auf dem Damm war.

Als er daran dachte, wie sich McCracken während ihrer unvergesslichen Expedition in die fernen Berge des Escudo Guayanés den unzähligen Widrigkeiten gestellt hatte, musste er lächeln. Gelassen hatte er alle gefährlichen Situationen gemeistert, sogar als sie einmal mit der klapprigen alten Bristol Piper geradewegs in die schwarzen Wolken eines Hurrikans gesteuert waren.

Ein großartiger Mann!

Großartig in jeder Hinsicht, sogar als er ihm mit unbewegter Miene erzählt hatte, dass die Ärzte ihm nur noch ein Jahr gaben. In seiner Stimme war keine Spur von Angst oder Traurigkeit zu erkennen gewesen.

Jimmie hatte viele mutige Männer kennen gelernt, im Krieg wie im Frieden, doch McCracken stand auf seiner langen Liste ganz oben.

Das hieß nicht, dass Jimmie an Currys Mut zweifelte. Bei mehr als einer Gelegenheit hatte er mit eigenen

Augen erlebt, wie der Rennfahrer am Steuer eines Wagens Kopf und Kragen riskierte. Doch er konnte sich gut vorstellen, was seinem Freund in diesen bitteren Augenblicken durch den Kopf ging, und beschloss, einen Tag länger in San Antonio zu bleiben als vorgesehen. Curry sollte genug Zeit haben, um nachzudenken, und vielleicht kam er dann zu dem weisen Schluss, dass es für ihn besser wäre, nach Colorado zurückzufahren.

»Kommt nicht infrage!«, protestierte Curry. »Das Erste, was man im Rennstall lernt, ist, sofort wieder in die Kiste zu steigen, wenn du einen Unfall gebaut hast, um die Angst zu überwinden. Tut man das nicht, kann man die Rennfahrerei an den Nagel hängen. Morgen in aller Frühe starten wir.«

Im Morgengrauen hoben sie ab und flogen Richtung Mexiko Stadt. Nach Zwischenlandungen in Tampico und Matamoros setzten sie, kurz ehe die Sonne am Horizont versank, in der aztekischen Hauptstadt auf.

Während sie sich aus ihren schweren Fliegeruniformen quälten, sagte der einstige Kneipenwirt mit einem verschmitzten Lächeln: »Ich hätte nichts dagegen, ein paar Tage in dieser Stadt zu verbringen. Nicht aus Angst vor diesem Vogel. Das wird sich bald legen, hoffe ich. Aber es wäre eine Sünde, diese Stadt, von der ich schon so viel gehört habe, nicht richtig kennen zu lernen. Wir müssen uns unbedingt eine echte Mariachiband anhören.«

Genau das taten sie, aber sie machten auch einen Stadtrundgang, besuchten die alten Ruinen der Azteken und freundeten sich sogar mit zwei hübschen Mädchen an. Die beiden waren Schwestern und schienen großen Spaß an ihrem flüchtigen und vergnüglichen Techtelmechtel mit zwei Verrückten zu haben, die in einer klapprigen alten Holzkiste um die halbe Welt fliegen wollten.

»Man muss schon viel Mumm haben, um in so eine Kiste zu steigen«, rief die Jüngere von beiden. »Und wir mögen Männer mit Mumm!«

»Vielen Dank.«

»Aber eins müsst ihr uns verraten. Was habt ihr bloß im venezolanischen Dschungel zu suchen? Das ist doch am Ende der Welt.«

»Kokosnüsse.«

»Kokosnüsse?«, wiederholte das Mädchen überrascht. »Ihr wollt uns doch nicht für dumm verkaufen, oder? Hier gibt es mehr als genug davon. Am Strand wird man von den Dingern erschlagen, wenn man unter den Palmen sitzt und nicht aufpasst.«

»Die Kokosnüsse, die wir suchen, sind ganz besondere.«

»Warum denn?«

»Sie sind mit Diamanten gefüllt.«

»Mit Diamanten?«

»Ja, genau.«

»Dass ich nicht lache! Wer's glaubt, wird selig«, spottete sie.

Ob sie selig wurde, ist nicht bekannt, aber auf alle Fälle führte die Bewunderung der Mädchen für die beiden abenteuerlichen Reisenden dazu, dass diese erst eine Stunde vor ihrem anberaumten Abflug, kurz vor Morgengrauen, am Flughafen ankamen.

Dort sahen sie sich mit einer nervenaufreibenden Flut von Papieren konfrontiert sowie einem verschlafenen, griesgrämigen Beamten, der sich partout weigerte, die von ihnen beantragte Flugroute mit seiner Unterschrift zu genehmigen, und zwar schon allein deshalb, weil er zu dieser Genehmigung verpflichtet war. All dies trug dazu bei, dass sie erst starten konnten, als die Sonne bereits hoch am Himmel stand.

Sie mussten in Oaxaca und Tapachula zwischenlanden und sich vor den Behörden verpflichten, noch am selben Tag den mexikanischen Luftraum zu verlassen. Man hatte ihnen zwar versichert, dass der Flugplatz in Managua ausreichend beleuchtet war, um auch nachts landen zu können, aber Jimmie war alles andere als begeistert. Kaum hatte die Gipsy Moth das offene Meer erreicht, ohne sich jedoch allzu weit von der mittelamerikanischen Küste zu entfernen, da zeigte sein Gesicht ernste Sorge.

Sie hatten Gegenwind.

Es war ein anhaltender, von Feuchtigkeit geschwängerter Südostwind, nicht allzu stark, aber trotzdem heftig genug, um ihre Geschwindigkeit zu drosseln und dem Motor Höchstleistungen abzuverlangen, was ihren Spritverbrauch erheblich erhöhte.

Trotzdem verlor Jimmie kein einziges Wort darüber.

Er wusste, welche Panik seinen Passagier sogar in ganz normalen Situationen überkam, und wollte ihm auf keinen Fall noch mehr Angst einjagen. Es wäre grausam gewesen. Selbst Jimmie war jetzt mulmig, wenn er daran dachte, dass der Gegenwind sie aufhalten würde und er mitten in der Nacht auf einem Flughafen landen musste, wo seit einer Ewigkeit keine Maschine mehr aufgesetzt hatte.

Um die Gespenster der Angst zu vertreiben, griff er auf ein altes Mittel zurück, das fast immer funktioniert hatte:

Si Adelita se fuera con otro
La seguiría por aire y por mar

Si por mar en un buque de guerra
Si por aire en un avión militar ...

Si Adelita quisiera ser mi esposa
Si Adelita fuese mi mujer ...

Plötzlich spürte er, wie sein Passagier ihm auf die Schulter tippte.

»Was zum Teufel machst du?«, schrie ein aufgebrachter Curry.

»Das hörst du doch. Ich singe.«

»Du solltest lieber landen, dann kannst du obendrein dazu tanzen! Das hier gefällt mir nicht! Merkst du nicht, dass es allmählich dunkel wird?«

»Viele Flugzeuge fliegen bei Nacht«, log Jimmie frech.

»Damit niemand sieht, wo sie abstürzen, was? Wie weit ist es noch?«

»Wir sind gleich da.«

»Was heißt gleich?«

»Gleich heißt immer dasselbe: gleich.«

Was hätte er sonst sagen sollen? Die Silhouette der Küste war nur noch ein dunkler Fleck zu ihrer Linken. Wenn die Bucht, die sie vor wenigen Augenblicken hinter sich gelassen hatten, tatsächlich die von Fonseca war, dann hatten sie gerade noch genug Sprit, um bis nach Managua zu kommen. Sie konnten sogar ein paar Ehrenrunden drehen, bis das Personal auf dem Flughafen von Managua sie hörte und die Notbeleuchtung auf der Rollbahn anschaltete, damit sie sicher landen konnten.

Der Wind frischte auf.

Jetzt trieb er, wie eine Herde folgsamer Schafe, dichte Wolken vor sich her. Offensichtlich waren sie während der sengenden Mittagshitze über dem großen See von Nicaragua entstanden.

»Scheiße!«, rief Jimmie plötzlich.

»Was hast du gesagt?«

»Scheiße!«

»Kannst du sie etwa riechen?«

»Hör auf, Dick! Jetzt ist keine Zeit zum Witzemachen«, wies ihn sein Freund zurecht.

»Das ist leider kein Witz!«, gab Curry beschämt zurück. »Wie sieht es aus, Jimmie?«

»Sagte ich doch schon, beschissen! Warum soll ich dir was vormachen? Die Lage ist brenzlig, aber wir werden sie schon meistern, keine Bange!«

Einige Minuten vergingen.

Die Gipsy Moth kam kaum noch gegen den Wind an. Ihre Tragflächen aus perfekt verzapftem, feinem Eichenholz knackten so laut, als würden sie von einem riesigen Raubtier zermalmt.

Der Regen blendete sie.

Es war ein heftiger Schauer mit einem durchdringenden Geruch nach feuchter Erde und Gewürzen, den man sonst nur bei den nachmittäglichen Regengüssen der Tropen erlebt, wenn der Wind aus dem Landesinneren weht. In Wahrheit aber roch es nicht nach dem Regen, sondern nach dem Wind, der ihn auf den Armen trug.

Jimmie bückte sich und tastete nach der Taschenlampe, die er unter dem Pilotensitz aufbewahrte. Im Licht der Lampe erkannte er, dass die Nadel, die den Stand des Reservetanks anzeigte, so gut wie tot war.

»Mist!«

Zehn Minuten, bestenfalls eine Viertelstunde, würden sie sich noch in der Luft halten können.

Er drehte nach links ab, um sich der Küste zu nähern, auch wenn er dabei einen Umweg riskierte. Kurz darauf erkannte er in der Ferne das Flackern eines Lichtes, konnte jedoch nicht sagen, ob es von einem Haus oder einem Schiff kam.

Er warf einen Blick auf den Kompass und beschloss, sich lieber auf seinen sechsten Sinn zu verlassen.

Er hielt den Kurs, Süd-Südost, komme, was wolle.

Am Horizont tauchte ein neues Licht auf, dorthin richtete er die Maschine.

Noch eins.

Später ein Dorf.

Jetzt flogen sie über festen Boden.

Der Motor begann zu stottern.

»Verdammte Scheiße!«

Endlich erschienen am verregneten windgepeitschten Horizont die Lichter einer großen Stadt.

»Managua! Gott sei Dank! Das ist bestimmt Managua!«, rief Jimmie.

Doch es konnte genauso gut León sein. Und soweit er wusste, besaß León keine Landepiste und lag mehr als siebzig Kilometer von der Hauptstadt Managua entfernt.

Mein Gott, hoffentlich ist es Managua.

Einen Augenblick schloss er die Augen und versuchte, sich zu erinnern.

Managua liegt unterhalb des gleichnamigen Sees, am Ende einer Bucht, die von einer Halbinsel beherrscht wird.

Er ließ die Maschine so weit wie möglich herunter trotz der Gefahr, auf ein Hindernis zu stoßen. Dann sah er die Lichter der Stadt, die sich auf dem See spiegelten, und seufzte erleichtert.

Sein Schutzengel hatte ihn geradewegs an sein Ziel geführt. Nach Managua.

Wenn ihm seine Erinnerung keinen Streich spielte, lag der Flughafen im Osten der Stadt, direkt am See. Doch so sehr er sich auch anstrengte, er konnte kein einziges Licht erkennen, das die Landebahn markierte.

Er überflog die Gegend.

Einmal, zweimal, dreimal.

Irgendwer musste doch Bereitschaftsdienst haben.

Irgendwer musste den Lärm des Motors hören und verstehen, dass sie in Not waren.

Irgendwer ... aber wer?

Wieder stotterte der Motor.

Noch eine Runde?

Plötzlich flammten nacheinander die Lampen der Rollbahn neben dem See auf.

Man hatte sie gehört!

Jemand versuchte, ihnen zu helfen. Doch dann fiel Jimmie auf, dass ihn entweder sein Gedächtnis betrog oder diese Lampen nicht die richtige Richtung wiesen.

Doch für solche Überlegungen war jetzt keine Zeit.

Es gab nicht genügend Sprit, um sich sinnlose Fragen zu stellen.

»Halt dich gut fest!«, rief er und ließ die Maschine auf die unsichtbare Piste heruntersacken.

Knapp über der Wasseroberfläche des Sees flog er an und setzte dann nur drei Meter von der einzigen Lichterkette entfernt auf die asphaltierte Landebahn auf.

Einige der Gaslampen waren bereits von Regen und Wind gelöscht worden.

Er konnte so gut wie nichts sehen.

Dann schaltete er den Motor aus und schlug drei Kreuze.

Ziemlich ruppige Landung!

Einige Sekunden, die ihnen wie eine Ewigkeit vorkamen, rollte die Maschine ziellos weiter, machte noch einen Satz und setzte erneut auf. Dann holperten sie weiter, bis die Piste abrupt abbrach, die Maschine sich überschlug und der Bug sich in die Erde bohrte.

Der Propeller brach ab wie ein Zahnstocher.

Dann folgte Stille.

Eine Stille, die einzig durch das Trommeln des Regens auf den Rumpf der Gipsy Moth unterbrochen wurde.

Ein Stich fuhr Jimmie durch die Brust.

Seine Beine taten weh.

Am meisten aber schmerzte ihn seine Seele, als ihm klar wurde, dass alles zu Bruch gegangen war, was er auf Erden besaß.

Als er wieder zu sich kam, fragte er ängstlich: »Dick? Alles in Ordnung? Sag was!«

»Ich lebe noch!«, antwortete der andere heiser. »Was zum Teufel willst du hören? Dass ich die Fliegerei zum Kotzen finde?«

Man brachte sie in einem alten Schuppen unter, der gleichzeitig als Hangar diente. In der Nacht mussten sie ihn mit einem Dutzend Kühen teilen.

Trotzdem waren sie dankbar.

Zum Glück gab es kein elektrisches Licht, sonst wären sie vielleicht auf die Idee gekommen, auch nachts mit den Reparaturarbeiten weiterzumachen.

Draußen regnete es.

Tatsächlich wollte es gar nicht mehr aufhören zu regnen, als beklagte der Himmel den riesigen Verlust, den sie erlitten hatten.

»Meinst du, wir kriegen die Maschine wieder hin?«, fragte Curry ängstlich, während er das Flugzeug begutachtete, in das er sein ganzes Vermögen investiert hatte.

»Der Propeller ist keinesfalls zu retten. Wahrscheinlich brauchen wir auch ein neues Fahrwerk, aber was zählt, ist der Motor und ich glaube, dass er keinen allzu großen Schaden genommen hat.«

»Bist du sicher?«

»Nein. Das werden wir erst wissen, wenn wir ihn auseinander genommen haben.«

Sie machten sich unverzüglich an die Arbeit, obwohl ihnen alle Knochen wehtaten und sie bei der geringsten Anstrengung vor Schmerzen stöhnten. Doch als sie am Ende den Motor zerlegt und alle Einzelteile mit unendlicher Sorgfalt unter die Lupe genommen hatten, wechselten sie einen erleichterten Blick.

»Ein neuer Propeller und ein neues Fahrwerk und mit etwas Geduld und Glück kriegen wir die Kiste wieder zum Fliegen«, murmelte Curry zuversichtlich.

Der Chef des Flughafens, ein umgänglicher Mann mit einer großen Leidenschaft für alles, was fliegen konnte, bot ihnen seine Hilfe an.

»Dort drüben gegenüber dem Wäldchen ist vor weniger als einem Jahr eine Boeing 40 in den See gestürzt. Vielleicht kann man das Fahrwerk noch benutzen, wenn es intakt geblieben ist.«

»Aber wie könnten wir sie bergen?«

»Mein Schwager ist Fischer. Wenn es ihm gelänge, eine Kette an der Boeing anzubringen, könnte man sie mit Hilfe der Kühe vielleicht an Land ziehen. Sie sollten mit dem Besitzer sprechen.«

Es kostete sie fünfzig Dollar. Ein kleines Vermögen für Leute wie sie, die jeden Cent zweimal umdrehen mussten. Doch blieb ihnen nichts anderes übrig, als auf den Handel einzugehen, wenn sie nicht weiter bei den Kühen schlafen und darauf warten wollten, dass aus Panama oder Mexiko Stadt ein viel teureres Fahrwerk eintraf. Und womöglich würde auch das von einer verunglückten Maschine stammen, die irgendwer ausgeschlachtet hatte.

Für den Propeller mussten sie selbst sorgen.

Zum Glück gab es in Nicaragua mehr als genug Edelholz und in einem kleinen Dorf im Landesinneren fanden sie tatsächlich einen Schreiner, der sich bereit erklärte, ihnen einen Propeller zu bauen.

Doch er war langsam. Langsam und pingelig. Vermutlich war ihm klar, dass die beiden verrückten Gringos wie ein Stein vom Himmel stürzen würden, wenn der Propeller nicht hundertprozentig ausbalanciert war.

An einem abscheulich schwülen, langweiligen Vormittag, an dem es ohne Unterbrechung regnete und sie unter dem Vordach ihres Schuppens saßen und resigniert auf den Propeller warteten, der offenbar nie kommen würde, fuhr plötzlich ein Wagen vor. Virginia stieg aus, hagerer als je zuvor.

Wortlos musterte sie die zertrümmerte Maschine und warf einen Blick auf die beiden Männer, die da hockten wie ein Häufchen Elend.

»Sehr weit seid ihr ja nicht gekommen«, erklärte sie vorwurfsvoll. »Ein Wunder, dass ihr noch lebt und sie euer Hirn nicht von der Windschutzscheibe kratzen mussten. Falls ihr überhaupt so was wie Hirn im Schädel habt.«

»Was machst du hier?«

»Ich habe in der Zeitung gelesen, dass eine De Havilland abgestürzt ist; das konntet nur ihr sein. Daraufhin habe ich die Botschaft in Managua angerufen und sie haben es bestätigt.« Sie trat zu ihrem Mann und gab ihm einen Tritt in den Hintern. »Du hättest dir wenigstens die Mühe machen können, mich zu informieren.«

»Wozu? Die zwei Monate sind doch noch nicht vorbei.«

»Zwei Monate, du sagst es. Immerhin sind schon drei Wochen vergangen und ihr seid immer noch hier. Dabei habt ihr nicht mal die Hälfte des Weges geschafft, ihr Idioten!«

»Jetzt mach aber mal halb lang«, mischte sich Curry ein.

»Du hältst lieber den Mund! Wie kann man nur so blöd sein, eine sichere Existenz aufs Spiel zu setzen! Du hättest mit deiner Kneipe ein sorgenfreies Leben führen können, aber stattdessen …«

»Noch ist nichts verloren«, unterbrach Curry sie. »Sobald wir den Propeller haben ...«

»Propeller!«, fiel sie ihm ins Wort. »Was weißt du schon vom Fliegen? Du hast doch keine Ahnung. Der Propeller ist die Seele eines Doppeldeckers, das weiß sogar ich. Wenn man ihn auswechselt, wird die Maschine nie wieder so fliegen wie vorher. Wenn du mir nicht glaubst, dann frag doch deinen verdammten Freund!«

»Ich bitte dich, Virginia«, ging der König der Lüfte dazwischen. »Lass uns in Ruhe. Wir haben auch ohne dich genug Probleme.«

Seine Frau warf ihnen einen langen Blick zu und schien einzusehen, dass Jimmie Recht hatte. Schließlich setzte sie sich auf einen Tisch, auf dem mehrere Landkarten ausgebreitet waren.

»Das kann man wohl sagen. Außerdem stinkt ihr bestialisch und wie ich euch kenne, ernährt ihr euch nur von der Milch eurer Kühe hier. Na schön, wir werden als Erstes ein vernünftiges Hotel suchen, damit ihr ein ordentliches Bad nehmen könnt. Dann braucht ihr auch neue Klamotten und etwas Anständiges zu essen.«

»Das können wir uns nicht leisten.«

»Ich habe genug Geld dabei«, erklärte sie schroff. »Ich habe den Wagen verkauft.«

»Du hast deinen Wagen verkauft?«, fragte ihr Mann überrascht.

»›Unseren‹ Wagen. Falls du es vergessen hast, noch sind wir nicht geschieden. Deshalb wäre es auch nicht richtig, wenn ich dich jetzt im Stich ließe.« Sie drohte ihm mit dem Zeigefinger. »Was nicht heißt, dass ich meine Meinung geändert hätte.«

Jimmie hätte gern etwas gesagt, zog es dann aber

vor zu schweigen. Er dachte einen Augenblick nach, stand auf und fragte dann mit aufrichtiger Neugier: »Sag mir ... ist es wirklich so schwer, mit mir zu leben?«

»Nicht mit dir«, antwortete Virginia entschieden. »Aber mit deinem verdammten Beruf. Hätte Gott gewollt, dass du fliegst, hätte er dir Flügel geschenkt. Aber du musst ja immer gegen den Strom schwimmen!«

Sie suchten ein sauberes Hotel, nahmen ein ordentliches Bad und kauften sich neue Kleider, die nicht nach Kuhmist stanken. Anschließend aßen sie sich in einem guten Restaurant satt. Drei Tage später erhielten sie das unbezahlbare Geschenk eines Propellers, der sich auf den ersten Blick nicht im Geringsten von dem alten unterschied.

Jimmie startete allein und testete die Maschine eine ganze Stunde lang. Nachdem er gelandet war, nahm er kein Blatt vor den Mund. »Sie liegt nicht mehr so gut in der Luft wie vorher. Das neue Fahrwerk ist schwerer als das alte und es wackelt ein bisschen. Aber man kann damit fliegen.«

»Die Frage ist nur, wie lange das gut geht«, wandte Virginia ein.

»Das weiß Gott allein«, gab Jimmie zurück.

»Aber du willst es trotzdem versuchen.«

»Klar.«

»Na dann, Hals und Beinbruch!«

Damit machte sie auf dem Absatz kehrt und ging zurück in die Stadt. Als die beiden Männer am Abend ins Hotel kamen, hatte sie die Rechnung für alle drei bezahlt und war abgereist.

Am folgenden Morgen starteten sie in aller Herrgottsfrühe Richtung Panama. Von da flogen sie weiter an der Küste entlang nach Cartagena de las Indias, das bereits in Kolumbien lag.

Als Nächstes nahmen sie Kurs auf Santa Marta, Riohacha und Maracaibo. Es war ein ziemlich langer Umweg, doch Jimmie wollte angesichts der Tatsache, dass die Maschine nicht im besten Zustand war, die hohen Berge der Kordilleren lieber meiden.

Der Propeller war nicht so präzise gebaut, wie er sein sollte; Jimmie befürchtete, dass sich die Achse mit der Zeit verschieben könnte. Deshalb versuchte er, die Maschine nicht allzu heftig zu belasten und möglichen Turbulenzen aus dem Weg zu gehen.

Der ruhige Flug sollte auch dazu dienen, seinem Passagier allmählich das Selbstvertrauen wiederzugeben.

Curry litt noch immer an Schwindelanfällen. Seine Abneigung gegen das Fliegen hatte er nicht ablegen können, doch immerhin gelang es ihm, seine Magenkrämpfe unter Kontrolle zu bekommen, sodass er sich nur noch selten übergab.

An dem Nachmittag, als sie in Puerto Carreño landeten, war es bereits einen Monat und einen Tag her, dass sie ihre Reise angetreten hatten.

Leider war Evilasio Morales, genannt El Catire, seit Jimmies letztem Besuch nach Leticia am Ufer des Amazonas versetzt worden. Der schwarze Ciro Cifuentes hatte durch den Biss einer Klapperschlange ein Bein verloren und sich in seiner Heimatstadt Barquisimeto zur Ruhe gesetzt.

Juan Vicente Gómez hielt in Venezuela immer noch die Zügel fest in der Hand; dennoch war der neue Kommandant des Grenzpostens in Puerto Páez ohne zu zögern bereit, ihnen die Nutzung des venezolanischen Luftraums zu gestatten.

Jimmie wählte die Flugroute mit äußerster Vorsicht aus, denn er konnte sich noch sehr gut an den anstrengenden Flug über das Bergland von Guayana erinnern.

Die Gipsy Moth war zwar zehn Jahre jünger als die alte Bristol Piper, durch den Unfall aber so lädiert, dass sie den abrupten Druckschwankungen, tückischen Luftlöchern und wechselnden Winden, die er damals mit dem Schotten erlebt hatte, nicht hätte standhalten können.

Also entschied er sich, erneut einen Umweg zu machen und dem Lauf des Orinoco zu folgen, bis sie Ciudad Bolívar erreichten, etwa dreihundert Kilometer von der Stelle entfernt, an der sich laut McCracken der Heilige Berg befand.

Ein Berg mit einem Herzen aus Gold und Diamanten.

»Hast du nie an ihm gezweifelt?«, wollte Curry wissen, nachdem sie in einem kleinen Restaurant auf einer Anhöhe über der Stadt mit einem wunderschönen Blick auf den breiten Fluss zu Abend gegessen hatten. »Hast du nie an die Möglichkeit gedacht, dass er dich übers Ohr gehauen haben könnte?«

»Nicht eine Sekunde.«

»Ich kann nur hoffen, dass du Recht behältst. Ich selbst werde die ganze Zeit von Zweifeln geplagt«, vertraute ihm sein Freund an. »Kannst du dir vorstellen, was es bedeuten würde, wenn wir einer Schimäre hinterherjagen würden, nur weil er sich einen dummen Scherz mit uns erlaubt hat?«

Der König der Lüfte schüttelte heftig den Kopf, während er sich in aller Ruhe seine Pfeife stopfte.

»Erstens habe ich blindes Vertrauen in den Alten. Und zweitens vergisst du, dass ich schon mal auf diesem Berg war und das Gold und die Diamanten mit eigenen Augen gesehen habe.« Er tippte mit dem Mundstück der Pfeife auf das Abzeichen der imaginären Geschwader des Goldenen Reihers, das er nun um den Hals trug. »Drittens stammt dieses goldene Abzeichen von da und ich weiß, so wahr ich Jimmie Angel heiße, dass es auf dem Gipfel des Tafelbergs noch mehr davon gibt.«

»Dein Wort in Gottes Ohr.«

»Nun, Gott kann mich hören und er weiß, dass ich die Wahrheit sage. Etwas anderes ist, ob es uns gelingt, den Berg zu finden, aber das hängt jetzt allein von uns ab.«

Sie blieben wortlos sitzen, bis ein riesiger gelb leuchtender Mond über dem Fluss aufging. Der ehemalige Rennfahrer betrachtete ihn eine Weile und sagte schließlich: »Weißt du was? Auch wenn es mir da oben verdammt schlecht geht, ich mir vor Angst in die Hose gemacht habe, als wir verunglückt sind, und deine Frau mich für einen Vollidioten hält – ich bin verdammt froh, dass wir es wenigstens bis hierher geschafft haben.«

»Froh oder stolz?«

»Beides. Ich glaube, dass man nicht froh sein kann, wenn man nicht auch stolz auf das ist, was man tut«, antwortete Curry überzeugt. »Tief im Innern bin ich froh, dass ich den Mut aufgebracht habe, alle Brücken abzubrechen. Nicht weil ich scharf auf das viele Geld bin, sondern weil ich endlich der sein kann, der ich mal war, statt hinter dem Tresen einer Kneipe zu verkümmern.« Er lächelte, was Jimmie aber nicht sehen konnte. »Ich weiß nicht, ob du es gemerkt hast, aber seit wir Springfield verlassen haben, habe ich keinen einzigen Tropfen Alkohol angerührt.«

»Wahrscheinlich weil jedes Bier so viel kostet wie ein Liter Sprit«, scherzte sein Freund. »Und wenn du uns auch nur einen halben Liter Sprit wegsäufst, breche ich dir sämtliche Knochen.«

»Dieses Leben gefällt mir.«

»Ja, weil man das Leben hier spürt, statt einfach nur dahinzuvegetieren.«

»Wenn es so ist, dann musst du intensiver gelebt haben als alle Menschen, die ich kenne.«

»So weit will ich gar nicht gehen«, erwiderte Jimmie. »Aber es stimmt, dass ich in einem magischen Augenblick geboren wurde: Als der Mensch entdeckte, dass er fliegen kann, obwohl Gott ihm keine Flügel geschenkt hat. Ein Pionier bei dieser unglaublichen Herausforderung zu sein, Tag und Nacht dazu beizutragen, dass dieser Traum Wirklichkeit wird, und am Leben zu bleiben, um darüber berichten zu können, ist für mich das größte Geschenk, das man einem Menschen machen kann. Wenn das intensiv leben heißt, dann muss ich dafür sehr dankbar sein.«

»Vor allem, wenn du als Zugabe noch eine Goldader geschenkt bekommst.«

»Es wäre ein wunderschöner Abschluss für ein erfülltes Leben, meinst du nicht?« Jimmie hob den Finger. »Aber eins darfst du nicht vergessen. Nicht wir werden diese Goldader oder Goldmine entdeckt haben, wie immer du sie nennen willst. Diese Leistung gebührt jemand anderem. Wir haben es seiner Großzügigkeit zu verdanken, dass wir hier sind. Und denk auch dran, dass wir zehn Prozent von unserem Gewinn an Wohltätigkeitsorganisationen spenden müssen.«

»An welche eigentlich?«

»Darüber habe ich ehrlich gesagt noch nicht nachgedacht. Aber überall gibt es Not, die man lindern kann.«

Lange Zeit schwiegen sie, bis Curry vergnügt erklärte: »Ich glaube, mir ist gerade etwas klar geworden. Auf mich wartet niemand, der mit Scheidung droht. Deshalb habe ich auch keinen Grund, in einem Monat zurückzukehren. Ich fühle mich hier sehr wohl. Also werde ich noch eine Weile bleiben und später gemütlich auf einem Luxusdampfer zurückkehren, ohne mir auf dieser Scheißbank in der Gipsy den Arsch wund zu sitzen.«

»Zerbrich dir darüber nicht den Kopf«, antwortete sein Reisegefährte. »Die Gipsy Moth ist in einem derart jämmerlichen Zustand, dass ein Rückflug so gut wie ausgeschlossen ist. Sie wird wahrscheinlich in Venezuela ihren Geist aufgeben. Wir können von Glück sagen, wenn sie es bis zum Tafelberg schafft.«

»So schlimm ist es?«, fragte sein Freund beunruhigt.

»Was soll ich dir sagen? Auch wenn es mir total gegen den Strich geht, muss ich Virginia in diesem Fall Recht geben. Mit dieser Kiste werden wir nicht sehr weit kommen.«

So übertrieben pessimistisch Jimmies Worte auch klingen mochten, wenn man sich die Maschine bei Tageslicht ansah, musste man als vernünftiger Mensch einfach zugeben, dass der erfahrene Pilot vollkommen Recht hatte.

Seit sie das fremde Fahrwerk angebracht hatten, sah die Gipsy Moth nicht nur aus wie ein Zwerg mit riesigen Beinen und Füßen, sondern hatte auch ihre vorzüglichen Flugeigenschaften eingebüßt.

Um sie im Gleichgewicht halten zu können, hatte Jimmie am Heck einen schweren Amboss anschweißen müssen. Es war ein Wunder, dass ein Pilot, selbst ein so erfahrener wie Jimmie, das altersschwache Wrack überhaupt in die Luft bekam.

Angesichts der haarsträubenden Manöver, die nötig waren, um die Maschine beim Start in die Luft zu ziehen, rutschte einem das Herz in die Hose. Vor allem, wenn man wie Curry auf dem Passagiersitz saß und ängstlich beobachtete, wie die Piste mit jedem Meter kürzer wurde, die Bäume mit schwindelerregender Geschwindigkeit näher rückten und der rustikale Propeller vergeblich um Stabilität kämpfte.

Trotzdem gelang es dem Piloten immer wieder, in letzter Sekunde die Maschine hochzuziehen.

Es war wie ein Wunder.

Und wie ein Wunder kam es ihnen auch vor, als sie dem Lauf des gewaltigen Orinoco folgten und nach einer halben Stunde in der Ferne sahen, wie der unbändige Río Caroní, an dessen linkem Ostufer McCrackens Heiliger Berg liegen musste, in den Orinoco mündete.

Unter den Tragflächen der Gipsy Moth rauschte der wilde Strom, einer der gefährlichsten Flüsse der Welt. An seinen Ufern begann die von dichten Flecken Urwald gesprenkelte endlose Weite der Gran Sabana.

Nach etwas mehr als einer Stunde tauchte rechter Hand der Río Paragua auf, ein ruhiger Nebenfluss, der aus Südwesten kam. Es dauerte nicht lange, bis am Horizont die ersten Tafelberge erschienen. Und einer von ihnen – welcher, wusste er nicht – hütete seinen Schatz.

Es war ein stickiger Morgen. Jimmie erkannte, dass er der alten Maschine eine Verschnaufpause gönnen musste, weil der geschundene Motor heiß zu laufen drohte. Als er eine weite Ebene entdeckte, an deren

Ende eine heruntergekommene Hütte stand, beschloss er zu landen und brachte die Maschine direkt vor der Tür der elenden Behausung zum Stehen.

Aus der Hütte traten drei zerlumpte, halb verhungerte Gestalten und starrten sie mit offenem Mund an.

»Guten Morgen!«, grüßte Jimmie.

»Morgen«, erwiderte ein schielender Mulatte den Gruß. Er sah furchterregend aus und war offenbar der Anführer der Gruppe. »Was habt ihr zu verkaufen?«

»Zu verkaufen?«, rief der Amerikaner überrascht, sprang aus der Maschine und schüttelte einem nach dem anderen die Hand. »Wir verkaufen nichts. Was sollten wir denn verkaufen?«

»Keine Ahnung. Nahrungsmittel, Rum, Waffen ... Für Rum würden wir einiges springen lassen.«

»Das tut mir sehr Leid«, erklärte Jimmie. »Leider haben wir keinen Rum dabei, aber nächstes Mal bringen wir welchen mit, das verspreche ich Ihnen.«

»Wenn ihr nichts verkauft, was zum Teufel habt ihr dann in dieser Gegend verloren?«

»Wir führen eine topografische Vermessung durch.«

»Eine was?«, mischte sich einer seiner Kumpane ein.

»Eine Landvermessung, um Karten herzustellen.«

»Karten?«, wiederholte der andere, als wäre es ein Witz. »Wozu braucht man eine Karte vom Ende der Welt?«

»Offensichtlich hat man vor, eine Straße zur brasilianischen Grenze zu bauen«, log der König der Lüfte frech.

»Eine Straße an die brasilianische Grenze?«, wiederholte der Mann wie ein Papagei, der alles nachplapperte. »Welcher Idiot ist denn auf die verrückte Idee gekommen? Die Gegend hier wimmelt nur so von Wilden. Sie würden jeden, der sich in den Dschungel traut, abschlachten.«

»Was soll ich Ihnen sagen, Kumpel? Wir werden dafür bezahlt und machen nur unseren Job. Mein Freund hier ist Topograf, er zeichnet die Karten. Ich bin nur der Pilot.«

»Mannomann!«, rief der dunkelhäutige Wortführer der Bande. »Und ich habe geglaubt, das Leben der Goldschürfer ist gefährlich. Aber in dem Ding da durch die Luft zu fliegen ... Da muss man ganz schön was draufhaben, wie? Habt ihr schon gegessen?« Als die beiden Fremden schweigend den Kopf schüttelten, zeigte er auf die Hütte. »Da ist noch Reis und etwas Fleisch von einem Brüllaffen, den wir heute Morgen geschossen haben.«

Das Fleisch war zäh wie Leder, aber es verlieh dem Reis Geschmack. In der Not frisst der Teufel Fliegen, also machten sich die beiden Amerikaner über das Essen her, wobei Jimmie, der im Gegensatz zu Curry Spanisch sprach, den drei Männern phantastische Geschichten über die Schwierigkeiten auftischte, die sie bei der Vermessung dieser Gegend überwinden mussten.

Die schweren Revolver, die ihre Gastgeber in den Halftern trugen, und die scharfen Macheten waren Jimmie nicht entgangen. Da er wusste, dass sie sich in einem gesetzlosen Niemandsland befanden, in dem es von Glücksrittern und rücksichtslosen Verbrechern nur so wimmelte, wollte er um jeden Preis vermeiden, dass sie von der Goldmine des Schotten erfuhren.

Für eine Bande von Habenichtsen, die mit gebeugten Rücken unter der sengenden Sonne schufteten, in der Hoffnung, im trüben Wasser der kleinen Nebenflüsse ein Goldnugget oder einen Diamanten von der Größe einer Linse zu finden, hätte die bloße Erwähnung des Vaters aller Flüsse eine allzu große Versuchung bedeutet.

Zwei Gringos, die abstruse Karten zeichneten und offensichtlich nicht mehr besaßen als das, was sie am Leib trugen, und eine Schrottkiste, mit denen die Männer nichts hätten anfangen können, würden keine unwillkommenen Begierden wecken.

Aber zwei Amerikaner im Besitz des bestgehüteten Geheimnisses in der Geschichte von Guayana wären ein gefundenes Fressen für diese Männer, deren Aussehen alles andere als beruhigend war.

Jimmie wusste, dass auch fünfhundert Jahre nach der Entdeckung Amerikas große Teile des riesigen Kontinents immer noch von Wilden und Banditen beherrscht wurden, obwohl man mittlerweile Großstädte wie New York, Buenos Aires oder San Francisco aus dem Boden gestampft hatte. Sie durften sich auf keinen Fall verplappern.

Curry verstand zwar kein Wort von dem, was die Männer sagten, freute sich aber an allem wie ein kleines Kind. Er genoss den Reis mit Affenfleisch, der ihnen auf schmutzigen Blechtellern serviert wurde, genauso wie die Gesellschaft dieser Abenteurer mit ihren schweren Revolvern und scharfen Macheten, die überwältigende Schönheit der Gran Sabana, die vielen Stromschnellen und den Anblick der geheimnisvollen Tepuis in der Ferne. Er kostete die Freiheit aus, nachdem er sich in seiner Kneipe auf einer Landstraße an den Ausläufern einer langweiligen Kleinstadt von Colorado jahrelang wie ein Gefangener vorgekommen war.

Vier Holzpfähle und ein Dach aus Palmwedeln,

nur zwei nackte Lehmwände, die nach Südosten gingen. Aus dieser Richtung kam der Wind und folglich auch der Regen. Weiße Wolken, die über einen dunkelblauen Himmel rasten, Graureiher mit langen Schnäbeln, die geduldig auf den Ästen der hohen Bäume hockten, deren Namen er nie erfahren würde. Schwarze Rabengeier, Dattelpalmen, deren breite Fächer sanft im Wind wogten …

Wunderschön, dachte er immer wieder. Etwas Schöneres habe ich in meinem ganzen Leben nicht gesehen, es ist unglaublich.

Gelegentlich warf ihm der König der Lüfte einen Blick zu. Er wusste, wie sich sein Freund fühlte und was ihm jetzt durch den Kopf ging.

Seine Augen leuchteten vor Begeisterung, das Gesicht war entspannt und der ewige Zug von Überdruss und Unrast um seinen Mund war verschwunden.

Sie schlugen ihr Lager in sicherer Entfernung von der Hütte auf. Jimmie hielt es nicht für ratsam, die Nacht unter einem Dach mit den drei Goldschürfern zu verbringen, die eher wie Gewaltverbrecher aussahen. Diese Kerle schienen durchaus in der Lage, ihnen wegen ein paar Dollar die Kehle aufzuschlitzen. Am Abend setzte sich der Pilot auf einen umgestürzten Baumstamm auf der anderen Seite des Lagerfeuers und sagte nach kurzem Zögern:

»Lass dich nicht blenden, Dick! Lass dich nicht vom Zauber dieser Landschaft überwältigen. Sie ist wie eine schöne Frau, die dich hypnotisiert und schließlich zu ihrem Sklaven macht. Wenn du ihr erst einmal verfällst, lässt sie dich nie mehr aus ihren Fängen.«

»Wäre das denn so schlimm?«

»O ja. Man sollte niemandes Sklave sein.«

»Das musst gerade du sagen! Du bist doch selbst ein

Gefangener der Fliegerei«, entgegnete Dick. »Ihretwegen hast du deine Mutter verlassen und jetzt auch deine Frau, und wenn du Kinder hättest, würdest du auch sie im Stich lassen. Für dich ist das Fliegen in einer Klapperkiste, die jeden Augenblick abstürzen kann, wichtiger als alles andere. Was das angeht, bist du am allerwenigsten geeignet, gute Ratschläge zu erteilen.«

»Gerade deshalb«, antwortete sein Freund. »Niemand weiß besser über die Sünde Bescheid als ein eingefleischter Sünder. Ich bin tatsächlich ein Sklave der Lüfte und ich weiß, wie tief ich die Menschen verletze, die mich wirklich lieben. Für Virginia ist jede Stunde, die ich da oben verbringe, eine Qual, weil sie Angst hat, es könnte meine letzte sein. Es würde mich traurig machen, wenn ich dir eine Welt gezeigt hätte, in der du dich verlieren könntest.«

»Ich habe keine Virginia«, erinnerte ihn Curry. »Auf mich wartet niemand. Und wenn du Recht hast und ich mich in dieses Land verliebe, werde ich wenigstens eine Liebe haben. Du musst zugeben, dass es die reinste und jungfräulichste wäre, die man nur haben kann.«

»Sie wird dich verschlingen.«

»Dich nicht?«

»Doch, ich fürchte, mich auch.«

Jahre später würde sich Jimmie an dieses Gespräch in der stillen Dunkelheit der Gran Sabana wie an eine schmerzhafte, unausweichliche Vorahnung erinnern.

Jimmie hielt sich nicht gerade für einen Hellseher, was das Verhalten von Menschen anging; doch als er sah, wie sich sein Freund verändert hatte, seit sie sich im wilden Land des Escudo Guayanés befanden, war ihm klar geworden, dass es Curry erwischt hatte.

Dick Curry war in einem Arbeiterviertel von Detroit zur Welt gekommen und zwischen Öl, Motoren und dem Gestank von Benzin groß geworden. Er war dem Bier, dem Baseball, dem Rennfahren und den Frauen verfallen. Doch jetzt, mit fünfunddreißig Jahren, hatte er plötzlich eine leidenschaftliche Sehnsucht entwickelt: nach reiner Luft, dem Geruch feuchter Erde, der Stille der Nächte und offenen Landschaften, die keinen Horizont kannten.

In diesem Augenblick wusste Jimmie jedoch nicht so recht, ob er sich für seinen Freund freuen oder ihn bedauern sollte.

Jahre später sollte er noch viel Zeit haben zu bereuen, dass er zur Entstehung dieser ungezügelten Leidenschaft beigetragen hatte.

Jetzt aber sah er nur zu, wie sich sein Gefährte auf dem Boden ausstreckte und den sternenübersäten Himmel betrachtete.

»Ich habe mal in einer Zeitschrift gelesen, dass die Polynesier alle Sterne des Firmaments wiedererkennen können. Sie wissen, an welchem Punkt des Firmaments sie entstehen und wo sie erlöschen. Deshalb sind sie so gute Seefahrer.« Als sein Freund schwieg, fragte er: »Weißt du auch so viel über die Sterne?«

»Ich habe unzählige Nächte im Freien verbracht. Ich kenne mich ein bisschen aus, aber nicht so gut wie die Polynesier.«

»Wäre es nicht herrlich, mehr darüber zu wissen? Dann könntest du dich da oben nie verirren!«

»Ich gehöre der alten Schule an«, erklärte der Pilot. »Ich fliege nicht gern nachts. Dann ist man immer darauf angewiesen, dass einen irgendwer am Boden bemerkt, und dann stellt er auch noch die Landebeleuchtung falsch auf, so wie es uns in Managua passiert ist. Aber du hast Recht. Die Luftfahrt macht eine rasante Entwicklung durch. Von Tag zu Tag gibt es mehr Flughäfen mit elektrischer Beleuchtung. Es wäre nicht schlecht, wenn ich einen Schnellkurs in Astronomie machen würde.«

»Wo ist eigentlich der Polarstern?«

»Dort drüben. Siehst du den Großen Bären? Etwas höher rechts, das ist der Polarstern.«

»Und er zeigt immer den Norden an?«

»Immer.«

»Das genügt mir.«

»Sei nicht albern«, schimpfte der König der Lüfte. »Du bist zum ersten Mal in einer vollkommen anderen Welt, hast keine Ahnung, wo du dich befindest und was um dich herum los ist, und glaubst, wenn du weißt, wo der Polarstern ist, kann dir nichts passieren?«

»Es ist ein Anhaltspunkt«, erwiderte der andere schlicht. »Und das ist mehr, als ich bisher hatte.« Er schwieg einen Augenblick, ohne die Augen vom Himmel abzuwenden, und sagte dann nachdenklich: »Vielleicht irre ich mich, aber irgendwie habe ich das seltsame Gefühl, dass ich zum ersten Mal im Leben eine absolut klare Vorstellung davon habe, wo ich bin. Ab jetzt wird alles, was ich tue, allein von mir selbst abhängen.«

»Du vergisst, dass hier die Natur das Sagen hat«, warnte Jimmie. »Wäre es das Paradies, dann würde es nur so von Menschen wimmeln. Aber in Wirklichkeit trifft man keine Seele an.«

»Gerade diese Einsamkeit macht das Land zum Paradies. Die Natur kann noch so brutal sein, trotzdem sind ihre Gesetze logisch, daran glaube ich fest. Da, wo wir herkommen, scheint mir vieles ziemlich absurd.« Er lächelte. »Und außerdem ist es voller Menschen.«

»Du wirst ja wirklich langsam zum Philosophen«, wunderte sich Jimmie grinsend. »Wer hätte das gedacht?«

»Wenn man ein halbes Leben hinter der Theke gestanden und zugesehen hat, wie sich die Leute zu Tode saufen und über ihr Leid, ihre Ängste und Sehnsüchte jammern, bleibt einem gar nichts anderes übrig, als sich eine Philosophie von der Welt zurechtzubasteln, ob man will oder nicht. Und es ist eine schmutzige Welt, das kannst du mir glauben.«

»Da hast du allerdings Recht. Ich habe Kollegen erlebt, die ihr Leben in einem alten Flieger riskiert haben, um ein paar Dollar zu verdienen, mit denen sie sich besaufen konnten, um zu vergessen, dass sie ihr Leben riskiert hatten, um ein paar Dollar zu verdienen, mit denen sie sich besaufen konnten. Und nicht wenige haben sich umgebracht. Was ist das für eine Welt? Wie konnte sich alles so verändern?«

Doch auf diese Frage hatte keiner eine Antwort. Also verfielen sie in Schweigen und beobachteten am Boden ausgestreckt den sternenübersäten Himmel über ihren Köpfen, bis sie einschliefen. Der eine froh darüber, dass er endlich seinen Weg gefunden hatte, und der andere besorgt, weil er aus Erfahrung wusste, dass der Weg, den sein Freund eingeschlagen hatte, mit Fallgruben gespickt war.

Die Wolken wurden dichter.

Mit ihnen kam der Regen.

Wolken und Regen spiegelten die Seele des Berglandes von Guayana. Eine Seele, die sich scheinbar nur von Wasser und dem verhangenen Himmel ernährte, um anschließend einen stickigen, feuchten Dunst auszustoßen, der rasch aufstieg und den Himmel, der für kurze Zeit leuchtend blau und sauber gewesen war, erneut verdunkelte.

Es kam einem vor wie das Ausdehnen und Zusammenziehen eines riesigen Herzmuskels, der sich niemals eine Pause gönnte.

Es war eine trostlose und zugleich enorm faszinierende Landschaft.

Wasser, das vom Himmel fiel, und Wasserdampf, der vom durchnässten Boden zum Himmel aufstieg.

Ruhige Flüsse, die sich urplötzlich in reißende Ströme verwandelten.

Tafelberge, die häufig nicht größer waren als ein paar Fußballfelder, aber so viel Wasser aufnehmen mussten, dass sie gewaltige Wasserfälle hervorbrachten.

Spiegelglatte Lagunen.

Seltene Fische.

Grausame Piranhas.

Kuriose Seekühe, die stets auf der Hut waren und nur für kurze Augenblicke an die Wasseroberfläche kamen, um Luft zu holen.

Weiße Reiher.

Rote Ibisse.

Schwarze Wildenten.

Und eine erdrückende Schwüle.

Jeden Morgen starteten sie bei Sonnenaufgang und flogen so lange, bis dichte Wolken oder das Stottern des Motors, der seinen Geist aufzugeben drohte, sie zur Landung zwangen.

Dann verstrichen ein, zwei oder drei Tage, einmal sogar eine ganze Woche, ohne dass sie abheben konnten, weil dichter Nebel über der Landschaft hing.

Es war zum Verzweifeln.

Eintönig und deprimierend.

Jimmie Angel und Dick Curry hatten einen verhängnisvollen Fehler begangen, als sie Mitte Juni in diese Gegend gekommen waren. Es war Winter, so seltsam dies auch anmuten mochte, und die hohen Temperaturen und sintflutartigen Regenfälle führten zu der intensiven, anhaltenden Verdampfung.

Doch bis September konnten sie auf keinen Fall warten.

Die Zeit lief ihnen davon.

Und mit ihr das Geld.

Zweimal mussten sie nach Ciudad Bolívar fliegen, um die Maschine aufzutanken, die Reservekanister aufzufüllen und Proviant zu kaufen. Ein Monat war vergangen, aber sie hatten nicht einmal ein Zehntel des Gebietes erforscht, wo sich laut Aussage des Schotten der Heilige Berg befinden musste.

Wasser, Wolken und Dampf …

Und ein überlasteter Motor.

Sie saßen unter der sich allmählich auflösenden Plane, die sie an die Tragfläche der alten Maschine gespannt hatten, und schlugen die Zeit tot. Von Tag zu

Tag wurde es schwerer, gegen die Enttäuschung und Verbitterung anzukämpfen, die sich mehr und mehr in ihre Herzen fraß, als ihnen ihr klägliches Scheitern bewusst wurde.

Es war einfach entmutigend, wenn nach einem wolkenverhangenen, verregneten Tag gegen Abend plötzlich alle Wolken verschwanden und der Himmel so klar leuchtete, dass sie Tausende von Kilometern entfernt die Krater auf dem Mond deutlich erkennen konnten.

»Wir haben nur noch eine Woche.«

»Ich weiß.«

»Was willst du tun?«

»Es gibt nicht viel, was ich tun könnte. Diese Kiste hat alles gegeben, was in ihr steckt; ich glaube nicht, dass sie den Rückflug überstehen würde. Deshalb habe ich mir überlegt, dass wir sie in Ciudad Bolívar lassen und mit dem Schiff zurückfahren. Später könnten wir es noch einmal versuchen. Wir müssten eine Achse, einen Propeller und ein neues Fahrwerk mitbringen.«

»Und du meinst, dass sich das lohnen würde? Die Maschine ist doch nur noch ein Wrack.«

»Da hättest du die Bristol Piper sehen müssen, mit der ich auf dem Tafelberg gelandet bin!«, rief Jimmie. »Dagegen ist diese hier das neueste Modell.« Er klopfte zärtlich auf das Fahrwerk der Maschine, an dem er lehnte. »Ich bin sicher, dass ich sie reparieren und noch ein paar Jahre damit fliegen kann, aber dafür brauche ich unbedingt Ersatzteile.«

»Und woher sollen wir das Geld nehmen? Wir haben keinen Cent mehr.«

»Das brauchst du mir nicht zu sagen.« Jimmie deutete mit einer Kopfbewegung auf die verschwommenen Umrisse der fernen Tepuis. »Das einzige Mal in meinem Leben, wo ich Geld hatte, war nach dem Ausflug dorthin. Aber mit den vielen Bruchlandungen, die ich gebaut habe, und dem Börsenkrach hat sich alles verflüchtigt. Dafür suchen die Erdölgesellschaften ständig erfahrene Piloten, die bereit sind, Nitroglyzerin zu transportieren. Und der Job wird verdammt gut bezahlt. In einem Jahr könnte ich das Geld, das wir brauchen, zusammenkratzen.«

»Was wird Virginia dazu sagen? Sie war immer gegen diesen Job. Er ist zu gefährlich.«

»Virginia?«, wiederholte der Pilot überrascht. »Du scheinst sie nicht so gut zu kennen, wie du immer behauptest. Am Dienstag wird sie die Scheidung einreichen, und wenn das Wetter sich nicht ändert, stecken wir zu diesem Zeitpunkt noch immer hier im Sumpf.« Er stieß einen tiefen Seufzer aus. »Ich mache mir keine Illusionen. Meine Ehe ist wortwörtlich ins Wasser gefallen. Ich fürchte, da kann man nichts mehr machen.«

»Bist du denn nicht traurig darüber?«

»Nun, es ist eine Niederlage, findest du nicht? Und niemand scheitert gerne. Als ich geheiratet habe, war ich davon überzeugt, dass unsere Ehe halten würde, ›bis dass der Tod euch scheidet‹, wie es so schön heißt. Und bei Gott, ich habe es versucht. Aber ich hätte auch wissen müssen, dass es in meinem Leben nur eines geben kann, die Fliegerei. Jede Frau wird es eines Tages leid, wenn ihr Mann die ganze Zeit in den Wolken verbringt. Ich kann verstehen, dass man nicht mit dieser Anspannung leben kann. Wenn man nie weiß, ob der Mann zum Abendessen nach Hause kommt oder man ihr nur eine verkohlte Leiche bringt.«

»Es muss doch nicht so enden. Du bist nun schon zwanzig Jahre dabei und lebst immer noch.«

»Das stimmt. Zwar mit ein paar Schrammen, aber ich lebe. Trotzdem kann Virginia nicht vergessen, dass ich von den sechs Piloten, die damals, als wir uns kennen lernten, die akrobatische Flugstaffel bildeten, als Einziger noch lebe. Und weil ich sie wirklich liebe, will ich ihr diese Angst einfach nicht mehr länger zumuten.«

»Wieso gibst du die Fliegerei nicht auf, wenn du sie so sehr liebst?«

Der König der Lüfte nickte. »Daran habe ich auch schon gedacht. Vor ein paar Monaten war ich beinahe so weit, meinen Job meiner Ehe zu opfern, aber jetzt weiß ich, dass ich nicht mehr zur Ruhe kommen werde, wenn ich nicht noch einmal auf diesem verfluchten Berg gewesen bin. Das heißt, ich würde sie so oder so unglücklich machen, und ich finde, dass sie das nicht verdient.«

Der Regen hielt an.

Es regnete und regnete, nicht besonders heftig, aber unaufhörlich, mit der ermüdenden Beharrlichkeit der tropischen Breiten, wo die Zeit stillzustehen scheint und alles Leben erstarrt, als wartete man nur darauf, dass der Regen es endlich leid wurde, die Welt mit seinem endlosen Klagelied zu langweilen.

Eines Morgens stellten sie überrascht fest, dass sie Gesellschaft bekommen hatten.

Etwa dreißig nackte Indianer mit großen Bögen und spitzen Pfeilen saßen reglos im weiten Kreis um den eigenartigen Vogel und bestaunten ihn schweigend.

Man hätte sie für lebende Statuen oder einen Teil der Landschaft halten können. Die Anwesenheit der zivilisierten Fremden ließ sie anscheinend völlig ungerührt. Ihre Aufmerksamkeit galt allein der eigenartigen Maschine, die sie wahrscheinlich schon häufiger über den Himmel ihres Territoriums hatten fliegen sehen.

Hinter dem Vorhang aus Wasser, das von der Plane fiel, baumelten Jimmie und Curry einen halben Meter über dem nassen Boden halb verborgen in ihren Hängematten und beobachteten die Gruppe misstrauisch, ohne zu wissen, was sie von dem seltsamen Ritual halten sollten.

»Was sollen wir tun?«, fragte sein Freund nervös, während er das martialische Aussehen der Indianer betrachtete.

»Wir können gar nichts tun.«

»Vielleicht solltest du mit ihnen reden.«

»Was soll ich ihnen denn sagen? Ich bin sicher, dass sie kein Wort Spanisch sprechen, außerdem habe ich nicht die leiseste Ahnung, welchem Stamm sie angehören. Es können genauso gut friedfertige *pemones* wie *waicas* oder diese unheimlichen *guaharibos* sein, die sich im tiefsten Urwald in den Bergen versteckt halten.«

»*Waicas*? Sind das nicht Kannibalen?«, flüsterte Curry entsetzt.

»Wie soll ich das wissen? Sei endlich still und beweg dich nicht. Vielleicht ziehen sie dann wieder ab. Offensichtlich interessieren sie sich nur für den Flieger.«

»Was meinst du, wie lange es dauert, bis es ihnen zu langweilig wird?«

»Keine Ahnung.«

Am Nachmittag hatten sich die Indianer immer noch nicht von der Stelle bewegt. Curry konnte seine Nervosität nicht länger im Zaum halten.

»Was haben die bloß? Was hält sie so im Bann?«

»Das Flugzeug«, antwortete Jimmie. »Als ich zum ersten Mal eines gesehen habe, musste ich es vier Stunden lang anstarren. Und ich hatte schon Autos gesehen, ich wusste, was ein Motor ist und wie er funktioniert.« Er hob die Handflächen zum Himmel, als könnte er mit dieser Geste alles erklären. »Stell dir vor, was diesen Menschen durch den Kopf gehen muss, die in ihrem Leben nichts als Bäume gesehen haben!«

»Ob sie die Maschine für eine Art Gott halten?«

»Wer weiß? Jedenfalls kann es fliegen und ich glaube nicht, dass es in ihrer Religion etwas gibt, das sich über die Wolken erheben kann. Vielleicht halten sie uns für Halbgötter oder für die Diener des großen Vogels. Aber was immer sie über uns denken mögen, es wäre auf alle Fälle besser, wenn sie uns nicht für stinknormale Menschen hielten.«

»Würden sie uns dann angreifen?«

»Hör endlich damit auf, Dick!«, fuhr ihn der Pilot ungeduldig an. »Ich weiß darüber nicht mehr als du und du kannst mir glauben, dass ich genauso viel Angst habe. Aber solange sie wie hypnotisiert dahocken, geschieht uns nichts. Was wird, weiß nur Gott.«

»Was, wenn sie nur darauf warten, dass es dunkel wird, um uns zu töten?«

»Was hält sie denn davon ab, uns schon jetzt zu töten?«

»Ich weiß es nicht. Vielleicht töten sie lieber während der Nacht ...«

Die Nacht senkte sich herab und nichts geschah.

Nur der Dunst schien undurchdringlicher als je zuvor.

Als es hell wurde, hockten die Indianer immer noch im Kreis um die Maschine.

An derselben Stelle, in derselben Haltung.

Es verging ein weiterer Tag.

Sie sprachen nicht, sie aßen nicht, sie tranken nicht.

Waren es überhaupt Menschen?

Noch eine Nacht.

Noch ein Tag.

Drei Tage und drei Nächte lang verharrten sie reglos, ohne einen Muskel zu rühren, als hätte das mechanische Ungeheuer sie tatsächlich hypnotisiert. Während der ganzen Zeit lagen die beiden Männer reglos in ihren Hängematten. Sie mussten sogar ihre Notdurft an Ort und Stelle verrichten, nachdem sie mit bloßen Händen ein Loch in die nasse Erde gegraben hatten.

Nicht einmal ein Feuer wagten sie anzuzünden. Nachts schliefen sie abwechselnd, die schussbereiten Waffen neben sich, obwohl sie wussten, dass ihre Überlebenschancen gleich null waren angesichts der Anzahl und Bewaffnung ihrer schweigsamen Besucher.

In der vierten Nacht verschwanden die ungebetenen Gäste ebenso plötzlich, wie sie aufgetaucht waren.

»Gott sei Dank!«

Wer waren sie?

Woher waren sie gekommen und warum hatten sie sich so merkwürdig verhalten?

Jimmie und Curry sollten nie den Grund für das rätselhafte Ritual erfahren, denn weder Goldsucher noch Militärs oder Missionare konnten ihnen später eine vernünftige Erklärung für das seltsame Verhalten liefern.

Doch letztlich zählte nur, dass sie mit dem Leben davongekommen waren.

Die beiden zivilisierten Männer waren zwar wie gelähmt vor Schreck, aber sie lebten und sie hatten einen Bärenhunger.

Mittlerweile war ihr Proviant zu Ende gegangen.

Nicht mal eine armselige Konservendose mit Bohnen war ihnen geblieben, nicht ein einziger verschimmelter Keks oder eine Hand voll Reis, die sie in ihrem schmutzigen Topf hätten kochen können.

»Und jetzt?«

Sie hatten zwei Möglichkeiten. Entweder an Hunger zu sterben oder zu versuchen, sich noch ein letztes Mal in die Luft zu erheben.

Natürlich entschieden sie sich für Letzteres.

Sie sammelten alles auf, was sie hatten, und luden es in die Maschine. Dann untersuchten sie besonders sorgfältig die Festigkeit des morastigen Bodens, in dem das Fahrwerk der Maschine zu versinken drohte. Nachdem sie sich vergewissert hatten, dass der sumpfige Untergrund überall gleich nachgiebig war, schätzte der Pilot mit finsterer Miene die Wahrscheinlichkeit, starten zu können, auf eins zu tausend.

Trotzdem ließ er den Motor warmlaufen und verbrauchte damit unnötig kostbaren Sprit, den er unter anderen Umständen niemals derartig verschwendet hätte. Schließlich machte er es sich auf seinem Sitz bequem, empfahl seinem Passagier, den Gurt besonders fest zu ziehen, und gab Gas. Gleichzeitig betete er, dass die für die Maschine viel zu groß geratenen Reifen sich von dem schlammigen Boden lösen würden.

Drei bange Minuten verstrichen, in denen der Motor laut aufheulte, ehe die alte Gipsy Moth mit einem plötzlichen Ruck von der Stelle kam. Dann jedoch gewann sie allmählich an Geschwindigkeit. Rumpf und

Tragflächen ächzten laut, als sie über den morastigen Untergrund holperte und sich endlich schwerfällig vom Boden losriss.

Plötzlich tauchte ein kleiner Palmenhain direkt vor dem Bug des Flugzeugs auf und der König der Lüfte konnte ihm gerade noch rechtzeitig ausweichen, indem er die Maschine scharf nach links lenkte, auf die Gefahr hin, die Spitze der Tragfläche in den Boden zu bohren.

Wenige Sekunden später brachte er sie wieder auf Kurs und zog den Steuerknüppel langsam an, um die Gipsy Moth zur Höchstleistung anzuspornen. Doch die alte so oft reparierte und noch öfter geschundene Kiste hatte die Grenze ihrer Belastbarkeit längst überschritten. Es kam ihnen vor, als vergösse sie angesichts ihrer eigenen Ohnmacht Tränen aus Öl.

Sie war dem Tod geweiht.

Ein Wrack in seinen letzten Zügen.

Ihr tapferes Herz konnte nicht mehr.

Jimmie spürte es bis in die Fingerspitzen, wie das Leben aus ihr wich.

»Es tut mir Leid«, murmelte er, als redete er mit einem lebendigen Wesen. »Ich weiß, dass du alles gegeben hast … Es tut mir wirklich Leid!«

Fast wären ihm die Tränen gekommen, denn ein Flugzeug zu verlieren, war für Jimmie fast so wie einen guten Freund zu verlieren. Seine langjährige Erfahrung aber sagte ihm, dass ihre treue Maschine ohne jeden Zweifel am Ende war.

Der Propeller drehte sich mittlerweile völlig unkontrolliert.

Stinkender schwarzer Qualm stieg ihm ins Gesicht.

Das Todesröcheln des Motors brach Jimmie fast das Herz.

Fünf Minuten vergingen.

Zehn.

Dann brach mit einem Mal die Welle ab, der Propeller wurde wegkatapultiert und verlor sich in der Tiefe. Der Kadaver der tapferen Gipsy Moth flog noch etwas mehr als einen Kilometer unkontrolliert weiter und stürzte dann wie ein Stück Blei zu Boden.

Stille.

Nur das endlose ohrenbetäubende Trommeln der Regentropfen.

»Lebst du noch?«

»Ja.«

»Bist du verletzt?«

»Ich glaube nicht. Und du?«

»Mein Bein schmerzt, aber ich glaube nicht, dass es was Ernstes ist.«

»Diese Fliegerei ist einfach nichts für mich. Das war das letzte Mal!«

Sie sprangen ins sumpfige Gras und schleppten sich mit letzter Kraft noch ein paar Meter weiter, um sich ein Bild von ihrer Lage zu machen.

Doch es gab keine Lage.

Es war eine einzige Katastrophe.

Ein Wrack, das nicht einmal mehr qualmte, endloser Regen und eine weite Ebene ohne Horizont.

Der Mut eines Menschen zeigt sich nicht in seiner Fähigkeit, den Sieg zu verkraften, sondern darin, mit Niederlagen fertig zu werden.

Und dies war eine Niederlage in jeder Hinsicht.

Ungeschminkt und brutal.

All ihre Träume und Ersparnisse lagen in dem vom Öl und Benzin verschmutzten sumpfigen Gras verstreut.

Doch es gab keinen einzigen Zeugen für das Ausmaß dieser Tragödie. Nicht einmal einen roten Ibis oder einen traurigen Rabengeier. Nichts.

Sie holten ihre Waffen, den Kompass und ihre wenigen Habseligkeiten aus der Maschine und marschierten los, in Richtung Norden.

Durchnässt, humpelnd, mit gesenkten Köpfen.

Hätte es im Bergland von Guayana einen Zeugen gegeben, er hätte angesichts der furchtbaren Tragödie dieser beiden Männer tiefes Mitleid empfunden.

Sie waren entkräftet und übel zugerichtet, vor allem aber völlig demoralisiert, denn sie wussten, dass sie Tausende von Kilometern von zu Hause entfernt waren und jetzt wieder bei null anfangen mussten.

Alles, was sie noch besaßen, war eine Hand voll zerknitterter Geldscheine, zwei Revolver, ein Gewehr und das, was sie am Leib trugen.

Alles andere, vor allem aber der alte Doppeldecker, in den sie all ihre Träume investiert hatten, verlor sich in der Ferne allmählich aus dem Blickfeld.

Es wurde eine lange Nacht im Regen.

Am folgenden Morgen erreichten sie zitternd vor Kälte, Fieber und Hunger das Ufer eines Flusses, wo sie eine Wildente schossen.

Sie folgten dem Flusslauf Richtung Norden. Nachdem sie mehrere gewaltige Wasserfälle umgangen hatten, die sich hinter einem Schleier aus Gischt verbargen, gelangten sie schließlich zu einer ruhigen Lagune, an deren Ufer ein kleiner Grabhügel aus Steinen mit einem Kreuz auftauchte.

Sie gingen darauf zu.

Auf dem Grabstein konnte man mit Mühe und Not einen Namen erkennen: All Williams.

»Großer Gott!«, flüsterte der König der Lüfte beeindruckt. »Hier also hat alles begonnen.«

»Hast du ihn gekannt?«

»Nur vom Hörensagen. Wir hätten in seinem Namen an den Wohltätigkeitsverein spenden sollen.«

»War das der Freund von McCracken?«

»Ja. Was er mir erzählt hat, ist also wahr. Sie müssen diesen Wasserfall hinuntergestürzt und dann gegen die Felsen dort geprallt sein. Das heißt, dass wir auf der richtigen Spur waren. Der Heilige Berg muss irgendwo da im Süden liegen.«

»Wir werden ihn finden!«

Jimmie setzte sich neben Williams Grab und musterte seinen Freund.

»Du gibst dich also noch nicht geschlagen?«

»Niemals!«

»Du hast aber doch geschworen, nie wieder in ein Flugzeug zu steigen?«

»Möglich, dass ich es mir noch einmal überlege. Aber vielleicht kann man ja auch zu Fuß hinauf.«

»Zu Fuß?«, wiederholte der Pilot überrascht. »Dann kannst du nicht auf mich zählen. Laut McCracken haben die beiden fast eine Woche gebraucht, um an der steilen Felswand hinaufzuklettern. Oder hast du etwa vor, sämtliche Tafelberge im Bergland von Guayana zu besteigen?«

Curry dachte ein paar Minuten nach und setzte sich schließlich achselzuckend neben Jimmie.

»Warum nicht? Aber jetzt müssen wir erst einmal zusehen, dass wir hier wegkommen. Dein Freund McCracken hat es immerhin auch geschafft. Morgen werden wir dem Flusslauf folgen und ich bin sicher, dass er uns früher oder später zum Orinoco führt.«

»Lieber früher als später. Lange halte ich die Schmerzen im Bein nicht mehr aus.«

Es dauerte vier Tage.

Erschöpft, zerlumpt, hungrig und barfuß schafften sie es schließlich bis zu den ersten Häusern von Puerto Ordaz. Dort mieteten sie in einer heruntergekommenen Pension ein Zimmer, ließen sich auf das schmutzige Bett fallen und schliefen drei Tage durch.

Eine Woche später setzte sich Curry Jimmie gegenüber, der mit einem Bier auf dem Tisch und der unvermeidlichen Pfeife im Mundwinkel die gewaltige Strömung des Orinoco beobachtete. Keine dreißig Meter von ihnen entfernt rauschte er vorüber.

»Ich habe gerade Antwort auf mein Telegramm an Sam Meredith erhalten«, erklärte Curry. »Er ist damit einverstanden, mir die Hälfte der letzten Rate für das Lokal sofort zu zahlen, wenn ich ihm den Rest erlasse.«

»Aber du hast mit diesem Geld gerechnet, falls etwas schief läuft und wir noch mal von vorn anfangen müssen«, protestierte sein Kamerad.

»So ist es ja auch gekommen, oder etwa nicht? Wir müssen von vorn anfangen. Aber nicht erst in einem Jahr, sondern jetzt gleich. Du kannst nach Hause fahren und ich werde trotzdem noch genug haben, um hier zu warten, bis die Regenzeit vorbei ist.«

»Du willst hier bleiben?«

Sein Gegenüber nickte fast unmerklich.

»Ich will es zu Fuß versuchen, wenn du nichts dagegen hast. Natürlich sind wir weiterhin Partner. Du kannst sicher sein, dass du von allem die Hälfte bekommst.«

Der König der Lüfte zögerte mit der Antwort. Sein Blick verharrte auf dem dunklen Wasser, das träge Richtung Ozean floss. Als es schon nicht mehr so aussah, als würde er noch etwas sagen, legte er bedachtsam die Pfeife neben sich und wandte sich Curry zu.

»Nein«, sagte er leise. »Ich habe nichts dagegen, wenn du es allein versuchst. Aber ich kann auch nicht verheimlichen, dass ich Angst um dich habe. Du sprichst ja nicht einmal Spanisch. Trotzdem, es ist deine Entscheidung. Und ich respektiere sie.« Er lächelte traurig. »Wenn du die Diamanten findest, dann bring mir eine Hand voll mit, ich will nicht die Hälfte, das wäre nicht gerecht.«

»Was gerecht ist oder nicht, solltest du mir überlassen.«

»Jetzt hör mir mal gut zu!«, fiel Jimmie ihm schroff ins Wort. »Die Lage hat sich verändert und du schlägst mir etwas vor, das ich nicht annehmen kann. Ich will weiterhin einen Anteil haben, aber nicht die Hälfte. Er wird erheblich kleiner sein. Und für diesen Anteil werde ich dir jetzt genau erklären, wo du suchen musst, sobald du auf dem Tafelberg bist. Das Geheimnis ist nur zwei Männern auf der Welt bekannt. McCracken und mir.«

»Ich bin einverstanden«, erklärte Curry. »Und ich finde, dass du dir dafür einen Anteil von mindestens dreißig Prozent redlich verdient hast.« Er streckte ihm die Hand entgegen. »Abgemacht?«

Der Pilot sah ihn an und drückte ihm schließlich die Hand.

»Abgemacht!«, sagte er und hob den Zeigefinger. »Aber unter der Bedingung, dass wir wieder Partner mit gleichen Anteilen werden, wenn ich zurückkomme und du den Schatz noch nicht gefunden hast.«

»Das ist nur fair. Abgemacht!«

»Und wirst du dann auch wieder fliegen?«

»Das entscheiden wir, wenn es so weit ist.«

»Das genügt mir nicht«, ermahnte ihn der Pilot. »Wenn ich schon mein Leben mit dem Transport von

Nitroglyzerin riskiere, will ich wenigstens wissen, dass wir ein Team bleiben. Ich habe keine Lust, mutterseelenallein durch den Dschungel zu fliegen.«

Eine Woche später kam das Geld von Sam Meredith und wenige Tage danach gelang es Jimmie, eine Passage auf einem alten Holzfrachter zu buchen. Dieser sollte zu einem »unbestimmten Datum« Miami anlaufen, von wo Jimmie es nicht mehr schwer hätte, nach Colorado zu gelangen.

Währenddessen mietete Curry ein kleines Zimmer bei der Witwe eines alten Goldschürfers, der von einer Mapanare gebissen worden war, als er wie so viele andere dem sagenhaften Traum von El Dorado nachjagte.

Tatsächlich war es genau an dieser Stelle, dem späteren Puerto Ordaz, wo vierhundert Jahre zuvor der spanische Hauptmann Diego Ordaz zum ersten Mal von einem sagenumwobenen Häuptling erfahren hatte, der im Innern des Landes herrschte, sich jedes Jahr den Körper mit Goldstaub bedecken ließ und ins Wasser einer Lagune tauchte, um die Götter anzuflehen, sein Land noch fruchtbarer zu machen.

Tausende von Männern hatten ihr Leben gelassen, um dieser Schimäre nachzujagen. Und noch viele andere sollten den gleichen Weg in den Untergang antreten, weil sie nicht wahrhaben wollten, dass die alte Legende in Wirklichkeit nichts weiter war als ein dummer Kinderstreich oder eine Kriegslist der Einheimischen, um die feindlichen Eindringlinge in die Irre zu führen.

Im spanischen Wappen gibt es ein Motto, »Plus Ultra«; damals konnte man nicht wissen, ob damit gemeint war, dass Spanien die erste Nation war, die sich »noch weiter« über das Meer der Finsternis hinauswagte oder, wie das Land sich immer wieder versicherte, »noch weiter« entfernt das Gold finden würde, nach dem es so beharrlich suchte.

Die Witwe des Goldsuchers brachte ihrem Gast bereitwillig ihre Sprache und sämtliche Kenntnisse über das Land bei, die sie von ihrem verstorbenen Mann erhalten hatte. All dies trug dazu bei, dass Curry in seinem absurden Vorhaben noch bestärkt wurde. Innerhalb von sechs Monaten wollte er in der Lage sein, das abenteuerliche Unternehmen anzupacken.

»Ich werde bis Mitte November auf dich warten«, erklärte er und umarmte seinen Freund zum Abschied. »Danach breche ich auf, um diese Berge noch während der Trockenzeit zu bezwingen. Was danach wird, steht in den Sternen.«

Der König der Lüfte hätte nur allzu gern Worte gefunden, um ihn davon zu überzeugen, dass dieses Vorhaben für jemanden, der keinerlei Erfahrung im Dschungel besaß, selbstmörderisch war. Doch er kannte seinen Freund und wusste, dass jeder Versuch, ihn umzustimmen, zum Scheitern verurteilt war.

Curry hatte seinen Weg aus freien Stücken und ganz allein bestimmt und er schien fest entschlossen, ihn bis zum Ende zu gehen.

Als der alte Holzfrachter ablegte und von der Strömung des Orinoco in Richtung Meer davongetragen wurde, starrte Jimmie auf den Mann, der ihm vom Ufer aus lächelnd zuwinkte, und wusste, dass er seinen Gefährten nie wiedersehen würde.

Mitte November des Jahres 1933 drang der ehemalige Rennfahrer aus Detroit in die weite, menschenleere Gran Sabana vor, auf der Suche nach dem sagenhaften Land der Tafelberge.

Er kehrte nie zurück. Wie so viele vor ihm.

Überall im Dschungel, in den Wüsten, Ebenen und hohen Bergen finden sich die sterblichen Überreste namenloser Helden, die weder zu Ruhm kamen, noch ihre Träume verwirklichen konnten.

Auf dem Grund eines kleinen Baches inmitten dieses unerforschten Gebietes, der vielleicht geheimnisvollsten Gegend der Welt, fand vor nicht allzu langer Zeit ein Goldsucher ein altes spanisches Schwert aus dem 16. Jahrhundert.

Wer hatte es bis an diesen entlegenen Ort geschleppt?

Welcher vergessene Konquistador hatte vier Jahrhunderte zuvor dieses Gebiet zu Fuß durchwandert und dabei Entfernungen zurückgelegt, die uns noch heute unglaublich erscheinen?

Und ebenso würde eines Tages, in diesem oder im nächsten Jahrhundert, ein hartnäckiger Goldsucher auf dem Gipfel eines vergessenen Tepui Currys alten Revolver finden.

Oder am Fuß einer tausend Meter hohen Felswand die Knochen eines Mannes, der abgestürzt war, als er glaubte, dem sagenhaften Schatz von John McCracken schon dicht auf der Spur zu sein.

Vielleicht war es auch ein vergifteter Pfeil oder ein hungriger Jaguar, der diesem Leben voller Hoffnung auf eine bessere Zukunft ein jähes Ende bereitet hatte.

Niemand wird es je erfahren.

Weder die Geschichte noch die Legende, ja nicht einmal ein Raunen in diesem Landstrich, dessen wenige Bewohner sich von Gerüchten über sagenhafte Gold- und Diamantenvorkommen ernährten, gaben Aufschluss darüber, welches Schicksal dem merkwürdigen Amerikaner zuteil geworden war. An einem schwülen Morgen hatte er sich von der freundlichen Witwe eines anderen offenbar ähnlich Verrückten verabschiedet, um sich entschlossen dem fernen Süden zuzuwenden, wo die Träume wohnen.

Der Dschungel, die von der brütenden Sonne versengte Savanne, Einsamkeit, Hunger, Fieber und Wahnsinn bilden eine feste Allianz, an der selbst der Wille der verwegensten Männer zerbricht. Und sollte all dies nicht ausreichen, gesellen sich Schlangen, Menschenfresser, Banditen und schließlich die gefürchteten Vampirfledermäuse dazu, die den Menschen Nacht für Nacht das Blut aus den Adern saugen und den Körper so lange schwächen, bis er völlig ermattet.

Südlich des unergründlichen Orinoco ist alles möglich.

Heute ziehen Düsenflugzeuge und sogar unzählige Satelliten ihre Bahnen über das wilde Land südlich des mächtigen Orinoco, doch nach wie vor ist alles, was sich auf seinem Boden befindet, ein ungelüftetes Geheimnis.

Südlich des Orinoco hat ein Mensch zu Fuß keinerlei Überlebenschance.

Curry wollte das nicht wahrhaben und bezahlte für seinen Leichtsinn mit dem Leben.

Diese Tatsache lastete schwer auf Jimmies Gewissen, denn letztendlich konnte er zeit seines Lebens den Gedanken nicht abschütteln, seinen unschuldigen Freund mit der schrecklichen Krankheit angesteckt zu haben.

Zwei Jahre nach ihrem Abschied kam er zurück, um ihn zu suchen.

Jetzt flog er eine prächtige, brandneue gelbe De Havilland Tiger Moth, ein Nachfolgermodell der alten Gipsy Moth. Das Geld dafür hatte er sich mit Nitroglyzerintransporten verdient, das dazu verwendet wurde, brennende Ölquellen zu löschen.

Mary, seine neue, schlanke, sehr attraktive und zugleich abenteuerlustige Frau begleitete ihn. Sie war fest davon überzeugt, dass der Mann, den sie geheiratet hatte, sich eines Tages einen Namen in der Geschichte der Luftfahrt machen würde.

Sie schlugen ihr Hauptlager in Ciudad Bolívar auf. Kaum hatte der König der Lüfte seine Frau in einem malerischen Hotel mit Blick auf den Fluss und einer hübschen, offenen Balustrade abgesetzt, machte er sich zum nahe gelegenen Puerto Ordaz auf, in der Hoffnung, eine Spur oder einen Hinweis zu finden, die über das Schicksal seines besten Freundes Aufschluss geben könnten.

»Keine Ahnung, Señor«, antwortete die alte Witwe traurig. »Ich habe alle, die aus dem Süden zurückgekommen sind, gefragt, aber niemand hat ihn gesehen. Die böse Hexe hat ihn verschlungen, Señor, ganz bestimmt!«

»Hat er nichts hinterlassen? Keine Karte, keine Notizen?«

»Nur ein paar Bücher und Kleidungsstücke. Er hat den ganzen Tag gelesen und studiert. Er war ein wirklich feiner Mann, Señor. Ein richtiger Gentleman. Ich war sehr traurig, als er verschwunden ist, weil es von seiner Sorte nicht mehr viele gibt.«

»Darf ich mir das, was er hier zurückgelassen hat, einmal ansehen?«

»Sie können es mitnehmen, wenn Sie wollen. Ich weiß von Ihrer Freundschaft. Er hat mir viel von Ihnen und der Zeit, die Sie zusammen da unten im Süden verbracht haben, erzählt.« Die arme Frau schüttelte kummervoll den Kopf. »Es muss die schönste Zeit seines Lebens gewesen sein. Er war ein guter Mann, Señor, aber traurig. Ja, das war er, gutherzig und traurig.«

Jimmie wollte der alten Frau ein Bündel Scheine in die Hand drücken, doch sie weigerte sich, das Geld anzunehmen. Schließlich verließ er die bescheidene Behausung mit einem abgewetzten Koffer in der Hand, in dem sich die letzten Habseligkeiten des ehemaligen Rennfahrers aus Detroit befanden.

Drei Tage lang studierte er die zerfledderten Hefte, die Curry in einem völlig unverständlichen Spanisch vollgekritzelt hatte. Und entdeckte die geheimsten Gedanken eines Menschen, der sich in diesem entlegenen fremden Land sehr einsam gefühlt haben musste.

Ich liebe dieses Land, obwohl ich weiß, dass es mich umbringen wird; so wie ich Ketty liebte, obwohl ich wusste, dass sie mich am Ende verlassen würde.
Warum fühle ich mich von allem, was mich zerstört, so krankhaft angezogen?

An einer anderen Stelle ein fast unleserlicher Eintrag. Eine merkwürdige, wenn auch plausible Vorahnung.

Wer wird mein Grab schaufeln? Wer meinen Namen auf das Kreuz schreiben?
O Jimmie! Ich weiß, dass ich auf dich warten sollte, aber ich kann nicht! Dein Berg ruft nach mir.

Zum ersten Mal seit Jahren musste Jimmie weinen.

Er saß auf der Balustrade des alten, im Kolonialstil gebauten Hotels und erinnerte sich an die Nacht, als sie an den Ufern des unbändigen Flusses mit seinem dunklen Wasser zu Abend gegessen hatten. Ein Schauer lief ihm über den Rücken, als er daran dachte, wie sein Freund ihm in jener Nacht seine unerklärliche Leidenschaft für das Land gestanden hatte, in dem sie erst ein paar Stunden zuvor gelandet waren.

In der Hitze und Feuchtigkeit am Mittag hasse ich dieses Land. Aber wenn es Abend wird, versöhnen mich der malvenfarbene Himmel und sein unendlicher Frieden, so wie Ketty und ich uns versöhnten, wenn wir im Dunkel der Nacht miteinander schliefen.

»Ich hätte ihn niemals allein lassen dürfen«, murmelte Jimmie vor sich hin. »Und ich hätte nicht allein nach Hause zurückkehren dürfen. Er muss sich vorgekommen sein wie der einsamste Mensch auf der Welt.«

Mary versuchte, ihn zu trösten. Immer wieder erklärte sie ihm, dass Curry ein erwachsener Mensch war, der vollständig bei Sinnen und aus freien Stücken beschlossen hatte, zu bleiben. Er hatte sich sein Schicksal selbst ausgesucht und vielleicht war es gar nicht so dramatisch, wie man annehmen musste.

»Wer weiß, ob er nicht beschlossen hat, für immer im Dschungel zu bleiben? Vielleicht lebt er mittlerweile mit einer hübschen Eingeborenen, die ihm ein paar

Kinder geschenkt hat, in einer gemütlichen Lehmhütte? Vielleicht hat er beschlossen, nach Brasilien auszuwandern, und genießt jetzt irgendwo am Strand von Rio de Janeiro die Sonne?« Sie nahm seine Hand und drückte sie zärtlich. »Und schlimmstenfalls, woher weißt du, ob er nicht tatsächlich fündig geworden ist und beschlossen hat, nicht mit dir zu teilen?«

»Das hätte Dick niemals getan.«

»Das weiß man nie«, erwiderte Mary und lächelte. »Der Buchhalter meiner Firma war ein netter Mann, verheiratet, mit drei Kindern, und trotzdem ist er eines Tages mit einer Chorsängerin und neunzigtausend Dollar aus der Kasse durchgebrannt. Sie suchen heute noch nach ihm.«

»Dick würde so etwas nicht tun. Er ist tot.«

»Woher weißt du das?«

Der König der Lüfte deutete mit dem Kinn auf die über den ganzen Tisch verstreuten Hefte.

»Aus seinen Notizen.«

»Wo steht es geschrieben?«

»Auf jedem Blatt und auf keinem.« Jetzt war es Jimmie, der die Hand seiner Frau nahm und zärtlich streichelte. »Ich weiß, du kannst das nicht verstehen, aber wenn man miterlebt, wie die meisten Freunde um einen herum plötzlich verschwinden, entwickelt man ein besonderes Gespür, einen sechsten Sinn, wenn es um den Tod geht. Drüben in Frankreich haben wir immer gewusst, ob ein Pilot abgeschossen worden war oder nur notlanden musste und wir ihn jeden Moment wieder sehen würden, erschöpft, zu Fuß, aber mit einem Lächeln auf den Lippen.«

»Es ist nicht gut, ständig mit dem Tod zu leben«, bemerkte seine Frau nachdenklich.

Zwei Tage später startete Jimmie zu einem Aufklärungsflug, den er bis ins kleinste Detail geplant hatte: über das unbekannte und wilde Gebiet südlich des Orinoco und östlich des Caroní.

Sein neuer, mit einem leistungsstarken Motor bestens ausgerüsteter Doppeldecker war in der Lage, eine Last von zweihundert Kilogramm zu transportieren. Die Tiger Moth war robust, äußerst zuverlässig und bot ihm ein Höchstmaß an Sicherheit, sodass er nun riskieren konnte, an den unzugänglichsten Orten zu landen. Zudem vergrößerte sie durch ihre beträchtliche Reichweite seinen Aktionsradius.

Nur selten begleitete Mary ihn auf seinen gefährlichen Erkundungsflügen. Meistens blieb sie im Hotel und wartete ungeduldig darauf, dass die unverwechselbare gelbe Silhouette am blauen Himmel auftauchte und sanft auf der nahe gelegenen Flugpiste aufsetzte.

Eines Abends, als sie nach dem Essen im geräumigen Speisesaal saßen, dessen Fenster nach Norden gingen, trat ein Mann an ihren Tisch.

»Guten Abend, mein Name ist Félix Cardona«, stellte er sich vor. »Dürfte ich mich einen Augenblick zu Ihnen setzen?«

»Aber gern«, antwortete Jimmie liebenswürdig. »Ich habe eine Menge von Ihnen gehört. Félix Cardona, der berühmte spanische Pilot.«

»Nicht halb so berühmt wie ein gewisser Jimmie Angel«, gab Cardona das Kompliment zurück. »Stimmt es, was man sich erzählt? Dass Sie vor Jahren auf McCrackens Heiligem Berg gelandet sind?«

»Ja, das stimmt.«

»Und dass Sie den Berg jetzt wieder suchen?«

»In der Tat.«

»Haben Sie Neuigkeiten von McCracken?«

»Nur, dass er vor zwei Jahren gestorben ist.«

»Das tut mir Leid. Er war ein großartiger Mann. Hier wird er wie ein Mythos verehrt.«

»Ja, er hat mir seine Mine vermacht.«

»Verstehe. Das ist ja auch einleuchtend. Brauchen Sie Hilfe?«

»Welche Art von Hilfe?«

»Jede Art«, antwortete der Spanier freimütig. »Vor sechs Jahren sind Juan Mundó und ich auf dem Caroní bis zum Fuß des Auyan-Tepui vorgedrungen, den viele für den Heiligen Berg halten. Wir haben versucht, die Steilwand hinaufzuklettern, aber es war schier unmöglich. Später haben wir die gesamte Umgebung in einem Umkreis von dreihundert Meilen erforscht.«

»Ja, ich habe von Ihrer Erkundungsreise gehört. Alle Achtung. Eine außerordentliche Leistung.«

»In aller Bescheidenheit möchte ich behaupten, dass Mundó und ich die Gegend so gut kennen wie kein anderer. Deshalb bin ich gekommen, um Ihnen eine Zusammenarbeit anzubieten.«

»Und welche Gegenleistung erwarten Sie dafür?«

»Gar keine. Die *pemones*, *waicas* und *guaharibos* sind fest davon überzeugt, dass sich in dieser Gegend der Vater aller Flüsse befindet, der einer alten Legende zufolge im Himmel entspringt, und dass dort auch Aucayma liegt, der Heilige Tafelberg, auf dessen Gipfel es Gold und Diamanten geben soll. Mich interessiert dieser Fluss, nicht der Berg oder seine Schätze.«

»McCracken hat mir erzählt, dass man den nächsten Vollmond nicht erlebt, wenn man diesen Fluss erblickt. Sein Kamerad All Williams jedenfalls starb wenige Tage, nachdem er ihn gesehen hatte.«

»Ich weiß. Ich habe sein Grab gesehen.«

»Ich auch.«

»Trotzdem glaube ich nicht an Legenden. Ich bin davon überzeugt, dass der Fluss an einem gewaltigen Wasserfall entspringt, aber dass ein Fluch auf diesem Wasserfall lastet, ist Unsinn.«

»Was also wollen Sie? Mit mir kommen, um den Wasserfall zu finden?«

Cardona nickte. »Mehr oder weniger. Sie helfen mir, den Wasserfall zu suchen, und ich helfe Ihnen, Ihren Berg zu finden.«

»Das scheint ein faires Angebot«, räumte Jimmie ein. »Ihr Fluss gegen meinen Berg. Ich werde mir die Sache überlegen.«

»Ich glaube, dass er Wort hält.«

»Dann wirst du also darauf eingehen?«, fragte Mary, als sie um Mitternacht auf der Balustrade des Hotels die frische Brise genossen. »Nimmst du ihn mit?«

»Er gilt als Ehrenmann und ich würde ihm gern helfen, seinen Fluss zu finden«, erklärte Jimmie seiner Frau und zog bedächtig an der alten Pfeife, von der er sich nicht trennen konnte. »Ich weiß, dass er einem Traum nachjagt, genau wie ich, aber ich will mich nicht für einen anderen verantwortlich fühlen. Sollte dieser Berg eines Tages in naher Zukunft, wenn wir am wenigsten damit rechnen, tatsächlich seinen Dunstschleier abwerfen, muss ich in wenigen Augenblicken entscheiden, ob ich darauf landen will oder nicht. Ich kenne diesen Berg. Er weiß genau, wie er sich vor neugierigen Blicken schützen kann.« Er wandte sich zur Seite und warf seiner Frau, die in ihrem Schaukelstuhl wippte, einen Blick zu. »Jedenfalls will ich nicht, dass ausgerechnet in diesem Augenblick das Leben eines Fremden von meiner Entscheidung abhängt. Auf keinen Fall!«, schloss er bestimmt. »Diese Sache ist etwas, das nur mich betrifft.«

»Und mich«, erinnerte ihn seine Frau.

»Und dich natürlich«, pflichtete ihr der König der Lüfte bei. »Aber du weißt, warum wir hergekommen sind. Du hast es akzeptiert und mir sogar Mut gemacht, weil du weißt, wie viel es mir bedeutet.« Liebevoll küsste er ihre Hand. »Wir haben einen Pakt geschlossen. Wenn ich dabei umkomme, hast du versprochen, nicht traurig zu sein, weil ich auf die Art gestorben sein werde, die ich mir immer gewünscht habe, im Cockpit meiner Maschine. Aber wenn ich umkomme und einen Unschuldigen mit in den Tod ziehe, werden weder ich noch du damit glücklich sein.«

»Ich muss verrückt gewesen sein, als ich mich darauf eingelassen habe!«, jammerte sie. »Vollkommen verrückt.«

»Nein!«, widersprach der Pilot. »Verrückt wärst du gewesen, wenn du mich daran gehindert hättest, das Leben so zu leben, wie ich es leben will, obwohl du mich liebst. Dass du dich darauf eingelassen hast, war kein Wahnsinn, sondern der größte Liebesbeweis, den du mir erbringen konntest.«

Sie schwiegen und starrten auf die unzähligen Sterne, die in dieser Nacht besonders nah wirkten. Nach einer Weile murmelte sie mit einem Hauch von Bitterkeit in der Stimme: »Wenn du wüsstest, wie eifersüchtig ich gelegentlich auf den Tod bin! Mir ist klar, dass er dich anzieht und du ständig mit ihm flirtest. Und auch, dass er früher oder später die Oberhand gewinnen wird. Trotzdem kann ich ihn nicht als denjenigen hassen, der allem ein Ende setzt. Für mich ist er so etwas wie ein Rivale, der schlauer sein will als ich.«

»Der Tod behält immer die Oberhand.«

»Nicht wenn man im hohen Alter stirbt. Wenn man im Bett vom Tod überrascht wird, muss man sich seinem Willen beugen, das ja. Aber wenn er dich vom Himmel holt, noch ehe deine Stunde geschlagen hat, dann wird er mich besiegt haben.«

»Ich bin ein guter Pilot und seit wir uns kennen, gehe ich keine unnötigen Risiken mehr ein. Ich verspreche dir, besonders vorsichtig zu sein.«

»Na schön!«

Am nächsten Morgen startete Jimmie erneut auf der Suche nach seinem Berg.

Ebenso am übernächsten.

Und am überübernächsten.

So vergingen Tage, Wochen und Monate.

Schließlich war ein ganzes Jahr um.

Weder Regen noch Stürme, weder Flaute noch Hitze oder Kälte konnten ihn vom Fliegen abhalten. Als das Geld allmählich zur Neige ging, zogen sie aus dem Hotel in ein winziges Häuschen direkt neben dem Fluss, das auf Pfählen gebaut war.

Eines Morgens, als Jimmie über eine weite trockene Ebene der Gran Sabana flog, entdeckte er einen groß gewachsenen Mann, der ohne Eile durch die endlose Weite marschierte. Als er das Flugzeug hörte, sah er auf und winkte freundlich.

Irgendetwas kam Jimmie an ihm bekannt vor und bewog ihn zu landen. Als er aus der Maschine kletterte, stand plötzlich der bärtige Pater Benjamín Orozco vor ihm und grinste.

»Nicht zu fassen!«, rief der König der Lüfte. »Sie?«

»Für mich ist es noch viel unfassbarer, obwohl ich Ihr Flugzeug oft am Himmel gesehen habe. Sie sind also tatsächlich zurückgekehrt.«

»Schon vor einiger Zeit.«

»Und was ist aus Ihrem Freund geworden?«

»Er ist gestorben.«

»Das tut mir Leid! Er war ein faszinierender Mensch.«

»Da wir gerade dabei sind, Sie sind nicht zufällig einem anderen Freund von mir über den Weg gelaufen? Dick Curry? Einem Amerikaner.«

»Dem Gringo? Nein, ich habe ihn nie kennen gelernt, aber viel von ihm gehört«, sagte der Pater. »Das Letzte, was mir zu Ohren kam, war, dass er dabei war, den Auyan-Tepui zu besteigen. Bei diesem waghalsigen Abenteuer muss er wohl ums Leben gekommen sein. Die Einheimischen jedenfalls sind felsenfest davon überzeugt, dass der Berg des Teufels ist und jeder, der hinaufsteigt, verflucht ist.«

»Glauben Sie das auch?«

»Mein Lieber, wenn man so lange in dieser gottverlassenen Gegend lebt wie ich, glaubt man am Ende sogar das Unglaubliche.«

»Haben Sie eigentlich Ihre Missionsstation gegründet?«

»Natürlich.«

»Und wovon leben Sie?«

»Von Wundern, mein Sohn, von Wundern. Gerade jetzt bin ich auf dem Weg nach Puerto Ordaz. Vielleicht kann ich da etwas Saatgut und ein paar Schweine erbetteln.«

»Das ist aber nicht viel.«

»Nein, das stimmt, und meine Vorgesetzten fangen schon an zu zweifeln. Sie halten all diese Arbeit für vergebliche Liebesmüh, die keine Früchte tragen wird. Die *pemones* weigern sich hartnäckig, getauft zu werden, und die *waicas* und *guaharibos* lassen sich gar nicht erst blicken.«

»Das wundert mich nicht. Hier wollen sich ja nicht mal die Berge zeigen.« Jimmie breitete die Arme aus. »Wie soll man dieses Land je verstehen, das einerseits so schön und andererseits so unnahbar ist?«

»Schönheit ist nun mal unnahbar. Ansonsten wäre sie für den Menschen nicht so attraktiv. Es ist dasselbe wie mit dem Glauben. Er ist nur deshalb so anziehend, weil man nie sicher sein kann. Sobald man meint, ihn fest im Griff zu haben, zerrinnt er einem zwischen den Fingern.«

»Sie wollen mir doch wohl nicht erzählen, dass Sie Ihren Glauben verloren haben. Wenn dem so wäre, was machen Sie dann noch hier?«

»Ihn jeden Morgen suchen, am Mittag verlieren, am Abend wieder finden und um Mitternacht spüren, wie er sich wieder davonmacht.« Der Pater lächelte verschmitzt. »Da ich aber weiß, dass er irgendwo ist, gebe ich den Kampf nicht auf.«

»Na schön, da haben Sie diesmal ja Glück gehabt. Steigen Sie ein! Ich bringe Sie nach Puerto Ordaz. Es liegt auf meiner Route. Ich bin unterwegs nach Ciudad Bolívar.«

»Tatsächlich hält sich der Monsignore in Ciudad Bolívar auf, aber ich glaube nicht, dass ich in dieses Ding da steigen werde. Wenn der Herr mir Beine gegeben hat, dann vermutlich, um damit zu laufen.«

»Und wie sind Sie aus Spanien hergekommen? Sind Sie etwa über das Wasser gewandelt?«

»Eine verdammt scharfe Zunge hast du, mein Sohn. Ich bin mit dem Schiff gekommen, aber vor Schiffen habe ich keine Angst, im Gegensatz zu dieser fliegenden Kiste. Ich habe mal mitten in der Savanne das Wrack einer ähnlichen Maschine gefunden.«

»Einer roten mit viel zu großen Rädern?« Als der

andere schweigend nickte, setzte der Pilot hinzu: »Das war meine. Eine sehr gute Maschine.«

»Das muss wohl stimmen, denn mittlerweile hat ein fetter Jaguar Quartier darin bezogen. Wenn das eine gute Maschine war, will ich gar nicht erst wissen, wie die schlechten sind. Ich bleibe lieber bei dem, was ich kenne, und gehe zu Fuß.«

Jimmie lachte. »Na kommen Sie schon, Pater! Sie wollen mir doch nicht weismachen, dass jemand, der keine Angst vor Jaguaren, Anakondas und Menschenfressern hat, sich wegen eines Flugzeugs in die Hosen macht?«

»Ob Sie es glauben oder nicht – es ist die Wahrheit.«

»Und wie wollen Sie dann in den Himmel kommen? Mit einer Leiter?«

»Jetzt werd mal nicht unverschämt, mein Sohn!« Der Pater stieß einen tiefen Seufzer aus, warf einen misstrauischen Blick auf die gelbe Kiste und zuckte schließlich die Achseln.

»Um die Wahrheit zu sagen, die Hitze ist heute einfach unerträglich. Und mir steht noch ein Dreitagesmarsch bevor. Also gut. Wer nicht wagt, der nicht gewinnt. Möge Gott sich unserer erbarmen!«

Während der ersten Minuten in der Luft hielt der Pater die Augen fest geschlossen und die Hände zu Fäusten geballt, doch als er endlich einen Blick nach unten riskierte, überwältigte ihn die Großartigkeit der Landschaft.

»Es ist wunderbar hier oben. Wie auf einem Balkon mit Aussicht. Sehen Sie mal, dort. Der Cerro Venado und daneben der Carrao.«

»Und da weiter vorn können Sie den Caroní und den Canaima sehen.«

»Und das ist der Paran-Tepui!«

»Nein! Das ist der Auyan-Tepui.«

»Entschuldigen Sie, mein Freund«, widersprach der Dominikaner freundlich, aber selbstbewusst. »Das dort ist der Paran-Tepui.«

»Nein! Der Auyan-Tepui!«, beharrte der Pilot hartnäckig.

»Der Rechte ist der Auyan-Tepui«, berichtigte ihn der Alte erneut. »Der Linke der Paran-Tepui. Aber von hier aus erscheinen sie wie ein und derselbe Berg.«

»Es ist auch nur einer!«

»Nein, es sind zwei«, berichtigte ihn Orozco. »Zwei Tepuis, die durch die Teufelsschlucht voneinander getrennt sind. Von hier kann man sie nicht sehen.«

Plötzlich horchte der König der Lüfte auf und hakte neugierig nach: »Sind Sie ganz sicher, dass es zwei Berge sind?«

»Natürlich. Warum fragen Sie?«

»Weil ich noch nie dort war. Er kam mir zu groß vor, als dass er John McCrackens Berg sein könnte. Der war viel kleiner, aber wenn Sie sagen, dass es zwei sind, sieht die Sache ganz anders aus.«

»Nun, es sind zwei, so wahr ich hier in diesem Flugzeug sitze.«

Sobald sie gelandet waren, erzählte Jimmie seiner Frau, was er gerade erfahren hatte, aufgeregt wie ein kleiner Junge, der zum ersten Mal erfahren hat, wo die Kinder herkommen.

»Ist dir klar, was das bedeutet?«, wiederholte er wieder und wieder. »Verstehst du? Es sind zwei Tepuis und sie liegen genau dort, wo John McCrackens Berg liegt. Dreihundert Kilometer südlich des Orinoco und fünfzig Kilometer westlich des Caroní!«

»Wieso bist du denn nicht schon vorher darauf gekommen?«

»Weil sie alle beide ständig von Wolken verhüllt sind. Ich habe sie zwar mehrmals überflogen, aber die Schlucht, von der Pater Orozco gesprochen hat, habe ich nie sehen können. Sie muss sehr schmal sein, doch wenn es sie wirklich gibt, dann ist einer dieser beiden Gipfel wahrscheinlich McCrackens Heiliger Berg. Sobald ich sie mir aus der Nähe angesehen habe, werde ich wissen, auf welchem der beiden wir damals gelandet sind.«

»Alles mit der Ruhe!«, protestierte seine Frau. »Das Einzige, worum ich dich bitte, ist, dass du sehr genau überlegst, bevor du beschließt, auf dem Gipfel des Tepui zu landen.«

»Ich verspreche es! Ich werde erst landen, wenn ich ganz sicher bin. Mit etwas Glück kann ich an einem klaren Tag den Felsen wieder erkennen, auf dem wir damals gesessen und die Landschaft bewundert haben. Und wenn ich es einmal geschafft habe, dort zu landen, werde ich es auch ein zweites Mal schaffen.«

»Vergiss nicht, dass du jetzt eine größere Maschine fliegst, die mehr Platz braucht«, wandte sie ein. »Ich bin sicher, dass du auf dem Tepui landen kannst, die Frage ist nur, ob du auch wieder wegkommst. Die Maschine ist ziemlich schwer.«

»Aber sie hat einen stärkeren Motor und sie liegt besser in der Luft.«

»Trotzdem habe ich Angst um dich. Und wenn ich ehrlich bin, wird diese Angst von Tag zu Tag größer«, gestand seine Frau. »Ich habe mit dir die Rocky Mountains, die Gletscher von Kanada und einen großen Teil der Anden überflogen, aber keine dieser Gegenden, so menschenfeindlich und grausam sie auch waren, hat mir eine solche Angst eingejagt wie der Escudo Guayanés. Warum, kann ich dir nicht sagen.«

»Mittlerweile glaube ich, dass der Grund dafür ein ganz gewöhnliches atmosphärisches Phänomen ist. Während der Regenzeit, wenn sich im Lauf des Tages die Erde erwärmt, das Wasser zu verdunsten beginnt und später in tausend Metern Höhe kondensiert, verschwindet alles unter diesem geheimnisvollen Schleier. Dann packt einen die nackte Angst, weil man das Gefühl hat, blind zu fliegen.«

»Und in der Trockenzeit?«

»Dann wird die Hitze so drückend, dass die Luft zu flimmern beginnt und man wie in der Wüste eigenartigen Fata Morganas auf den Leim geht. Man weiß nie, ob man es mit einer optischen Täuschung zu tun hat oder nicht.«

»Dann werden wir wohl den Rest unseres Lebens hier verbringen müssen. Schließlich gibt es hier nur diese beiden Jahreszeiten. Regenzeit und Dürre.«

»Ich habe lange darüber nachgedacht«, gestand Jimmie, »und bin zu dem Schluss gelangt, dass wir so nah vor Ort wie möglich ein Lager aufschlagen müssten, wenn wir nicht bald Ergebnisse erzielen. Wir müssten im Landesinneren eine Landepiste roden und dafür sorgen, dass sie nicht beim ersten Regen unter Wasser steht. Ich könnte dann jeden Morgen starten, ein paar Stunden in der Luft verbringen und zurück sein, ehe es richtig heiß wird.«

»Aber ein Lager im Dschungel aufzubauen und Leute anzuheuern, die eine Landepiste roden, kostet eine Menge Geld.«

»Ja, ich weiß.«

»Woher willst du das nehmen?«

»Weiß ich noch nicht.«

»Du bist ein Träumer, Jimmie. Wir brauchen Lösungen, die unseren Möglichkeiten entsprechen. Keine Utopien.«

»Wir könnten Aktien verkaufen.«

»Aktien?«, wiederholte seine Frau erstaunt. »Was für Aktien?«

»Anteile an der Minengesellschaft Jimmie Angel zum Beispiel oder der Aktiengesellschaft John McCracken. Ich bin sicher, dass der Name McCracken die beste Reklame wäre. Hier in der Gegend weiß jeder, dass man ihm damals für seine Diamanten vierhunderttausend Dollar gezahlt hat.«

Mary Angel hatte begonnen, in der winzigen Küche, die nur durch eine breite Durchreiche von Wohnzimmer und Terrasse getrennt war, das Abendessen zuzubereiten. Plötzlich hielt sie inne, warf ihrem in Gedanken versunkenen Mann einen scharfen Blick zu und schüttelte heftig den Kopf.

»Minengesellschaft Jimmie Angel!«, rief sie schließlich in einem Ton, dessen Ironie nicht zu überhören war. »Und wer meinst du, würde Aktien an einem Unternehmen erwerben, das sein Geheimnis nicht lüften will? Denn ich nehme wohl an, dass du kein einziges Wort darüber verlieren würdest, wo diese sagenhafte Goldader liegt, nicht wahr? Vorausgesetzt, du findest den Berg, das Gold und die Diamanten überhaupt.«

»Darauf kannst du Gift nehmen!«

»Und glaubst du im Ernst, deine vermeintlichen Aktionäre würden nicht auf die Idee kommen, du könntest dich aus dem Staub machen, sobald du fündig geworden bist?«

»Ich bin ein Ehrenmann«, gab Jimmie zurück, als käme ein solcher Betrug für ihn niemals infrage.

»Ich glaube dir das gern, aber das will nichts heißen, denn schließlich liebe ich dich und bin mit dir verheiratet.« Sie stellte ihm einen dampfenden Teller hin und strich ihm sanft durchs Haar. »Und da man immer nur einen Menschen auf einmal heiraten kann, wird man nie ein Unternehmen mit mehr als einem Teilhaber gründen können, der einem blind vertraut. Die anderen haben das Recht zu zweifeln. Eins steht nämlich fest: Man ist nur so lange ehrlich, bis man die Gelegenheit erhält, es nicht zu sein.«

»Curry hat mir blind vertraut.«

Jimmie erhielt darauf keine Antwort. Doch der bedeutungsvolle Blick, den seine Frau ihm zuwarf, erinnerte ihn daran, dass gerade dieses Vertrauen seinen Freund und Partner ins Verderben und letztendlich in den Tod geführt hatte.

»Eines Tages muss sich mein Glück doch wenden«, erklärte Jimmie leise. »Dieser Berg liegt irgendwo vor unserer Nase und steckt voller Gold und Diamanten. Das weiß ich nicht aus irgendwelchen Märchen, sondern weil ich selbst da oben war. Oder glaubst du, ich würde es riskieren, unser Leben zu ruinieren, wenn ich nicht absolut sicher wäre?«

»Nein, natürlich nicht, Liebster«, antwortete sie zärtlich. »Ich habe auch nicht gesagt, dass du unser Leben ruinierst. Ich habe mich nie beklagt. Wir haben es beide so gewollt und genau so leben wir im Augenblick. Lieber will ich hier mit dir ausharren und wissen, dass du das tust, was dir gefällt, als in einer Villa in Texas sitzen und auf dich warten, während du mit Nitroglyzerin im Frachtraum durch die Gegend fliegst. Ich weiß sehr wohl, wie sehr dir das verhasst war.«

»Es war weniger, dass es mir verhasst war«, gab Jimmie ehrlich zu. »Ich habe eine Heidenangst davor.«

Mary setzte sich mit ihrem Teller ihm gegenüber und fragte: »Warum hast du nie mit mir darüber gesprochen? Ist es so schlimm?«

»Schlimm?«, entgegnete ihr Mann. »Schlimm, mit einer Ladung kleiner Fläschchen unterm Hintern abzuheben, die einen bei der kleinsten Erschütterung in tausend Stücke zerfetzen können? Das ist nicht schlimm, mein Liebling, das ist so, als würde man bei lebendigem Leib in die Hölle hinabsteigen. Nitroglyzerin ist wie ein schlafendes Ungeheuer, das einen verschlingt, sobald es aufwacht. Dieses Zeug ist gespenstisch, schlimmer als der schlimmste Albtraum. Vor allem, wenn man schon mal mit eigenen Augen gesehen hat, wie die Maschine vor einem explodiert ist und man später kein Teil fand, das größer gewesen wäre als dieser Teller hier.«

»Das hast du gesehen?«, fragte Mary entsetzt, und als sie keine Antwort erhielt, setzte sie zaghaft hinzu: »Ist Alex so gestorben?« Wieder erhielt sie keine Antwort. »Warum hast du nie mit mir darüber sprechen wollen, was an jenem Tag passiert ist?«

»Weil genauso gut ich derjenige hätte sein können, der da in die Luft flog.«

»Dann erzähl es mir jetzt.«

»Wir waren nach Houston gerufen worden und kamen fast gleichzeitig dort an. Stanley, Alex, Gus und ich ...«

Sie hatten sich auf die Terrasse gesetzt. Mary verrührte den Zucker in ihrem Kaffee, den sie in kleinen Schlucken zu trinken pflegte, und ihr Mann stopfte seine Pfeife bis zum Rand mit Tabak voll, als wollte er sichergehen, dass sie diesmal lange brennen würde.

»Von Anfang an war uns bewusst, dass wir eine hochgefährliche Aufgabe vor uns hatten. Vielleicht die schwierigste, die man uns jemals gestellt hatte. Eine Ölquelle im mexikanischen Tampico brannte schon seit vier Tagen und niemand hatte sie löschen können. Es gab nur noch eine Hoffnung: Nitroglyzerin. Es lagerte dort in Houston, mehr als tausend Kilometer vom Einsatzort entfernt.«

Er zündete ein Streichholz an und zog kräftig an seiner Pfeife.

»Ein Flug von mehr als tausend Kilometern und kein Flughafen auf der Strecke gab uns die Genehmigung, mit der verfluchten Ladung zwischenzulanden! All unsere Anfragen und Anträge wurden abgelehnt. Wir mussten sämtliche Wohngegenden weitläufig umfliegen und durften nirgendwo landen. Um nach Tampico zu gelangen, mussten wir in schnurgerader Linie fliegen und das bedeutete, übers Meer.«

»Verstehe.«

»Ja, wir haben auch schnell verstanden, was das hieß,

vor allem, weil die Gesellschaft uns nur ein paar klapprige zweimotorige Douglas T2D zur Verfügung stellen konnte. Die Maschinen hatten der Marine gehört und besaßen nicht die erforderliche Reichweite, es sei denn, man rüstete sie mit zusätzlichen Tanks aus. Aber das verlagert den Schwerpunkt und macht Landungen wie Starts zu einer Frage reiner Intuition.« Er seufzte laut. »Wir mussten die Metallbehälter wiegen, bevor wir sie im hinteren Frachtraum der Maschine verstauten, dann abschätzen, wie viel Treibstoff wir ungefähr verbraucht hatten und wie viel wir noch brauchen würden, um bis an die Ölquelle zu gelangen und landen zu können. Das, was übrig war, ließen wir ab.«

»Ihr müsst doch verrückt gewesen sein, euch auf so etwas einzulassen!«

»Der Grund für diese Verrücktheit waren siebentausend Dollar. Siebentausend Dollar dafür, dass wir die verdammte Ladung sicher zu einer in aller Eile eingerichteten Piste drei Kilometer nördlich der brennenden Ölquelle brachten, deren Rauchsäule wir schon von weitem erkennen konnten. Und zweitausend für die Familie derjenigen, die es nicht bis zum Ziel schafften.«

»Mein Gott! Jetzt verstehe ich, warum du nie darüber reden wolltest.«

»Die Angst, die ich hatte, reichte für zwei. Ach was, für tausend Mann!« Jimmie schwieg eine Weile, während er an jenen verhängnisvollen Tag dachte, an den er sich so lebhaft erinnerte, als sei es erst gestern gewesen. »Wir vier arbeiteten die ganze Nacht an den Maschinen, obwohl nur drei fliegen würden.«

»Warum hast du nicht abgelehnt? Du wusstest doch, dass ich auf dich gewartet habe.«

»Ich brauchte das Geld, um die letzte Rate für die

Tiger abzustottern. Am Morgen haben wir die Karten darüber entscheiden lassen, wer unten blieb und in welcher Reihenfolge die anderen drei fliegen sollten. Stanley hat verloren.«

»Verloren oder gewonnen?«

»Nenn es, wie du willst. Tatsache ist, dass er draußen war. Wir gaben ihm tausend Dollar, jeder steuerte ein Drittel bei. Alex sollte als Erster starten. Wenn er ans Ziel kam, würde er uns sofort Bescheid geben. Dann brauchten Gus und ich gar nicht erst zu starten und würden jeweils tausend Dollar Abfindung bekommen. Wenn Alex es nicht schaffte, war Gus dran und danach wäre ich gekommen ...«

»Und Alex kam nie an.«

»Ja, so ist es. Er kam nie an. Um genau zu sein, er kam nicht mal dazu, sich in die Luft zu erheben. Sie hatten in Freeport, wo wir das Zeug abholen mussten, weil wir nicht von Houston aus fliegen durften, eine wenig befahrene Straße, die an der Küste entlang verlief, in eine Landebahn verwandelt. Mit Recht hatten sie eine Heidenangst davor, dass wir die ganze Stadt in die Luft jagen könnten.«

»Was für ein Wahnsinn, mein Gott!«

»Ja, es war reiner Wahnsinn. Aber noch schlimmer wäre es gewesen, wenn das Feuer auf die benachbarten Ölquellen übergegriffen hätte. Irgendetwas musste unternommen werden und wir waren die Einzigen, die dazu in der Lage waren. Also wurde die tödliche Fracht geladen, Alex verabschiedete sich von uns, drückte sich selbst den Daumen und forderte uns auf, die Bremsklötze zu entfernen und so weit wegzulaufen, wie wir konnten.«

Jimmie verstummte. Reglos starrte er in die Dunkelheit der Nacht, dann stand er langsam auf und ging ins Haus, um sich einen doppelten Whiskey einzuschenken, was er sonst nur noch selten tat.

Als er mit dem Glas in der Hand zurückkam, fuhr er fort.

»Ich habe mir immer gesagt, dass er überstürzt gehandelt hat. Er hatte noch viel Platz, aber er muss befürchtet haben, dass er nicht mehr ausrollen könnte, wenn ihm der Start misslang. Deshalb hat er wahrscheinlich versucht, zu früh hochzukommen. Der Motor war stark, aber vermutlich hat Alex das zusätzliche Gewicht der Ersatztanks und der Ladung im Heck falsch eingeschätzt ...« Er setzte sich wieder hin. »Ich nehme an, dass einer der Ersatztanks verrutscht ist, denn plötzlich sahen wir, wie sonderbar sich der Flieger verhielt. Er kippte scharf nach rechts, dann fing er sich wieder, und plötzlich verwandelte er sich in einen Feuerball. Von einem Augenblick auf den anderen hatte er sich in Luft aufgelöst.«

»Mein Gott, der arme Alex.«

»Er hat nichts davon mitbekommen«, erklärte Jimmie. »Das ist wohl das einzig Gute an dem Zeug. Man leidet nicht, wie wenn man abstürzt, man merkt nicht einmal, dass man stirbt, dazu bleibt gar keine Zeit ... Plötzlich ist alles vorbei, in einer Zehntelsekunde hörst du auf zu existieren.«

»Es tut mir weh und es macht mir Angst, wenn du so redest.«

»Deshalb rede ich auch nicht gern darüber. Ich will dir weder wehtun noch Angst machen.«

»Und weiter, was ist mit Gus passiert?«

»Er hat die Lektion gelernt. Wir warteten, bis sie die Piste gesäubert hatten, und dann ist er gestartet, perfekt, ein Bilderbuchstart. Er ließ die Maschine einfach von selbst abheben, ohne etwas zu forcieren. Er flog dicht über dem Meer und gewann ganz langsam an Höhe, Zentimeter um Zentimeter. Schließlich hatte er noch tausend Kilometer Meer vor sich.«

»Ist er angekommen?«

»Als er sich in der Ferne verloren hatte, eröffnete man mir, dass das Feuer in Tampico sehr rasch um sich griff und auch ich starten müsse, für den Fall, dass Gus es nicht schaffte. Wir durften keine Zeit mehr verlieren. Man bot mir die ganze Summe an, selbst wenn sich später herausstellen sollte, dass Gus sein Ziel erreicht hatte. In diesem Fall sollte ich meine ganze Ladung Nitroglyzerin über dem Meer aus der Maschine werfen. Und so habe ich es dann auch gemacht.«

»Du hast das ganze Zeug ins Meer gekippt? Das kann ich nicht glauben!«

»So war es aber«, erklärte Jimmie. »Schon beim Start habe ich Todesängste ausgestanden, und auch während des ganzen Fluges. Die alte Douglas war von der Marine zu Recht ausgemustert worden. Sie wollte einfach nicht gehorchen. Jedes Mal, wenn man den Knüppel etwas lockerte, fing sie an zu bocken wie ein wildes Fohlen. Ich musste den Knüppel mit beiden Händen festhalten und so viel Druck ausüben, dass meine Handschuhe schweißgetränkt waren. Als ich endlich ankam und sah, wie Gus mir ein Zeichen machte umzukehren, habe ich gebetet wie noch nie in meinem ganzen Leben. Doch das Schlimmste sollte noch kommen. Meine Hände waren so verkrampft, dass ich die Riemen nicht lockern konnte, mit denen die Ladung festgezurrt war. Ich versuchte, die Fläschchen einzeln aus den Metallbehältern zu nehmen, aber sie rutschten mir weg, weil ich Handschuhe trug. Mein Gott!« Jimmie stöhnte. »Nachdem ich die letzte

Flasche abgeworfen hatte, fühlte ich mich wie neugeboren. Ich schwor mir, nie wieder so einen Transport zu fliegen.«

»Ich kann nur hoffen, dass du deinen Schwur einhalten wirst.«

»Ich auch.«

In dieser Nacht schliefen sie leidenschaftlicher miteinander als je zuvor, als hätte die Erkenntnis, dass der Mann, den sie liebte, dem Tod so nahe gewesen war, in ihr ein längst vergessenes, besitzergreifendes Gefühl zu neuem Leben erweckt. Am nächsten Morgen bestand sie darauf, ihn bei seinem Erkundungsflug über den Auyan-Tepui und den Paran-Tepui zu begleiten.

Doch als sie die Lagune von Canaima erreichten und die vertraute Route am Fluss Carrao entlang in Richtung Norden flogen, sahen sie schon aus der Ferne, wie sich eine dichte Wolkenwand über die beiden Tafelberge schob. Sie mussten sich damit begnügen, über den nahe gelegenen Cerro Venado, den Kúrun-Tepui und den Kuravaina-Tepui zu fliegen, die noch nicht vom Dunst verhangen waren, und sei es nur, um sich einmal mehr davon zu überzeugen, dass keiner davon der Heilige Berg sein konnte, nach dem sie seit so langer Zeit suchten.

»Morgen starte ich eine Stunde vor Sonnenaufgang«, sagte Jimmie, kaum dass sie gelandet waren. »Ich fliege nach Kompass und werde über diesem verdammten Berg kreisen, sobald es hell wird. Was ist heute für ein Datum?«

»Der vierundzwanzigste März.«

»Dann ist morgen also der fünfundzwanzigste … Ein gutes Datum! Du bist an einem fünfundzwanzigsten geboren und du bist das Beste, was mir je begegnet ist.«

»Ich dachte, du bist nicht abergläubisch«, entgegnete sie, während sie ihn bei der Hand nahm und ins Haus führte.

»Bin ich auch nicht, aber vielleicht sollte ich langsam damit anfangen.«

»Ich komme mit.«

»Nein!«

»Aber ...«

»Ich habe nein gesagt. Wenn die Sicht klar ist, will ich versuchen, da oben zu landen. Mit dir an Bord könnte ich das nicht.« Sie wollte etwas einwenden, aber Jimmie brachte sie mit einer Handbewegung zum Schweigen. »Bitte!«

Am 25. März 1935, morgens um vier Uhr ließ Jimmie den Motor warmlaufen und riss damit eine erhebliche Anzahl verärgerter Einwohner von Ciudad Bolívar aus dem Schlaf.

Nach einem kurzen Frühstück stand er auf, gab seiner Frau einen Kuss und bestieg die Maschine. Er wartete, dass Mary mit einer Laterne in der Hand bis zum Ende der Piste lief und ihm das Zeichen zum Start gab.

Rechts vereinzelte Lichter, dahinter nichts, links die Laterne, die hin- und herpendelte, und im Hintergrund tiefste Dunkelheit über dem stillen Wasser.

Der unergründliche Orinoco erwartete ihn.

Der König der Lüfte holte tief Luft, seufzte und stimmte schließlich leise sein Lieblingslied an:

Si Adelita se fuera con otro
La seguiría por aire y por mar
Si por mar en un buque de guerra
Si por aire en un avión militar ...

Si Adelita quisiera ser mi esposa
Si Adelita fuese mi mujer …

Er gab Gas und raste die Piste entlang, ohne den Blick von der leuchtenden Laterne abzuwenden, um dann genau im richtigen Augenblick, keine Sekunde zu früh oder zu spät, mit der ihm eigenen Präzision die stromlinienförmige Tiger Moth in die Luft zu heben.

Er zog einen weiten Bogen über das dunkle Wasser und flog dicht über Marys Kopf hinweg, die ihre Laterne hob und ihm mit der anderen Hand zum Abschied winkte. Dann kreiste er noch einmal über den wenigen Lichtern, die zu dieser frühen Stunde brannten, und verlor sich in der Dunkelheit auf dem Weg ins Landesinnere.

Als er nur noch die dunkle Nacht vor sich hatte, nahm er Kurs nach Süd-Südost, geradewegs auf den Morgen zu, der ihm zu seinem Glück verhelfen sollte.

Er hatte Nachtflüge schon immer gehasst und sagte sich jetzt, dass dieser Flug eigentlich gar kein Nachtflug war. Immerhin graute bereits der Morgen. Er wusste, dass in weniger als einer Stunde die Sonne aufgehen und mit ihrem klaren Licht die schönste und faszinierendste Landschaft erhellen würde, die es auf der Welt gab.

Plötzlich fielen ihm Currys Worte ein: »Du müsstest so viel über die Sterne wissen wie die Polynesier. Dann würdest du dich da oben niemals verirren.«

»Was würde mir das jetzt nützen?«, fragte er laut, als würde er sich immer noch mit seinem alten Weggefährten unterhalten. »Im Umkreis von Hunderten von Meilen gibt es nicht einen Flugplatz, der beleuchtet wäre. Und in der Stunde der Wahrheit kommt es nicht darauf an, dass man weiß, wo man gerade ist, sondern wo man landen wird.«

Er wusste nur allzu gut, dass unter ihm eine schwarze Unendlichkeit lag, die mit den ersten Sonnenstrahlen verschwinden würde. Im Augenblick konnte er daher nur abwarten und hoffen, dass der Motor seiner Maschine mitspielte.

Der schnurrte wie ein schmusebedürftiger Kater, der Drehzahlmesser schlug bis zum Anschlag aus, die Kompassnadel zeigte fast genau nach Süden und wich nur wenige Grad nach Osten ab. Der Höhenmesser verriet ihm, dass er stetig und ohne Mühe an Höhe gewann.

Mit seinen modernen Instrumenten hatte er keinerlei Mühe, die Maschine in der Horizontalen zu halten. Er dachte an die heldenhaften Zeiten vor Jahren zurück, als nicht mal der erfahrenste Pilot in der Lage war, ein Flugzeug im Dunkeln oder im dichten Nebel länger als acht Minuten gerade zu halten, ganz einfach, weil er keinen Orientierungspunkt hatte.

Der gewitzte Roland Garros behalf sich mit einer Münze, die er wie ein Pendel von seinem Instrumentenbrett baumeln ließ. Es hieß auch, die deutschen Piloten hätten Wasserwaagen benutzt, eine Methode, die sie den Schreinern abgeguckt hatten.

Aus diesem Prinzip der Wasserwaage hatte ein gewisser Elmer Sperry vor sechs Jahren seinen berühmten Kreiselkompass entwickelt, der es Jimmie nun ermöglichte, ohne Sicht zu fliegen.

Im Wissen, dass es bis zu den Tafelbergen noch eine Weile hin war, lehnte Jimmie sich lässig zurück und schenkte sich eine Tasse heißen Kaffee aus der Thermosflasche ein, die Mary ihm mitgegeben hatte.

Nachts zu fliegen ist eigentlich gar nicht so schlecht, dachte er.

Jedenfalls nicht in einem geräumigen Cockpit mit bequemen Sitzen, modernsten Instrumenten und unter einem sternenfunkelnden Himmel.

In zwanzig Jahren hatte sich einiges verbessert.

Aber wie viele seiner Kollegen hatten dafür mit ihrem Leben bezahlen müssen?

Er dachte an die lange Liste von Piloten, die während dieser Zeit umgekommen waren. Und es dauerte nicht lange, bis er sich traurig eingestehen musste, dass der Blutzoll zu hoch gewesen war.

Zu viel Blut, zu viel Leid, zu viele Knochenbrüche.

Und zu viele zerrissene Körper wie der des armen Alex.

Doch er, Jimmie Angel, der König der Lüfte, war immer noch da. Stets zur Stelle, stets bereit zu neuen Taten. Er hatte allen Widrigkeiten getrotzt und sich sämtlichen Entwicklungen angepasst.

Bei diesem Gedanken verspürte er einen Anflug von Stolz.

Pionier einer Entwicklung zu sein, die eine derartige Bedeutung hatte, erfüllte ihn mit Genugtuung. Er wünschte sich sehnlichst, eines Tages seinen Namen neben denen zu sehen, die einen bedeutenden Beitrag zur Kunst des Fliegens geleistet hatten. Wie der unvergessliche Roland Garros, nach dem man gerade eine bedeutende Sportveranstaltung benannt hatte.

Plötzlich tauchte vor ihm in der Ferne ein einsames Licht auf.

Wer hatte da wohl mitten in der trostlosen Weite der Savanne ein Lagerfeuer angezündet? Wahrscheinlich ein einsamer Goldsucher, der sich in aller Herrgottsfrühe an die Arbeit machte, oder ein Indianer, der sich mit einem Feuer die Jaguare vom Leib hielt.

Wessen Feuer es auch war, sein Anblick beflügelte

Jimmie, denn es gab ihm das Gefühl, das er nicht, wie man hätte glauben können, der einzige Mensch auf dem Planeten war.

Irgendwer da unten würde das Dröhnen seines Motors hören und vielleicht empfand er dabei dasselbe wie Jimmie. Dass er nicht allein war auf dieser Welt.

Was wird er glauben?, fragte sich Jimmie. Was wird dieser Mensch denken, wenn er eine Maschine über seinen Kopf hinwegknattern hört, die sich dann in der Dunkelheit verliert? In eine Richtung, von der er weiß, dass sie in ein wildes, gottverlassenes Gebiet führt?

Was dachten die Menschen, die hier am Ende der Welt lebten und noch nie von einem Apparat gehört hatten, der schwerer war als die Luft und trotzdem fliegen konnte? Oder wenn sie plötzlich sahen, wie eines dieser Ungeheuer am Horizont auftauchte und von einem Ende zum anderen quer über den Himmel flog?

Vielleicht hielten sie die Maschine für ein Wesen von einem anderen Stern. Unruhe würde sich unter ihnen ausbreiten und sie würden den größten Teil ihrer Zeit damit verbringen, furchtsam und sehnsüchtig zugleich zum Himmel aufzusehen und darauf zu horchen, ob das metallene Ungeheuer erneut auftauchte.

Die Menschheit war Tausende von Jahren an den Boden gefesselt gewesen und es musste ziemlich verwirrend sein, nun jemanden fliegen zu sehen. Jimmie, der die Entwicklung der Luftfahrt von Anfang an miterlebt hatte, hätte nur allzu gern gewusst, welche Wirkung ein Flugzeug auf Menschen hatte, die noch nie eins gesehen hatten.

Mit solchen Gedanken vertrieb er sich die Zeit, während er auf die Morgendämmerung wartete.

Seine Erinnerungen halfen ihm zu vergessen, dass er durch die Nacht flog.

Die Aufmerksamkeit, mit der er alle Bordinstrumente im Auge behalten musste, drückte die Zeit wie eine Presse zusammen.

Unbemerkt stahl sich das erste Tageslicht an den Himmel.

Das Auge eines Jaguars hätte den Unterschied in der Helligkeit bemerkt, weil es sensibler auf Licht reagiert als die Augen der meisten anderen Tiere. Jimmie aber brauchte fünf Minuten länger, bis er merkte, dass der tägliche spektakuläre Auftritt der Dämmerung bereits begonnen hatte.

Nie wird sie ihrer Pracht müde, obwohl sie ständig irgendwo auf dem Planeten einsetzt.

Tag um Tag begrüßt die Morgendämmerung Meere, Berge, Regenwälder, die Pole oder Wüsten. Leuchtend und vielversprechend, denn sie weiß, dass seit Anbeginn der Zeit unzählige Geschöpfe auf ihre Ankunft warten.

Die Dämmerung vertreibt die Legionen ihres ewigen Feindes, der Nacht. Mit Ausnahme hinterhältiger Raubtiere, die im Dunkeln jagen, verabscheuen alle Wesen die Nacht und lieben die Wärme, das Leben und die Freude, die das Morgengrauen mit sich bringt.

Der Morgen, der am 25. März 1935 über der venezolanischen Savanne begann, brachte neue und wundersame Entdeckungen als Geschenk an die Welt mit.

Die Ouvertüre war das Zwitschern von Abermillionen von Vögeln.

Dann riss ein rötlicher Streifen den Horizont auf wie eine Unterschrift.

Ein blauer, fast durchsichtiger Himmel breitete sich aus und aus der Dunkelheit tauchten die fernen Tafelberge auf.

Tausend Meter unter den Tragflächen der Tiger verwandelte sich das monotone, milchige Grau in ein Meer von unzähligen Grüntönen.

Dann erkannte man einen wilden, rauschenden Fluss.

Und eine dunkle Lagune, die aussah wie ein riesiger von Smaragden umgebener Saphir.

Das Weiß der Reiher, das Rot der Ibisse und die glatt geschliffenen schwarzen Felsen unter den Stromschnellen wurden sichtbar.

Einen kurzen Augenblick lang fühlte sich der König der Lüfte wie der Herr über die ganze Welt.

Verzückt nahm er das herrliche Geschenk an, das die Morgendämmerung ihm darbot. Unbewusst dankte er dem Herrn für das überwältigende Schauspiel und auch dafür, dass er ihm erlaubt hatte, zu fliegen und dieses Wunder zu erleben.

Er überprüfte seine Position.

Er war genau da, wo er sein wollte.

Den Caroní zu Füßen und in der Ferne die wunderbare Lagune von Canaima mit dem Wasserfall El Sapo, dessen schäumende Gischt bis zum Himmel wirbelte.

Keinen einzigen Grad war er vom Kurs abgekommen. Er war zur richtigen Zeit am richtigen Ort. Langsam tauchte die Sonne über dem Gipfel des Cerro Venado auf und im Südosten zeichneten sich die Umrisse des Auyan-Tepui ab.

Er kniff die Augen zusammen.

Am Himmel war keine einzige Wolke zu sehen.

Der leichte Morgendunst würde bald von den ersten Sonnenstrahlen vertrieben werden. Keine Spur von den üblichen dichten Wolken, die ihn so oft gezwungen hatten, umzukehren und das Weite zu suchen.

»Heute ist der Tag!«, rief er laut.

Er warf einen flüchtigen Blick auf die faszinierende Schönheit der Lagune von Canaima, drehte leicht nach Osten ab und flog den Carrao entlang, der ihn geradewegs zu den Felswänden des Tafelberges führen würde.

Eine starke Anspannung hatte ihn erfasst. Zwar hatte er bisher immer die Nerven behalten, sogar wenn seine Maschine plötzlich absackte oder er gezwungen war, unter höchster Gefahr eine Notlandung hinzulegen, doch jetzt konnte er sich kaum zusammennehmen.

Nervös rutschte er auf seinem Sitz hin und her, als säße er auf tausend Nadeln. Es war weder Angst noch Beklemmung, sondern eher eine Art Vorahnung, die ihn antrieb, der Maschine alles abzuverlangen, was sie draufhatte.

Doch selbst unter günstigsten Umständen erreichte seine Tiger nur eine Höchstgeschwindigkeit von hundertfünfzig Kilometern in der Stunde. Jimmie konnte nur beten, dass in den nächsten dreißig Minuten keine Wolke am Horizont auftauchte.

»Bleib so!«, rief er laut. »Bleib nur noch eine halbe Stunde so, wie du jetzt bist, damit ich endlich dein Gesicht erkennen kann!«

Er drehte scharf ab, nahm Kurs nach Nordwesten und gewann schnell an Höhe. Nach kurzer Zeit, die ihm jedoch wie eine Ewigkeit vorkam, war er über dem Tafelberg, der sich ihm dieses Mal von seiner besten Seite zeigte. Ein fast glatter Boden, der nur wenige Hindernisse aufwies. Braune und schwarze Erde, an manchen Stellen von der spärlichen Vegetation bedeckt, die in diesen Höhen überleben konnte.

Er überflog den Tepui von einem Ende zum anderen und versuchte, sich an irgendein Detail zu erinnern, das ihm vertraut war. Doch bald musste er sich eingestehen, dass es sinnlos war, an einem derart klaren Tag etwas wiedererkennen zu wollen, das er nur einmal, und obendrein von Wolken und Dunst verhüllt, gesehen hatte.

Er flog noch fünf Kilometer weiter und gerade als er abdrehen wollte, erkannte er plötzlich in aller Klarheit die schmale Schlucht, von der Pater Orozco berichtet hatte.

Die Teufelsschlucht!

Vor ihm lag also tatsächlich nicht ein einziger riesiger Tafelberg, sondern zwei, die nur von einer schmalen S-förmigen, fast bis zum Boden reichenden Schlucht voneinander getrennt waren.

Er flog geradewegs darauf zu und versuchte, ihre Breite abzuschätzen. Nach kurzer Berechnung kam er zu dem Schluss, dass sie genügend Platz bot, um ohne nennenswerte Gefahr hindurchzufliegen.

Der Morgen war ruhig, die Sicht grenzenlos. Es ging kaum Wind. Daher zögerte er keine Sekunde, geradewegs auf die Schlucht zuzufliegen und sich zwischen die senkrecht aufragenden Wände zu zwängen, die den majestätischen Auyan-Tepui von seinem kleineren, aber nicht minder imposanten Bruder Paran-Tepui trennten.

Zu beiden Seiten rasten die glatten Steilwände der Tepuis an ihm vorbei. In vollen Zügen kostete er den Geschwindigkeitsrausch aus. Dabei schrie er voller Begeisterung, als säße er in einer Achterbahn. Schließlich hob er die Maschine hoch, drehte nach links ab und flog in Richtung Savanne, während der Paran-Tepui langsam hinter ihm verschwand.

In diesem Augenblick entdeckte er ihn.

»Lieber Himmel!«, rief Jimmie.

Er hatte ihn gesehen.

Den Vater aller Flüsse!

Er war dermaßen erstaunt, verwirrt und erschrocken, dass er nicht wusste, wie er reagieren sollte.

»Mein Gott!« Mehr brachte er in diesem Moment nicht heraus.

Als hätte sich der Schöpfer höchstpersönlich an diesem Morgen auf die Erde begeben, um den Menschen zum ersten Mal zu zeigen, wie unnachahmlich er sein Werk vervollkommnet hatte.

Erst im letzten Augenblick, als die Wassertropfen schon auf die Windschutzscheibe spritzten und er gegen die glatte Felswand zu prallen drohte, reagierte Jimmie. Er riss die Maschine scharf nach rechts und raste im Sturzflug nach unten, selbst auf die Gefahr hin, die Tiger nicht mehr abfangen zu können und in den Baumwipfeln zu landen.

Als er wieder über der flachen Savanne war, nahm er Kurs nach Norden und drehte sich um, konnte jedoch nichts mehr erkennen.

Er atmete erleichtert auf, schüttelte heftig den Kopf, als versuche er, einen Albtraum zu verscheuchen, zog die Maschine hoch und flog in gerader Linie weiter, bis er sich wieder einigermaßen im Griff hatte. Dann ließ er das, was er gerade erlebt hatte, noch einmal vor seinem inneren Auge Revue passieren.

Irgendwo da hinten in der Teufelsschlucht wäre er um ein Haar im Schlund eines riesigen Wasserfalls gelandet, der von dem Tepui hinunterstürzte und so tief war wie kein anderer, den er je gesehen hatte.

Der Vater aller Flüsse!

Der Fluss, der einer uralten Sage nach im Himmel entsprang und stets von einem dichten Wolkenmeer verhüllt war.

Das war doch nicht möglich!

Nein! Undenkbar!

Es musste eine optische Täuschung gewesen sein, ein Traum oder gar Albtraum. Denn wie konnte es sein, dass dieser gewaltigste Wasserfall der Welt im zwanzigsten Jahrhundert noch nicht entdeckt worden war?

Jimmie drehte um, zog die Maschine höher und hielt Kurs auf die Schlucht, um genau darüber hinwegzufliegen.

Sein Herz schlug so heftig, dass er das Gefühl hatte, er würde im Cockpit hin- und hergeschaukelt.

Seine Hände zitterten.

Eiskalter Schweiß bedeckte seinen ganzen Körper.

Der Gedanke, einer Fata Morgana zum Opfer zu fallen, versetzte ihn in Panik.

Es war einfach zu schön, um wahr zu sein.

Er rückte ein wenig nach rechts, um bessere Sicht zu haben, drosselte die Geschwindigkeit, während er gleichzeitig darauf achtete, nicht unter achtzig Stundenkilometer zu fallen, da er sonst schnell an Höhe verlieren würde, und überflog so langsam wie möglich die Schlucht.

Da war er!

Es war doch keine Sinnestäuschung gewesen.

Das Plateau war eigentlich nicht besonders groß, hatte aber die Form eines riesigen flachen Tellers, sodass während der Regenzeit, wenn Unmengen Wasser darauf niedergingen, ein gewaltiger Fluss entstand, dessen Fluten im freien Fall hinab ins Tal stürzten.

Auf halbem Weg breitete sich der dichte Strahl dann fächerförmig aus und bildete eins der gewaltigsten und eindrucksvollsten Spektakel, das man auf der Erde je gesehen hatte.

Jimmie Angel, König der Lüfte, brauchte einige Zeit, um sich zu fangen und sich darüber klar zu werden, dass er soeben eines der meistgehüteten Geheimnisse der Natur gelüftet hatte.

Er hatte den höchsten Wasserfall der Welt entdeckt und sich damit bis in alle Ewigkeiten ein Denkmal gesetzt.

An jenem 25. März des Jahres 1935 ging sein Name in die Geschichte ein.

DRITTER TEIL

»Tausend Meter?«

»Tausend Meter.«

»Wie können Sie so sicher sein, dass es genau tausend sind?«

»Weil ich zuerst dicht über den Wipfeln der Bäume flog und später auf der Höhe der beiden Tepuis, und der Höhenmesser hat mir einen Unterschied von exakt tausend Metern angezeigt.«

»Sie wollen doch nicht ernsthaft behaupten, Sie hätten den höchsten Wasserfall der Welt entdeckt?«, fragte der Journalist skeptisch.

»Das ist keine Behauptung, sondern eine Tatsache«, erklärte Jimmie mit Engelsgeduld. »Ich habe ihn gesehen und gemessen. Er befindet sich im Nordwesten des Auyan-Tepui, in der Teufelsschlucht, die ihn vom Paran-Tepui trennt. Und wenn mein Höhenmesser nicht völlig verrückt spielt, ist er tausend Meter hoch.« Er zuckte die Achseln. »Selbst wenn er nicht ganz so hoch wäre, bliebe er mit Abstand der höchste auf der Welt.«

»Wie kommt es dann, dass ihn noch nie jemand gesehen hat?«

»Das müssen Sie nicht mich fragen, sondern diejenigen, die ihn übersehen haben. Jeder in der Gegend kennt die Legende, die besagt, dass es dort einen riesigen Fluss geben soll, der in den Wolken am Himmel entspringt.«

»Sie meinen den Vater aller Flüsse?« Als der Pilot

schweigend nickte, bohrte der Reporter weiter. »Und Sie sind davon überzeugt, dass Sie den Ursprung dieser Legende aufgedeckt haben?«

»Ich glaube ja.«

»Haben Sie irgendwelche Dokumente, mit denen Sie das belegen können?«

»Dokumente?«, wiederholte der König der Lüfte verwundert. »Was meinen Sie damit? Dort oben gab es niemanden, der mir ein Dokument hätte ausstellen können.«

»Ich dachte eher an Fotos.«

»Ich habe keine Kamera an Bord«, lautete die schlichte Antwort. »Und ich bin sicher, dass ich sie nicht benutzt hätte, wenn ich eine dabeigehabt hätte. Ich war so überwältigt, dass ich an nichts denken konnte.«

»Hatten Sie getrunken?«

»Getrunken?«, wiederholte Jimmie sichtlich verärgert. »Was zum Teufel wollen Sie damit sagen? Ich erzähle Ihnen, dass sich in Ihrem Land der höchste Wasserfall der Welt befindet, und Sie fragen mich, ob ich betrunken war? Es ist wohl besser, wenn wir dieses Gespräch beenden.«

»Ich finde es nur erstaunlich, dass ein Nordamerikaner kommen muss, um etwas zu entdecken, das kein Venezolaner je hier vermutet hätte.«

»Ich sagte Ihnen doch, dass es gewisse Gerüchte gab. Nur hat sich kein zivilisierter Mensch je die Mühe gemacht, ihnen nachzugehen.«

»Und warum gerade Sie?«

»Vielleicht weil ich der erste Pilot bin, der es gewagt hat, über die Lagune von Canaima hinaus weiter in den Süden vorzustoßen.«

»Vielleicht auf der Suche nach einer Gold- und Diamantenmine?«

»Schon möglich.«

»Die sagenhafte Mine des Schotten?«

»Sagen und Legenden sind nichts weiter als Auswüchse der Phantasie, aber diese Ader ist kein Luftschloss, sondern eine Tatsache. Ich war 1921 dort.« Jimmie zog an seiner Pfeife und nahm sich zusammen, um den lästigen Reporter der einzigen venezolanischen Nachrichtenagentur in Ciudad Bolívar nicht vor den Kopf zu stoßen. »Ja, es stimmt, ich war auf der Suche nach einer Mine, aber Tatsache ist, dass ich dabei auf diesen Wasserfall gestoßen bin. Und ob es Ihnen passt oder nicht, ab heute wird dieser Wasserfall Jimmie Angel heißen. Diesen Verdienst wird mir niemand streitig machen können. Außerdem waren Sie es, der um ein Interview gebeten hat. Wenn Sie kein Interesse haben, die Nachricht in der Welt zu verbreiten, wird es jemand anders tun.«

»Wann werden Sie mir ein Foto von diesem Salto Jimmie Angel beschaffen, mit dem ich meine Story belegen kann?«

»Sobald es aufhört zu regnen oder ein mutiger Fotograf, der seinen Beruf liebt, es wagt, zu Fuß bis dorthin zu marschieren. Man muss lediglich dem Caroní bis zur Lagune von Canaima folgen, dann in Richtung Südosten entlang des Carrao und anschließend dem Churún Merú folgen, der von Süden kommt. Die Quelle dieses Flusses ist in Wirklichkeit ein Wasserfall, der vom Auyan-Tepui hinunterstürzt.«

»Eine weite Reise.«

»Ja, das stimmt.« Der König der Lüfte nickte. »Eine Reise, die bislang noch keiner unternommen hat. Allerdings habe ich gehört, dass ein Spanier namens Félix Cardona und sein Freund Juan Mundó vor etwa acht Jahren knapp an der Teufelsschlucht vorbeimarschiert sind. Aber das war während der Trockenzeit, wenn der Churún Merú kaum Wasser führt und nicht befahrbar ist. Dann wird der Wasserfall natürlich kaum auffallen.«

»Anscheinend haben Sie mehr Glück gehabt.«

»Wenn man Hunderte von Stunden ein so gut wie unerforschtes Gebiet in sämtlichen Richtungen überflogen hat, kann man nicht von Glück sprechen, wenn man eines Tages auf etwas stößt. Ich finde es nur logisch.«

An diesem Abend, nachdem er ohne großen Appetit gegessen hatte, legte sich Jimmie in die Hängematte auf der Veranda. Hier draußen wehte eine frische Brise. Während er sacht hin- und herschaukelte, fragte er Mary: »Warum hat sich der Kerl bloß solche Mühe gegeben, mich zu diskreditieren oder als Schwindler abzustempeln? Ich war überzeugt, dass die Venezolaner froh und stolz sein müssten. Immerhin befindet sich in ihrem Land eins der schönsten Naturwunder der Welt. Und jetzt scheint es fast so, als hätte ich sie beleidigt.«

»Nicht alle haben so reagiert«, entgegnete seine Frau, während sie den Zucker im Kaffee verrührte. »Die meisten sind überglücklich, sie haben dich von ganzem Herzen beglückwünscht. Aber ein einziger übel gesinnter Reporter kann mehr Schaden anrichten als tausend anständige Menschen.« Sie reichte ihm den Kaffee wie einem Kind, das gefüttert werden muss. »Du hast keinen Grund, dir Sorgen zu machen«, fuhr sie fort. »Der Salto Jimmie Angel liegt genau da und ist exakt so hoch, wie du behauptet hast. Sobald der Regen nachlässt, können alle Reporter, Fotografen und Wissenschaftler auf der Welt sich davon selbst überzeugen. Die Wahrheit setzt sich immer durch, egal, was irgendwelche Dorftrottel behaupten.«

»Das kann noch Monate dauern«, jammerte Jimmie. »Als ich das Gebiet zum letzten Mal überflogen habe, war die Sicht so schlecht, dass man keinen Kilometer weit sehen konnte.«

»Es ist nur eine Frage der Geduld.«

»Geduld!«, erwiderte er verbittert. »Bald werden fünfzehn Jahre vergangen sein, seit ich auf dem Tepui gelandet bin. Fünfzehn Jahre! Und die ganze Zeit träume ich davon, wieder hinzukommen, mich auf diese Klippen zu setzen und zu beobachten, wie der Mond sein Licht über den Dschungel gießt. Ganz abgesehen davon, dass ich in einem kleinen Bach gern den Schatz finden würde, auf den ich ein moralisches Anrecht habe. Meinst du nicht, dass ich schon lange genug Geduld aufgebracht habe?«

»Ja, aber das ist nicht dasselbe«, beschwichtigte sie ihn. Dann setzte sie sich neben ihn, nahm seine Hand und begann, ihm vorsichtig die Fingernägel zu schneiden. »Jetzt jagst du nicht mehr hinter einer Schimäre her. Jetzt ist es eine Tatsache, in jeder Hinsicht unwiderlegbar. Heutzutage zweifelt niemand mehr an der Existenz von Iguaçu, aber als Cabeza de Vaca die Wasserfälle zum ersten Mal erwähnte, hielt man ihn für verrückt.«

»Cabeza de Vaca?«, fragte ihr Mann überrascht. »Cabeza de Vaca war doch der Spanier, der den Mississippi und den Grand Canyon entdeckte. Er hat mit den Iguaçu-Wasserfällen gar nichts zu tun.«

»Entschuldigen Sie vielmals, Herr von Schlaukopf«, fiel ihm seine Frau ins Wort und schüttelte heftig den Kopf, ohne ihre Arbeit zu unterbrechen. »Schon möglich, dass Eure Exzellenz der König der Lüfte ist, aber von den Dingen auf der Erde habt Ihr wirklich keine Ahnung. Álvaro Núñez Cabeza de Vaca war nicht nur der erste Europäer, der den gesamten nordamerikanischen Kontinent zu Fuß überquert hat, von einer Küste zur anderen, und dabei unzählige Entdeckungen gemacht hat, sondern er wurde Jahre später auch zum Gouverneur von Paraguay ernannt. Auf einer seiner zahlreichen Expeditionen stieß er auf die Wasserfälle von Iguaçu.«

»Donnerwetter! Ist das wahr?« Als seine Frau nur schweigend nickte, gestand Jimmie: »Das habe ich nicht gewusst.«

»Die Spanier von damals hatten noch Mumm. Ich weiß es, weil meine Großmutter mütterlicherseits Spanierin war und mir viel über ihre Vorfahren erzählt hat.« Sie lächelte. »Und falls es dir ein Trost ist, kann ich dir auch sagen, dass Cabeza de Vaca keiner seiner vielen Entdeckungen seinen Namen gab.«

»Warum nicht?«

»Weil die spanischen Entdecker das normalerweise nicht taten. Es gibt keine Wasserfälle, die nach Cabeza de Vaca benannt sind, und auch keine einzige Stadt, die Francisco Pizarro oder Hernán Cortés heißt.«

»Dafür aber ein ganzes Meer«, hielt ihr Mann dagegen.

»Den Namen gab man ihm erst viel später, als Hernán Cortés schon lange tot war. Die wahren Entdecker respektierten die Namen, die ihnen von den Einheimischen gegeben worden waren, oder tauften Städte und Landschaften nach den Heiligen ihres eigenen Landes oder ihren Königen. Niemals aber nach sich selbst.«

»Das habe ich nicht gewusst.«

»Tja, aber so ist es. Franzosen, Engländer und die

Deutschen scheinen geradezu versessen darauf, Inseln, Berge oder Städte nach ihren Entdeckern zu nennen. Spanier oder Lateinamerikaner tun das im Allgemeinen nur selten.«

»Und worauf führst du das zurück?«, wollte ihr Mann wissen. »Weil sie zu bescheiden sind?«

»Eher wohl zu missgünstig«, erklärte Mary Angel. »Wenn du diesem Wasserfall deinen Namen gibst, werden die meisten Menschen auf der Welt das richtig finden. Du hast ihn entdeckt, also verdienst du, dass man ihn nach dir benennt. Die Lateinamerikaner aber werden daran Anstoß nehmen. Weil sie missgünstig sind. Und wenn ich mir deinen Namen ansehe, so fürchte ich, dass der Wasserfall mit der Zeit nicht Salto Jimmie Angel heißen wird, sondern nur Salto Angel, um deinen Ruhm in Grenzen zu halten.«

Eine Weile breitete sich Stille aus, als dächte der Pilot über das soeben Gehörte nach. Schließlich sagte er niedergeschlagen: »Das ist traurig.«

»Ja«, gab sie zu. »Aber im Grunde genommen müssen wir froh sein, dass es so ist.«

»Warum?«

»Hätten die Spanier damals, als sie die Welt beherrschten, zusammengehalten und sich gegenseitig geholfen, statt sich aus Habgier und Neid gegenseitig zu bekämpfen, gäbe es heute eine Supermacht, die sich von Alaska bis Feuerland erstrecken und in der man nur eine Sprache sprechen würde: Spanisch.«

»Du kannst einen wirklich überraschen«, antwortete Jimmie ohne jede Ironie. »Immer wieder versetzt du mich in Staunen. Ich hätte niemals gedacht, dass du dich für solche Dinge interessierst.«

»Was glaubst du eigentlich, was ich tue, wenn du zwei oder drei Tage hintereinander wegbleibst?«, fragte seine Frau. »Ich lese, lerne Spanisch und informiere mich über die Geschichte und die Bräuche der Leute hier. Ich versuche herauszufinden, warum sie in so vieler Hinsicht anders denken als wir …« Sie machte eine ausholende Bewegung, die alles, was sie umgab, einschloss. »Die Hausarbeit erledigt sich quasi von selbst«, fuhr sie fort. »Und wenn ich nicht den Verstand verlieren will, weil ich ständig an all die Dinge denken muss, die dir zustoßen könnten, muss ich den Geist beschäftigen.«

»Und wirst du mich eines Tages an all dem, was du gelernt hast, teilhaben lassen?«, fragte Jimmie.

»Nein.«

»Warum nicht?«

»Weil ein alter Papagei das Sprechen nicht mehr lernt, wie man hier zu sagen pflegt. Deine Aufgabe ist es, dich auf diese Diamantenader zu konzentrieren – wenn du sie nämlich nicht bald findest, geraten wir in Teufels Küche. Jeder Flugtag kostet uns ein Vermögen.«

»Ich weiß«, räumte Jimmie schuldbewusst ein. »Ich habe mir gedacht, dass ich ein wenig dazuverdienen könnte, indem ich Interessierte zu den Wasserfällen fliege.«

»Einzeln?«, fragte sie spöttisch. »Komm schon, Liebling, fang nicht wieder an zu träumen. Vielleicht wäre das bei einer Maschine mit vier oder fünf Plätzen rentabel, aber deine Tiger Moth verbraucht mehr Sprit, als du mit einem Passagier jemals einbringen könntest. Und was, wenn du zu dem Tepui kommst und man wegen der dichten Wolkenwand nichts sehen kann? Wirst du den Leuten dann das Geld zurückgeben?«

»Verdammtes Geld!«, rief Jimmie ärgerlich. »Immer scheitert alles daran! Wir stehen vor den Toren zum Ruhm, weil wir das letzte Naturwunder auf der Erde entdeckt haben, und vor den Toren des Wohlstands, weil wir theoretisch eine gesamte Diamantenmine besitzen, und du kannst dir seit Monaten nicht mal ein Paar anständige Schuhe leisten.« Jimmie stieg aus der Hängematte und ging einige Schritte auf die Brüstung zu. Er sah auf den dunklen Fluss, der unter dem sternenübersäten Himmel nur ein schwarzer Fleck war, und fragte: »Was meinst du? Wäre es nicht besser, wenn wir das Ganze vergessen und nach Hause zurückkehren?«

»Unser Zuhause ist jetzt hier«, entgegnete seine Frau schlicht. »Wir haben uns dieses Leben zusammen ausgesucht. Möglich, dass du diese Diamanten niemals finden wirst, aber es ist deine Pflicht, danach zu suchen. Du tust das für dich, für mich, für Dick Curry, John McCracken und sogar für All Williams.«

Doch der Regen ließ einfach nicht nach.

Offenbar wollte das Jahr als das regenreichste aller Zeiten in die an Regen nicht gerade arme Geschichte des venezolanischen Guayana eingehen. Die Tage verstrichen in nervenaufreibender Monotonie. Man konnte nicht viel anderes tun als lesen, reden, fischen und Karten spielen.

An einem stürmischen Nachmittag, als der Himmel von grellen Blitzen zerrissen wurde, tauchte plötzlich der Spanier Félix Cardona in einem grünen Regenumhang und einem breiten durchnässten Hut auf, wie ein Gespenst, das den dunklen Fluten des Orinoco entstiegen war.

»Bekomme ich einen Kaffee bei Ihnen?«, fragte er. Als sie ihm einen Platz anboten, setzte er sich hin, zündete eine Zigarette an und sah Jimmie an. »Stimmt es, dass Sie den Vater aller Flüsse gesehen haben?«

»Ja, das stimmt.«

»Und ist er wirklich so beeindruckend, wie man sich erzählt?«

»Beeindruckender, als man sich je würde träumen lassen.«

»Genau das habe ich befürchtet«, erklärte der Spanier. »Na schön«, fuhr er fort. »Zugegeben, zuerst habe ich mich geärgert, weil ich selbst diese Entdeckung machen wollte. Aber ich gestehe, dass ich schon zu alt bin, um monatelang durch diesen gottverlassenen Dschungel zu marschieren, noch dazu auf die Gefahr hin, erneut zu scheitern. Soweit ich gehört habe, liegt der Wasserfall in der Teufelsschlucht. Der Ort ist so unzugänglich, dass ich selbst niemals dort gesucht hätte.« Er seufzte resigniert. »Deshalb bin ich eigentlich doch froh, dass Sie ihn gefunden haben. So habe ich wenigstens die Gewissheit, dass ich mein Leben nicht vergeudet habe auf der Suche nach etwas, das es gar nicht gibt ...« Er nippte an dem vorzüglichen Kaffee, den Mary zubereitet hatte, und sah Jimmie über seine Tasse hinweg an. »Was brauchen Sie?«

Der König der Lüfte rutschte nervös auf der Stuhlkante hin und her.

»Wie bitte? Ich verstehe nicht, was Sie meinen.«

»Ciudad Bolívar ist so klein, dass Gerüchte sich wie ein Lauffeuer verbreiten«, antwortete Cardona freimütig. »Ich habe gehört, dass Sie in finanziellen Schwierigkeiten stecken. Ein paar Freunde und ich finden es nicht gerecht, wenn jemand wie Sie, der so entscheidend dazu beigetragen hat, dieses Land, das ich schon fast als meine Heimat betrachte, noch schöner und anziehender zu machen, sich mit solchen Problemen herumschlagen muss.«

»Ich bin Ihnen sehr verbunden, aber …«

»Jetzt zieren Sie sich nicht so!«, unterbrach ihn der Spanier brüsk. »Wir beide sind Piloten und wissen, was das bedeutet. Wir haben die Pflicht, uns jederzeit und unter allen Umständen gegenseitig zu helfen, so wie die Seeleute es untereinander auch tun. Sie sind unter uns Fliegern eine Legende, die noch größer sein wird, wenn Sie beweisen können, dass dieser Wasserfall tatsächlich existiert. Für mich und für alle, die so denken wie ich, wäre es eine ungeheuerliche Schande, wenn wir Ihnen in dem Augenblick, in dem Sie es am meisten brauchen, nicht zur Hilfe kommen würden.«

»Ich habe Ihnen auch nicht geholfen, als Sie mich darum baten.«

»Wir hatten unterschiedliche Ziele«, erklärte der Spanier. »Nach dem, was mit Ihrem Freund Dick Curry geschehen ist, fand ich es nur logisch, dass Sie keine weitere Verantwortung übernehmen wollten.« Er deutete mit einer Geste auf Mary, die das Gespräch aufmerksam verfolgte. »Ihre Frau kam damals zu mir und hat mir Ihre Gründe erklärt. Und ich habe sie verstanden. Ich weiß, dass Sie mir meinen Wasserfall nicht stehlen wollten, aber das Schicksal hat es so gewollt. Was mich angeht, so ist dieses Thema erledigt.« Er sah ihm in die Augen. »Und jetzt sagen Sie mir schon, was Sie am nötigsten brauchen.«

»Es gibt nichts, was ich …«

»Jimmie Angel!«

Das war die vorwurfsvolle Stimme seiner Frau.

»Ich kann doch nicht …«

»Vergiss endlich deinen Stolz!«, ermahnte ihn seine Frau scharf. »Und sei nicht so dickköpfig! Wenn du in Lebensgefahr wärst und ein anderer Pilot dir zu Hilfe käme, fändest du es völlig normal, weil auch du dein Leben für den anderen riskiert hättest. Aber wenn man dir Geld anbietet, schlägst du es aus.« Sie schnaubte verächtlich. »Ihr Männer seid so verdammte Machos, dass ihr dem Geld mehr Bedeutung schenkt als dem Leben!«

»Sie sprechen mir aus der Seele, Señora!«, pflichtete der Spanier bei und sagte anschließend an Jimmie gewandt: »Außerdem sollten Sie nicht vergessen, dass es nicht nur meine Idee gewesen ist. Wie gesagt, ich gehöre zu einer Gruppe von Gleichgesinnten, die alle der Meinung sind, dass man Ihnen gegenüber ungerecht ist. Manche Journalisten haben Sie sogar als Aufschneider und verrückten Gringo beschimpft. So etwas bringt mich einfach auf die Palme.«

Lange Zeit herrschte völlige Stille, während Jimmie mit gerunzelter Stirn und finsterem Gesicht grübelte. Seine Frau und der Spanier beobachteten ihn.

Schließlich schien er eine Idee zu haben.

»Und was wäre, wenn wir eine Gesellschaft gründen?«, schlug er vor. »Sie finanzieren mein Unternehmen und ich …«

»Zum Teufel noch mal, Sie Gringo!«, rief Cardona und lachte. »Man hat mich hergeschickt, damit ich Ihnen unter die Arme greife, und Sie faseln von einer Gesellschaft! Für wen halten Sie uns eigentlich? Für Bankiers? Oder Anwälte? Wir sind Träumer, keine Geschäftsleute!«

»Sehr richtig.«

»Vielen Dank, Señora. Mit Ihnen verstehe ich mich viel besser als mit diesem Dickkopf.«

»Jetzt ist aber Schluss!«, fuhr Jimmie dazwischen. »Es war ja nur eine Idee.« Er schenkte sich Kaffee nach und ließ sich Zeit mit seiner Antwort. »Ich kann nicht leugnen, dass uns langsam die Felle davonschwimmen, wie man so schön sagt«, räumte er schließlich ein. »Der Sprit, das Öl, die Ersatzteile, die Miete für das Haus haben unsere letzten Ersparnisse aufgezehrt. Wir besitzen praktisch nur noch die Maschine, aber ein Flugzeug ohne Sprit ist nichts wert. Wenn es zu regnen aufhört und ich jemanden zu den Wasserfällen fliegen kann, ändert sich die Lage vielleicht, aber im Augenblick sieht es ganz und gar nicht gut aus.«

»Das ist schon besser!«, sagte Félix Cardona erleichtert, zog einen braunen Umschlag aus der Brusttasche und legte ihn diskret auf den Tisch. »Dieses Geld stammt von Freeman, Aguerrevere, Gustavo Henry, Mundó, Armaral, López Delgado und noch einigen anderen. Es ist keineswegs eine milde Gabe. Das Geld ist dazu bestimmt, den Beweis für diesen Wasserfall zu erbringen. Nimm einen Notar mit, mein Junge, mach Fotos oder was immer du willst, aber erbring den Beweis.« Er lächelte herzlich und schlug ihm sanft auf das Knie. »Und wenn es aufklart, kannst du uns hinfliegen. Wir wären zufrieden, wenn wir dieses Wunder mit eigenen Augen sehen könnten. Abgemacht?«

»Abgemacht!«

Nachdem ihr Gast gegangen war, setzte sich Mary Angel zu ihrem Mann, der gedankenverloren seine Pfeife paffte und auf den ungeöffneten Umschlag starrte.

»Woran denkst du?«, fragte sie.

»Ich weiß es nicht«, antwortete er unsicher. »Einerseits bin ich wegen der Solidarität dieser Menschen, die ich nicht einmal kenne, tief bewegt, andererseits passt es mir nicht in den Kram, dieses Geld annehmen zu müssen. Du kannst es drehen und wenden, wie du willst, es bleibt eine milde Gabe.«

»Das sehe ich nicht so«, widersprach seine Frau unbefangen. »Wenigstens gibt es ein paar Leute, die deine Leistung würdigen. Sieh es als eine Art Preis, den die venezolanische Regierung an dich vergeben hat.«

»Red keinen Unsinn!«, fuhr Jimmie sie an. »Es ist weder ein Preis noch sonst irgendwas. Es ist der Beweis dafür, dass ich es mit meinen sechsunddreißig Jahren nicht geschafft habe, mir eine sichere Existenz aufzubauen. Was wird aus dir werden, wenn ich eines Tages abstürze?«

»Dann werde ich in meinen alten Beruf zurückkehren und Gott dafür danken, dass ich so lange Zeit glücklich sein durfte. Das ist mehr, als die meisten Menschen in ihrem ganzen Leben bekommen.«

»Du hast wirklich eine Gabe, schwierige Dinge einfach darzustellen.«

»Weil sie im Grunde genommen ganz einfach sind«, entgegnete Mary, ohne seinen Worten eine besondere Bedeutung beizumessen. »Ich war ein ganz gewöhnliches Mädchen, bis ich dich kennen gelernt habe. Und da ich wesentlich jünger bin als du und weiß, dass du einen gefährlichen Job hast, gehe ich ohnehin davon aus, dass du vor mir stirbst. Du wirst also nur ein Intermezzo in meinem Leben sein. Allerdings wünsche ich mir, dass dieses Intermezzo solange wie möglich dauert.«

»Auch wenn du dafür in einem Loch am Ende der Welt leben musst?«

»Das ist kein Loch. Es ist unser Zuhause. Und es liegt auch nicht am Ende der Welt. Es ist das Tor zur letzten jungfräulichen Zuflucht auf dieser Welt, und obendrein zu deinen Wasserfällen. Du solltest endlich aufhören zu jammern. Ich bin nämlich stolz darauf, dass eine Gruppe von Unbekannten die Verdienste meines Mannes zu würdigen weiß.«

»Du hast immer auf alles eine Antwort. Und bist mit allem zufrieden.«

»Warum auch nicht? Ich hatte eine langweilige Arbeit ohne Perspektiven in einer trostlosen, kalten Stadt. Dann bist du in mein Leben getreten und mit dir kamen Träume und die Liebe an einem phantastischen Fluss in einem warmen, freundlichen Land. Ich würde einen Tritt in den Hintern verdienen, wenn ich nicht zufrieden wäre. Gewiss, ich muss bange Augenblicke durchmachen, aber dann erinnere ich mich daran, dass man dich nicht umsonst den König der Lüfte nennt.«

»Den König der Lüfte. Dass ich nicht lache!«, rief Jimmie spöttisch. »Ein König, dessen Untertanen Enten und Reiher sind.« Er beugte sich vor und griff nach dem Umschlag. »Mal sehen, wie viel drin ist und wie lange es uns über Wasser halten kann.«

Der Betrag war nicht allzu üppig, denn die finanziellen Möglichkeiten derer, die ungefragt ihre Hilfe angeboten hatten, waren auch nicht besonders groß. Aber es genügte, um den Berg von Schulden, die sie gemacht hatten, abzutragen, die Maschine zu warten und zwei neue Reifen zu kaufen. Die alten waren nur noch Flickwerk.

Anfang Dezember, später als sonst, hörte der Regen endlich auf, doch der Boden hatte sich in einen tiefen Sumpf verwandelt. Dichte Wolken, die aus den Kordilleren im Süden kamen, zogen noch immer über die Gran Sabana. So wie beim letzten Mal nachts von Ciudad Bolívar abzuheben schien ganz und gar unmöglich.

Gelegentlich startete Jimmie, kaum dass die Sonne am Horizont erschien, und flog bis zur Mündung des Caroní, der sich mittlerweile in einen reißenden Strom verwandelt hatte. Meistens brauchte er nicht mal bis zur Lagune von Canaima vorzudringen, um zu erkennen, dass der Horizont keinerlei Aussicht auf Besserung bot.

Man hatte den Eindruck, dass die launische Natur sich alle Mühe gab, den Schatz, den sie nur ein einziges Mal einem einzigen Menschen auf der Welt offenbart hatte, zu verbergen. Als hätte sie diesen Augenblick der Schwäche bereut und versuchte jetzt, den ungeschützten Wasserfall mit einem Schleier aus Wasser und Wolken zu verhüllen.

Es war zum Verzweifeln.

Dieses Wunder der Natur lag nur zwei Flugstunden entfernt, doch er konnte es niemandem zeigen.

»Keiner nimmt ihn dir weg«, erinnerte ihn seine Frau.

»Nein! Keiner kann ihn mir wegnehmen«, pflichtete er ihr bei. »Aber wenn noch mehr Zeit vergeht, wird der Wasserfall austrocknen und ich kann ihn niemandem zeigen. Verstehst du?«

»Ja, das versteht sogar ein Esel. Wenn es nicht regnet, gibt es keinen Wasserfall, und wenn es regnet, kann man ihn nicht sehen ... tolle Aussichten! Kein Wunder, dass es fünfhundert Jahre gedauert hat, ihn zu entdecken. Wie viel Wasser wird sich da oben aufstauen? Und wie lange hält es an?«

»Keine Ahnung«, gab Jimmie aufrichtig zu.

»Aber so ungefähr?«

»Ich schätze, dass der Berg oben einen Durchmesser von dreißig mal zwanzig Kilometern hat«, sagte Jimmie ohne rechte Überzeugung. »Wenn die Tafelberge aus Sandstein bestehen und die ältesten geologischen Formationen der Welt sind, wie man behauptet, hat sich in Abermillionen von Jahren das Regenwasser dort oben vermutlich eine Art Becken geschaffen.«

»Glaubst du das wirklich?«, fragte Mary. »Dass es ein riesiges Reservoir ist, das bei Regen überläuft und einen Wasserfall bildet?«

»Nicht ganz«, berichtigte ihr Mann. »Soweit ich sehen konnte, entspringt das Wasser nicht ganz oben am Rand des Berges. Wenn es so wäre, würde es auf allen Seiten gleichzeitig überlaufen.« Er hielt inne, um es ihr besser zu erklären. »Der Wasserstrahl kam etwa zwanzig Meter unterhalb des flachen Gipfels heraus, als hätte jemand ein riesiges Loch in den Fels gebohrt, aus dem er dann tausend Meter tief in die Schlucht stürzt.«

»Das muss phantastisch sein!«

»Ja, ist es auch«, gestand Jimmie. »Bald wirst du es selbst sehen können.« Besorgt kratzte er sich den Kopf. »Allerdings kann ich nicht einschätzen, wie viel Regen gefallen ist, oben aufgefangen wurde und weiterhin fallen wird. Vielleicht dauert es zwei, vielleicht drei Monate, bis sich das Becken entleert hat. Wer weiß?«

»Was passiert, wenn du die ersten Leute hinfliegst und der Wasserfall ausgetrocknet ist?«

»Dann stehe ich dumm da und die Leute werden mich für einen Schwindler halten.«

»Verfluchter Wasserfall«, klagte sie. »Mit Regen lässt er sich nicht blicken und ohne Regen existiert er nicht!«

»Genau das macht seinen Zauber und sein Mysterium aus. Er wird nicht von Touristen heimgesucht werden wie die Niagara-Fälle. Wer diesen Wasserfall sehen will, muss ihn sich verdienen.«

Das traf auch auf sie selbst zu; doch schließlich klarte es auf. Fast zehn Monate, nachdem er den Wasserfall zum ersten Mal gesehen hatte, gelang es Jimmie endlich, die ersten Zeugen zu dem Naturwunder zu fliegen, dem er seinen Namen gegeben hatte. Sie fotografierten es und bestätigten, dass der Höhenmesser tatsächlich vom Fuß der Steilwand bis zum flachen Gipfel tausend Meter anzeigte.

Eine weitere Forschergruppe, die von Félix Cardona angeführt wurde, beschloss, den Flüssen Caroní, Carrao und Churún Merú zu folgen, bevor Letzterer aufgrund des niedrigen Wasserpegels unbefahrbar wurde. Anschließend kamen Journalisten aller bedeutenden wissenschaftlichen Zeitschriften der Welt und bekräftigten, dass der Vater aller Flüsse nicht länger eine Legende war, sondern unumstößliche Realität.

Die Jimmie-Angel-Fälle waren in der Tat die höchsten der Welt. Sein Entdecker, ein nordamerikanischer Pilot, der im letzten Jahr des neunzehnten Jahrhunderts in einem gottverlassenen Dorf in Missouri geboren worden war, hatte sich aus eigener Kraft einen Platz in der Geschichte erkämpft.

Doch bald musste der König der Lüfte die schmerzliche Erfahrung machen, dass ihm diese Tatsache nicht nur Vorteile brachte.

Seine Brötchen jedenfalls konnte er sich damit nicht verdienen. Für Sprit reichte es auch nicht. Ganz zu schweigen von den Kosten, die nötig waren, um die inzwischen schwer ramponierte Tiger Moth wieder auf Vordermann zu bringen. Sie hatte ihm zwar zu Ruhm verholfen, fiel aber jetzt langsam auseinander.

Die unzähligen Landungen auf improvisierten Pisten, die vielen Flüge unter härtesten klimatischen Bedingungen und der Mangel an Originalersatzteilen hatten die einst so robuste Maschine nach und nach in ein geschundenes Wrack verwandelt, das nur noch ächzte, stöhnte und das Fell sträubte, wenn man sich ihm näherte.

Sich auf einen vierstündigen Flug von Ciudad Bolívar zum Auyan-Tepui und zurück einzulassen war mehr als gewagt. Jedenfalls waren nur wenige Abenteurer bereit, dieses Risiko einzugehen. Schließlich sprach Mary ein Machtwort.

»Ich will nicht, dass du noch weiter in dieser Kiste fliegst«, erklärte sie eines Tages. »Sie kann jeden Augenblick abstürzen.«

»Übertreib nicht«, erwiderte Jimmie.

»Ich übertreibe nicht, Jimmie. Das ist Wahnsinn! Siehst du denn nicht, welche Gefahr du eingehst?«

»Was bleibt mir denn anderes übrig?«

»Ich weiß es nicht, aber ich will mich nicht für den Tod von unschuldigen Menschen verantwortlich fühlen«, antwortete sie knapp. »Ich will nicht, dass du fremde Passagiere in diesem Flugzeug zum Wasserfall fliegst. Ich habe mich damit abgefunden, dass du eines Tages abstürzen könntest, aber es kommt nicht infrage, dass du am Tod anderer die Schuld trägst.«

Schließlich gab er klein bei, denn er wusste, dass sie Recht hatte. »Na schön. Ich werde den Wasserfall vergessen und mich auf das konzentrieren, was wirklich wichtig ist: die Ader.«

»Aber nicht mit dieser Maschine!«

»Jetzt mach aber halb lang, Liebling«, protestierte Jimmie. »Du brauchst ja nicht gleich übers Ziel hinauszuschießen. Zugegeben, sie ist nicht gerade dazu geeignet, Passagiere mitzunehmen, aber sie hat mir niemals Ärger gemacht, wenn ich allein geflogen bin. Verglichen mit den anderen Kisten, die ich geflogen bin, ist sie immer noch tipptopp. Du hättest mal mein allerserstes Flugzeug sehen müssen!«

»Fang nicht wieder mit dieser Leier an«, unterbrach ihn seine Frau energischer, als es sonst ihre Art war. »Wärst du damit abgestürzt, hätte ich dich nie kennen gelernt und dann hätte es auch nie ein Problem gegeben. Jetzt bist du zwar mein Mann und ich akzeptiere deinen gefährlichen Beruf, aber nicht uneingeschränkt. Du musst diese Maschine loswerden!«

»Du hast sie wohl nicht alle!«, fuhr Jimmie sie an. »Ohne Maschine sind wir nichts!«

»Das weiß ich, aber in diesem Fall ist nichts mehr, als wir haben«, hielt sie dagegen. »Verkauf die Maschine an jemanden, der mit ihr über Caracas oder die Llanos fliegen will. Das ist immerhin besser, als über den Tafelbergen der Gran Sabana dein Leben zu riskieren.«

»Und wo finde ich so einen Interessenten?«

»Da brauchst du dir keine Sorgen zu machen. Ich werde mich darum kümmern. Falls ich aber keinen Käufer finde, stecke ich die Maschine höchstpersönlich in Brand. Ich lasse nicht mehr zu, dass du in dreitausend Metern Höhe über den Dschungel fliegst, wenn sie jeden Augenblick den Geist aufgeben kann.«

»Es stimmt, die Kiste ist ziemlich am Arsch«, gab der Pilot widerwillig zu. »Aber es ist immer noch eine großartige Maschine.«

»Das hat auch niemand bezweifelt. Deshalb sollten wir sie verkaufen, solange noch Zeit ist.«

»Und was sollen wir ohne Flugzeug machen?«

»In die Staaten zurückkehren und sparen, bis wir uns eine Maschine leisten können, die dieser verfluchten Gegend gewachsen ist.«

»Und was stellst du dir vor?«

»Eine Maschine mit einem starken Motor und einer richtigen Kabine, in der Platz für vier oder fünf Passagiere ist, damit es sich auch rechnet, wenn man die Leute zu den Wasserfällen fliegt.« Sie hob den Finger. »Und vor allem muss sie sicher sein.«

»Hast du eigentlich eine Ahnung, was so eine Maschine kostet?«

»Na klar!«

»Was denn?«

»Ein Vermögen.«

Dann brach in Spanien der Bürgerkrieg aus.

Ein Krieg zwischen Brüdern.

Er war grausam.

Ungerecht.

Und weit weg.

Viel zu weit weg, aber auch viel zu romantisch und daher umso anziehender für einen Hitzkopf wie Jimmie.

Mary sträubte sich mit aller Kraft dagegen, dass er den Republikanern seine Hilfe anbot. Zu Recht behauptete sie, dass ein Amerikaner aus Missouri an der spanischen Front nichts verloren hatte. So brutal die Faschisten auch waren, so sehr die Republikaner erfahrene Piloten brauchten, für sie war es ein Konflikt, an dem Jimmie unter keinen Umständen teilnehmen durfte.

Es folgte eine schwierige Zeit, vielleicht die schwierigste in ihrer sonst so harmonischen Ehe. Jimmie war überzeugt, dass der Ausgang dieser Auseinandersetzung darüber entscheiden würde, ob die ganze Welt erneut in einen blutigen Krieg hineingerissen würde.

»Die Politiker scheinen einfach nicht einsehen zu wollen, dass Hitler demnächst ganz Europa besetzen wird, wenn man ihm nicht in Spanien auf die Füße tritt«, sagte er.

Mary teilte seine Meinung nicht. Sie fand, dass es nicht seine Aufgabe war, Hitler »auf die Füße zu treten«, selbst wenn er Recht haben sollte.

»Du hast schon einen Krieg mitgemacht«, hielt sie ihm vor. »Und du hast immer erzählt, dass es dir ganz und gar nicht gefallen hat. Sollen die Spanier ihre Probleme doch selbst lösen. Konzentrier du dich auf deine, damit hast du schließlich genug zu tun.«

Tatsächlich hatten sie einen ganzen Haufen Probleme. Nachdem sie die Tiger Moth überstürzt hatten verkaufen müssen, war ihnen gerade genügend Geld geblieben, um in die Staaten zurückzufahren und ein paar Monate mehr schlecht als recht durchzuhalten.

Jemand mit einem Sinn für Public Relations, der von seinen eigenen Fähigkeiten etwas mehr überzeugt gewesen wäre, hätte die Tatsache auszuschlachten gewusst, dass er zu den wenigen Nordamerikanern gehörte, die etwas Nennenswertes entdeckt hatten. Doch Jimmie war ein Naturbursche, ein alter Haudegen, der sich in Salons, Amtszimmern oder Zeitungsredaktionen noch nie wohl gefühlt hatte.

In einem halben Dutzend Pressekonferenzen berichtete er darüber, wie er den höchsten Wasserfall der Welt entdeckt hatte, aber es verursachte ihm geradezu körperliches Unbehagen, sich an einen Tisch zu setzen und vor Menschen zu sprechen, die niemals verstehen würden, was es bedeutet, während eines Sturms über die Gran Sabana zu fliegen, oder was es für ein Gefühl ist, auf einer morastigen Ebene landen zu müssen.

Sein wunderbares Leben war dafür da, gelebt zu werden, nicht um darüber zu berichten. Das jedenfalls war seine Meinung. Allein der Versuch war ihm so unangenehm, als müsste er vor Hunderten von Unbekannten die Hosen runterlassen.

»Wenn ich in der Öffentlichkeit von Roland Garros, Lawrence von Arabien, John McCracken, der Diamantenmine oder von dem Wasserfall erzähle, den es tatsächlich gibt und den jedermann mit eigenen Augen sehen kann, habe ich das Gefühl, dass mir keiner glaubt«, pflegte er zu sagen. »Und dann bin ich so verlegen, dass ich den Vortrag am liebsten auf der Stelle beenden möchte.«

Jeder andere an seiner Stelle hätte sich selbst zu einem Mythos stilisiert, selbst wenn er nur ein Zehntel von Jimmies Verdiensten hätte vorweisen können. Sie lebten in einem Land, das verzweifelt nach einer eigenen Mythologie suchte. Doch das Reich eines Königs der Lüfte liegt nun einmal in den Wolken, am Boden ist es mit seinen Manövrierfähigkeiten nicht weit her.

Merkwürdigerweise bot niemand ihm an, ein Buch über seine phantastischen Abenteuer zu schreiben oder einen Film zu drehen. Einzig die Zeitschrift *Life* widmete ihm – Jahre später – eine fundierte und gut dokumentierte Reportage.

Doch nichts davon schien Jimmie zu interessieren. Das Einzige, was ihn antrieb – abgesehen von dem Bedürfnis, gegen die spanischen Faschisten zu kämpfen –, war sein brennender Wunsch, in den tiefen unerforschten Escudo Guayanés zurückzukehren, um nach seinem verlorenen Schatz zu suchen.

Er war ein Mann der Tat, er musste auf Achse sein und alles, was Stillstand bedeutete, war ihm ein Graus.

Das konnte Mary verstehen.

Zwar verzweifelte sie gelegentlich angesichts der Sturheit und Gleichgültigkeit ihres Mannes, doch im Grunde ihres Herzens war sie stolz, dass er sich nichts aus Publicity, Schmeicheleien und dem verrückten Rummel um seine Person machte.

Wenn sich die Größe eines Menschen am Grad seiner Bescheidenheit messen ließe, hätte Jimmie sicher zu den eindrucksvollsten Persönlichkeiten seiner Zeit gehört. Doch gerade diese übertriebene Bescheidenheit war auch der Grund dafür, warum er nie den Ruhm erlangte, den er verdient hatte.

Immerhin bekam er in Kalifornien einen gut bezahlten Job als Versuchspilot, sodass sie knapp zwei Jahre, nachdem sie Venezuela hatten verlassen müssen, erneut in Ciudad Bolívar landeten. Diesmal an Bord einer prächtigen Flamingo, eines Eindeckers aus Metall mit geschlossener Kabine und Platz für vier Passagiere. Die neue Maschine flog schneller als zweihundert Kilometer pro Stunde und konnte mehr als eine halbe Tonne Last transportieren. Jimmie hatte sie Río Caroní getauft.

Mit seinem Starrsinn oder der ihm eigenen Willenskraft war er fest entschlossen, sein großes Abenteuer wieder aufzunehmen.

Mary war nach wie vor seine selbstlose Frau, treue Kameradin, ewige Beschützerin und vor allem seine beste Ratgeberin.

Zwischen ihnen hatte sich nichts geändert. Das konnte man von Venezuela nicht behaupten.

Nach fast drei Jahrzehnten brutaler Diktatur war vor anderthalb Jahren der alte Tyrann Juan Vicente Gómez gestorben. Über Nacht wurde das Land, das zuvor nur wenigen privilegierten Familien gehört hatte, zum El Dorado für Millionen von Entwurzelten aus aller Welt.

Spanier, die im blutigen Bürgerkrieg aus ihrer Heimat vertrieben worden waren, Italiener, die gegen die Faschisten kämpften, Juden, die vor der Verfolgung durch die Nazis flüchteten, Slawen, denen die Truppen Stalins zusetzten, sie alle klopften unablässig an die Tore einer der reichsten und am wenigsten bevölkerten Nationen der Welt. Diese wiederum empfing sie mit offenen Armen und gewährte ihnen Schutz und Zuflucht.

Erdöl, Eisenerz, Bauxit, Gold, Diamanten, Landwirtschaft, Viehzucht, Fischerei und weite unerschlossene Gebiete warteten auf die, die aus einem ausgezehrten Europa kamen, das von absurden ideologischen Auseinandersetzungen zerrissen wurde und am Rande eines Krieges von ungeahnten Dimensionen stand.

Caracas wuchs. Maracaibo, die Erdölstadt, platzte aus allen Nähten, Industriezentren wie Valencia und Maracay blühten auf. Die Llanos, ein für die Viehzucht wie geschaffenes Gebiet, bevölkerte sich allmählich. Das geheimnisvolle Guayana, Land der Diamanten und des Goldes, zog wie ein Magnet alle an, die in der Hoffnung, neue Horizonte zu erobern, einen überbevölkerten, dem Untergang geweihten Kontinent verlassen hatten.

Vor allem Russen, aber auch Ungarn, Polen und Tschechen wurden von Ciudad Bolívar angelockt wie die Fliegen vom Honig, geblendet vom Zauber eines unerforschten Landes, dessen Flüsse Gold und Diamanten im Überfluss versprachen.

Sobald Gerüchte von einer neuen Gold- oder Diamantenader aufkamen, strömten »Goldsucher« – größtenteils unerfahrene Männer – aus allen Himmelsrichtungen herbei. Sie waren mit Schaufeln und Sieben bewaffnet, mit denen sie die Erde waschen konnten; nach ihnen kamen die ersten Händler und in deren Schlepptau Scharen von Prostituierten. Im Handumdrehen entstanden ganze Städte, die oft nur ein paar Monate überlebten, bis die jeweilige Ader erschöpft war.

So entstanden Cinco Ranchos, El Polaco, El Infierno, Hasa Hacha, Salva Patria, La Faisca oder La Milagrosa. Hier wurden Habenichtse, die zuvor nur das besessen hatten, was sie am Leib trugen, über Nacht zu Millionären. Sie hatten Glück gehabt und ihr sagenhaftes El Dorado tatsächlich gefunden. Die meisten Abenteurer jedoch kehrten ärmer als zuvor nach Ciudad Bolívar zurück und konnten froh sein, dass sie nicht für immer auf der Strecke geblieben waren.

Jahre später fand ein Goldsucher namens Jaime Hudson, den man nicht ohne Grund Barrabas nannte, in der verlassenen Mine El Polaco einen Diamanten von 155 Karat. Allein für diesen so genannten Befreier Venezuelas strich er eine halbe Million Dollar ein. Er verjubelte sie innerhalb von sechs Monaten mit Alkohol und Frauen. Dann kehrte er zurück in den Dschungel und kam mit einem wunderschönen schwarzen Stein von scheinbar unschätzbarem Wert zurück. Doch nach einmonatiger Prüfung gelangte man zu dem Schluss, dass *El Zamuro Guayanés* in Wahrheit ein kristallisiertes Stück Kohle war, völlig wertlos, das noch Millionen von Jahren gebraucht hätte, um sich in einen Edelstein zu verwandeln.

Der unbelehrbare Barrabas grunzte nur, ließ sich voll laufen und kehrte wieder in den Dschungel zurück, wo er schließlich ums Leben kam.

Ciudad Bolívar wimmelte von Menschen aus aller Herren Länder, die auf das Ende der Regenzeit warteten, um in die unerschlossenen Gebiete des Escudo Guayanés vorzudringen. In dieser Welt, die nichts mehr mit der zu tun hatte, die sie erst zwei Jahre zuvor verlassen hatten, kamen Mary und Jimmie an.

»Hier hat sich alles verändert«, warnte sie der treue Freund Cardona, der sie am Tag ihrer Ankunft im Hotel besuchte. »Die Gran Sabana ist keine menschenleere Gegend mehr, in der sich höchstens eine Hand voll romantischer Abenteurer herumtreibt. Das Gold- und Diamantenfieber hat sich wie eine Seuche verbreitet. Und nicht nur die armen Schichten sind davon befallen worden, sondern auch jede Menge Banditen – leider.«

»Wir müssten also dem großen Tyrannen eigentlich nachtrauern.«

Der Spanier lachte. »Das nun auch nicht gerade. Man muss nur beide Augen aufhalten und die Machete stets griffbereit haben, sobald man da unten jemandem begegnet. Die Gefahr geht mittlerweile weniger von Menschenfressern als von Wegelagerern und Meuchelmördern aus.«

»Und wie reagieren die Indianer darauf?«

»Wie üblich. Sie weichen ihnen aus so gut es geht und ziehen sich immer weiter in den Dschungel zurück«, erklärte Cardona. »Nun, das Gebiet ist ja auch groß genug. Die Berge und die Grenze zu Brasilien sind nach wie vor völlig unberührt.«

»Fragt sich nur, wie lange noch.«

»Wahrscheinlich dauert es noch hundert Jahre, bis man das Bergland ein für alle Mal erschlossen hat. Die Gefahr lauert unmittelbar vor der Tür, an den Ufern des Caroní und des Paragua. Das Gute daran ist nur, dass sie so sporadisch kommt, in Wellen sozusagen.« Er warf Jimmie einen freundschaftlichen Blick zu. »Und was hast du diesmal für Pläne?«

»Ich will mir etwas Geld verdienen, indem ich Leute zu den Wasserfällen fliege. Auf diese Art kann ich in Ruhe abwarten, bis der Boden trocken genug ist, um auf dem Tepui zu landen.«

»Bist du immer noch davon überzeugt, dass der Auyan-Tepui McCrackens Berg ist?«

»Er muss es sein.«

»Warum?«, bohrte der Spanier nach.

»Weil es der einzige Tafelberg ist, der genau an der Stelle liegt, die der Schotte mir genannt hat.«

»Aber hundertprozentig sicher bist du nicht, oder?«

Jimmie antwortete auf diese heikle Frage nicht gleich. Zu lange war es her, seit er mit dem Schotten auf einem wolkenverhangenen Tafelberg gelandet war. Leider glichen sie sich wie ein Ei dem anderen, wenn sie in dem Meer von Wolken schwammen. Dieselbe Höhe, dieselben wie mit einem Messer gezogenen schwarzen Felsenwände im grünen Urwald, durch den sich hin und wieder kurvenreiche Flüsse schlängelten. Die gleiche Einsamkeit und der gleiche Wind …

War der Tafelberg, an dem der mittlerweile nach ihm benannte höchste Wasserfall der Welt entsprang, wirklich derselbe, auf dem er vor langer Zeit mit dem Schotten gelandet war?

Es war eine Frage, die er sich seit dem Tag gestellt hatte, an dem er zum ersten Mal die Teufelsschlucht überflogen und durch Zufall den majestätischen Wasserfall entdeckt hatte.

»Nein, sicher bin ich nicht«, sagte er nachdenklich. »Vieles trifft zu, anderes nicht. McCracken erkannte den Tafelberg auf den ersten Blick, vermutlich, weil er Zeit genug gehabt hat, ihn während des Aufstiegs zu studieren. Ich hingegen nahm ihn erst in dem Augenblick richtig wahr, als wir landeten. In meinem Kopf schwirren zu viele verwirrende Erinnerungen herum.«

»Du glaubst also immer noch an McCrackens Worte, nicht wahr?« Als Jimmie stumm nickte, fügte Cardona hinzu: »Und wenn er sich geirrt hat?«

»Das glaube ich nicht. Er wusste genau, wo sich sein Berg befand, und hat ihn damals auch sofort wiedererkannt. Seine Angaben waren klar und präzise: dreihundert Kilometer südlich des Orinoco und fünfzig östlich des Caroní.« Der Amerikaner zündete seine Pfeife an. Vielleicht half ihm der Rauch, einen klaren Gedanken zu fassen, oder besaß die Fähigkeit, die trüben Gedanken zu vertreiben. »Mit diesen Koordinaten kann es eigentlich nur der Auyan-Tepui sein«, schloss er mit fester Stimme, als müsste er sich selbst überzeugen.

Félix Cardona drehte sich zu Mary um, die entgegen ihrer Gewohnheit bislang noch kein einziges Wort gesagt hatte.

»Was meinst du?«, fragte er.

»Ich will lieber keine Meinung haben«, antwortete sie aufrichtig. »Das Ganze begann vor meiner Zeit und außerdem glaube ich, dass nur Jimmie genügend Kenntnisse hat, um sich einen Reim darauf zu machen. Trotzdem könnte ihm die Erinnerung nach so langer Zeit einen Streich spielen. Nur er kann entscheiden.«

Cardona nickte. »Na gut. In diesem Fall sollten wir ein Lager in der Nähe des Tafelbergs aufschlagen und ihn unter die Lupe nehmen.«

»Genau das hatten wir auch vor.«

»Habe ich mir gedacht. Meiner Meinung nach wäre der geeignetste Ort dafür das Camarata-Tal etwa zwanzig Kilometer südöstlich des Tepui. Der Boden ist fest und wird normalerweise nicht allzu morastig.«

»Hast du etwa für uns vorgearbeitet?«, fragte der König der Lüfte grinsend.

»Na klar!«, antwortete Cardona wie aus der Pistole geschossen. »Ich hab doch gesagt, dass ich dir helfen würde, sobald du kommst. Außerdem muss ich dir gestehen, dass mich dieser Tepui fasziniert, Diamanten hin, Diamanten her. Er ist wie eine viel zu hübsche Frau, von der man weiß, dass sie einem nie gehören wird, die man aber nicht aus dem Kopf bekommt.«

»Hast du versucht hinaufzuklettern?«

Cardona schüttelte den Kopf.

»Ich bin oft mit Henry da gewesen, aber wir haben noch keine Stelle gefunden, an der wir ihn erklimmen könnten. Genau das ist es, was mich stutzig macht. Ich verstehe nicht, wie der Schotte es geschafft haben soll, wenn es nicht einmal El Cabullas gelingt.«

Gustavo Henry, alias El Cabullas, war damals nicht nur der berühmteste Bergsteiger in Venezuela, sondern auf dem ganzen südamerikanischen Kontinent. Er hatte die meisten Gipfel der Anden bezwungen. Die Tatsache, dass er trotz seiner allgemein anerkannten Fähigkeiten und seiner Erfahrung keine einzige Stelle gefunden hatte, an der er die imposante tausend Meter hohe Felswand des Berges hätte besteigen können, nährte natürlich Cardonas Zweifel an dem ohnehin recht ominösen Unternehmen.

All Williams und John McCracken waren jahrelang durch den Dschungel und die Berge marschiert und mussten völlig erschöpft am Fuß des Berges angekommen sein. Sie hatten auch nicht über die Ausrüstung verfügt, um eine derart schwierige Steilwand zu erklimmen. Es schien daher äußerst unwahrscheinlich, dass es ihnen gelungen sein konnte, einen Berg zu besteigen, bei dem ein Profi wie Gustavo Henry das Handtuch hatte werfen müssen.

»Irgendwas stimmt da nicht«, murmelte Félix Cardona jedes Mal, wenn einer auf das Thema zu sprechen kam. »Juan Mundó und ich sind gescheitert, El

Cabullas hat aufgegeben und alle, die den Berg sehen, erklären ihn für unbezwingbar. Wieso haben es die beiden dann geschafft?«

»Wahrscheinlich waren sie harte Burschen und haben fest daran geglaubt, dass es da oben Gold und Diamanten zu holen gibt.«

»Und wer hat ihnen das ins Ohr geflüstert?«, fragte Cardona. »Mir will einfach nicht in den Kopf, dass ausgerechnet diese beiden da oben gewesen sein sollen, obwohl es heißt, dass kein Mensch es je geschafft hat, diesen Tepui zu bezwingen.«

Der König der Lüfte antwortete nicht, aber nachts lag er wach im Bett und wälzte sich hin und her. Die Frage ließ ihn nicht los. Wie zum Teufel hatten es All Williams und John McCracken geschafft, die glatte Steilwand zu bezwingen? Waren sie etwa Übermenschen gewesen? Oder hatte Cardona doch Recht, und sie waren auf einen der unzähligen anderen Berge gestiegen, die sich im Escudo Guayanés erheben?

Gesetzt den Fall, dass es so wäre, welcher mochte es dann sein?

Nicht der Paran-Tepui, dessen war er sicher.

Auch nicht der nahe gelegene Kurún-Tepui oder der Kurawaina-Tepui, deren Oberflächen völlig anders beschaffen waren.

Der Kusari-Tepui und der Cerro Venado wären infrage gekommen, hätten sie nicht so nah an den beiden anderen gelegen. Er hätte sie in der klaren Nacht, die er auf dem Gipfel verbracht hatte, bemerken müssen. Doch er war sicher, dass er sie nicht gesehen hatte.

Nachdem er einen nach dem anderen ausgeschlossen hatte, blieb nur diese eine Möglichkeit übrig. Der Berg, aus dem der Vater aller Flüsse entsprang und den die Einheimischen Teufelsberg nannten. Er musste sich damit abfinden, dass die beiden verrückten Abenteurer es offenbar tatsächlich geschafft hatten, einen Aufstieg zu entdecken, den jetzt niemand fand.

Zwei Wochen später schlugen Jimmie und Mary Angel, Félix Cardona, Gustavo Henry, genannt El Cabullas, und ein einheimischer Bergsteiger namens Miguel Delgado ein provisorisches Lager in der Camarata-Ebene auf. Es lag fast im Schatten des dunklen Teufelsfelsen und sollte ihnen als Ausgangsbasis dienen. In den kommenden Wochen würden sie sich darauf konzentrieren, alle Zweifel auszuräumen, um einwandfrei festzustellen, ob jener Berg tatsächlich derjenige war, auf dem er vor sechzehn Jahren mit McCracken und der klapprigen Bristol Piper gelandet war.

Außerdem wollten sie erkunden, welchen Aufstieg die beiden wahnsinnigen Ausländer vor mehr als zwanzig Jahren benutzt haben konnten.

Mehrmals flogen sie dicht über den Tepui und dann durch die Teufelsschlucht. Sie kamen den steilen Felswänden gefährlich nahe, während sie Hunderte von Fotos schossen. Tagelang marschierten sie zu Fuß um den Tepui, auf der Suche nach dem geheimnisvollen Aufstieg. Nach langen Diskussionen gelangten sie immer wieder zu dem gleichen Ergebnis: Gewissheit gab es nicht.

Zu guter Letzt kam Jimmie auf die Idee, seinen alten Freund Pater Orozco um Rat zu fragen. Immerhin hatte der es mittlerweile geschafft, in Kawanayen, etwa sechzig Kilometer von ihnen entfernt, eine Missionsstation mit richtigen Steinwänden zu bauen. Doch auch er mit seiner enormen Ortskenntnis konnte ihnen nicht weiterhelfen.

»Die *pemones* behaupten, dass niemand diesen Berg

erklimmen kann«, versicherte der Pater. »Aber nicht einmal ich könnte euch sagen, ob es tatsächlich so ist oder ob sie das nur aus Aberglauben sagen. Richtig ist, dass man eine Gänsehaut bekommt, wenn man am Fuß des Berges steht und hinaufschaut. Nicht nur die Höhe beeindruckt einen, auch der Felsen selbst hat etwas Unheimliches. Diese glatten schwarzen Wände, die steil emporragen und sich fast immer im Dunst verlieren.«

»Auch Sie fürchten sich vor dem Berg, nicht wahr, Pater?«

»Und wie! Warum sollte ich es verbergen? Am Fuß dieses Berges oder besser noch am Fuß des Wasserfalls bist du entweder deinem Schöpfer oder aber der Hölle verdammt nah. Das hängt nur davon ab, in welcher Gemütsverfassung du gerade bist.«

»Was raten Sie mir dann?«

»Was soll ich dir raten, mein Sohn?«, gab der Dominikaner zurück. »Du suchst nach Gold und Diamanten. Mich würden sie nicht auf den Gipfel locken können. Ich könnte dir vielleicht einen Rat geben, wie du Gott findest, aber mit Goldminen kenne ich mich nicht aus.«

»In diesem Fall frage ich Sie nicht in Ihrer Eigenschaft als Missionar«, erklärte Jimmie, »sondern als zivilisierten Menschen, der sich in diesem Gebiet von uns allen am besten auskennt.«

Pater Orozco schwieg einen Augenblick, während er sich nachdenklich den schon beinahe weißen Bart kraulte. Schließlich zuckte er beinahe unmerklich die Achseln und erklärte: »Als zivilisierter Mensch, der sich in diesem Gebiet besser auskennt als die meisten anderen, kann ich dir nur eins sagen. Wenn du dort oben landest und aus irgendeinem Grund nicht mehr starten kannst, wirst du nie mehr runterkommen, mein Sohn. Höchstwahrscheinlich würdest du dann in Conan Doyles *Verlorener Welt* jämmerlich verhungern. Ich finde, das ist ein schreckliches Ende. Umso mehr, weil ich dich wirklich sehr schätze.«

»Wenn ich das letzte Mal starten konnte, warum dieses Mal nicht?«

»O ja, mein Sohn, ich habe gesehen, wie du damals von der kleinen Insel abgehoben bist«, erinnerte ihn der Pater. »Ich will gar nicht bestreiten, dass ich sehr beeindruckt war. Eine grandiose Leistung, zugegeben. Nicht weniger heldenhaft als die Landung auf diesem Tepui, nehme ich an.« Er breitete die Arme aus, als erklärte diese Geste alles. »Aber hier geht es auch um die Frage, ob es überhaupt derselbe Tafelberg ist.« Er hob warnend den Zeigefinger. »Ich fürchte, dass du selbst die allergrößten Zweifel hast, und deshalb halte ich es für verantwortungslos, ja sogar für glatten Wahnsinn, da oben zu landen, ohne zuvor genau zu wissen, ob sich diese verfluchte Mine tatsächlich auf dem Teufelsfelsen befindet.«

»Was soll ich denn sonst machen?«

»Leben, mein Sohn! Das sollte doch genügen. Das Leben ist ein Geschenk Gottes, viel wertvoller als alle Diamanten der Welt und du, der so intensiv gelebt hat, solltest das wissen. Du hast unzählige Male Kopf und Kragen riskiert und bist immer wieder glimpflich davongekommen, du hast eine bezaubernde Frau und bist obendrein berühmt ... Was willst du denn noch alles?«

»Einen Traum verwirklichen.«

»Ist dein Leben nicht Traum genug? Nein, ich sehe schon. Die Habgier ist stärker als alles andere.«

»Es ist nicht die Habgier, Pater. Ich bin nicht gierig

und auch John McCracken war es nicht. Er hat sehr viel auf sich genommen, um die Mine zu finden. Und als er sie entdeckte, hat er sie nicht ausgebeutet, wie es jeder andere an seiner Stelle getan hätte.«

»Warum eigentlich nicht? Das habe ich ehrlich gesagt niemals verstanden.«

»Ich schon. Menschen wie All Williams und John McCracken kommt es nicht darauf an, in ihrem Reichtum zu ersticken, sondern zu wissen, dass sie reich sein könnten, wenn sie wollten. Sie geben sich mit dem zufrieden, was sie brauchen, alles andere ignorieren sie.«

»Und du denkst genauso?«

»Allerdings.«

»Du willst mir weismachen, dass du nur einen Teil für dich beanspruchst, falls du die Ader da oben wirklich finden solltest?«

»Ich habe es versprochen und daran werde ich mich halten.«

»Du bist ein komischer Vogel, Jimmie. Wirklich komisch! Du verachtest den Ruhm, den dir deine Entdeckung eingebracht hat, und opferst alles für Gold und Diamanten, die du offensichtlich ebenso verachtest. Wer soll dich verstehen können?«

»Ich kann es, und das genügt mir!«, antwortete der Pilot grinsend. »Ich habe nur den einen sehnlichen Wunsch, noch einmal da oben zu landen und so eine Nacht zu erleben wie damals. Dann kann ich den Rest meines Lebens in Frieden verbringen. Alles andere kommt mir dagegen nur nebensächlich vor.«

»In diesem Fall bleibt mir nichts anderes übrig, als dir viel Glück zu wünschen. Aber nimm dich in Acht vor diesem Berg.«

Auf dem Rückflug ins Camarata-Tal flog Jimmie

zum x-ten Mal über den Tepui, durch die Teufelsschlucht und so dicht an den Wasserfall heran, dass das Wasser auf seine Windschutzscheibe spritzte. Als er eine halbe Stunde später auf dem Feld landete, wo sie ihr improvisiertes Lager aufgeschlagen hatten, versammelte er die ganze Mannschaft vor einem Tisch, auf dem alle Fotos und Karten ausgebreitet lagen.

»Sobald der Wind sich legt, werde ich versuchen, auf dem Tepui zu landen«, erklärte er.

Die vier sahen sich vielsagend an. Schließlich ergriff Henry das Wort.

»Du meinst, *wir* werden versuchen, auf dem Tepui zu landen«, berichtigte er ihn. »Du wirst verstehen, dass wir dich nicht allein das ganze Risiko tragen lassen.«

»Warum nicht?«

»Weil Delgado und ich die Einzigen wären, die dir runterhelfen könnten, wenn du aus irgendeinem Grund nicht wieder starten kannst.«

»Und wenn ich es doch kann?«

»Dann wäre niemand ein Risiko eingegangen«, sagte Gustavo Henry lächelnd und zeigte auf die dunkle Wand. »Außerdem will ich um nichts auf der Welt auf dieses Spektakel verzichten. Ein einziges Mal im Leben möchte ich ganz oben auf dem Gipfel sitzen und auf den Wasserfall hinabsehen.«

»Aber …«

»Kein Aber mehr«, unterbrach ihn Henry. »Wir haben es gemeinsam beschlossen, als du in Kawanayen warst. Ich darf dich daran erinnern, dass du in unserer Schuld stehst. Und das ist der Preis, den du bezahlen musst. Auf dem Gipfel dieses Berg zu stehen, bedeutet mir mehr als alle Diamanten der Welt.«

»Und wie steht es mit meiner Verantwortung als Pilot des Flugzeugs?«

»Komm mir bloß nicht mit so was«, entgegnete Henry wegwerfend. »Deine Verantwortung endet da, wo ich dich bitte, mich mitzunehmen.«

»Und Delgado?«

»Delgado redet nicht viel. Trotzdem würde er wie wir alle auch sein Leben dafür geben, einmal auf diesem Berg zu stehen.«

An Cardona gewandt fragte Jimmie: »Du auch?«

»Na klar«, antwortete der wie aus der Pistole geschossen. »Aber ich kann warten. Es wäre nur gerecht, wenn ich Mary den Vortritt lasse.«

»Kommt nicht infrage!«, platzte Jimmie heraus, wie von der Tarantel gestochen. »Mary fliegt nicht mit!«

»Wenn Mary nicht mitfliegt, dann fliegt überhaupt keiner mit«, mischte sich seine Frau ein. Ihr Ton ließ keinen Widerspruch zu.

»Wie bitte?«, fragte Jimmie verblüfft.

»Du hast mich schon verstanden.«

»Wie kommst du darauf?«

»Seit Jahren bin ich immer am Boden geblieben. Ich habe Todesängste ausgestanden und so getan, als sei alles in Ordnung, nur damit du deinen Willen bekommst. Wenn du jetzt meinst, du könntest mich einfach links liegen lassen, bist du auf dem Holzweg.«

»Aber das ist viel zu gefährlich!«

»Was du nicht sagst. Ich gehe das Risiko ein. Wenn du stirbst, sterben wir beide. Und wenn du noch so eine Nacht verbringen willst wie damals, von der du, seit ich dich kenne, schwärmst, als hätte sie im siebten Himmel stattgefunden, dann will ich dabei sein.«

»Nein!«

»Jawohl!«

»Ich habe nein gesagt, und damit basta. An Bord habe immer noch ich das Sagen.«

»Mag sein«, entgegnete sie mit eisiger Ruhe. »Aber was mein Leben angeht, da habe ich das Sagen. Wenn du ohne mich startest, bin ich nicht mehr da, falls du zurückkommst, das schwöre ich dir.«

»Nimm doch Vernunft an!«

»Ich denke gar nicht daran. Ich habe mich für dich geopfert, mir seit Jahren kein einziges neues Kleid geleistet und als Lohn willst du mich jetzt hinauskomplimentieren? Ich soll auf ein Ereignis verzichten, das vielleicht das größte in meinem Leben sein wird? Kommt nicht infrage!«

»Es ist doch nur zu deinem Besten!«

»Was am besten für mich ist, entscheide immer noch ich. Und ich will mit.«

»Das könnt ihr mir doch nicht antun!« Jimmie stöhnte und drohte zum ersten Mal im Leben die Beherrschung zu verlieren. »Ihr habt kein Recht, mich bis hierher zu locken, mich vom Honig kosten zu lassen und dann zu verlangen, dass ich das Unternehmen aufgebe, obwohl ich es schon so lange verfolge.«

»Keiner von uns verlangt, dass du irgendetwas aufgibst«, berichtigte ihn Cardona geschickt. »Wir wollen dich nur dazu bringen, das Risiko mit uns zu teilen.«

»Das Risiko?«, fragte Jimmie. »Hast du eine Ahnung, was es heißt, von da oben zu starten und erst mal siebenhundert Meter im Sturzflug hinzulegen?«

»Ja, hab ich«, versicherte Cardona selbstbewusst. »Ich bin selbst Pilot, vergiss das nicht, und daher weiß ich, dass die Maschine es aushalten wird. Dieses Flugzeug macht seinem Namen alle Ehre.«

»Mit drei verdammten Passagieren an Bord?«

»Jetzt werd nicht unverschämt!«, schimpfte seine Frau. »Und stell dich nicht so blöd an. Du weißt genau, dass wir Recht haben. Entweder fliegen alle mit, oder wir fahren alle nach Hause und vergessen die ganze Geschichte ein für alle Mal.«

Jimmie wäre fast geplatzt vor Wut, doch dann überlegte er es sich anders. Er sprang auf und trat gegen den Klappstuhl, auf dem er gesessen hatte. Dann trabte er wie ein einsamer Steppenwolf hinunter zu einem kleinen Fluss mit dunklem Wasser, der nur wenige Meter vom Lager entfernt vorbeifloss.

Nachdenklich folgte er seinem Lauf, bis er zu der Quelle in einer Grotte am Fuß der Steilwand kam. Dort sprang er ins tiefe Wasser. Hätte er sich während der Trockenzeit hierher verirrt, wenn der Fluss fast kein Wasser führte, hätte er in die Grotte hineingehen können. Natürlich ahnte er nicht, dass es sich um die sagenhafte Kavác-Höhle handelte, die erst ein halbes Jahrhundert später entdeckt werden sollte und neben dem Salto Angel heute zu den wichtigsten Touristenattraktionen von Venezuela gehört.

Sie hatten ihr Lager keine drei Kilometer entfernt aufgeschlagen und wochenlang bloß einen Steinwurf davon entfernt gelebt. An jenem Nachmittag badete Jimmie keine zwanzig Meter vom Eingang der Grotte entfernt, doch diesmal schien das launische Schicksal, das ihm zuvor den Wasserfall offenbart hatte, nicht gewillt, ihm zu zeigen, was vor seinen Augen lag.

Die Kavác-Höhle besteht größtenteils aus einer riesigen Grotte, so hoch und so breit wie eine in Stein gehauene Kathedrale. Auf der Höhe ihrer Kuppel gibt es eine Öffnung, nicht größer als zehn Meter. Von hier stürzt ein Wasserstrahl, vermischt mit funkelnden Sonnenstrahlen, in die Tiefe.

Etwas unterhalb des kleinen Sees, in den der Wasserfall mündet, schlängelt sich das Wasser durch eine hohe Schlucht, deren Wände wie mit dem Messer gezogen scheinen, bahnt sich einen Weg durch eine weitere schmale Grotte und gelangt schließlich zur Gran Sabana, wo es in den unbändigen Río Caroní mündet und dann vom majestätischen Orinoco bis zum Meer getragen wird.

Doch das wären zu viele Entdeckungen für einen einzelnen Menschen gewesen. Diesmal zog die Natur es vor, ihr Geheimnis noch ein weiteres halbes Jahrhundert für sich zu behalten.

Henry hatte nach Jimmies unvermitteltem Wutausbruch lange Zeit geschwiegen. Schließlich aber fragte er sichtlich besorgt: »Und was passiert jetzt?«

»Gar nichts!«, antwortete Mary Angel zuversichtlich.

»Was macht er wohl?«

»Grübeln.«

»Und dann?«

»Dann wird er ein bisschen Dampf ablassen und schließlich klein beigeben.«

»Glaubst du wirklich?«

»Ich bin schließlich seine Frau. Ich kenne ihn so gut, als hätte ich ihn selbst geboren. Und außerdem, was bleibt ihm anderes übrig?«

Der frühe Morgen des 9. Oktober 1937 kündigte einen herrlichen Tag an.

Keine einzige Wolke am Himmel, nicht die leiseste Brise, grenzenlose Sicht in alle Himmelsrichtungen. Noch hatte die Sonne die Erde nicht aufgewärmt und das Wasser verdunsten lassen, das in wenigen Stunden alles mit einem undurchdringlichen Schleier verhüllen würde.

Der trockene, feste Boden der Landebahn und die Luft, die nach Dschungel roch, mahnten zum Aufbruch. Sie hatten alles seit Tagen geplant; jetzt mussten sie nur den Zündschlüssel umdrehen und abwarten, bis sich der Motor der funkelnden Río Caroní warmgelaufen hatte. Ihre Silhouette zeichnete sich vor den hohen Bäumen und den bedrohlichen schwarzen Wänden des Tepui ab.

Wenig später warfen die glatten Wände der steinernen Festung die ersten Sonnenstrahlen zurück. Es war wie eine Aufforderung und Warnung zugleich, als wollten sie die kleinen Menschenwesen, die den Berg betrachteten, wissen lassen, dass es trotz allem ein Teufelsfelsen war, seit Menschengedenken unberührt. Auch ein dröhnender Flugzeugmotor würde daran nichts ändern.

Sie frühstückten wortlos. Fast alle hatten einen Kloß im Hals, der sie am Schlucken hinderte; daher begnügten sie sich mit einem starken Kaffee in der Hoffnung, die bösen Ahnungen zu verscheuchen, die zusammen mit Hunderten von gelben Schmetterlingen um ihre Köpfe tanzten.

Cardona, der als Einziger am Boden bleiben würde, wirkte besonders nervös. Als sie sich zum Abschied umarmten, war er den Tränen nah.

Jimmie versuchte, ihn zu trösten. »Morgen um die Mittagszeit sind wir wohlbehalten wieder zurück.«

»Versprochen?«

»Mein Ehrenwort.«

»Wenn wir wenigstens eine Ersatzmaschine hätten, mit der man feststellen könnte, ob alles gut gegangen ist!«

»Wenn wir die hätten, wären wir reich, aber das ist nun einmal nicht der Fall«, erklärte der Amerikaner. »Vertrau mir einfach.«

»Hast du den Spiegel dabei?«

»Hab ich.«

»Kannst du dich noch an die Zeichen erinnern?«

»Jetzt reicht es aber, Cardona!«, fuhr Jimmie ihn an. »Du machst mich noch ganz konfus.«

Sie umarmten sich erneut. Der Spanier drückte allen an Bord fest die Hand. Dann schloss er die Tür der Kabine, trat einige Schritte zurück und ging langsam über die Rollbahn zum angrenzenden Feld.

Im Nu hatte die Río Caroní das Ende der Piste erreicht. Der Pilot wendete die Maschine und brachte sie in Startposition. Nachdem er eine Minute hatte verstreichen lassen, heulte der Motor auf und das Flugzeug setzte sich in Bewegung.

Schnell gewann es an Geschwindigkeit und erhob sich nach dreihundert Metern majestätisch in die Luft, während sich die Sonnenstrahlen auf seiner Metalloberfläche spiegelten, als wollten sie mit der Schönheit des Tafelberges konkurrieren.

Sie gewannen an Höhe.

Die Welt unter ihnen wurde immer kleiner. Cardona war nur noch eine winzige Figur, die ihnen mit beiden Armen zuwinkte.

Die Bäume hörten auf, Bäume zu sein, und verwandelten sich wie durch Zauberhand in einen dichten grünen Teppich.

Ein Schwarm von roten Ibissen erhob sich in die Luft, wie lodernde Flammen, die über den grünen Mantel des Dschungels leckten.

Sie zogen nach Norden.

Im gleichen Augenblick kam ihnen von Osten eine Schar träger weißer Fischreiher entgegen.

Die Ibisse flogen über die Reiher hinweg, deren lange Beine fast die Wipfel der Bäume streiften.

Nicht der Schatten eines Falken oder Adlers.

Nicht einmal ein Rabengeier.

Und noch höher, ganz oben, die mächtige Silhouette der Flamingo, deren Dröhnen den Frieden einer an Stille gewöhnten Welt störte.

Der Pilot nahm Kurs auf die Teufelsschlucht.

Auf halber Höhe flog er hinein und steuerte direkt auf den Wasserfall zu, als wollte er dem Berg seine Ehrerbietung erweisen oder um Vergebung bitten, dass er seinen heiligen Gipfel schänden würde.

Hundertmal hatten sie den Wasserfall gesehen, doch immer wieder waren sie aufs Neue beeindruckt. Vor allem aber an diesem klaren wolkenlosen Morgen, an dem das Wasser träger als sonst zu fallen schien. Als hielte es einen Augenblick inne, bevor es sich auf die Palmen im Tal hinabstürzte, die zeit ihres Lebens das Gesicht zum Himmel erhoben, als warteten sie nur darauf, sich von der feinen Gischt des Wasserfalls erfrischen zu lassen.

Nachdem sie sich an diesem Naturwunder satt gesehen hatten, überflog Jimmie mehrmals das Plateau, bis er schließlich entschieden hatte, an welcher Stelle er landen würde.

»Gut!«, sagte er. »Jetzt hilft nur noch beten!«

Er drehte die Maschine leicht nach links, flog einen weiten Bogen und näherte sich dem Tepui von Nordosten her. Dazu sang er sein altes spanisches Lieblingslied:

Si Adelita se fuera con otro
La seguiría por aire y por mar
Si por mar en un buque de guerra
Si por aire en un avión militar ...

Si Adelita quisiera ser mi esposa
Si Adelita fuese mi mujer ...
Le compraría unas bragas de seda ...

Die Maschine raste geradewegs auf die Wand des Tafelberges zu, neben dem sie nicht mehr als eine Staubflocke war. Zu Tode erschrocken beobachteten die Passagiere, wie die mächtige Bergwand immer näher kam. Und der Pilot schien mehr darauf bedacht zu sein, seinem Ruf als waghalsigem Flieger Ehre zu machen, als dem scheinbar unausweichlichen Aufprall entgegenzusteuern.

Vierhundert Meter trennten sie von dem sicheren Tod.

Dreihundert.

Zweihundert.

Hundert – und dann flogen sie knapp über den Rand des Plateaus.

Als die Maschine kaum noch Luft unter sich hatte,

sackte sie plötzlich ab, doch der erfahrene Pilot fing sie sofort auf und setzte dann unendlich behutsam auf einer glatten Ebene auf, wo sie ungehindert ausrollen konnte.

Jimmie schaltete den Motor ab.

Fünfzig Meter …

Alles okay!

Hundert …

Alles okay!

Hundertfünfzig …

Alles okay!

Zweihundert …

Alles okay!

Doch dann, als sie am wenigsten damit rechneten, gab der Boden unter ihnen nach und die Räder versanken in tückischem Morast. Nur dessen Oberfläche war von der Sonne ausgetrocknet. Wie eine Fliege im Honig blieb die schwere Flamingo im Sumpf stecken.

Bei der unerwarteten Vollbremsung wurden alle nach vorn geschleudert und fielen laut schreiend durcheinander.

Dann folgte panische Verwirrung, bis Jimmie feierlich fragte: »Ist jemand verletzt?«

Niemand hatte ernsthafte Blessuren davongetragen, aber als sie aus der Maschine sprangen und bis zu den Knien im sumpfigen Boden versanken, mussten sie entsetzt feststellen, dass das Fahrwerk völlig hin war.

Mit dem Schrecken in den Gliedern und blauen Flecken am ganzen Körper zogen sie sich an eine Stelle zurück, wo der Boden fester war, um zu beratschlagen.

»Wie siehst du unsere Lage?«, fragte Henry nach einer Weile.

»Nicht gerade rosig«, antwortete Jimmie offen. »Selbst wenn es uns gelänge, das Fahrwerk zu reparieren, glaube ich nicht, dass wir die Maschine aus dem Sumpf herausbekommen.«

»Bist du sicher?«, hakte seine Frau nach.

»Ich fürchte ja.«

»Du hast schon schlimmere Probleme gelöst.«

»Ich habe immer damit geprahlt, alle Maschinen der Welt reparieren zu können«, gab Jimmie zu. »Aber das hier ist etwas anderes. Dieses Flugzeug ist zu schwer. Um es aus dem Sumpf zu ziehen, bräuchten wir einen Kran.«

Eine Weile sagte niemand etwas. Offenbar mussten sich alle an die Vorstellung gewöhnen, dass sich ihre schlimmsten Befürchtungen bewahrheitet hatten und sie nun auf dem Gipfel des Tepui gefangen waren.

Auf Hilfe von außen konnten sie nicht hoffen. Niemand würde es wagen, auf dem Tepui zu landen, wenn er sah, welch verheerende Konsequenzen dies nach sich ziehen konnte. Und von ihrem Lager, das dreihundert Kilometer von der nächstgelegenen Stadt entfernt war, trennte sie eine tausend Meter hohe Steilwand.

»Was machen wir bloß?«, fragte Mary nervös.

»Auf jeden Fall die Ruhe bewahren«, antwortete der Pilot. »Hier gibt es Wasser im Überfluss und wir haben genug Proviant für eine ganze Woche dabei.« Er deutete mit dem Kinn auf ihre beiden Gefährten, die keine drei Meter weiter saßen. »Sie werden uns schon hier runterbringen.«

Mary wandte sich an Henry.

»Kannst du das?«

»Wenn ich es auf den Aconcagua geschafft habe, werde ich auch von hier wieder runterkommen«, beschwichtigte er sie.

»Daran zweifle ich nicht«, gab sie zurück. »Aber

ich meinte nicht, ob du es schaffst, sondern ob du dir zutraust, auch uns runterzubringen.«

»Das hängt von euch ab. Wenn ihr die Nerven behaltet, können wir es schaffen.«

»Dein Wort in Gottes Ohr!«

»Nicht Gott muss mich erhören, sondern du«, ermahnte Henry sie. »Ich bin sicher, dass Jimmie Gefahren ins Auge sehen kann. Aber wenn du im ungeeigneten Moment die Nerven verlierst, könntest du uns alle mit in den Tod reißen.« Er machte eine bedeutungsschwere Pause. »Tut mir Leid, wenn ich dir das sagen muss, aber vermutlich wird es eher von dir abhängen, ob es gelingt, als von mir.«

»Ja, du hast Recht und ich verspreche, mein Bestes zu geben.«

Henry, genannt El Cabullas, nickte mehrmals. Dann stand er auf und machte seinem Kollegen ein Zeichen, ihm zu folgen.

»Na schön. Ich glaube, wir sollten uns an die Arbeit machen. Wir suchen eine Stelle, an der wir uns abseilen können, und ihr sucht das Gold und die Diamanten.«

»Wie lange werdet ihr brauchen?«

»Ein paar Tage, vielleicht auch länger«, lautete die unbestimmte Antwort. »Zuerst werden wir in Richtung Süden marschieren, um Cardona zu signalisieren, dass wir noch leben. Wo hast du den Spiegel?«

»Im Rucksack.«

Henry und Delgado kehrten zur Maschine zurück, warfen sich ihre Seile um die Schultern, steckten etwas Proviant ein und nahmen den Spiegel aus dem Rucksack. Dann umarmten sie ein letztes Mal Jimmie und Mary, die einsam und verlassen am Ende der Welt zurückbleiben würden.

»Vertraut uns!«, war das Einzige, was sie ihnen sagen konnten. »Wir holen euch hier schon runter.«

Ohne Eile marschierten sie Richtung Süden los, bis sie nur noch zwei winzige Punkte am Horizont waren.

»Ich vertraue darauf, dass Gott ihnen beisteht«, sagte Mary. Als sie keine Antwort erhielt, warf sie einen Blick auf das bleiche Gesicht ihres Mannes.

»Was hast du?«, fragte sie besorgt.

»Mein Knie tut weh«, antwortete Jimmie mit schmerzverzerrtem Gesicht. »Die alte Wunde. Aber das ist es nicht, was mir Sorgen macht …« Er sah ihr in die Augen. »Wirst du mir verzeihen?«

»Dir verzeihen?«, wiederholte sie erstaunt. »Was denn?«

»Dass ich dich hierher geschleift habe. Sieh dir unser Flugzeug an. Es war das Einzige, was wir besaßen, und jetzt wird es für immer hier oben bleiben. Ich habe uns wieder einmal ruiniert.«

»Wovon redest du eigentlich?«, entgegnete sie. »Schließlich warst du es, der sein Leben aufs Spiel gesetzt hat, um genug Geld zusammenzukratzen, damit wir die Maschine kaufen und auf diesem Berg landen können.« Sie zeigte auf das Wrack. »Und hier sind wir!«

»Aber in welchem Zustand …«

»Ist doch egal! Natürlich wäre es besser gewesen, wenn wir nicht in diesem blöden Schlammloch stecken geblieben wären, aber immerhin sind wir mit dem Leben davongekommen.«

»Und damit gibst du dich zufrieden?«

»Na klar! Wären wir in voller Fahrt im Morast stecken geblieben, wäre jetzt die Hälfte von uns wahrscheinlich tot und die andere schwer verletzt. So musst du es sehen! Wir haben verdammtes Glück im Unglück gehabt.«

»Du bist wirklich unglaublich«, antwortete der König der Lüfte bewundernd. »Wir sitzen hier auf dem Gipfel eines Tafelberges, von dem wir nicht mehr herunterkommen, und du redest von Glück.«

»Verdammtes Glück sogar«, beharrte sie. »Sag mir, was wäre passiert, wenn wir mit hundert Kilometern in der Stunde im Schlamm stecken geblieben wären?« Als sie keine Antwort darauf erhielt, fügte sie hinzu: »Dann wäre nichts von uns übrig, hab ich Recht?«

»Ja.«

»Was gibt es dann zu bedauern?«

»Nichts, nur dass ich es bisher nicht richtig zu schätzen wusste, was für eine faszinierende Frau du bist. Wenn ich nicht so viele Flausen im Kopf gehabt hätte, könnten wir jetzt ein glückliches Leben führen.«

»Vielleicht aber auch nicht«, erklärte Mary, während sie zum Flugzeug ging und begann, Proviant und Kochgeschirr auszuladen, um ihnen etwas zu essen zu machen.

»Hätten wir ein stinknormales Leben geführt, dann hätten wir das, was wir haben, gar nicht zu schätzen gewusst.«

»Glaubst du?«

»Alles ist möglich.« Mary setzte sich neben ihn und zündete den kleinen Spirituskocher an, den sie mitgebracht hatte. »Ich liebe dich, aber ich glaube, dass dein Mut und deine Hartnäckigkeit eine große Rolle dabei spielen. Ein gewöhnlicher Mann hätte in mir niemals solche Gefühle geweckt.«

»Auch wenn du mich jetzt am Boden siehst wie einen Versager?«

»Wieso Versager?«, wiederholte sie und zeigte auf

den Horizont. »Ein paar Kilometer weiter liegt der schönste Wasserfall der Welt, der bis in alle Ewigkeit deinen Namen tragen wird. Salto Angel. Wie viele Versager haben das geschafft?«

»Trotzdem sind wir so pleite wie noch nie.«

»Ich kenne eine Menge Millionäre, die nichts als ihr Geld haben«, entgegnete Mary Angel entschieden. »Wir haben uns, ein intensives Leben und diesen Wasserfall. Das ist mehr als alles Geld auf der Welt.«

»Meinst du das im Ernst oder sagst du es nur, um mich zu trösten?«

»Wenn ich dich in einem Augenblick wie diesem trösten wollte, hätte ich keinen Respekt mehr vor dir«, erklärte Mary. »Zugegeben, wir haben einen kleinen Rückschlag erlitten, aber wir werden ihn überwinden.«

»Einen kleinen Rückschlag?«, wiederholte Jimmie grimmig. »Das nennst du einen kleinen Rückschlag? Wir besitzen nur noch das, was wir am Leib tragen.«

»Wie viele Flugzeuge hast du in deinem Leben zu Schrott geflogen?«, fragte sie. »Acht, zehn, zwölf? Das waren alles Rückschläge und jedes Mal hast du sie überwunden. Das hier ist genau dasselbe, nicht mehr und nicht weniger.«

Wie soll man mit einer Frau diskutieren, die auf alles eine Antwort weiß?

Wie jemanden ermutigen, der selbst der Inbegriff des Mutes ist?

Wie konnte er sie um Verzeihung bitten, dass er sie in diese aussichtslose Lage gebracht hatte, wenn sie so gelassen das Essen zubereitete, als hätten sie ein gemütliches Picknick auf dem Land vor?

Mary aß mit gesundem Appetit und sah keineswegs so aus, als säßen sie auf dem Gipfel des Teufelsfelsen und hätten so gut wie keine Aussichten auf Rettung. Sie verzichtete nicht einmal auf ihren Kaffee, den sie wie üblich in kleinen Schlucken genoss.

Am Ende zündete sie sich eine Zigarette an, was sie nur zu besonderen Anlässen tat, und rauchte genüsslich, während sie die Landschaft betrachtete.

»Herrlich!«, sagte sie schließlich. »Einfach herrlich! Ist es nicht ein seltsames Gefühl zu wissen, dass wir die ersten Menschen auf diesem Berg sind?«

»Das fände ich eher beunruhigend«, antwortete er. »Wenn es so wäre, hieße das nämlich, dass es nicht McCrackens Berg ist.«

»Das ist er auch nicht«, antwortete sie bestimmt. »Du weißt es, seit wir gelandet und aus der Maschine geklettert sind. Und ich weiß es seit dem Augenblick, als ich gesehen habe, was für ein Gesicht du gemacht hast.«

»Manchmal glaube ich, dass du mich viel zu gut kennst.«

»Man muss dich gar nicht besonders gut kennen, um zu sehen, dass der Verlust der Maschine dich nicht halb so sehr schmerzt wie das Eingeständnis, dass sich deine schlimmsten Befürchtungen bewahrheitet haben. Dieser Berg ist nicht derselbe wie der, auf dem du mit McCracken gelandet bist.«

»Nein, stimmt«, gab Jimmie schließlich zu. »Obwohl er es laut McCrackens Angaben sein müsste.«

»Dann siehst du endlich ein, dass er dich reingelegt hat?«

»Nein! Niemals! Irgendwo steckt ein Fehler, aber ich bin sicher, dass das nicht seine Schuld ist. Er hat nicht gelogen. Ich muss mich geirrt haben.«

»Mein Gott! Wenn du mir nur halb so viel vertrauen würdest wie diesem Schotten!«

»Das tue ich doch. Ihr seid die einzigen Menschen auf dieser Welt, für die ich meine Hand ins Feuer legen würde.«

»Apropos Feuer ...«, sagte Mary und sah zu der unbarmherzigen tropischen Sonne auf, die zweitausend Meter über dem Meeresspiegel auf ihre Köpfe niederbrannte. »Hast du noch Kraft, um ein Bad in dem Fluss zu nehmen, den wir bei der Landung gesehen haben? Er muss weniger als einen Kilometer von hier entfernt sein.«

Es war nur ein kleiner, rasch dahinfließender Bach mit kristallklarem eisigem Wasser, der sich von der Mitte des Plateaus in Richtung Nordosten schlängelte und wie ein überdimensionaler Pferdeschweif in die Tiefe stürzte.

Sie zogen sich aus und genossen ein erfrischendes Bad. Als sie sich am späten Nachmittag auf einen schwarzen Felsen legten, den das Wasser im Lauf von Millionen Jahren glatt geschliffen hatte, sagte Mary:

»Ich habe Lust auf Liebe.«

»Hier?«, fragte Jimmie überrascht. »Jetzt?«

Sie nickte lächelnd.

»Hier und jetzt«, wiederholte sie. »Ich habe Lust, Liebe zu machen und hier auf dem Heiligen Berg einen Sohn zu zeugen. Halb in dem Wasser liegend, das deinen Wasserfall speist. Gibt es einen schöneren Ort, um schwanger zu werden?«

»Du überraschst mich immer wieder«, sagte Jimmie und liebkoste zärtlich ihre Brüste. »Du bist die erstaunlichste Frau, die ich je kennen gelernt habe, und obendrein hast du immer Recht. Ein Kind, das hier gezeugt wird, muss ein ganz besonderer Mensch werden.«

Sie liebten sich zärtlich und gaben sich ihrer Leidenschaft vollkommen hin. Vielleicht war es das letzte Mal, dass sie einander ihre tiefe Zuneigung zeigen konnten.

Obendrein war es das erste und zugleich letzte Mal, dass sich zwei Menschen auf dem Gipfel des Auyan-Tepui liebten. Für die einen ein Heiliger Berg, für die anderen der Teufelsfelsen. Für alle jedoch der unzugänglichste und geheimnisvollste Ort der Welt.

Glücklich und zufrieden kehrten sie Hand in Hand zu der Stelle zurück, wo ihr Flugzeug in tiefen Schlaf gefallen war.

Ein Schlaf, aus dem es erst dreiunddreißig Jahre später erwachen sollte, als die venezolanische Luftwaffe mit Hilfe eines starken Hubschraubers das Wrack barg. Als Ausstellungsstück von unschätzbarem Wert wurde die Maschine anschließend vor dem Eingang zum Flughafen von Ciudad Bolívar ausgestellt.

Die Wahl des Ortes war eine verspätete Hommage an den Piloten Jimmie, der an einem Morgen des Jahres 1935 genau von dieser Landebahn in die Unsterblichkeit gestartet war.

Dort steht das Flugzeug bis heute.

Zwei Tage später tauchten Henry und Delgado endlich am Horizont auf.

Erschöpft ließen sie sich auf die Sitze fallen, die Jimmie unter den Tragflächen der Maschine im Schatten aufgestellt hatte. Schließlich sahen sie zu den beiden auf, die sie vom Innern des Flugzeugs aus erwartungsvoll musterten.

»Schlechte Nachrichten!«, sagte Henry schließlich. »Wir haben zwar eine Spalte im Felsen gefunden, an der wir uns dreihundert Meter tief abseilen könnten, aber wir konnten nicht sehen, was sich darunter befindet.«

»Und?«

»Das Hauptproblem ist, dass wir irgendwann an einen Punkt gelangen könnten, von dem aus es nicht mehr weitergeht. Dann säßen wir fest und könnten weder vor- noch rückwärts.«

»Ich dachte, ihr seid professionelle Bergsteiger?«

»Das sind wir auch«, versicherte Henry. »Aber das hier ist keine gewöhnliche Bergwand. Sie ist so glatt, als hätte man sie mit einem Messer gezogen, und an manchen Stellen gibt es sogar Überhänge.«

»Was soll das heißen?«, fragte Mary besorgt.

»Die Wand wölbt sich so stark nach innen, dass Vorsprünge entstehen, von denen man wie ein Stück Blei am Seil über dem Abgrund baumelt.«

»Großer Gott!«

»Mit einer Spezialausrüstung wäre es kein Problem«, warf Delgado ein, der es ansonsten vorzog zu schweigen. »Aber mit dem, was uns zur Verfügung steht, sehe ich ziemlich schwarz. Wenn wir erst einmal mit dem Abstieg begonnen haben, wird es kein Zurück mehr geben. Dann müssen wir bis zum Äußersten gehen.«

Niemand fragte nach, was mit »bis zum Äußersten« gemeint war. Allen war bewusst, dass ihnen nichts anderes übrig blieb, als sich in die Tiefe zu stürzen, wenn sie an irgendeiner Stelle nicht weiterkamen.

Es wurde ziemlich still, während jeder für sich darüber nachdachte, wie er selbst wohl in diesem Fall reagieren würde. Schließlich brach Henry das Schweigen.

»Du musst jetzt entscheiden, was wir machen sollen, Jimmie.«

Der Angesprochene schüttelte den Kopf. »Ich habe das Kommando gehabt, bis wir in die Schlammfalle geraten sind«, erwiderte er. »Jetzt bist du an der Reihe.«

»Aber es geht um dein Leben«, entgegnete Henry. »Und das deiner Frau. Delgado und ich sind derartige Situationen gewohnt, wenn auch nicht ganz so schwierige.« Er seufzte frustriert. »Und diese ist verdammt übel, das kannst du mir glauben.«

»Nicht so übel wie zu verhungern. Hier oben gibt es nur Kröten und Frösche und ich kann mir ehrlich gesagt nicht vorstellen, dass wir ein Leben lang davon satt werden könnten.«

»Nicht ein Leben lang, aber lange genug, bis wir den Abstieg wagen. Wir müssen die Vorräte einteilen und so viel Wasser wie möglich mitnehmen. Der einzige Weg nach unten führt über Geduld.«

»Wie lange werden wir brauchen?«, fragte Mary.

»Ich habe nicht die leiseste Ahnung«, antwortete

der andere mit schmerzhafter Offenheit. »Eine Woche vielleicht. Vielleicht auch zwei. Weiß der Kuckuck!«

»Das gibt es doch nicht!«, rief Mary entsetzt. »Heißt das etwa, dass wir unter Umständen eine Woche an einem Seil über dem Abgrund baumeln müssen?«

»Wenn wir Glück haben.«

»Das halte ich nicht durch!«

»Es ist dein Leben, Mary«, erklärte Henry in einem seltsamen Tonfall. »Ich will dir keine falschen Hoffnungen machen. Wenn du überleben willst, musst du dich allmählich mit der Vorstellung anfreunden, dass du auf einem winzigen Felsvorsprung schlafen wirst, wenn wir überhaupt einen finden.«

»Mein Gott, da hilft ja nur noch beten!«

»O ja. Bete zu Jesus, Maria, Josef, den Aposteln Petrus und Paulus und vor allem zum Heiligen Christophorus, dem Schutzheiligen der Reisenden. Er wird uns den Weg weisen. Wenn sie uns nicht helfen, sind wir zum Tode verurteilt.« Machtlos hob er die Hände zum Himmel. »Denk darüber nach und entscheide.«

»Was gibt es da nachzudenken?«, antwortete Mary niedergeschlagen. »Wenn ich beschließe, hier zu bleiben, wird mein halsstarriger Mann ebenfalls bleiben wollen. Und so einen grausamen Tod kann ich ihm nicht zumuten.« Sie kletterte aus der Kabine und sagte: »Also los, bringen wir es hinter uns, je schneller, desto besser!«

Sie nahmen alles mit, was ihnen beim Abstieg möglicherweise von Nutzen sein könnte, einschließlich des Wassertanks aus der Maschine und der Stahlseile, mit denen das Seitenleitwerk gesteuert wurde. Dann brachen sie langsamen Schrittes und bepackt wie Mulis Richtung Südosten auf.

Am späten Nachmittag schlugen sie am Ufer einer

Lagune, die von unzähligen Fröschen bevölkert wurde, ihr Lager auf. So kam es, dass sie sich am Abend ein schmackhaftes Reisgericht mit Froschschenkeln genehmigen konnten, das Mary besonders scharf mit Pfefferschoten würzte.

Im Schein des kleinen Lagerfeuers tranken sie Kaffee und legten sich anschließend hin, um das sternenflimmernde Firmament zu betrachten, das ihnen das Gefühl gab, direkt vor den Toren zum Himmel zu stehen.

Im Handumdrehen wurden sie von der Müdigkeit überwältigt. Noch vor dem Morgengrauen waren sie wieder auf den Beinen und setzten ihren Marsch fort. Zwei Stunden später gelangten sie zu einem Felsen, von dem aus die Landepiste und ihr winziges Lager im Camarata-Tal in der Ferne sichtbar waren.

Die provisorischen Lehmwände und das Strohdach kamen ihnen vor wie ein unerreichbares Paradies. Mutlosigkeit breitete sich unter ihnen aus. Erst als Cardona von unten ihre Lichtsignale erwiderte, fanden sie ein bisschen Trost. Einen Menschen zumindest gab es auf dieser Welt, der sich an sie erinnerte.

Doch der Spanier, der allein im Zentrum der Gran Sabana ausharrte, mindestens einen Tagesmarsch von der nächstgelegenen Ortschaft, der Mission in Kawanayen entfernt, konnte nichts für sie tun. Trotzdem hielt er die Stellung, denn er wusste, wie ungewiss das Schicksal war, das seine vier unglücklichen Freunde oben auf dem Berg erwartete.

Diese verbrachten den größten Teil des Vormittags damit, an der Klippe des Tafelbergs entlangzuwandern, bis Henry mit einer leichten Kopfbewegung auf eine etwa ein Meter breite Spalte zeigte, die wie eine tiefe Narbe in der Felswand klaffte. Als hätte ein Titan dem Berg mit einem Messer das Gesicht aufgeschlitzt.

»Da ist es«, sagte er.

Jimmie kroch auf dem Bauch bis zum Rand und warf einen Blick hinunter.

Fast hätte er sich übergeben.

Die Spalte ähnelte einem Kaminschacht, dessen Vorderseite offen stand und der dreihundert Meter weiter unten in einem Vorsprung endete.

Minutenlang verharrte er reglos. Als er sich umdrehte, war er kreidebleich.

»Ist das alles?«, fragte er.

»Ja.«

»Aber …«

»Tut mir Leid«, fiel ihm Henry ins Wort. »Wir sind um den ganzen Tafelberg herumgegangen und das ist die einzige Stelle, die für einen Abstieg überhaupt infrage kommt.«

Jimmie widersprach ihm nicht. Er setzte sich auf einen Stein und vergrub das Gesicht in den Händen. So blieb er sitzen, bis Mary sich zu ihm gesellte.

»Was hast du?«, fragte sie mit brüchiger Stimme. »Siehst du so schwarz?«

Nach einigem Zögern sah er ihr in die Augen.

»Ich habe dich noch nie belogen«, antwortete er todernst. »Und ich will es jetzt auch nicht tun. Ich glaube, dass wir am Ende sind, Liebling.« Er hielt inne. »Endgültig am Ende, aber wir müssen es trotzdem versuchen, mit Gottes Hilfe.« Dann wandte er sich den beiden Männern zu, die ihn erwartungsvoll beobachteten. »Ich möchte, dass ihr uns beide aneinander seilt«, sagte er schließlich. »Entweder schaffen wir es gemeinsam oder wir sterben gemeinsam.«

»Wir werden uns alle aneinander seilen«, entschied Henry. »Ich gehe voran, dann folgt Mary. Du wirst sie halten und Delgado wird dich halten.«

»Das ist nicht gerecht«, wandte Mary ein. »Eure Überlebenschancen sind viel größer, wenn ihr nicht an uns gefesselt seid.«

»Wir sind in den Bergen«, entgegnete Henry schlicht. »Hier hängt das Schicksal des einen von dem des anderen ab. Das ist das Erste, was ein Bergsteiger lernt, wenn er den Pickel in die Hand nimmt. Mach dir keine Sorgen. Wenn du die Nerven behältst, kommen wir alle zusammen heil unten an.«

Eine halbe Stunde später waren alle bereit. Bevor sie mit dem gefährlichen Abstieg begannen, knieten sie nieder und baten den Schöpfer des geheimnisvollen Berges um ein Wunder, damit sie unbeschadet unten ankamen.

Als Mary in den Schacht blickte und unter sich die Gran Sabana sah, trat sie instinktiv einen Schritt zurück. Doch ihr Mann schubste sie sanft vorwärts und flüsterte ihr ins Ohr: »Los Liebling, zeig ihnen, was in dir steckt.«

Zu dritt hielten sie das Seil fest und ließen Henry langsam hinabgleiten, bis er sich mit den Füßen an der Felswand abfedern konnte. Als er sicheren Halt gefunden hatte, rief er nach oben.

»Es kann losgehen!«

Mary bekreuzigte sich, schickte ein Stoßgebet zum Himmel und folgte ihm.

Die beiden Männer seilten sie Zentimeter um Zentimeter ab, bis sie Henry rufen hörten.

»Ich habe sie. Jetzt lasst die Vorräte herunter!«

An den Stahlseilen befestigt, die sie der Maschine entnommen hatten, folgten Wasser und Proviant, bis sie Henry erneut rufen hörten.

»Alles da! Jetzt die Diamanten!«

»Was hast du gesagt?«

»Die Diamanten!«

»Was meinst du, verdammt noch mal?«, gab Jimmie gereizt zurück.

»Den Sack voll Diamanten«, wiederholte der andere lachend. »Sind wir denn nicht deshalb hergekommen?«

»Lass die blöden Witze!«, gab Jimmie scharf zurück. »Wie kannst du in so einem Augenblick lachen?«

»Was soll ich denn deiner Meinung nach sonst tun? Heulen etwa?«, erwiderte Henry. »Los, mach, dass du runterkommst, sonst wird es noch dunkel.«

Jimmie beeilte sich zu gehorchen. Seine Beine baumelten bereits über dem Abgrund, da schärfte Delgado ihm ein: »Immer mit der Ruhe. Das Einzige, was wir im Überfluss haben, ist Zeit. Lieber eine Stunde zu spät, als eine Minute zu früh.«

»Den Spruch kenne ich, allerdings genau umgekehrt«, antwortete Jimmie.

»Sicher. Aber hier geht es ja auch abwärts.«

Der Pilot schüttelte verwirrt den Kopf. Daraufhin ließ der andere ihn langsam hinab, während Jimmie mit den Füßen in der Luft baumelte und festen Halt suchte.

»Nach links, etwas mehr nach links!«, rief ihm Mary von unten zu. »Links von dir ist ein kleiner Vorsprung.«

Es war eine mühselige Prozession.

Zum Verzweifeln. Wie die beiden Profis vorausgesagt hatten, mussten sie wie Schildkröten vorgehen, die den nächsten Schritt erst wagen, wenn sie drei Beine fest verankert haben. Allein von ihrer Geduld und Präzision hingen Erfolg oder Misserfolg des ganzen Unternehmens ab.

Den überwiegenden Teil der Zeit schwiegen sie und

befolgten genau sämtliche Anweisungen, die sie von Henry erhielten. Er kletterte stets voran und nur seiner langjährigen Erfahrung war es zu verdanken, dass sie relativ sicher absteigen konnten.

Gelegentlich schlug er einen der wenigen Kletterhaken, die sie dabeihatten, in die glatte Felswand und befestigte mit einem Karabiner das Seil daran. Später würde Delgado als Letzter die Kletterhaken und Karabiner einsammeln.

Sie schwitzten.

Sie keuchten.

Sie fluchten.

Die meiste Zeit aber beteten sie still vor sich hin, war doch allen bewusst, dass ihr Leben nun unwiderruflich in Gottes Händen lag.

Am Nachmittag erreichten sie eine winzige Mulde im Gestein, eine Art unebene Vertiefung, etwa einen Viertelmeter breit, wo Henry und Jimmie dicht nebeneinander sitzen und sich mit den Füßen an der Felswand abstützen konnten. Jimmie nahm Mary Huckepack und ebenso machten es Delgado und Henry.

Sie hatten mehr Ähnlichkeit mit Seiltänzern während einer Zirkusvorstellung als mit menschlichen Wesen, doch so anstrengend die Haltung auch war, sie bedeutete eine Erholung im Vergleich zu den Strapazen des Abstiegs.

Nachdem sie wieder zu Atem gekommen waren, etwas gegessen und ihren Durst gestillt hatten, fragte Henry, ohne den Kopf zu bewegen: »Wie viel Meter haben wir geschafft?«

»Etwa neunzig«, antwortete Delgado heiser.

»Dann werden wir hier die Nacht verbringen«, erklärte Henry.

Wieder herrschte lange Zeit Stille. Scheinbar wollte

oder konnte niemand mehr denken, geschweige denn sprechen. Sie waren froh, dass ein anderer die Verantwortung übernommen hatte, und niemandem lag etwas daran, Henrys Entscheidung infrage zu stellen.

Wie sollten zwei Männer die ganze Nacht in einem schmalen Felsspalt hocken und dabei zwei erwachsene Menschen auf den Schultern tragen? Darauf gab es keine Antwort, doch da ihnen keine andere Möglichkeit blieb, war es auch zwecklos, sich die Frage überhaupt zu stellen.

Nachdem sie fast eine Stunde gedöst und sich ihre Muskeln ein wenig entspannt hatten, verteilte Delgado eine Hand voll Mandeln, Rosinen, Datteln und Nüsse.

»Kaut so langsam wie möglich«, sagte er.

Danach reichte er die Wasserflasche herum.

»Jeder einen Schluck. Nur einen«, befahl er.

Nach der erbärmlichen Stärkung machten sie sich daran, Kletterhaken in die Felswand zu schlagen, um sich mit Hilfe von Seilen und Stahlseilen so fest an die Bergwand zu schnüren, dass sie sich kaum noch rühren konnten.

Allmählich senkte sich die Nacht herab.

Für Mary und Jimmie Angel war es eine der finstersten in ihrem Leben.

Wahrscheinlich auch für Delgado und Henry, trotz ihrer jahrelangen Erfahrung als Bergsteiger.

Zum Glück waren alle nach der entsetzlichen Anspannung der letzten Stunden derart erschöpft, dass sie keine Zeit hatten, über ihre aussichtslose Lage nachzudenken. Sobald sich die Dämmerung der Landschaft bemächtigte, wurden sie vom Schlaf überwältigt, so schnell, als hätte man sie bewusstlos geschlagen.

Drei Stunden vor Sonnenaufgang begann Mary hemmungslos zu schluchzen.

Sie hatte sich nicht mehr beherrschen können und ihre Blase über Nacken und Schultern ihres Mannes entleert.

Der Pilot versuchte, sie zu trösten, während er ihr liebevoll die Schenkel streichelte.

»Ruhig, ganz ruhig«, flüsterte er.

»Was für eine Schande! Mein Gott«, schluchzte sie. »Was für eine Schande!«

»Schon gut«, beschwichtigte Jimmie sie. »Ich bin schließlich dein Mann. Alles halb so wild!«

Die Stunden vor dem Morgengrauen entpuppten sich als die schlimmsten und längsten. Ihre Körper waren so verkrampft, dass sie befürchteten, die Muskeln würden nie wieder auf die Befehle des Gehirns reagieren.

Nachdem Mary immer deutlicher bewusst geworden war, welche Last sie für den Mann darstellte, den sie liebte, hätte sie am liebsten auf der Stelle Schluss gemacht und sich in den Abgrund gestürzt. Der erfahrene Henry hatte jedoch geahnt, dass genau diese Verzweiflung sie in den Morgenstunden der schwierigen ersten Nacht überwältigen würde, und sie besonders fest angeseilt.

Das Morgengrauen kam ihnen vor wie der Anfang vom Ende.

Zwar waren sie jetzt keine versteinerten Statuen mehr, die in einer Felsnische ausgestellt waren, aber jetzt mussten sie auch wieder mit dem Blick in den tiefen Schlund fertig werden, der sie wie eine Sirene mit der Verheißung lockte, ihren Qualen ein schnelles Ende zu bereiten. Lieber ein Ende mit Schrecken als ein Schrecken ohne Ende, säuselte er ihnen ins Ohr.

Der Schwindel ist wie ein Hypnotiseur, der statt eines Pendels die Leere benutzt, um den Blick und das Bewusstsein seines Opfers zu benebeln und ihnen gleichzeitig den Tod als endgültige Lösung aller Probleme vorgaukelt.

»Seht nicht nach unten!«, warnte Henry. Seine Stimme schien direkt aus der Tiefe des Berges zu kommen. »Fangt an, die Finger zu spreizen und wieder zu schließen!«

Es war die erste Übung des Tages. Sie sollte den Blutkreislauf wieder in Gang bringen, denn alle hatten das Gefühl, dass ihnen während der letzten Stunden das Blut in den Adern geronnen war und ihr Herz aufgehört hatte zu schlagen.

Die Finger zuerst, dann die Hände, später die Arme. Nach etwa einer halben Stunde, als die Muskeln wieder gehorchten, begannen sie, die Seile zu entknoten und Kletterhaken und Karabiner einzusammeln.

Sie aßen die Reste des Reisgerichts vom Vortag auf und mussten sich erneut mit einem einzigen Schluck Wasser begnügen. Schließlich ließ Henry sich das nächste Stück am Seil in die Tiefe gleiten, während Delgado ihn von oben sicherte.

Die Übrigen folgten.

Es war eine jämmerliche Prozession mit ungewissem Ausgang, denn immer noch wussten sie nicht, was sie am Ende des schmalen Schachts tatsächlich erwartete.

Bald darauf bemerkten sie die ersten Lichtblitze. Offenbar suchte Félix Cardona sie. Doch bis an die Stelle der Steilwand, wo sie sich im Augenblick befanden, drangen noch keine Sonnenstrahlen durch, sodass sie seinen aufmunternden Morgengruß nicht erwidern konnten.

»Armer Félix!«, seufzte Mary. »Es muss ihm ganz schön mies gehen.«

»Ich würde auf der Stelle mit ihm tauschen«, entgegnete Delgado und lachte. »Ich würde alles geben, um wieder auf festem Boden zu sitzen, und wenn es auf einem Kaktus wäre!«

Kurz vor Mittag erreichten sie den Vorsprung am Ende des Schachts. Nachdem sie noch weitere zwanzig Meter fast horizontal weitergegangen waren, standen sie erneut am Rand des Abgrunds.

Vorsichtig setzten sie sich auf den Absatz, der so breit war, dass sie sogar liegen konnten. Nachdem sie sich eine Zeit lang ausgeruht hatten, bat Henry darum, ihn am Gürtel festzuhalten.

Dann schob er sich mit dem Oberkörper so weit über den Rand des Abgrunds vor, bis er erkennen konnte, wie die Felswand darunter aussah.

»Kannst du etwas sehen?«

»Etwa zwanzig Meter tiefer gibt es anscheinend einen Felsvorsprung, der leicht aufwärts und um die Ecke führt.«

»Der leicht aufwärts führt?«, wiederholte Jimmie entsetzt. »Das darf doch nicht wahr sein!«

»Nur ganz leicht; wichtig ist, dass wir ihn problemlos erreichen können. Was danach wird, weiß nur Gott.«

Sie versuchten, es gelassen zu nehmen.

Zuerst sandten sie Félix ein Lebenszeichen, das prompt erwidert wurde, verrichteten dann ihre Notdurft, nahmen einen Schluck aus der Wasserflasche und setzten ihren Abstieg fort, der sie nach und nach bis zum Fuß des Tepui führen sollte.

Wieder ließen die drei zuerst Henry langsam hinunter, damit er in aller Ruhe das halbe Dutzend Kletterhaken, die sie hatten, in die Felswand hämmern konnte.

Als er den kleinen Felsvorsprung endlich erreicht und festen Halt unter den Füßen gefunden hatte, folgte Mary, gesichert von den beiden Männern. Henry fing sie auf und setzte sie vorsichtig neben sich auf den Felsvorsprung.

Danach war wie immer Jimmie dran, der das Seil an den Kletterhaken befestigte, damit der Letzte sich daran abseilen und sie gleichzeitig einsammeln konnte.

Es war nur allzu offensichtlich, dass ohne die Erfahrung der beiden venezolanischen Bergsteiger nichts von alledem möglich gewesen wäre. Dies war auch der Grund, warum Jimmie sich strikt an die Anweisungen der beiden hielt. Er wusste genau, dass das Leben seiner Frau wie auch sein eigenes allein in den Händen dieser Männer lag.

Als sie wieder beisammen waren, stiegen sie den kleinen Pfad bis zur nächsten Biegung hoch und stellten entzückt fest, dass von dort ein schräg abfallender Hang fast fünfzig Meter weit in die Tiefe führte.

Es wäre in der Tat ein schönes Geschenk gewesen, das sie ein ganzes Stück weiter gebracht hätte. Doch ihre Freude hielt nur so lange an, bis sie feststellten, dass eine dünne Schicht aus Moos und Flechte die Oberfläche in eine wahre Rutschbahn verwandelte. Bei der kleinsten Unvorsichtigkeit würden sie direkt in den Abgrund stürzen.

»Nehmen denn die Probleme kein Ende?«, fragte Mary entmutigt.

»Wenn in den Bergen ein Problem wegfällt, dann nur, weil das nächste anfängt«, erklärte Delgado nüchtern. »Es kommt darauf an, dass das nächste Problem nicht schlimmer ist als das davor.«

Es schien völlig unmöglich, auch nur einen Schritt über den trügerisch glänzenden Moosteppich zu wagen. Es blieb ihnen nichts anderes übrig, als auf dem Hintern Zentimeter für Zentimeter die Steigung hinabzurutschen, während sie, so gut es ging, die Absätze in den moosigen Boden bohrten, um sich abzustützen und nicht abzustürzen.

Unter anderen Umständen – ohne die Aussicht auf achthundert Meter Abgrund zur Linken – wäre es einfach nur komisch gewesen. Als sie das tiefer liegende Sims erreichten, waren ihre Kleider zerfetzt, die Haut aufgeschürft und ihre Kräfte verbraucht.

Die Schatten über der Gran Sabana wurden allmählich länger. Direkt vor ihren Augen versank die Sonne gemächlich hinter den Bergen. Sie beschlossen, das Nachtlager zu errichten, schlugen die vom vielen Gebrauch bereits verbogenen Kletterhaken in den Felsen und seilten sich daran fest.

Auf engstem Raum an die Felswand gebunden schliefen sie wie in einer Zwangsjacke. Sie wussten, dass sie sich nicht bewegen durften, wollten sie die anderen nicht unnötig gefährden. Und obwohl sie unter dem sternenfunkelnden Himmel im Freien schliefen, hatte jeder Einzelne von ihnen das Gefühl einer klaustrophobischen Enge.

Trotzdem war ihre Lage um vieles angenehmer als in der Nacht zuvor. Im Morgengrauen fiel ein Schauer, der im Nu in einen tropischen Platzregen überging. Vom Gipfel des Berges prasselte ein wahrer Wasserfall auf sie nieder, der sie zwar vom beißenden Geruch nach Schweiß und Fäkalien befreite und ihren Durst stillte, sie aber auch in die Tiefe zu reißen drohte.

»Verdammt noch mal!«, schrie Jimmie außer sich vor Wut. »Wer hat es bloß auf uns abgesehen?«

»Wahrscheinlich der Teufel in dem Berg«, antwortete Henry scherzhaft und versuchte, die Ruhe zu bewahren, obwohl er mit Sorge beobachtete, wie sich die Kletterhaken im Felsen unter der Wucht des Wassers allmählich lockerten. »Wir haben ihn geärgert und jetzt ärgert er uns.«

»Die Regenzeit in der Gran Sabana ist doch längst vorbei!«, sagte Mary verzweifelt.

»Ich habe fast mein ganzes Leben in der Gran Sabana verbracht und das Einzige, was ich gelernt habe, ist, dass sie macht, was sie will«, mischte sich Delgado ein, der seine Einsilbigkeit verloren zu haben schien. »Entweder akzeptiert man es so oder man bleibt ihr fern.«

Reglos verharrten sie, wo sie waren, und trotzten den Unmengen an Wasser, das von Süden kam, gegen die hohe Felswand peitschte und dann an ihr herabrauschte. Man hätte fast meinen können, dass der Himmel nur darauf aus war, sie bis auf die Knochen zu durchnässen. Als endlich die ersten Sonnenstrahlen am Horizont auftauchten, zitterten sie vor Kälte wie Espenlaub.

Eine wattige Masse hatte sich über die Landschaft gelegt. Reglos saßen sie im Dunst und starrten gedankenverloren in die Leere. So abwesend, dass man den Eindruck haben konnte, sie wären schon tot und warteten nur noch auf das Jüngste Gericht.

Kein Mensch auf der Welt war sich je so einsam und verloren vorgekommen wie diese Unglücksraben auf halbem Weg zwischen Himmel und Erde.

Niemand hatte sich je so tot gefühlt und doch so am Leben gehangen.

Niemand war so mutig und zugleich verzagt gewesen.

Man kann ziellos durch den Dschungel oder die Wüste irren, im menschenfeindlichen Gebirge die Orientierung verlieren, sich im Dunkeln durch tiefe Höhlen und Tunnel tasten.

Aber dass diese drei Männer und eine Frau verwirrt an einer schwarzen Felswand herumkraxelten, mal nach oben, dann wieder nach unten, mal vor, dann wieder zurück, mal schweigend, mal fluchend, erschien einfach absurd. Als hätten sie nicht eine herrliche Landschaft mit endlosen Horizonten vor sich, sondern wären von tiefster Finsternis umgeben.

Ihre Bezugspunkte waren immer gleich. Der Fluss und das Lager. Ihr Ziel war klar: die Füße wieder auf festen Boden zu setzen. Und doch lebten sie in ständiger Angst, dass ein falscher Schritt der letzte sein konnte.

Es kam ihnen vor, als wären sie in ein vertikales Labyrinth geraten.

Den vierten Tag verbrachten sie in einer geräumigen drei Meter tiefen Höhle, die ihnen wie ein Märchenschloss vorkam. Dort gönnten sie ihren geschundenen Körpern, die allmählich gegen die Strapazen rebellierten, eine Verschnaufpause, bevor sie sich wieder den Schrecken der Höhe stellten.

Am nächsten Morgen beschlossen die beiden Bergsteiger, allein loszuziehen, um einen Weg zu finden. Mary und Jimmie Angel kauerten eng umschlungen am Ende der Höhle und dachten an die Möglichkeit, dass die beiden den weisen Entschluss gefasst haben könnten, wenigstens ihre eigene Haut zu retten.

»Es sind gute Jungs«, sagte Mary kaum hörbar, als hätte sie die Gedanken ihres Mannes erraten. »Gute und starke junge Männer, die es verdienen, am Leben zu bleiben.«

»Du bist auch gut, stark und jung«, gab ihr Mann zurück. »Du hättest es genauso verdient.«

»Ich bin am Ende. Es würde mir nichts ausmachen, Hand in Hand mit dir in den Abgrund zu springen.« Sie sagte das vollkommen ernst.

»Wir sollten nichts überstürzen«, erwiderte Jimmie. »Diese Möglichkeit läuft uns ja nicht davon. Nun bin ich schon so lange Flieger, aber ich habe immer noch nicht gelernt, es ohne Flügel zu versuchen. Ich Esel! Warum habe ich mich bloß immer geweigert, einen Fallschirm mit an Bord zu führen? Nur weil ich ständig damit angeben musste, dass ich überall landen kann! Jetzt wäre ein Fallschirm Gold wert.«

»Hättest du es fertig gebracht, vom Gipfel des Tepui abzuspringen?«, fragte sie ungläubig.

»Na klar. Du etwa nicht?«

»Ich glaube nicht.«

»Findest du das hier etwa besser?«

»Ich weiß es nicht mehr«, gestand Mary aufrichtig. »Ich fühle mich wie unter Drogen. Als wäre ich gar nicht mehr ich selbst. Als lebte ich in einem Albtraum, aus dem ich nie erwachen werde. Wenn ich mir vorstelle, dass uns nur fünfhundert Meter vom Leben trennen, dass sie aber auch den Tod bedeuten können, habe ich ein solches Gefühl von Ohnmacht, dass ich schreien könnte.«

»Ich weiß, dass du das nicht tun wirst.«

»Da bin ich nicht sicher.«

Schweigend umarmten sie sich, wie kleine Kinder, die sich im dunklen Wald verirrt haben und nun sehnsüchtig auf die Rückkehr ihrer Kameraden hoffen. Gleichzeitig fürchteten sie sich aber auch davor, denn dann wären sie gezwungen, den mörderischen Abstieg fortzusetzen.

Dann kehrten die beiden Bergsteiger tatsächlich zurück, wie sie versprochen hatten.

Wie immer.

Eine gute Nachricht aber brachten sie nicht mit.

Die Verzweiflung wurde übermächtig.

Ihr Labyrinth hatte keinen Ausgang.

Der einzige Ausweg war dieser eine falsche Schritt.

Am neunten Tag waren sie fast verhungert, zerlumpt und völlig erschöpft. Jeder Zentimeter ihrer Haut war übersät mit blutigen Schürfwunden. Sie hatten kaum noch Kraft, um sich an der Bergwand festzuhalten. Ihre entzündeten Augen waren von der Sonne versengt und in den mit Blasen und eitrigen Wunden bedeckten Gesichtern kaum noch zu erkennen. Schließlich gelangten sie zu einem Hang, der achtzig Meter steil herabfiel.

Hier waren sie am Ende aller Wege angelangt.

Ihre zerfetzten Seile hätten nicht mal mehr das Gewicht eines Säuglings ausgehalten. Sämtliche Kletterhaken waren abgebrochen. Sie hatten keine einzige Dattel mehr und kaum noch Trinkwasser. Doch das Schlimmste war, dass sie den Glauben an sich selbst verloren hatten.

Wie so viele vor ihnen sollten auch sie im letzten Augenblick scheitern.

Cardona schrie ihnen von unten Mut zu und versuchte, sie anzuspornen. Doch Henry wusste, dass seine Hände ihm nicht mehr gehorchten. Die Finger, früher stark wie die Krallen eines Raubtiers, waren nur noch rohes Fleisch. Die Hälfte seiner Nägel war abgerissen. Die Augen, normalerweise scharf wie die eines Adlers, waren verschleiert von eitrigen Entzündungen auf seinen Lidern.

Nach sechs Stunden, die sie wie zerbrochene Puppen einfach nur da gesessen hatten, verstummte Cardonas heisere Stimme schließlich. Plötzlich wurde es vollkommen still, als warteten sie auf die Ankunft des Todes oder darauf, dass einer nach dem anderen in den Abgrund stürzte. In diesem Augenblick wurde Jimmie klar, dass er das Kommando wieder an sich reißen musste. Die beiden Bergsteiger hatten alles Menschenmögliche getan – viel mehr, als man hätte erwarten können.

Die Verantwortung und die Last des Abstiegs hatten einzig und allein auf ihren Schultern gelegen. Sie hatten übermenschliche Anstrengungen auf sich genommen. Nun aber schien es völlig zwecklos und obendrein ungerecht, ihnen weiterhin die Last der Entscheidungen aufzubürden.

Nicht der erfahrenste Bergsteiger hätte dieses allerletzte Hindernis überwinden können: eine steile, glatt polierte Felswand, die keinerlei Halt bot.

»Félix!«, schrie Jimmie von oben. »Félix? Kannst du mich hören?«

»Ja, ich höre dich!«, antwortete der andere aus weiter Ferne.

»Lauf zur Missionsstation in Kawanayen und hol Pater Orozco!«

»Wozu? Er kann auch nichts tun!«

»Vielleicht hat er eine Idee, wie man uns ein paar Seile hochwerfen könnte.«

»Ihr seid zu hoch!«, schrie der andere zurück.

»Versuch es trotzdem!«

»Ich brauche mindestens zwei Tage, bis ich wieder da bin!«

»Macht nichts, wir halten so lange durch!«

»Na schön!«

Félix Cardona rannte los.

Sie sahen, wie er den steinigen Hang hinunterlief, auf die weite Ebene gelangte und sich endlich auf dem Weg zur Missionsstation in der Ferne verlor.

»Er wird es nicht rechtzeitig schaffen«, murmelte Henry hoffnungslos.

»Das hängt nur von uns ab«, erwiderte Jimmie überzeugt. »Wenn wir es bis hierher geschafft haben, werden wir uns auch jetzt nicht von diesem verfluchten Berg unterkriegen lassen. Nur ein Katzensprung trennt uns vom Leben!«

»Ein Katzensprung?«, entgegnete Delgado. »Das nennst du einen Katzensprung?«

»Nenn es, wie du willst! Wir werden es trotzdem schaffen.«

»Das glaube ich nicht«, widersprach Delgado entmutigt. »Aber wenigstens wird Cardona nicht mitansehen müssen, wie wir langsam krepieren.«

Niemand sagte etwas darauf, denn ganz offensichtlich gab es nichts zu sagen.

Sie tranken das letzte Wasser, das sie hatten, und legten sich hin. Ihre Körper waren dermaßen erschöpft, dass man hätte meinen können, sie wären bloß noch Marionetten, deren Fäden man abgeschnitten hatte.

Marys Haar war über Nacht weiß geworden.

Neun Tage des Grauens waren zu lang für den Todeskampf. Weder die Raubtiere im Dschungel noch sonst ein ihrer Einbildung entsprungenes Ungeheuer hätte ihnen so viel Angst einjagen können wie dieser menschenverschlingende Schlund.

Sich ins Nichts zu stürzen ist für die meisten Menschen ein Albtraum, weil sie wissen, dass man gegen die Schwerkraft nichts ausrichten kann.

Daher ist der Traum, fliegen zu können, im Grunde genommen nichts anderes als der Wunsch, die Angst vor dieser Macht zu bezwingen. So vollkommen und sicher die Flugzeuge auch gebaut sein mögen, im tiefsten Innern weiß jeder Pilot, dass die allmächtige Hand der Schwerkraft früher oder später Mensch und Maschine zurück auf den Boden der Tatsachen holen wird.

Ausgelaugt, der unerbittlichen Sonne schutzlos ausgeliefert, spürten sie ihre Körper nicht mehr und empfanden weder Hunger noch Durst.

Wer hat schon Hunger, wenn er im nächsten Augenblick von einem Löwen verschlungen wird?

Wer denkt ans Essen, wenn unzählige Gespenster um ihn herumschwirren?

Welches körperliche Verlangen ist stärker als die Angst vor dem Tod?

Und ein Sturz aus achtzig Metern Höhe ist genauso tödlich wie einer aus tausend Metern.

Ein sicherer Tod, höchstens weniger spektakulär.

Während Mary beobachtete, wie die Reiher unter lautem Geschrei zu ihren Nestplätzen zurückkehrten, ehe die Nacht einbrach und sie verstummen ließ, dachte sie darüber nach, warum sie ihrem ersten Impuls nicht gefolgt war und sich von der Höhe des Tafelbergs in die Tiefe gestürzt hatte.

Vielleicht wären dann ihr Mann und die beiden anderen am Leben geblieben.

Vielleicht hätten sie es geschafft, wenn sie ihnen nicht zur Last gefallen wäre.

Vielleicht ... Sie warf ihnen einen mitfühlenden Blick zu.

Wie wenig von ihrer einstigen Kraft war ihnen geblieben!

Wie wenig von ihrer beneidenswerten Jugend hatten sie noch!

Sie waren wie lebende Tote. Der Berg hatte ihnen

ihre Zuversicht aus dem Leib geprügelt, ihnen die Haut vom Körper gerissen und ihnen den Glanz aus den Augen geraubt.

»O Herr, o Herr!«, flüsterte sie bei sich. »Warum hast du zugelassen, dass wir es bis hierher schaffen, wenn du gar nicht daran dachtest, uns zu retten?«

Der Wind heulte.

Ihr ärgster Feind.

Er konnte sie von ihrem Felsvorsprung fegen wie Blätter von einem Baum.

Mit dem Untergang der Sonne trug der Wind auch die Kälte herbei.

In dieser Nacht hatte Mary große Angst. Nicht vor dem Tod, der längst zu ihrem ständigen Begleiter geworden war. Es war die Angst, im letzten Augenblick den Glauben an einen Gott zu verlieren, der bald über sie zu richten hätte.

Sie wusste, dass sie mehr verlieren würde als nur das Leben, wenn sie ihn im Tod verfluchte; doch die Probe, auf die er sie stellte, war so brutal und ungerecht, dass selbst jemand, der gläubiger gewesen wäre als sie, an seiner Gnade gezweifelt hätte.

Der Wind nahm zu.

Ein für alle Mal schien er sie vom Berg vertreiben zu wollen.

Jimmie verhakte seinen Arm trotz der Gefahr, ihn zu brechen, zwischen zwei Felsen. Mit dem anderen zog er Mary an sich, fest entschlossen, die ganze Nacht dem sich zusammenbrauenden Sturm zu trotzen.

Fest entschlossen, sich und die Frau, die er liebte, zu retten. Wenn der Wind sie ihm entreißen wollte, dann musste er ihm schon die Arme brechen.

Träume kamen ihm diesmal nicht zu Hilfe.

Nur Halbschlaf.

Augenblicke, in denen er kurz einnickte, immer wieder abgelöst von langen Stunden des Wachens.

Schöne Erinnerungen blitzten auf, wurden jedoch von der finsteren Realität des Abgrunds sofort verdrängt, der jetzt zwar unsichtbar, aber trotzdem so nah war, dass nicht einmal die schwarze Nacht ihn aus Jimmies Bewusstsein zu vertreiben vermochte.

Es wurde eine höllische Nacht.

Grausam wie alle anderen Nächte zuvor, nur war er sich jetzt nicht mehr des Ausmaßes der Grausamkeit bewusst.

Im Morgengrauen lag Mary im Delirium.

Der Tod kam mit Siebenmeilenstiefeln auf sie zu.

Jimmie drehte sich um und warf Henry und Delgado einen Blick zu in der Hoffnung, sie hätten sich über Nacht so weit erholt, dass sie einen weiteren Versuch wagen könnten. Doch er sah sofort, dass sie nicht mal mehr Kraft hatten aufzustehen.

Er lehnte den Kopf gegen die Felswand, fuhr seiner bewusstlosen Frau sanft über das Haar und schloss die Augen. Plötzlich, ohne dass er wusste warum, kamen ihm einige Sätze in den Sinn, die sein Freund Dick Curry in seinem schlichten Tagebuch hinterlassen hatte.

Wer wird mein Grab schaufeln? Wer meinen Namen auf das Kreuz schreiben?

Ich liebe dieses Land, obwohl ich weiß, dass es mich umbringen wird; so wie ich Ketty liebte, obwohl ich wusste, dass sie mich am Ende verlassen würde.

Er hat nie erfahren, wie lange er mit geschlossenen Augen reglos dagelegen hatte. Als er sie wieder aufschlug und den Blick über die trostlose Savanne schweifen ließ, fing sein Herz plötzlich an zu pochen.

Weniger als einen Kilometer entfernt marschierte eine Gruppe von nackten Indianern auf sie zu.

»Seht!«, rief er. »Seht nur!«

Henry und Delgado schienen nur unter größter Mühe aus einem Albtraum zu erwachen. Sie schüttelten den Kopf, rieben sich die Augen und starrten in die Richtung, in die Jimmie zeigte.

»Wer mag das sein?«, fragte Jimmie.

»Menschenfresser«, antwortete Delgado.

»Bist du sicher?«

»Nein. Wie könnte ich? Sie sind viel zu weit weg.« Er drehte sich zu Henry um. »Was meinst du?«

»Ich kann nichts erkennen. Außerdem, was spielt es schon für eine Rolle? Sie können uns weder auffressen noch helfen.«

»Wenn es *guaharibos* wären, könnten sie uns helfen«, sagte der andere leise.

»Großer Gott!«, rief plötzlich sein Kollege. »Du hast Recht! Die *guaharibos* könnten uns tatsächlich helfen. Aber was macht eine Gruppe von *guaharibos* so weit weg von ihrem angestammten Gebiet?«

»Wer weiß? Vielleicht wollen sie Tauschhandel treiben? Sie kommen aus dem Norden und marschieren in Richtung Süden.«

»Gib einen Schuss ab!«

Delgado zog seinen schweren Revolver, vom dem er sich nicht mal beim Schlafen trennte, und schoss in die Luft.

Das Echo prallte gegen die Felswand des Tafelbergs und breitete sich über die Gran Sabana aus. Die Indianer blieben erschrocken stehen und griffen nach ihren Waffen. Misstrauisch spähten sie in alle Himmelsrichtungen, um festzustellen, woher der gewaltige Donner gekommen war.

Der zweite Schuss brachte sie auf die richtige Spur, denn schließlich deutete einer von ihnen auf den Tepui.

Die Gruppe beratschlagte eine Zeit lang, dann kam sie schnellen Schrittes auf den Tafelberg zu.

Mary öffnete mühsam die Augen.

»Was ist?«, murmelte sie kaum hörbar.

»Indianer!«, lautete die Antwort.

»Und was ...«

Ihr Mann zuckte die Achseln.

»Ich weiß es nicht.«

Niemand sagte ein Wort, vielleicht weil bereits der bloße Versuch übermenschliche Anstrengung gekostet hätte, bis schließlich die etwa zwanzigköpfige Gruppe von bewaffneten Wilden dreihundert Meter von ihnen entfernt stehen blieb, einen Halbkreis bildete und sie anstarrte. Sie hatten Bögen und spitze Speere bei sich.

»Und? Sind es *guaharibos*?« Henrys Stimme klang brüchig, aber hoffnungsvoll.

»Keine Ahnung«, antwortete Delgado aufrichtig. »Jedenfalls scheinen es keine *pemones* zu sein. Da sie aber keine Kriegsbemalung tragen, könnten es genauso gut *waicas* wie *guaharibos* oder *piaroas* sein.«

»Und worin liegt der Unterschied?«, fragte der König der Lüfte.

»Die *waicas* würden versuchen, uns mit ihren Pfeilen herunterzuholen. Die *guaharibos* dagegen würden uns unter Umständen zu Hilfe kommen.«

»Wie denn?«

»Sie wissen schon, wie. Allerdings glaube ich kaum, dass es tatsächlich ›Langbeine‹ sein könnten. Normalerweise verlassen sie ihre Gebiete nicht.«

»Haben sie Töpfe dabei?«, fragte Henry plötzlich.

»Töpfe?«, wiederholte Jimmie. »Was für Töpfe?«

»Kochtöpfe. Aus Metall, die glänzen. Wenn sie welche haben, heißt das, dass sie ihre Felle dagegen eingetauscht haben. Dann sind es wahrscheinlich tatsächlich *guaharibos*.«

Sie versuchten, etwas zu erkennen, mussten aber bald einsehen, dass es zwecklos war.

»Ich sehe nur, dass sie große Körbe dabeihaben. Möglich, dass Töpfe drin sind, aber sehen kann man sie nicht.«

Jimmie erinnerten sie an die Gruppe von Indianern, die sich um die alte Gipsy Moth versammelt und sie drei Tage lang angestarrt hatte, während Curry und er sich vor Angst beinahe in die Hosen gemacht hatten.

Jedenfalls war ihr Verhalten ähnlich. Sie saßen im Halbkreis und starrten auf die Gruppe der vier Weißen auf dem Felsvorsprung des heiligen Tepui, als beobachteten sie ein einmaliges Schauspiel: vier Weiße auf dem Felsvorsprung eines Heiligen Berges.

Nach einer Stunde war ihm klar, dass sie offensichtlich dieselbe endlose Geduld hatten.

»Was machen sie?«, wollte Mary wissen.

»Nichts«, antwortete Delgado. »Diese Wilden haben es nie eilig. Sie beobachten erst, was wir hier oben so treiben.«

»Was glauben die wohl, was wir hier oben treiben? Tanzen?«

»Vermutlich ahnen sie nicht einmal, dass wir gefangen sind. Wahrscheinlich nehmen sie an, dass wir aus Spaß heraufgeklettert sind.«

»Dann müssen sie verrückt sein.«

»Verrückt?«, entgegnete Delgado empört. »Bestimmt nicht! Sie sind völlig normal. Sie können sich nur nicht vorstellen, dass jemand so verrückt ist, mit einer Maschine auf einem Berg zu landen, von dem er dann nicht mehr herunterkommt.«

»Da hast du nicht so Unrecht, fürchte ich.«

»Deshalb werden sie so lange da unten bleiben, bis sie anfangen, sich zu langweilen.«

»Was können wir machen?«

»Nichts. Kein Weißer hat es je geschafft, ein paar Brocken ihrer Sprache zu lernen. Wie sollen wir sie bitten, uns zu helfen?«

»Du willst mir doch nicht weismachen, dass sie nicht mal auf die Idee kommen könnten, dass wir in Not sind?«, warf Jimmie ein.

»Für die meisten Indianerstämme sind wir Weiße besondere Wesen. Wir besitzen riesige Boote, bauen Städte aus Stein und haben Maschinen, die fliegen können. Trotzdem halten sie alles, was wir tun, für absurd. Zum Beispiel, dass wir unser Leben für eine Hand voll Diamanten riskieren, die zu nichts gut sind.« Er zuckte die Achseln, als wollte er andeuten, dass sie wahrscheinlich Recht hatten. »Bestimmt denken sie jetzt, dass sie wieder einmal Zeugen einer verrückten Laune sind, deren Sinn ihren Horizont übersteigt.«

»Verdammte Hundesöhne!«, rief Jimmie. »Was ist, wenn wir schreien? Vielleicht könnten wir ihnen mit Zeichen verständlich machen, dass wir runter wollen?«

»Wenn wir sie anschreien, werden sie gekränkt sein und verschwinden«, erklärte Henry überzeugt.

»Warum denn das?«

»Weil sie andere Gewohnheiten haben als wir. Sie schreien sich nur an, wenn sie es auf einen Kampf auf

Leben und Tod anlegen. Sie werden annehmen, dass wir sie fortjagen wollen, damit sie nicht sehen, was wir hier oben treiben.«

»Schöne Aussichten! Diese Wilden sind uns zu nichts nütze!«

»Wären es *guaharibos*, sähe die Sache anders aus«, beharrte Delgado. »Man nennt sie Langbeine, weil sie Nomaden sind, die es nie lange an einem Ort hält. Und weil es in ihren Bergen so viele Stromschnellen gibt, haben sie ausgeklügelte Techniken entwickelt, um tiefe Schluchten zu überwinden. Sie klettern wie die Eichhörnchen. Ich bin sicher, dass sie es bis hierher schaffen könnten.«

»Lieber Himmel!«, jammerte Mary. »Und es gibt wirklich keine Möglichkeit, ihnen mitzuteilen, dass wir hier runter wollen?«

»Sie sind zu weit weg. Mir jedenfalls fällt nichts ein«, gab Henry entmutigt zu.

Eine weitere Stunde verging.

Nichts veränderte sich.

Die Wilden bewegten keinen Muskel.

Die Weißen warteten.

Ihre Verzweiflung wuchs von Minute zu Minute.

Plötzlich rief Delgado nervös: »Wir müssen uns ausziehen!«

»Was sagst du da?«, fragte Jimmie verblüfft.

»Wir müssen uns ausziehen«, wiederholte Delgado. »Wenn wir Kleider und Schuhe hinunterwerfen, deuten sie es vielleicht als Zeichen dafür, dass wir keine Übermenschen mehr sein wollen, sondern ganz gewöhnliche Geschöpfe wie sie. Vielleicht kommen sie dann eher dahinter, dass ein Häuflein nackter und unbewaffneter Menschen hier oben in Not ist.«

»Aber ...«

»Kein Aber! Wir müssen es wenigstens versuchen.«

Zuerst zogen sie die Stiefel aus und warfen sie den Abgrund hinunter. Dann folgten die Hemden, Hüte und Hosen, die Waffen und schließlich die Unterwäsche, bis sie so waren, wie sie auf die Welt gekommen waren. Je mehr Kleidungsstücke vom Himmel fielen, umso verwirrter schienen die Indianer.

Aufgeregt begannen sie, untereinander zu beratschlagen. Doch als schließlich keiner von ihnen Anstalten machte, etwas zu unternehmen, rief Delgado Mary zu: »Steh auf und zeig dich ihnen. Sie sollen deine Brüste sehen, damit sie erkennen, dass du eine Frau bist.«

»Wozu soll denn das nun wieder gut sein?«

»Vielleicht unternehmen sie dann endlich was. Für sie sind Frauen und Kinder heilig. Sie würden sie niemals im Stich lassen, wenn sie in Gefahr sind. Wenn sie dich sehen, kommen sie vielleicht auf die Idee, dass etwas nicht in Ordnung ist. Bitte!«

Mary zögerte nur kurz, dann ließ sie sich von ihrem Mann auf die Beine helfen und zeigte sich in ihrer Nacktheit und Verletzlichkeit der Gruppe von Wilden.

Erneut wurde beratschlagt.

Endlos.

Plötzlich brach Mary in Tränen aus. Sie schrie und raufte sich verzweifelt die Haare, um zu zeigen, welche Todesangst sie ausstand.

Ein letztes Mal wurde beratschlagt, dann schienen die Indianer eine Entscheidung getroffen zu haben, denn jetzt teilten sich die Krieger blitzschnell in zwei Gruppen auf.

Die einen verschwanden im nahe gelegenen Wald, aus dem man bald laute Machetenhiebe hörte.

Die anderen eilten zur Felswand und untersuchten sie mit größter Aufmerksamkeit.

»Es sind *guaharibos*!«, rief Delgado mit erstickter Stimme. »Dem Himmel sei Dank! Es sind tatsächlich *guaharibos*!«

»Woher weißt du das?«

»Weder *waicas*, *pemones* noch sonst ein Stamm würde sich erst die Mühe machen, eine Stelle zu suchen, an der sie hochklettern könnten. Weil sie nämlich gar nicht wüssten, wie!«

Sie warteten.

Aus Minuten wurden Stunden, aus Stunden fast ein Leben.

Schließlich hörten sie, wie ein Indianer, etwa hundert Meter von dem Schacht entfernt, wo sie ausharrten, die anderen herbeirief, die ohne Eile zu ihm traten.

Der Krieger deutete auf die Felswand und machte eine kreisförmige Bewegung mit dem Arm.

Dann hockte sich die Gruppe erneut hin und musterte den Berg, während sie auf die anderen Indianer wartete, die im Wald verschwunden waren. Es dauerte eine Weile, bis diese mit spitzen, etwa fünfzig Zentimeter langen Pfählen aus dem Wald wieder auftauchten.

»Da sind sie!«, rief Delgado, der sich weit über den Abhang gebeugt hatte, ohne darauf zu achten, dass er jeden Moment abstürzen konnte. »Da sind sie. Sie werden es versuchen! Großer Gott! Sie wollen tatsächlich versuchen, uns zu retten!«

Die *guaharibos* hatten in der Tat beschlossen, einen Versuch zu wagen, doch sie ließen sich viel Zeit.

Es dauerte eine weitere halbe Stunde, bis alle darin übereinstimmten, dass die ausgesuchte Stelle tatsächlich geeignet war, um den Berg zu besteigen. Erst dann begannen sie, mit Hilfe einer schweren Keule den ersten Pfahl in den Felsen zu schlagen.

Etwa einen Meter über dem Boden hämmerten sie den gespitzten Pfahl so lange in einen Spalt, bis nur noch dreißig Zentimeter herausragten.

Zwei Indianer hängten sich daran, um seine Festigkeit zu prüfen, und brachten den zweiten Pfahl etwa einen Meter über dem ersten an.

Der wurde nicht genau über dem ersten in den Felsen geschlagen, sondern etwa einen Meter weiter nach rechts versetzt.

Anschließend kletterte ein junger Krieger auf den ersten Pfahl, stützte sich am zweiten ab und hämmerte im gleichen Abstand wie die vorherigen den dritten in den Stein.

»Was zum Teufel machen die da?«, fragte der König der Lüfte, der von seinem Platz aus nicht sehen konnte, was unten vor sich ging.

»Sie bauen eine Treppe«, klärte ihn Delgado auf. »Sie suchen im Felsen nach Spalten, in die sie ihre Pfähle hämmern können. So arbeiten sie sich langsam hoch. Sie sind verdammt geschickt!«

Tatsächlich waren sie verdammt geschickt, vor allem aber gelenkig und waghalsig, auch wenn sie Außenstehenden zuweilen den Eindruck vermittelten, ihre Bewegungen seien tausendfach geübt.

Als der Krieger an der Spitze vier Pfähle in den Felsen geschlagen hatte, stieg er hinunter und übergab die Keule einem anderen, der im Handumdrehen hinaufkletterte, als steige er eine bequeme Treppe hoch, und die Arbeit fortsetzte.

Er stemmte sich mit beiden Füßen auf den vorletzten Pfahl und stützte sich mit der Brust am obersten ab, sodass er keinerlei Risiko einging, als er anschließend mit der linken Hand den neuen Pfahl ansetzte und ihn dann mit der Keule, die er am rechten Handgelenk befestigt hatte, in den Felsen trieb.

Wenn eine Spalte aus irgendeinem Grund nicht genügend Halt für den Pfahl bot, wurde ein »Spezialist« hinzugezogen. Mit Hilfe eines stählernen Meißels und eines schweren Hammers schlug dieser zuerst ein Loch in das harte Gestein. Er arbeitete mit einer solchen Präzision, dass anschließend keiner mehr den einmal eingeführten Pfahl hätte wieder herausziehen können.

Halb Menschen, halb Affen, halb Bergziegen, halb Eichhörnchen, turnten die *guaharibos* an der Felswand herum, als hätte eine höhere Instanz das Gesetz der Schwerkraft aufgehoben und als wäre Höhenangst bloß eine dumme Erfindung der Weißen.

Tausende von Jahren hatten die *guaharibos* tief in den Bergen des unzugänglichen Escudo Guayanés überlebt. Ihre einzige Verteidigung gegen die zahlenmäßige Überlegenheit ihrer grausamen Feinde war die Fähigkeit gewesen, in die höchsten Berge zu flüchten, wo niemand wagen würde, sie zu verfolgen. Offensichtlich hatten sie einen angeborenen Instinkt entwickelt, wenn es darum ging, sich in großen Höhen zu bewegen. Eine achtzig Meter hohe Steilwand wäre für jeden anderen ein unüberwindbares Hindernis gewesen, für sie aber schien es eher ein Zeitvertreib zu sein.

Trotz der anstrengenden Arbeit sangen und lachten sie. Die Scherze galten offensichtlich den vier Weißen, die wie verschreckte Hühner auf ihrem Felsvorsprung hockten. Sie waren so unbeschwert, dass sie alles stehen und liegen ließen, als zwei ihrer Mitglieder mit einem fetten Tapir, den sie an einen Stock gebunden über die Schulter trugen, aus dem dichten Wald kamen.

»Nicht zu fassen!«, sagte Jimmie verdutzt. »Die haben tatsächlich vor, erst einmal ein Festmahl abzuhalten, während wir hier oben schmoren.«

»Wenn es nur das wäre«, erklärte Delgado. »Nach dem Festmahl werden sie erst mal ein Mittagsschläfchen halten.«

»Du machst wohl Witze?«

»Lass dich überraschen.«

»Können wir denn nichts dagegen unternehmen?«

»Was denn? Sie erweisen uns einen großen Dienst. Wir können nur beten, dass sie nicht müde werden. *Guaharibos* sind sehr primitive Menschen und mehr als eigensinnig. Sie arbeiten nur, wenn es ihnen Spaß macht, aber wenn sie plötzlich keine Lust mehr haben oder sich dabei langweilen, lassen sie alles liegen und ziehen weiter. Daher auch ihr Spitzname, Langbeine. Sie halten es nirgendwo sehr lange aus.«

»Komisch«, sagte Mary und zeigte nach unten. »Sie haben die Sachen, die wir hinuntergeworfen haben, nicht mal angefasst und machen einen großen Bogen darum, als würden sie jeden Kontakt meiden.«

»Das tun sie auch«, erklärte Henry. »Sie rühren nie etwas an, das von uns Weißen stammt, außer Gegenstände aus Metall. Sie haben eine Todesangst vor Krankheiten.«

»Krankheiten?«, wiederholte sie überrascht.

»Ja, Grippe, Masern, Tuberkulose ... All diese Krankheiten sind für sie tödlich, weil sie keine Abwehrkörper dagegen besitzen. Sie haben mit der Zeit gelernt, dass wir Weißen sie auf direktem Weg oder über unsere Kleidung übertragen, deshalb lassen sie es nicht zu, dass wir ihnen nah kommen. Wenn sie

Tauschhandel betreiben, dann nur aus sicherem Abstand. Ohnehin nehmen sie nur Töpfe, Nägel, Hämmer oder Macheten an.«

»Merkwürdig.«

»Sie sind zwar primitiv, aber nicht dumm. Nur so haben sie es geschafft zu überleben, auch wenn ihre Zahl sehr gering ist.«

Ein Knurren unterbrach ihn.

Es klang laut und trocken und kam aus seinen tiefsten Eingeweiden, als ihnen der Duft des saftigen Bratens in die Nase stieg. Drei Tage waren vergangen, seit sie zum letzten Mal etwas gegessen hatten.

Seit das Auftauchen der Indianer in ihnen wieder die Hoffnung auf Rettung geweckt hatte, waren auch der Hunger und die Lebenslust zurückgekehrt. Jetzt verlangten ihre ausgelaugten Körper wieder die Aufmerksamkeit, die ihnen die ganze Zeit verwehrt worden war.

Doch sie mussten sich mit dem Duft begnügen und sogen ihn tief ein. Resigniert sahen sie zu, wie die Wilden ihre Mahlzeit beendeten und sich anschließend zu einem Mittagsschläfchen hinlegten. Laut schnarchend warteten sie, dass die heißesten Stunden des Tages vergingen.

Ihnen dagegen verbrannte die sengende Sonne die milchweiße Haut. In ihrer Nacktheit fühlten sie sich erbärmlicher und verletzlicher als je zuvor.

Ihrer aller Leben hing an einem seidenen Faden und dieser Faden lag obendrein in der Hand von ein paar Wilden, die im Augenblick den Schlaf der Gerechten schliefen und beim Aufwachen womöglich zu dem Schluss gelangten, dass es zu heiß war, um weiterzumachen, und sie dem grausamsten aller Tode überließen.

»Warum?«, flüsterte Mary ihrem Mann ins Ohr. »Was haben wir verbrochen, dass wir nun so einen hohen Preis dafür zahlen müssen?«

»Wahrscheinlich ist es Aucaymas Rache, wie Henry meint«, antwortete Jimmie ratlos.

»Wer ist das?«

»Der Geist des Heiligen Berges, in dem sich Gold und Diamanten vereinen. Er weiß, dass ich den Berg geschändet habe, und er wird es mir niemals verzeihen. Ich habe keine Angst vor seiner Strafe, aber da er jetzt auch weiß, dass ich dich liebe, rächt er sich an dir.«

Sie küsste ihn sanft auf das Ohrläppchen.

»Danke!«, flüsterte sie. »Danke für all diese Jahre und das Glück, das du mir geschenkt hast. Egal, was jetzt kommt, es war die Sache wert.«

Sie warteten.

Langsam neigte sich die Sonne dem Horizont entgegen. Die Indianer erwachten und versammelten sich nach und nach am Fuß des Abhangs. Eine Zeit lang begutachteten sie die Arbeit, die sie vollbracht hatten. Sie schienen abzuwägen, wie viele Stunden sie noch vor sich hatten und wie groß die Anstrengung wäre, bis sie zu den Weißen vorstießen.

Ihre Begeisterung hielt sich offensichtlich in Grenzen, als hätte die schwere Verdauung ihnen die Lust geraubt. Es dauerte nicht lange, da zeichnete sich ab, dass die Mehrheit dazu tendierte, die Arbeit liegen zu lassen und weiterzumarschieren.

Plötzlich ertönte von oben eine tiefe ernste Stimme, die ein altes spanisches Lied anstimmte.

Si Adelita se fuera con otro
La seguiría por aire y por mar

Si por mar en un buque de guerra
Si por aire en un avión militar ...

Si Adelita quisiera ser mi esposa
Si Adelita fuese mi mujer ...
Le compraría unas bragas de seda
Y se las quitaría a la hora de joder ...

Die *guaharibos* traten überrascht einige Schritte zurück, um den Mann besser sehen zu können, dessen Stimme so traurig klang. Dann zeigte ein Indianer mit dem Finger auf Jimmie und brach in lautes Gelächter aus.

Auch die anderen Indianer lachten, worauf Jimmie Delgado und Henry mit einer gebieterischen Geste aufforderte, in seinen Gesang einzustimmen.

Si Adelita se fuera con otro
La seguiría por aire y por mar ...

Es klang krumm und schief, aber herzzerreißend. Die verzweifelten Stimmen wirkten um vieles eindringlicher als das ergreifendste Gebet. Und sie zeigten Wirkung. Zwar begannen die Wilden erneut zu lachen und sie gutmütig zu verspotten, nahmen ihre Arbeit aber wieder auf.

Als wäre es ein Kinderspiel, kletterten sie die steile Felswand hoch und fuhren fort, Pfähle in den harten Stein zu schlagen. Als sich schließlich die ersten Schatten über das Land legten, hatten sie sich bis auf eine Entfernung von sieben Metern an die Gruppe der schmachtenden Weißen herangekämpft.

Der junge Krieger, der den letzten Pfahl in die Wand geschlagen hatte, stieg die in den Felsen gehauene

Treppe wieder hinab. Kurz darauf kam ein kleiner alter Mann mit spärlichem Haar und einer dicken Liane um die Schultern heraufgeklettert. Offensichtlich war er der Älteste in der Gruppe. Wie ein Vater, der seinen Kinder mit einer saftigen Tracht Prügel droht, falls sie erneut eine Dummheit begehen, hob er nur warnend die Hand.

Dann warf er ihnen die Liane hoch, vergewisserte sich, dass die Weißen sie ordentlich angebunden hatten, um sich bis zur ersten Stufe der improvisierten Leiter hinunterzuhangeln, und kletterte würdevoll wieder hinab. Wenig später verlor er sich, gefolgt von seinem Stamm, in der Weite der Savanne.

Mary sah ihnen nach und ihre Augen füllten sich mit Tränen.

»Möge der Herr euch beschützen!«, rief sie ihnen nach.

Doch sie drehten sich nicht einmal um.

EPILOG

Henry und Delgado fanden sehr schnell wieder zur Normalität zurück. Mary Angel dagegen musste sich zwei Wochen in Camarata von den Strapazen des missglückten Abenteuers erholen, bis sie mit Hilfe ihres Mannes, der keinen Augenblick von ihrer Seite wich, wieder einigermaßen zu Kräften gekommen war.

Bei ihrer Rückkehr nach Ciudad Bolívar waren die Angels psychisch erschöpft und wirtschaftlich am Ende. Es blieb ihnen nichts anderes übrig, als erneut die finanzielle Unterstützung einer Hand voll ausgewählter Freunde anzunehmen, die ihnen das nötige Geld verschafften, um in die Staaten zurückkehren zu können.

Es folgten harte und bittere Jahre.

Der Krieg, den Jimmie vorausgeahnt hatte, brach los. Obwohl er sich als einer der Ersten freiwillig meldete, durfte er nicht an die Front, sondern musste sich damit begnügen, junge Piloten auszubilden, die dann in den sicheren Tod geschickt wurden.

Müde und enttäuscht zog er schließlich Mitte der fünfziger Jahre mit seiner Frau und zwei Kindern, für die er mittlerweile sorgen musste, nach Panama, doch seiner Leidenschaft für die Luftfahrt hat er nie abschwören können. Am 8. Dezember 1956 stürzte er ab und diesmal hatte er kein Glück.

Über vierzig Jahre lang hatte er fünf Kontinente überflogen und sich als Pionier der Luftfahrt einen Namen gemacht.

Mary ließ seine Leiche einäschern, fuhr nach Venezuela und verstreute die Asche über dem Wasserfall, der heute seinen Namen trägt, und über der Flamingo, die damals noch so auf dem Gipfel des Teufelsfelsen stand, wie sie sie verlassen hatten.

Am Fuß dieses Wasserfalls erinnert heute ein einfaches Schild an Jimmie Angel. Die wenigen Besucher, die sich bis hierher wagen, werden darauf aufmerksam gemacht, dass dieses Naturwunder nach einem der mutigsten Männer des Jahrhunderts benannt wurde.

Die Gold- und Diamantenader, die All Williams und John McCracken entdeckt hatten, wurde nie gefunden. Sie verbirgt sich noch heute auf dem Gipfel eines vergessenen Tepui, irgendwo in der Gran Sabana.

Viele glauben, es hätte sie niemals gegeben oder der Schotte hätte sich damals einen Spaß daraus gemacht, dem König der Lüfte eins auszuwischen. Mary jedoch behauptet, einige Jahre vor seinem Tod habe ihr Mann sie eines Tages gerufen, um ihr einige Dokumente zu zeigen, die er auf dem Speicher in einer alten Truhe gefunden hatte.

»Ich glaube, ich weiß jetzt, was der Fehler war«, soll er gesagt haben.

»Welcher Fehler?«

»Den ich gemacht habe, als wir die Ader suchten.« Er zeigte auf eine halb zerrissene, vergilbte Karte, die er auf dem Boden ausgebreitet hatte. »Erinnerst du dich? Es ist die Karte, die ich in Bogotá gekauft habe, als wir zum ersten Mal nach Guayana geflogen sind. Es war die Einzige, die es damals gab.«

»Ja«, antwortete sie. »Ich erinnere mich, dass du davon gesprochen hast.«

»Dann sieh dir das hier mal genau an!« Er zeigte mit dem Finger auf einen Punkt. »Sieh hier! Da steht

Río Caroní. Und hier auch! Auf dieser Karte heißen beide Nebenarme des Río Caroní, der schließlich in den Orinoco mündet, ebenfalls Caroní!«

»Ja, das sehe ich. Aber was willst du damit sagen?«

»Dass McCracken sich nach dem Namen des Flusses erkundigt haben muss, als er von seinem Berg hinunterstieg, und man wird ihm gesagt haben, es sei der Caroní. Später, als ich mit dir hingeflogen bin, habe ich mich anhand dieser Karte vergewissert, dass er es war. Und auch Pater Orozco hat es uns versichert ...«

Der König der Lüfte hielt inne und stopfte langsam seine Pfeife, als bräuchte er ihre Hilfe, um weiterzuerzählen.

»Die Koordinaten stimmten. Dreihundert Kilometer südlich des Orinoco, fünfzig östlich des Caroní.« Er seufzte. »Inzwischen aber hatte die venezolanische Armee das Gebiet vermessen und es für verrückt erklärt, dass zwei Nebenarme eines Flusses denselben Namen trugen. Sie tauften den, der westlich verlief, in Río Paragua um und deklarierten ihn zu einem Nebenarm des Caroní, der sich weiter östlich davon befindet.«

»Und das hat dich in die Irre geleitet?«

»Ja, genau. Alle Karten, die nach 1920 erstellt wurden, beweisen eindeutig, dass der Caroní der größere Fluss war, der rechte auf dieser Karte. Und ich habe einfach nicht daran gedacht, dass damals der andere ebenfalls Caroní hieß.«

»Das heißt, dass McCrackens Berg nicht östlich von dem Fluss liegt, den sie heute Caroní nennen, sondern westlich davon.«

»Das nehme ich an. Ich gehe davon aus, dass er einer der unzähligen Tepuis ist, die sich zwischen beiden Flüssen erheben. Etwa fünfzig Kilometer östlich von dem, der heute Paragua heißt.«

»Ach herrje!«, sagte Mary.

»Tja«, antwortete ihr Mann. »Wir haben unser Leben damit vergeudet, an der falschen Stelle zu suchen, nur wegen einer dummen Namensverwechslung.«

»Ich habe nie das Gefühl gehabt, wir hätten unser Leben vergeudet«, widersprach Mary. »Zugegeben, hättest du diesen dummen Fehler nicht gemacht, dann hätten wir die Ader wahrscheinlich gefunden, aber vielleicht hättest du dann den Wasserfall nie entdeckt.«

»Und dir ist es wichtiger, dass jetzt ein Wasserfall meinen Namen trägt, als ein angenehmes und luxuriöses Leben zu führen?«

»Na klar!«

»Aber was haben unsere Kinder davon, dass dieser Wasserfall nach mir benannt ist?«

»Was hätten sie von den Diamanten gehabt?«, erwiderte sie. »Sie haben allen Grund, auf ihren Nachnamen stolz zu sein und auf ihren Vater auch. Für mich ist es das schönste Vermächtnis, das du ihnen hättest hinterlassen können. Alles andere ist nur Geld.«

»Du bist immer noch unglaublich«, antwortete Jimmie. »Genau wie früher!«

Sie fuhr ihm zärtlich über das lichte Haar.

»Ich hatte ja auch den besten Lehrer auf der Welt«, entgegnete sie.

Alberto Vázquez-Figueroa
Lanzarote, Januar 1998

»Ein atemberaubender Wissenschaftsthriller« Diario

Die junge Biologin Anna hat im Herzen des Regenwaldes in Uganda eine Webcam positioniert, um das Leben einer Gruppe von Berggorillas zu beobachten. Erste Forschungsergebnisse ziehen die Aufmerksamkeit der Presse auf sie und wecken auch das Interesse zweier Manager eines europäischen Pharma-Unternehmens auf der Suche nach dem großen Coup. Sie wollen den Gorillas ein Virus übertragen und beobachten, mit welchen pflanzlichen Substanzen die Tiere sich selbst behandeln. Dafür brauchen sie Anna, die die beiden ahnungslos nach Afrika begleitet ... Als sie es schaffen, die Tiere zu infizieren, überschlagen sich die Ereignisse. Eine packende Mischung aus Michael Crichtons *Congo* und *Gorillas im Nebel*.

Federico Bini

Die Nacht der Gorillas

Roman

Deutsche Erstausgabe

ULLSTEIN TASCHENBUCH

UB168